KB163018

이혼해 주세요,
황제가 돼야 해서요

류주연 장편소설

동아

이혼해 주세요, 황제가 돼야 해서요 II

초판 1쇄 인쇄일 | 2021년 9월 10일
초판 1쇄 발행일 | 2021년 9월 17일

지은이 | 류주연
펴낸이 | 박성면
펴낸곳 | (주)동아

출판등록 | 제406-3960100251002007000071호
주소 | 경기도 파주시 문발로 115, 세종대학교출판부 206호
전화 | (031)8071-5201
팩스 | (031)8071-5204
E-mail | bear6370@hanmail.net

정가 | 12,800원

ISBN 979-11-6302-532-0 (04810)
     979-11-6302-530-6 (set)

ZERO NOVEL

이혼해 주세요,
황제가 돼야 해서요

류주연 장편소설

II

동아

목   차

Chapter 7
케스만에서

"잘 만든 극이더군요."

아르노아는 아나킨의 평을 들으며 방으로 향했다.

"잘 된 것 같아?"

아르노아가 물었다.

그녀의 질문이 단순히 연극의 작품성을 의미한 것이 아니라는 사실을 잘 아는 아나킨이 고개를 끄덕였다.

"젊은 여자들 사이에서는 벌써 푸른색 염색약을 구할 방법을 찾는다더군요."

"그래?"

"비에델 출신들에 대한 인식을 바꿀 더 좋은 방법은 없었을 겁니다."

그가 말했다.

"인간이 아니다, 인어다 하는 소문을 사라지게 할 수는 없지만, 아예 전설을 더 아름답게 만들어서 눈앞에 보여 주는 것은 가능했던 거겠죠.

폐하가 옳았습니다."

아나킨은 짧은 총평을 내리며 빙긋 웃었다.

"방법이 먹혔네요."

아르노아도 작게 미소 지으며 고개를 끄덕였다.

"저도 즐거웠습니다, 폐하. 연극은 처음 봤는데 신기한 것이 많더군요."

만난 김에 아르노아의 진료를 하는 것이 좋겠다며 침실로 따라오던 루데스 박사도 말했다.

"다행이군."

아르노아가 박사에게 말했다. 그녀는 루데스 박사를 황성으로 데려온 것에 대해 더없이 뿌듯해하고 있었다.

"헤르만 백작은 어떻지?"

"많이 나았습니다. 당분간 죽을 일은 없을 것 같습니다. 하지만……."

박사는 작게 한숨을 쉬며 덧붙였다.

"술과 담배를 억지로 끊으시게 하자 서럽다며 가족들을 잡고 투덜거리는 습관이 생겼죠."

"그래도 가족들로부터 구박당할 일은 없겠지."

"예. 며칠 그쪽에서 지내 보니 헤르만 가문에서는 백작님의 선택을 반가워하는 듯합니다."

"그래?"

"특히 알린이라는 어린 꼬마는 원래도 할머니 담배 피우면 안 된다며 잔소리를 했다더군요."

아르노아는 야무진 목소리로 친척들 사이에서 '함무니는 나를 제일 좋아한다!'고 소리치던 아이를 떠올리며 말했다.

"귀여운 아이로군."

"글쎄요."

루데스 박사는 쉽게 동의하지 않았다.

"개인적으로는 동물이 더 귀여운 것 같습니다."

아르노아는 고개를 끄덕였다. 박사는 원래 사람 아이보다 고양이를 좋아했었다.

"흰둥이처럼 말입니다."

그녀가 아쉬운 듯 말을 꺼냈다.

"아, 흰둥이……."

아르노아도 박사의 마음에 공감하며 한숨을 쉬었다.

흰둥이를 못 본 지 오래였다.

조금 전 벨과 비슷한 뒷모습을 본 것 같긴 했지만 흰둥이는 별개였다. 인간인 상태에서는 그 귀여움이 묻어 나오지 않았으니까.

"페넬로페는 먼저 도착해 있겠다고 했었지?"

아르노아가 그리움을 삼키고 아나킨에게 묻자 그는 고개를 끄덕였다.

"같이 돌아올 것처럼 얘기하더니, 어느 순간 인사만 남겨 놓고 자리를 떴습니다."

아나킨은 뭔가 석연찮다는 표정으로 대답했다.

"피곤했나?"

아르노아가 대수롭지 않게 물었다. 극이 끝나고 헤르만 백작이며 루이제, 그리고 루벨린 남작과 열띤 토론을 하느라 진이 빠진 것을 이해 못 할 바는 아니었다.

초대받지 않은 대화에 꾸역꾸역 끼어든 루벨린 남작은, 말로는 극이 재미없어서 좋았다고 하면서도 결말에 대한 세세한 힌트를 다 알고 있었다던가.

"그런 거라면 신기하군요. 어려서부터 체력 하나는 강철이었는데."

그는 대답과 함께 침실 문을 열었다.

철컥-

아르노아가 방으로 들어선 순간, 어디선가 많이 들어본 듯한 울음소리가 그녀의 고막을 때렸다.

"냐아아아앙-!"

세 사람은 동시에 소리가 나는 곳으로 시선을 돌렸다.

"폐하?"

안락의자에 무언가를 든 채 앉아 있던 페넬로페가 당황한 표정으로 고개를 들었다.

세 사람의 시선은 자연스럽게 그녀의 두 손으로 향했다.

"냐앙-!"

그녀의 손에 들린 것은 새하얀 털에 독특한 반점이 찍힌, 은회색 눈을 가진 고양이였다.

"흰둥이?"

"어머! 흰둥이!"

"……고양이?"

아르노아, 루데스 박사, 그리고 아나킨이 동시에 말했다.

"냐아아앙."

흰둥이는 페넬로페의 손에 들린 채, 앙칼지게 소리치며 몸을 비틀고 있었다.

"죄송해요, 폐하."

페넬로페는 그럴수록 고양이를 단단히 잡으며 자리에서 일어났다.

"……어떻게 된 일이니?"

아르노아가 묻자 그녀는 한숨을 푹 쉬며 대답했다.

"극장에서 주운 고양이에요, 폐하."

"주워?"

"네. 그때는 고양이가 먼저 저한테 왔어요. 원래는 놔두고 올 생각이었는데……."

그녀는 몸을 뒤집어 가며 버둥거리는 고양이를 루데스 박사에게 넘겨주며 설명을 계속했다.

"녀석이 워낙 예쁘게 생긴 데다 시키지도 않았는데 제 마차에 타 버려서…… 적당한 주인을 찾아 줄 생각이었죠."

그녀는 후회스럽다는 듯 이마를 탁 쳤다.

"그런데?"

질문은 하고 있었지만, 그녀는 이미 전후 사정에 대한 실마리가 잡히는 기분이었다.

"마차에서부터 멀찍이 떨어져 앉더니, 도착하자마자 폐하의 방으로 막 뛰어가는 거예요. 어찌어찌 따라와서 잡긴 했는데, 손이 닿자마자 반응이……."

페넬로페는 이해가 안 간다는 듯, 여전히 시끄러운 고양이를 가리켰다.

"하악!"

고양이는 루데스 박사를 보자마자 겁에 질린 눈으로 하악질을 시작했다.

"요 녀석, 아직도 철이 안 들었구나."

박사는 방긋 웃으며, 아무렇지도 않은 듯 그를 요령 좋게 안아 들었다.

"애옹."

녀석의 목소리에 섰던 날이 사라지고, 공포에 질린 은회색 눈은 아르노아를 향해 애처로운 시선을 던졌다. 마치 구해 달라는 것 같은 표정이었다.

'바보.'

아르노아는 아무도 보지 못한 틈을 타 입 모양으로 대답했다.

'너 바보 같아.'

녀석은 더욱 애처롭게 야옹거리며 울었다. 반가운 마음이 앞서긴 했지만 흰둥이가 바보 같은 것은 분명한 사실이었다.

그는 처음부터 황궁으로 오는 것이 목적이었을 테다. 황궁에 있는 포털을 사용하자니 아나킨이 전에 했던, 루카를 잡아다가 가죽을 벗기겠다는 협박이 조금은 걸렸을 것이고.

그래서 그는 나름대로 머리를 써서 페넬로페를 따라온 것이다. 귀여운 것을 좋아하는 페넬로페의 마음을 본의 아니게 이용해 가면서. 첫 만남에 물을 끼얹기는 했어도 어쨌든 아르노아와 함께 사는 사람이었으니까.

그는 단순히 페넬로페의 마차를 얻어 타고, 적당한 곳에서 내려서 원하는 장소로 가면 된다고 생각했을 것이다. 다만, 페르헨에서 위풍당당한 마법사로서 평생을 살며 한 번씩 표범 행세를 했던 그는 몰랐다.

페넬로페가 황제의 침실을 깨끗하게 비워 두는 것에 얼마나 진심인지를.

"애옹."

흰둥이는 아르노아를 보며 몇 번이나 울었다.

"묘한 외모를 가졌군요."

그사이 고양이를 향해 다가간 아나킨은 천천히 몸을 숙여 녀석의 얼굴을 들여다보았다.

"모르는 사람에게 먼저 다가갔으면서, 한편으로는 사람 손을 싫어한다?"

그는 의심스럽다는 듯, 긴 검지로 고양이의 배를 꾹 찔렀다.

"캬아앙!"

흰둥이는 전에 없던 사나운 표정으로 온몸을 비틀어 댔다. 물론, 루데스 박사의 전문적인 손길 안에서 이는 그다지 소용이 없었다. 날카롭게 세워진 발톱은 애꿎은 허공을 긁어 댈 뿐이었다.

"못된 녀석이로군요."

아나킨은 녀석의 몸부림을 비웃듯, 다시 한번 검지를 뻗어서 보드라운 배를 꾹꾹 두 번 찔렀다.

"냐아아아아아앙-!"

"그만. 그마안."

황궁이 떠나갈 듯 울부짖는 흰둥이를 두고 볼 수 없었던 아르노아가 입을 열었다. 고양이 한 마리와 사람 세 명이 동시에 그녀를 바라보았다.

"박사, 흰둥이는 그냥 내려놔."

"예, 폐하."

루데스 박사는 두말없이 그녀의 말에 따랐다.

휙—

흰둥이는 순식간에 몸을 날려 아르노아의 옆으로 바짝 붙더니 그녀를 향해 털을 곤두세웠다.

"어머, 폐하와 박사님은 아시는 고양이인가요?"

페넬로페가 그제야 알아챈 듯 눈을 동그랗게 떴다.

"그래. 가끔 밥을 주는 녀석이야."

아르노아가 대충 둘러댔다. 틀린 말은 아니었다. 디르한에서, 바이너스에게 감금당했던 3일 동안 벨은 그녀에게 만찬을 차려 주었으니까.

'내가' '녀석에게' 밥을 준다고는 안 했지 않은가.

"……어쩐지, 배가 아주 토실토실하더군요."

아나킨이 말했다. 다 납득했다는 얼굴의 페넬로페와 달리, 그는 여전히 미심쩍은 표정으로 황금색 눈동자를 고양이에게 고정하고 있었다.

"하악—!"

흰둥이가 다시 한번 아나킨에게 고양이 말로 욕설을 퍼부었다. 아르노아는 못 당하겠다는 듯 눈을 한 번 굴렸다.

"모두 나가도 좋아."

그녀가 말했다.

"네, 폐하."

"그럼, 진료는 다음에 하겠습니다."

페넬로페와 박사는 곧바로 대답하고는 방을 나섰다. 한참 동안 고개를 갸웃거리며 고양이를 관찰하던 아나킨도, 결국 어깨를 으쓱하며 두 사람의 뒤를 따랐다.

"편히 쉬십시오, 폐하."

쿵-

침실 문이 다시 닫히고, 그 자리에 남은 것은 아르노아와 흰둥이뿐이었다.

"하아…… 넌 황궁이 장난이니? 만나려면 정문으로 찾아오면 되잖아."

디르한에서야 몰래몰래 찾아왔다고 쳐도, 지금은 영주와 황제 관계인데 이렇게 고생하며 방으로 찾아올 이유가 뭐란 말인가.

"애옹."

녀석이 울어 댔다. 어딘가 억울한 표정이었다. 아르노아가 침대에 털썩 앉자 흰둥이는 종종걸음으로 따라와 그녀의 옆자리에 엎드렸다.

"뭐야, 바로 변신 안 하는 거야?"

퉁명스러운 말투였지만 그녀의 눈은 이미 녀석의 보송보송 관리 잘 된 털을 바라보고 있었다. 손은 이미 녀석의 귀를 향하고 있었고.

슥

아르노아가 흰둥이의 귀 뒤를 쓰다듬자 그는 조금 전보다 안정된 표정으로 눈을 감았다.

"가르르르릉."

그렇게 몇 초가 지나자, 익숙한 펑 소리와 함께 흰둥이는 사라지고 벨이 나타났다.

"오랜만이야."

그가 나직하게 속삭이듯 인사했다.

오랜만에 보는 얼굴은 기억했던 것보다 더 아름다웠다. 눈썹이며 콧대, 턱선이 전부 칼로 깎아낸 듯 반듯하고 어디 하나 대충 생긴 곳이 없었다.

아르노아는 자신도 모르게 환하게 미소 지었다. 알 수 없는 반가움이 밀려오고 있었다. 극장에서 파란 파도가 발치를 맴돌 때의 감상이 남아 있었던 건지 아니면 그녀가 무의식중에 그에 대한 생각을 했던 건지는 알 수 없었지만, 한 가지는 확실했다.

아르노아는, 벨의 얼굴이 보고 싶었다.

"이 방에서 끔찍한 일을 당한 게 벌써 두 번째군."

그녀의 반가움을 눈치채지 못한 듯, 벨이 몸을 떨며 중얼거렸다. 혹시라도 누가 다시 들어올까 걱정하는 듯, 날 선 눈빛으로 방문을 노려보았다. 아르노아는 무심코 벨의 머리를 올려다보았다. 조금 전 그를 쓰다듬던 그녀의 왼손이 아직 그 위에 얹혀 있었다.

"미안."

아르노아가 휙 하고 손을 치우려 했다.

덥석.

"황제는 미안하지 않아도 돼."

벨이 그녀의 손을 잡아 치우지 못하게 하며 말했다.

"다른 놈들의 감촉이 남아 있는 게 더 기분 나쁘군."

아르노아는 황당한 표정으로 그를 바라보았다. 끔찍한 일을 당하고 왜 바로 변신을 안 하나 했더니. 그는 일종의 정화를 원한 모양이었다. 마치 아르노아가 쓰다듬으면 나머지 사람들의 감촉이 사라지기라도 하는 것처럼.

그녀는 천천히, 벨의 머리를 한 번 더 쓰다듬고 손을 내렸다. 고양이가 만족스러울 때 귀를 쫑긋거리듯, 벨의 귀가 살짝 움직였다.

"누가 이런 식으로 오래? 놀랐잖아."

슬쩍 타박하자 벨은 느른하게 침대 기둥에 몸을 기대며 씩 웃었다.

"다행이네."

그가 대답했다.

"놀래 주려고 그랬거든."

하, 말 안 듣는 청개구리 같은 녀석.

아르노아는 한참 동안 그를 바라보았다. 뭘 먼저 물어봐야 할지 감이 잡히지 않았다.

"……아까 연극은 뭐야?"

겨우 마음을 정한 그녀가 물었다.

"연극?"

벨이 능청스럽게 되물었다. 표정을 보니 그녀가 뭘 말하는지 너무나 잘 알고 있는 듯했지만.

"네가 한 거지? 특수 효과."

아르노아가 다시 물었다. 벨은 고개를 끄덕였다.

"맞아. 마침 루카가 그러더군. 황제가 어떤 연극을 만들려고 한다고. 황궁은 안 되니 황성 이곳저곳에 포털을 만들던 중이었는데, 극장도 마나가 많이 흘러서 적당한 장소였어."

"포털?"

"응. 아나킨 그 자식이 아티팩트로 황궁 안의 포털에 손을 써 놔서. 완전히 새로운 길을 뚫으려면 좀 복잡해."

아나킨의 이름을 말하는 그의 콧잔등이 잔뜩 찌푸려졌다. 아마도 조금 전, 움쭉달싹 못하는 자신에게 다가와 손가락으로 배를 꾹꾹 찔러 대던 그에 대한 원한이 풀리지 않은 듯했다.

"극장을 중심으로 뚫어 놓으면, 먼 길 돌아 황실 정문으로 들어올 거 없이 바로 황제를 만날 수 있을 것 같더군."

"……내가 그럴 줄 알았지."

아르노아가 고개를 절레절레 흔들었다. 벨은 그냥 귀족들의 절차가 귀찮은 거였다.

하긴, 한편으로는 당연한 듯싶었다. 그 성격에, 아르노아를 한 번 찾아올 때마다 남들에게서 허락을 구하는 건 안 맞았을 것이다. 안 맞는 일을 억지로 할 수 있는 성격은 절대로 아니었고.

그래서 그는 다른 방법을 찾은 것이었다. 황제가 나타날 법한 극장에 포털을 만들고, 그다음에 궁인 중 한 명의 마차를 얻어 타 황궁으로 오는 방법을.

물론 그 대가가 굴욕적이고 뼈아플 거라고는 생각하지 못했겠지만.

"단순히 포털을 만들자고 그런 걸 했어?"

그렇게 묻자 그는 웃으며 고개를 저었다.

"새로 포털을 뚫는 건 원래 좀 시끄럽고 복잡해. 극장 특수 효과를 이용하면 적당히 눈속임이 될 것 같더군. 그래서 루카에게 일을 좀 시켰지. 단장이 아는 후원자의 얼굴은 루카의 얼굴이다."

아르노아는 리허설 때 무대 뒤로 쪼르륵 사라지던 검고 하얀 꼬리를 떠올렸다. 심심해서 놀러 온 건가 했는데, 나름대로 일하는 거였구나. 단장의 과일을 가져다 먹은 건…… 그냥 못된 습관이라는 것 외에 다른 설명이 없는 것 같고.

"그게 다는 아니야."

벨이 덧붙였다. 그의 미소가 살짝 짙어진 듯했다.

"……뭔데 그럼?"

"선물."

아르노아의 물음에 벨이 싱긋 웃으며 대답했다.

"오랜만에 황제를 만나는데 선물이 없으면 안 되잖아."

어디서 비마법사에 대한 상식을 배운 건지, 아니면 그 자신이 정한 규칙인지는 모르겠지만 그는 이 새로운 규칙을 꽤 중요하게 생각하는 듯 진지한 표정이었다.

"그 무대 장치가…… 내게 주는 선물이었어?"

아르노아가 물었다. 벨은 당연하다는 듯 다시 한번 고개를 끄덕였다. 황당한 일이었다.

사실 〈바다〉의 성공 중 5할은 특수 효과였다. 완벽한 조명이며 몰아치는 파도, 객석을 뒤덮는 불길과 마지막의 차가운 바다.

그 기술력, 예술성. 게다가 연극 성패를 정하는 요소이자, 나아가서는 비에델 출신들의 운명을 정할 수도 있는 그 특수 효과가. 포털 형성 장소처럼 우연한, 그리고 아르노아를 위한 선물처럼 사소한 이유로 만들어진 것이었다니.

어이없고 웃겼다.

한편으로는 평생 잊을 수 없을 것 같았다.

마음속 한구석에는 극의 마지막에 보았던 새파란 바다가, 그녀를 비밀스럽게 감쌌던 파도가, 그리고 마지막에 놓였던 푸른 장미 한 송이가 준 감동이 각인처럼 남아 있었으니까.

"……이제 중요한 이야기 해."

아르노아가 가까스로 말을 돌렸다. 벨은 좋다는 듯 가볍게 어깨를 으쓱했다.

"케스만은?"

단도직입적인 물음이었다. 벨이 늘어졌던 몸을 반쯤 바로 세웠다.

"일하던 중에 온 거야? 벤트 남작은 놔두고?"

"그 이야기를 빨리 전해 주러 왔지."

대답은 간결했다.

"일은 다 끝났어."

"뭐?"

아르노아의 눈이 동그래졌다.

"다 끝나? 케스만과의 전쟁이?"

그녀는 몇 번이나 되물었다.

"응."

벨도 몇 번이나 고개를 끄덕였다.

"남작은 제국군 전체를 데리고 돌아오는 중이야. 그 말을 먼저 해 주러 왔어."

벤트 남작과 벨을 그곳으로 보낸 것은 겨우 두 달 전의 일이었다. 가는 데 한 달이 걸린다는 점을 생각하면, 이 소식은 빨라도 너무 빨랐다.

"어떻게 된 건데?"

아르노아의 입에 허탈한 웃음이 걸렸다.

"별거 없어. 그냥 짧게 끝났지."

은회색 눈이 달빛을 받아 반짝 하고 빛났다.

* * *

한 달 전, 케스만 경계의 성.

"……두베르테 후작이 원래 이렇습니까?"

성탑 중간층에 있는 대공의 방에서, 록산느의 목소리가 방 안에 낮게 울렸다. 그녀의 손에는, 정성 들여 한 자 한 자 눌러쓴 듯한, 수십 장에 달하는 편지가 들려 있었다.

"만리타향에서 뼈와 살을 갈아 제국을 위해 한 몸 바쳐 고생하시는 두 분께 이렇게 보고를 드리는 것에 무한한 영광과 말로 표현할 수 없는 벅찬 감동을……."

편지를 쭉 넘기며 후작의 글씨를 읽어 내려가던 그녀는, 결국 인상을 쓰며 앞 몇 장을 구겨 버렸다.

"무슨 인사말이 여덟 장이나나 됩니까? 요점이 있기는 한 겁니까?"

"그런 면이 있는 자였지."

그녀의 질문에 대공이 한숨을 쉬며 대답했다. 두베르테 후작은 썩 현명한 자는 아니었다. 대공의 눈치를 본다는 것은 장점이었지만 문제는 그 정도가 과하다는 사실에 있었다.

록산느는 미간을 찌푸리며 다시 편지를 읽기 시작했다가 몇 초 만에 또다시 종이를 구겨 버렸다.

"황제가 거부했다는군요."

그녀가 차갑게 내뱉었다.

"감히 아실리에르의 요청을 말입니다."

"그렇다."

대공이 굳은 얼굴로 말했다. 록산느는 신경질적으로 남은 편지를 넘겼다.

"주제넘은 위로에, 쓸데없는 아부에…… 벤트 남작에 마탑주까지 보낸다는데 그래서 뭘 어쩐다는 건지는 안 나오는군요."

그녀는 두꺼운 편지 뭉치를 한꺼번에 벽난로에 집어넣었다.

편지에 요점이 조금 빠진 것은 사실이었다. 대공과 대공녀의 화가 너무나 두려웠던 후작은, 벤트 남작과 마탑주가 케스만을 향해 간다는 말만 쓰고, 그들이 황제로부터 구체적으로 어떤 명을 받았는지는 쓰지 않았다.

두베르테 후작은 현명한 편이 아니긴 했지만, 대공과 공녀가 화를 낼 때 무슨 일이 벌어지는지는 잘 알고 있었던 것이다.

그들은 좋지 않은 소식을 전하는 자에게 친절하지 않았다.

가끔은 죽이기도 했고.

전령 한 명 죽는 건 후작도 그다지 신경 쓸 문제가 아니었지만, 문제는 그 화가 후작 자신을 향하는 것이다. 후환을 감당하기는 싫었다. 어차피 벤트 남작 일행도 곧 도착할 거, 그냥 황제가 파견한 이들로부터 소식을 들으면 될 일이라는 것이 후작의 생각이었다.

"너무 걱정 마십시오, 대공녀님."

조용히 방 한쪽에 서 있던 남자가 입을 열었다.

"라야."

대공이 그의 이름을 불렀다. 남자의 황록색 눈동자가 살짝 미소를 머금었다.

"벤트 남작은 그저 하급 귀족이고."

그가 말을 이었다.

"마탑주가 오는 건…… 전혀 다른 이유일 겁니다."

그가 조금 더 노골적으로 씩 웃었다.

"네가 한 짓이냐, 라야?"

록산느가 날카롭게 물었다. 대공이 흠칫하며 눈썹을 올렸다.

"예. 제가 끌어낸 건 맞습니다."

라야가 대답했다.

"대공녀님도 저도 그를 궁금해하지 않았습니까? 다만 이런 식으로 올 줄은 몰랐군요."

그는 재미있다는 듯 큭큭거리며 웃었다. 웃음이 거슬린 듯, 록산느가 미간을 좁혔다.

"걱정 마십시오, 대공녀님. 다시 말하지만 그는 이번 전쟁에 별 관심이 없습니다."

대수롭지 않다는 말투였으나 록산느는 날카롭게 물었다.

"네 예지 능력에 근거한 판단이냐?"

"부분적으로는 그렇습니다. 흐릿하게나마 보이는군요. 그가 회의의 중심이 되지는 않을 겁니다."

라야가 오만한 얼굴로 대답했다.

예지력은 마법사들 중에서도 극소수만 미약하게 보유하고 있는 능력이었다. 다른 능력을 다 갖춘 마탑주조차도 예지력은 거의 없었다.

"네 예지 능력은 형편없다."

물론 라야도 예외는 아니었다. 록산느는 이 사실을 잘 알았다.

"지난 몇 년 동안 꾸준히 지켜본 결과, 그냥 찍어 맞히는 수준이더군. 마법사를 수하로 두어 봤자 쓸모가 제한적이라는 사실을 그때 깨달았지."

록산느의 냉정한 평가에 라야의 미소가 조금 엷어졌다.

"한계가 있는 건 사실이긴 합니다."

"미약해서 본다고 해도 쓸데가 없지."

그녀는 거침없이 혹평을 이어 갔다.

"적의 기습을 딱 2분 전에 알아내더니 3분에 걸쳐서 보고한 적이 있었지."

"그건 부사령관님이 멀리 계셔서 그랬습니다."

"누가 찾아온다고는 했는데 그게 누군지, 언제 찾아오는지는 볼 수가 없었던 적도 있었고. 그게 누구였는지는 지금도 모르고 말이다."

"예언은 원래…… 마탑주조차도 예언의 능력은 강하지 않습니다."

록산느는 끊임없이 독설을 내뱉었고, 라야는 얼굴 한 번 붉히지 않고 변명을 이어 갔다.

"독을 잘 쓰는 것이 장점이라면, 거기에만 집중하도록 하거라, 라야."

록산느의 말이 끝나자 라야는 더 대꾸하지 않고 다시 한번 싱긋 웃었다. 유들유들한 인상이, 화가 난 건지 아닌지 구분이 가지 않았다.

"마탑주는 며칠 내로 도착할 겁니다, 대공녀님. 능력이 강해진 건지 이번에는 잘 보이는군요."

조금 전까지 들었던 말은 전혀 신경 쓰지 않는다는 태도였다.

"여러모로 묘한 놈이니 전쟁에 관심이나 있을지 모르겠지만……. 어쨌든 궁금하던 얼굴을 볼 수 있겠군요."

라야의 황록색 눈 안에서, 홍채가 세로로 기다랗게 변했다.

"너는 마탑주를 만나도 상관없느냐?"

딸의 기에 눌려 조용하던 대공이 물었다. 라야가 미소를 지우지 않은 채 고개를 끄덕였다.

"아시잖습니까, 대공 전하. 독을 쓰는 것도 잘하지만, 저는 제 흔적을 완전히 지우기도 합니다. 물론."

그가 잠시 말을 끊었다가 나직하게 이었다.

"물론, 제가 원할 때만 말입니다."

"좋아, 라야."

록산느가 삐뚜름한 미소를 지으며 그에게 말했다.

"도착하면, 전쟁터의 황제가 누군지 확실하게 보여 주도록 하지."

그녀는 대답을 더 듣지 않고 나가 버렸다. 개미만 하게 보이는 병사들을 내려다보며 바람이나 쐬러 가고 싶었다.

"……정말 괜찮은 것이냐, 라야?"

대공이 나직하게 물었다.

"그렇게 위험한 자를 가까이 불러내도 문제없겠느냐?"

라야는 다시 한번 소리 없이 웃었다.

"위험하니 더욱 가까이 불러야지요, 전하. 애초에 전하께서 원하셨던 거 아닙니까?"

그가 말했다. 황록색 눈이 위험하게 번뜩였다.

"대공녀님의 것이 될 이 제국에, 마력이 지나치게 강한 마법사가 존재해서는 안 된다고 한 것이 전하이신데요."

그의 말에 대공은 천천히 고개를 끄덕였다. 동시에 그의 눈은 본능적으로 주변을 살피고 있었다.

"걱정 마십시오. 대공녀님은 성벽 위로 올라가셨을 테니까요."

라야가 재미있다는 듯 말했다.

"대공녀님께서는 남을 고문해서 비밀을 알아내는 건 잘하시지만, 말을 엿듣는 취미는 없으십니다."

그는 말을 끊었다가 한 마디 덧붙였다.

"그러니 지금까지도 저 같은 자가 어쩌다가 대공가에 오게 되었는지는 모르고 계시는 거겠지요. 말해도 관심 없으실 테지만."

그의 말을 들은 대공이 깊이 숨을 들이마셨다.

"그래, 네 말대로다."

그가 천천히 입을 열었다.

"언젠가 록산느의 것이 되어야 하는 이 제국에, 그런 위험한 자가 계속 남아 있어서는 안 되지."

"원하시던 대로 강한 마법사들은 페르헨에서도 많이 사라졌습니다. 전처럼 한 번의 숨으로 숲 하나를 불태울 그런 자는 거의 남지 않았죠."

라야가 대공의 말을 받았다. 그러나 여유로운 그의 태도와 달리 대공의 시선은 다소 날카로웠다. 그는 라야를 날카롭게 바라보며 말을 이었다.

"'거의' 사라졌지. '전부'가 아니고 '거의'."

"……제 일 처리가 불만이셨습니까?"

라야가 의아하다는 듯 물었다.

"네가 페르헨에 무슨 수를 썼는지 모르겠지만 마탑주에게는 아무런 효력이 없었다."

대공은 부정하지 않고 대답했다.

"그의 눈을 피했을 때도 처리하지 못했는데, 그자가 여기까지 와서 무슨 낌새라도 눈치채면……."

"대공 전하."

라야가 대공의 말을 끊으며 말했다. 목소리에서는 여전히 여유가 넘쳤지만 표정은 한층 진지했다.

"전하께서는 마법에 대해서는 정말 아무것도 모르시는군요."

"말을 조심해라, 라야."

대공이 눈썹을 찌푸리며 명령했다.

"너와 나 사이에 그런 말투를 허락한 적은 없어."

"죄송합니다. 하지만 사실이라서요."

라야는 사과 아닌 사과를 하고 말을 이었다.

"독은, 멀리서 썼을 때의 효과가 10이라면, 직접 썼을 때의 효과는 100, 아니 그 이상입니다."

"가까이서 독을 써?"

대공이 의아한 듯 되물었다. 라야가 대답 없이 웃기만 하자 그의 눈이 조금 커졌다.

"네 말은 설마……."

"맞습니다, 전하."

천천히 말이 이어졌다.

"멀리서 하는 공격이 통하지 않는 자에게는 더 효과적인 방법을 써야지 않겠습니까?"

"이걸 계획하고 벌인 일이냐?"

대공의 말에 그는 고개를 끄덕였다.

"오래전에 말씀드렸지 않습니까. 저는 한 말에 책임은 진다고요."

그는 엄지를 들어 목을 긋는 시늉을 했다.

"마침 황제의 명령으로 전장에 발을 들였으니 기회는 좋습니다. 평소 성격이 아주 더럽다고 하니 더 좋고 말입니다. 누가, 왜, 무엇을 노리고 저지른 일인지 아는 자도 없을 것이고, 무엇보다……."

잠시 뜸을 들였다가 라야는 말을 맺었다.

"무엇보다, 페르헨에는 이제 그의 뒤를 이을 만한 이도 없으니까요."

잠깐의 정적이 흘렀다. 진지하게 다물렸던 대공의 입술 끝이 조금씩 씰룩거리더니, 결국은 통쾌한 웃음으로 이어졌다.

"크하하하하하! 그렇군. 그런 것이었군."

그가 언제 노려보았냐는 듯 뿌듯한 표정으로 라야를 보며 말했다.

"그 정도의 자신감이라면 믿을 수 있겠구나."

"저는 대공 전하께 거짓말을 한 적이 없습니다. 알고 계실 테지요."

"물론이지. 10년이 넘도록 지켜본 바다."

대공은 흐뭇하게 웃었다.

"드디어 그날이 온 모양이군. 아주 좋아."

그는 웃느라 커졌던 목소리를 다시 낮추고 말을 이었다.

"기회는 한 번일 테니 실수 없이 처리하도록."

"물론입니다, 전하."

"록산느가 알지 못하도록, 철저하게 비밀을 지켜야 한다."

대공이 다시 당부하자 라야가 고개를 절레절레 저으며 말했다.

"저야 상관없지만 신기하군요."

"무엇이 말이냐?"

"10대 시절부터 일상적으로 살육을 일삼은 대공녀님께 굳이 이런 일만 비밀로 하는 것이 말입니다."

황록색 눈동자가 대공의 눈을 빤히 바라보았다.

"설마 알게 되면 충격을 받을 거라고 생각하십니까? 케스만의 노약자만 골라서 살해하라고 지시했던 대공녀님이요?"

"이 일은 그것과 전혀 다르다."

대공이 딱 잘라 대답했다.

"목적을 위해 수단과 방법을 가리지 말라고 한 건 나야. 전쟁에서 천 명을 죽이든, 만 명을 죽이든 상관없다."

"……."

"하지만 페르헨의 일에 대해서는 그 애가 알 필요도, 관여할 필요도 없어. 깨끗하게 정리된 제국을 내 손으로 그 애의 손에 쥐여 줄 거다."

흔들림 없는 어투였다.

"너는 그저 나와의 맹세를 지키면 그만이다. 잔말은 필요 없다."

라야는 어이없다는 듯 다시 한번 헛웃음을 지었다.

"그렇게 말씀하신다면야."

그는 다 수긍하겠다는 듯 말했다.

"저는 맡은 일이나 잘 처리하도록 하겠습니다."

쾅-!

두 사람이 대화를 마친 바로 그 때, 강철로 된 방문이 휙 열렸다. 대공과 라야의 시선이 동시에 문 쪽을 향해 움직였다.

"록산느?"

문 뒤에는 무언가 언짢은 듯한 표정을 한 록산느가 서 있었다.

"라야."

그녀가 웃음기 없는 표정으로 라야의 이름을 불렀다.

"무슨 일입니까, 대공녀님?"

"벤트 남작과 마탑주가 며칠 내로 도착한다고?"

그녀가 묻자 라야는 다시 아까의 유들유들한 미소를 입가에 띠었다.

"준비가 원활하지 않으십니까? 걱정 마십시오. 제 예지 능력으로 아직 별다른 느낌을 받지 못했으니, 최소한 3일은 남았을 겁니다."

다시 예지 능력을 언급하는 그는 조금 전의 오만한 모습으로 돌아와 있었다.

"예지 능력이라……."

록산느가 낮게 읊조렸다.

"물론입니다. 요즘 들어 강해지고 있는 듯하더군요."

라야는 뻔뻔하게 턱을 치켜들며 말했다. 페르헨을 떠나온 지 그렇게 오래되었는데도, 그 안에서만 의미 있는 자존심 같은 것은 여전히 남은 듯했다.

"하아……."

록산느는 미간을 깊이 찌푸리며 한숨을 쉬었다.

"아까도 말했다시피 네 예지 능력은 형편없다. 아무짝에도 쓸모가 없으니 다시는 언급하지 말도록."

"예?"

진심으로 당황한 듯한 라야와 영문을 모르는 대공을 두고, 그녀는 문 안쪽으로 들어와 살짝 비켜서며 그들의 시야를 터 주었다.

"봐."

그녀가 나직하게 말했다. 라야와 대공은 눈을 크게 뜨고 그녀가 가리키는 복도 저편을 바라보았다.

성인 남자 두 명이서 빠른 걸음걸이로 이쪽을 향해 걸어오고 있었다. 앞선 한 명이 다른 한 명의 팔을 붙잡은 채로. 매우 빠른 걸음걸이로.

"응? 저 두 사람은……."

라야가 눈을 크게 뜨고 중얼거리는 사이에도 그 둘은 달리다시피 방을 향해 다가오는 중이었다. 자세히 보니 그 뒤로 병사들 몇 명이 따라오고 있었으나 속도에서 비교가 되지 않았다.

저벅, 저벅, 저벅, 저벅, 척.

두 명 중 앞서서 걷던 남자가 방문 바로 앞까지 와서 멈춰 섰다.

"이곳이군."

큰 키에 새까만 머리칼을 가진, 눈이 튀어나올 정도의 미남이었다.

"아실리에르 대공의 방이 이곳이 맞나?"

그가 입을 열었다. 방 안에 있던 세 사람이 동시에 눈썹을 찌푸렸다.

"이곳이…… 맞나, 라고?"

대공이 황당한 표정으로 그의 말을 반복했다.

"그래. 맞나?"

남자는 문제 될 게 없다는 듯 방자한 말투로 다시 물었다. 대공은 그제야 떠올렸다. 카이시온 제국에서, 아실리에르 대공에게 이렇게 방자한 말투를 쓸 법한 야만적인 인간은 한 종류밖에 없다는 사실을.

영지 밖으로 거의 나오지 않는, 페르헨의 마법사들.

갑작스럽게 성문을 지나 대공을 찾아온 이 마법사의 정체는 아마도.

"……마탑주로군."

결론이 나왔다. 마탑주 벨카리아나스. 그가 벌써 찾아온 것이었다.

대공은 갑작스러운 방문에 놀란 마음을 애써 숨기며 옆자리의 라야를 흘겼다. 그는 평소의 여유로움을 잃고 눈을 동그랗게 뜬 채 마탑주를 바라보고 있었다. 혼자서도 아니고, 황제의 전령으로서 다른 일행과 함께 온 것치고는 도착 시간이 너무 이르다.

근처에 포털은 없었다. 전시인 만큼, 그것은 값비싼 고대 아티팩트를 비롯한 모든 수단을 동원해서 엄격하게 막아 놓은 상태였다. 마법을 썼는지, 그렇다면 어떤 무시무시한 마법인지 누구도 짐작할 수 없었다.

긴장감이 방 안을 메웠다.

록산느의 매서운 시선이 그를 향해 꽂혔다.

"맞아."

혼자 아무렇지 않아 보이는 마탑주가 말했다.

"황제의 전령으로 왔다. 좀 실례하지."

그는 허락을 구하지 않고 성큼성큼 방 안으로 들어왔다. 그제야, 대공의 눈에 그 뒤에 있던 나머지 한 명의 남자가 들어왔다. 그 순간, 록산느, 대공, 그리고 라야는 황제의 전령 일행이 어떻게 그렇게 빨리 이곳까지 도착할 수 있었는지를 깨달았다.

"허어어어억…… 헉."

나머지 한 명의 남자, 그러니까 벤트 남작은 고개를 푹 숙이고 제 무릎을 짚었다. 인사를 하는 게 아니라 거칠어진 호흡을 고르는 중이었다.

"허억, 헉."

온몸이 땀으로 젖고, 머리는 조금 헝클어진 채였다.

"아, 좀……."

그가 억지로 몸을 일으켜 세우며 말했다. 마탑주는 그제야 남작의 존재가 기억난 듯 몸을 휙 돌려 그를 바라보았다.

"아직도 안 들어오고 뭐 하는 거지?"

벤트 남작이 눈을 부릅떴다. 억울함이 가득 차다 못해 철철 넘치는 그 눈에는 핏발까지 서 있었다.

"좀…… 아까부터 좀……. 허어억, 헉."

그가 다시 입을 열었다.

"아, 좀! 천천히 좀 가자고 했잖소!"

그러고는 온 힘을 다해, 성이 쩌렁쩌렁 울리도록 소리 질렀다.

"당신 걸음 따라가다가 내가 심장 터지는 줄 알았다고!"

* * *

그러니까, 두 사람이 빨리 도착한 이유는 순전히 벨의 체력이 좋아서, 그리고 같이 가는 사람에 대한 배려가 다소 부족해서였다.

"쉬어 가자고 말하지 그랬나."

벨의 말에 벤트 남작은 얼굴을 찌푸렸다.

"누가 들으면 말 안 한 줄 알겠군. 난 백 번도 더 말했소. 그쪽이 안 들었을 뿐이지."

"빨리 도착해야 빨리 일을 끝내고 돌아갈 거 아닌가. 집에 부인이 기다리고 있다더니."

"과로로 죽지 않아야 돌아갈 수 있을 거 아니오. 따라오는 호위들 생각도 해야 하고!"

"이상하군. 그들 생각을 내가 왜 해 줘야 하지? 숫자는 쓸데없이 많아 가지고."

두 사람은 한 치의 물러섬도 없이 말을 주고받았다. 그들을 지켜보는 세 명의 따가운 시선을 느낀 것은 몇 초 후였다.

"흠. 죄송합니다. 대공 전하."

벤트 남작이 정중하게 사과했다. 평소 딱딱하고 보수적인 성격으로, 예의에서 벗어난 적이 없는 것으로 알려진 그로서는 추태를 보인 셈이었다.

"……그래서."

가만히 있던 대공이 입을 열었다.

"황제 폐하께서는 무엇을 전하라고 하셨던가?"

단도직입적인 물음이었다.

"남작도 알다시피 전쟁터에서 자금은 생명 같은 것일세. 그 정도의 황금은 지나친 요구가 아닌 것 같네만."

두베르테 후작의 편지 덕분에 그는 이미 황제의 답을 알고 있었으나, 대공은 그 사실을 굳이 드러내지는 않았다. 남작에게 부담을 주어 일단 기세를 꺾겠다는 생각이었다.

"송구하지만 폐하께서는 불허한다고 하셨습니다."

그러나 벤트 남작은 불편하거나 미안한 기색이라고는 조금도 없이 대답했다. 대공이 눈살을 찌푸렸다.

한미한 가문이라 잊고 있었지만, 벤트 남작과 그 형제들은 유독 성격이 강직해 은근한 압박에는 잘 넘어가지 않는 이들이었다.

"불허라."

대공이 말했다.

"그럼 다른 것을 주신다는 말씀인가 보군."

그는 속으로 헛웃음을 짓고 있었다.

황제의 의도야 뻔했다. 태생이 대단하다고는 하나 실상 자기 편 하나 없을 그녀가 대공의 청을 완전히 거절할 수 있을 리가 없었다. 다만 자존심이 상했으리라.

록산느의 지시에 따라 작성된 편지에는, 황제가 이혼하고 받아 온 지참금을 고스란히 대공에게 내놓으라는 내용이 명령조에 가깝게 적혀 있었으니까.

그녀는 아마 머리를 싸매고 앉아, 대공과 록산느의 심기를 거스르지 않으면서도 최소한의 자존심을, 그리고 어머니의 유품을 지킬 방법을 찾으려 애썼을 것이다.

대체품을 보내는 방법으로.

대공은 방 안을 슥 훑었다. 의자에 대충 늘어지듯 앉아 있는 벨의 모양새를 보니, 그는 분명 이 회의에 관심이 없었다. 대공이 빙긋 웃었다. 마탑주와 황제는 아무 사이도 아니라는 그의 생각이 확신을 얻는 순간이었다.

"어디, 한번 내놔 보게. 황제 폐하의 전갈을 말이야."

그가 거만하게 몸을 뒤로 젖히며 손을 척 내밀었다.

"흠!"

벤트 남작은 벨과 대공의 방만한 자세가 둘 다 불편하다는 듯 헛기침을 한 번 하더니 입을 열었다.

"여기 있습니다."

그가 고이 접힌 편지 하나를 꺼내 읽기 시작했다.

"폐하께서는 지난 1년 동안 힘든 전쟁을 훌륭하게 견디어 온 두 분의 공로를 치하하셨습니다."

"그럼, 그러셔야지."

"그런 두 분께서 춥고 험한 이곳에서 더 고생을 하시면 안 된다는 이유로……."

"그래. 무언가를 보내셨군."

"예. 저를 보내 두 분의 노고를 덜어 주라고 하셨습니다."

"황금이 아니라면 은을…… 뭐라고?"

대답이 다 보인다는 듯 눈을 감고 한 마디씩 끼어들던 대공이 갑자기 자세를 바로 했다.

"남작을 보내 나와 록산느의 수고를 덜어?"

그는 눈을 크게 뜬 채 따지듯 물었다.

"황성에서 갑자기 부관을 파견했다는 말인가."

대공은 언짢은 티를 숨기지 않으며 물었다. 아무것도 모르는 애송이인 줄은 알았으나, 황제는 눈치까지 없는 것이 분명했다. 멀쩡한 사령관에게 허락도 없이 부관을 붙이는 것이 불쾌한 일인 줄을 모른단 말인가.

"부관이 아닙니다."

남작이 딱딱하게 대답했다.

"협상가이자, 이 전쟁의 총책임자입니다."

한 번도 가져 본 적 없는 높은 지위를 입에 담는 남작의 목소리는 당당했다. 황제의 말을 그대로 전달함에 어떤 부끄러움도 없다는 듯.

긴 정적이 흘렀다.

대공, 대공녀, 그리고 라야는 남작의 말을 이해하지 못했다는 듯, 그에게 시선을 고정시킨 채 움직이지 않았다.

"협상가이자…… 총책임자?"

이윽고 입을 연 것은 록산느였다.

"예, 대공녀님."

남작은 다시 한번 정중하게 대답했다.

"케스만과 협상을 한다는 말인가?"

그녀가 다시 물었다. 차갑게 가라앉은 목소리는 듣는 이를 소름 돋게 했다.

"황제의 결정으로?"

"그렇습니다, 황제 폐하의 결정입니다."

남작이 대답했다.

"제국군의 최종적인 지휘권은 폐하의 것이니까요. 폐하께서는 이 전쟁으로 인한 양측의 피해가 크다시며, 제게 케스만의 국왕을 만나 항복을 받고 협정을 맺으라 하셨습니다."

"그것이 가능하다고 생각한다던가?"

록산느의 날 선 목소리가 다시 한번 방을 울렸다.

"몇 차례나 제국의 경계를 침범한 그들이, 황제가 요구한다 하여 순순히 항복을 할 거라고 생각해?"

그녀가 남작을 똑바로 바라보며 일갈했다. 자색 안광은 그를 뚫어 버릴 것처럼 매섭게 빛났다.

"어려운 일일 거라 하셨습니다. 그렇기 때문에……."

남작은 출발 전에 아르노아가 해 주었던 말을 그대로 록산느에게 들려 주었다.

불편하고 위험한 상황인 것을 모르지는 않으나, 상관의 명을 우직하게 수행하는 가문의 전통은 남작의 긍지이기도 했다. 이 일이 주어진 이상, 남작은 물러설 생각이 없었다.

"그렇기 때문에 폐하께서는 저를 보내셨습니다. 협상이 완전히 불가능 하다는 사실이 확인되기 전까지는 제가 이 전쟁의 총책임자입니다."

그는 자신이 가져온, 아르노아의 친필 서명이 그대로 있는 칙서를 보여 주었다.

"그러니, 총사령관이신 대공 전하께서는 오늘부로 권한을 전부 제게 넘 기셔야 합니다."

탕-!

그의 말을 듣던 대공이 거칠게 테이블을 내리쳤다. 그가 이글거리는 눈 빛으로 남작을 바라보았다.

"남작."

대공이 뭐라고 하기 전에 록산느가 다시 입을 열었다. 조금 전에도 차 가웠던 목소리는, 이제 주변의 모든 것을 얼릴 것처럼 싸늘하게 변해 있 었다.

"나는 주제를 모르고 떠드는 이들을 좋아하지 않아."

그녀는 고개를 바짝 치켜든 채였다. 자색 눈동자가 남작을 찌를 듯이 노려보았다.

"황제 폐하의 명이니 전달하지 않을 수 없습니다. 물론 대공 전하와 대 공녀님께서도 명에 따르지 않으면 안 됩니다."

"아, 그래?"

록산느가 비틀어진 미소를 지으며 말했다. 습관인지 의도한 건지, 그녀의 한쪽 손은 허리에 찬 검의 손잡이를 만지작거리고 있었다.

"총책임자로 임명된 그대의 머리를 날려 버리면, 책임자는 다시 아버지가 되겠군?"

한층 싸늘해진 정적이 흘렀다. 한 줄기 진땀이 남작의 이마를 타고 흘렀다. 그가 심호흡을 하고 말을 이었다.

"저는 황제 폐하의 명을 받아 왔습니다."

"그래서?"

"그러니, 저를 죽인다면 이는 반역입니다. 대공녀님의 상대는 안 될지라도, 저 또한 쉽게 죽어 드리지는 않을 겁니다."

남작은 진땀을 닦아 내더니 고개를 똑바로 들고 록산느를 마주 노려보았다. 쉽게 꺾이지 않을 듯한 기세로, 그는 당장 자신을 죽일 듯한 그녀의 시선을 받아 냈다.

"남작."

정적을 깬 것은 대공이었다.

"평기사 출신인 남작이 이 전쟁에 대해 무엇을 알지?"

그가 거만한 표정으로 물었다.

"한미한 가문 출신에, 이 정도 규모의 병사를 거느린 적도 없는 그대가 말이야."

"……."

"아직 어린 황제 폐하 주변에 아무도 없다는 걸 이용해서 이런 중책을 맡았다는 생각을 떨칠 수가 없군."

대공은 비웃음이 잔뜩 담긴 말투로 그에게 말했다. 남작은 눈을 한 번 지그시 감았다가 뜨고서 대답했다.

"평기사로서, 저는 스물두 번의 크고 작은 전쟁을 보아 왔습니다. 대공 전하의 밑에서 참전한 적도 있으니 두 분께서 전투에 능하다는 사실은 잘 알고 있습니다."

"······그랬던가?"

"이번 전쟁에 대해서도 알려진 것은 많습니다. 케스만에서 가장 공고하다고 알려진 여기 이 성을, 대공녀님의 지휘하에 이틀 만에 함락했다지요."

"그걸 아는 사람이······."

"그러니 협상을 하지 못할 이유가 없다는 것이 제 생각입니다, 전하. 이 성을 점령하고 나서도 1년 가까이 전쟁이 계속된 것은 국력의 지나친 낭비입니다."

남작은 기어이 할 말을 다 했다. 대공의 얼굴이 분노 탓에 붉어졌다. 그는 비틀린 미소를 짓고는 남작에게 대꾸했다.

"공식적인 내 지휘권을 넘겨주는 일 따위는 없네."

"하지만 전하."

남작의 말에도, 황제의 직인이 찍힌 칙서에도 그는 아랑곳하지 않고 말을 이었다.

"전쟁은, 앞으로도 길게 이어질 걸세. 내가 원하는 때까지 말이야."

"전하."

"그게 싫다면 남작이 알아서 멈춰 보도록 하지."

대공은 조금도 물러날 기색이 없이 말을 마쳤다.

이 정도면 알아들어야지.

알아듣고 돌아가서 다시 황제를 설득해야지.

대공을 설득하는 데 실패했다고 보고해 봤자 견책이나 당하겠지만, 여기서 돌아가지 않으면 목이 날아갈지도 모르는 상황인데.

남작이 이마를 짚으며 한숨을 토해 냈다. 알고는 있었지만, 이렇게 나온다면 쉽게 끝나는 것은 불가능할 터였다.

"하아····· 뜻은 알겠습니다, 전하."

그가 말했다. 그러다 대공이 승자의 미소를 짓기 직전에 덧붙였다.

"말씀대로 제가 알아서 방법을 찾도록 하지요."

"……."

"머무를 공간만 주십시오. 저와 수십 명의 호위 기사 전부. 저는 협상을 마치기 전에는 안 돌아갑니다."

남작은 답답할 정도로 우직하게 말했다. 상부에서 지시한 일을 마치지 않는다는 것은, 벤트 가문에서 절대로 용납되지 않을 일이었다.

'오래 걸리는군.'

원형의 테이블 한쪽에 앉아 대화가 끝나기를 기다리던 벨이 이리저리 눈을 굴렸다. 그는 남작과 대공의 대화가 잘 흘러가는지에 대해 관심을 기울이고 있지 않았다. 아르노아가 그건 남작의 일이라고 했었으니까.

짧은 순간, 벨의 눈에는 방 한쪽 구석에 선 채로 대기하는 남자가 들어왔다. 다만 남자를 향한 그의 시선은 오래 머무르지 않았다. 그저 심부름을 위해 대기 중인 한 명의 병사일 터였다.

쓸데없이 벨을 강하게 응시하는 황록색 눈동자가 조금 거슬린다는 것 말고는 특별할 거 없는 자였다.

'분명 이 근처인 건 맞는데.'

벨은 눈을 감고 심호흡을 하며 주변의 공기를 확인했다.

'찾을 수 없다.'

그가 결론 내렸다. 분명 이곳에서 온 편지에서 강한 기운이 느껴졌는데, 그 기운이 이 성에서는 느껴지지 않았다.

'별일이군.'

그가 다시 생각했다.

괜히 온 걸까? 그냥 황제의 침실이나 자주 갈걸. 침대도 폭신하고, 가끔은 무릎도…….

"마탑주를 끼고 왔기 때문인가?"

행복한 기억이 떠오르려는 찰나, 대공의 목소리가 벨을 백일몽에서 깨웠다.

"마탑주와 함께 오더니 두려울 것이 없는 모양이군."

그는 비웃음을 흘리며 벨을 슬쩍 보았다.

"언제부터 황제의 오른팔이 되었다고, 원."

대공은 벨이 듣지 않고 있다고 생각하는 듯 중얼거렸다. 하긴, 틀린 분석도 아니었다. 마법사도 아닌 사람들끼리 나누는 대화에 흥미를 갖는 것은 쉽지 않았으니까.

다만 '황제'라는 단어만큼은 그의 귀에 쏙 하고 꽂혔다.

"……됐지."

"뭐라고?"

벨의 대답에 대공이 화들짝 놀라 고개를 돌렸다. 그의 이마에도 한 줄기 식은땀이 흘렀다. 남작을 기선 제압하기 위해 한 말이었지만, 그건 다 벨이 다른 곳을 보고 있기 때문이었다.

대공은 마탑주가 얼마나 위험하고 또 예측하기 어려운 자인지 떠올렸다. 화를 참지 못하고 그를 죽이려 들면 어느 정도까지 막아 낼 수 있는지에 대한 확신은 없었다.

"뭐라고…… 했나?"

대공이 마른침을 삼키고 다시 물었다. 벨은 씩 웃으며 그의 질문에 다시 한번 답해 주었다.

"황제의 오른팔이 된 지 몇 달 됐다고 했는데."

대공의 얼굴이 놀란 표정에서 의아한 표정으로 변했다. 말투는 비아냥거리는 건가 싶은데, 표정은 왜 저렇게 즐거워 보이는 건가.

대공이 황당해하거나 말거나, 벨은 다시 한번 싱긋 미소 지었다. 말투는 어딘가 거슬렸지만, 황제의 신체 일부가 되었다는 말은 왠지 기분이 나쁘지 않았다.

"황제의 오른팔이라. 확실히 몸에서 아주 중요한 부분이기는 하지."

그는 한 마디도 이해할 수 없는 말을 남겨 놓고, 이미 일어선 남작의 뒤를 따라 대공의 방에서 나가 버렸다.

* * *

저벅, 저벅.

기분 나쁜 통보를 들은 지 한 시간쯤 뒤, 록산느는 다시 성탑의 꼭대기로 향했다. 케스만이, 그리고 경계 안쪽의 제국 땅까지 무척 넓은 땅이 내려다보이는 그곳에 서면, 대륙의 어떤 사람보다도 우월한 자신을 느낄 수 있는 기분이었다.

뚜벅, 뚜벅.

언제나 그녀 자신을 위해 남겨진, 보초병들도 함부로 발을 대지 않는, 성탑에서도 가장 높은 땅이 눈에 들어왔다. 딱 그 자리에 서 있는 또 다른 한 사람도.

"······뭐지?"

록산느는 미간을 찌푸렸다. 눈앞에 서 있는 것은 조금 전 보았던 키 큰 남자였다. 새하얀 로브에, 그와 대조되는 검은 머리칼이 바람에 흩날렸다.

"뭐냐니?"

남자, 그러니까 벨은 귀찮다는 듯 얼굴을 절반 정도 돌리며 퉁명스러운 말투로 대답했다.

"······?"

록산느의 얼굴이 한층 더 찌푸려졌다. 그녀가 기억하는 한 누구도, 단 한 번도 록산느 아실리에르에게 이런 무례한 태도를 보인 적은 없었다.

아, 있긴 있었다.

전쟁터에서 고래고래 고함을 지르던 적군들, 그리고 그녀를 저주하던 그 가족들.

잠시 그들을 잊었던 것은, 그렇게 록산느를 저주한 사람들은 모두 곧바로 죽었기 때문이었다.

이놈은 아직 죽을 때는 안 됐을 텐데, 마법사라 이러는 건가?

"내 자리다."

그녀가 짧게 대답했다. 그녀는 벨이 물러나기를 기다리지 않고 다가서서 그를 밀쳤다. 이 성에서 그녀의 앞을 막아서는 사람이 존재해서는 안 되었다.

툭.

"바람을 쐬고 싶다면 다른 장소를 찾아라. 이곳은 다른 이의 출입을 허락하지 않는다."

그녀는 말을 마친 후 몸을 돌려 성 바깥쪽을 향하고 섰다. 그러고는 심호흡을 하고 탑 아래를 내려다보았다. 이는 록산느가 마음을 다스리는 방법이었고, 지금까지는 실패한 적이 거의 없었던 방법이기도 했다.

역시, 높은 곳이 최고였다.

바람도 시원하고, 그녀를 두려워하는 병사들 말고는 아무것도 보이지 않는, 끝없이 펼쳐진…….

툭.

생각을 정리하던 록산느의 중심이, 무언가에 밀쳐져서 흔들렸다.

"뭐지?"

전혀 예상치 못했던 힘에, 그녀는 옆으로 한 걸음 밀려나며 중얼거렸다.

우연히 무언가 날아온 것인가?

적의 습격인가? 아니면 짐승?

적군이 아닌 사람이 의도적으로 그녀를 밀어 낼 생각 따위를 할 리가 없으니, 이는 위험한 상황일지도 모른다는 생각이 록산느의 머리를 스쳤다.

그녀는 천천히 고개를 돌려 자신이 서 있었던 자리를 바라보았다.

자색 눈동자가 천천히 확장되었다.

적의 습격도, 짐승도 아니었다.

"뭘 봐?"

그 자리를 다시 차지하고 선 것은 마탑주, 벨카리아나스였다. 손바닥이 이쪽을 향한 모양새가, 마치 방금 무언가를 밀어 낸 듯한 그림이었다.

"너…… 네놈이 설마."

록산느가 천천히 입을 열었다. 그녀의 입술이 충격으로 떨리고 있었다.

"나를…… 나를 밀쳐 낸 것이냐?"

"응."

벨이 대뜸 고개를 끄덕였다.

"그쪽이 먼저 밀치지 않았나. 그것도 나보다 세게."

그는 자신의 논리가 아주 타당하다는 듯 말을 이었다.

"그리고 이 성탑은 제국군의 것이라고 들었어. 주인은 황제인 셈이겠지."

그가 짚고 있던 성벽을 탁탁 치며 말했다.

"황제의 명령으로 여기까지 왔으니, 성을 조금 돌아다니는 건 허락해 줄 거다. 날 싫어하지 않으니까."

무뚝뚝해 보였던 그는, 뭐가 그리 재미있는지 갑자기 황제를 언급하며 빙긋 웃기까지 했다. 록산느는 황당해서 웃음조차 나오지 않았다.

"이곳은 성탑에서 가장 높은 장소다."

그녀가 한층 엄격한 말투로 말했다.

"기습하는 적군을 발견하기 최적인 장소이자, 제국군 전부를 내려다볼 수 있는 장소이기도 하지. 당연히 총사령관인 아버지나 부사령관인 내가 있을 자리다."

"그렇게 보이는군."

벨이 순순히 고개를 끄덕였다.

"하지만 오늘은 내가 먼저 왔다. 나도 이 자리가 마음에 드니 그쪽은 다른 곳에서 적을 관찰하는 것이 좋겠군."

그는 조금도 물러설 생각을 하지 않는 듯했다. 록산느의 눈이 조금 커졌다.

툭.

록산느는 신경질적으로 그를 다시 밀쳤다. 이번에는 조금 더 감정을 실어서.

"굳이 이 자리를 차지해야겠다니, 별 희한한 집착이군."

그녀가 노골적으로 비아냥거리며 다시 마땅히 자신의 것인 자리를 차지했다.

"설마 너 같은 놈도 세상을 내려다보는 것이 좋은 것이냐?"

록산느가 물었다.

"마법사로 태어났으면 알아서 영지에 틀어박혀 살 것이지, 왜 바깥으로 나와서 이러는지 알 수가 없군."

"……."

"아, 참. 황제가 보낸 거였다고 했지. 듣자 하니 너는 디르한에서 황성까지 황제와 함께 갔다며."

그녀는 싸늘한 목소리로 말을 이었다. 감히 그녀의 자리를 함부로 차지한 자에게 지킬 예의 따위는 없었다. 벨도, 황제도 다 마찬가지였다. 그저 담담하던 벨의 얼굴이, 황제에 대한 언급이 나오는 순간 조금 찌푸려졌다.

그 점은 록산느의 눈에도 잘 걸려들었다. 불쾌해 보였던 그녀의 얼굴에 약점을 잡은 듯 미묘한 웃음이 떠올랐다.

"남편에게는 버림받은 한심한 여자라더니?"

그녀는 벨의 얼굴에 생긴 균열을 작정하고 긁어 놓겠다는 듯 말을 이었다. 그의 콧잔등에 미세하게 잡힌 주름이 그렇게 보기 좋을 수가 없었다.

록산느는 거침없이 독설을 쏟아 냈다.

"혹 마탑주에게 몸이라도 내주……."

타악.

"어엇?"

그녀는 하던 말을 다 마치지 못하고 다시 크게 휘청였다. 이번에는 밀치는 힘이 조금 전보다 훨씬 강했다. 어깨가 얼얼할 정도였다.

다시 고개를 들었다. 그녀가 서 있던 자리를 다시 차지한 이는 당연히 이번에도 벨이었다. 무심했던 눈동자에는 조금 전 없었던 분노 같은 것이 비치고 있었다.

"빌어먹을 자식이!"

"난 그저 높은 곳이 편안할 뿐이다."

그는 죽일 듯 쏘아보는 록산느를 무시하고 말했다.

"안정감 있고 좋다. 폭신하면 더 좋겠지만."

"……뭐?"

록산느가 황당하다는 표정으로 그를 바라보았다.

높은 곳이 안정감 있어?

폭신하면 더 좋아?

전장의 성탑이 무슨 구름 나라 솜사탕인 줄 아나?

"내려다보는 건 관심 없고, 그쪽이 왜 이 자리를 좋아하는지도 내 알 바 아니니 입을 다물어 줬으면 좋겠군."

벨이 다시 한번 차갑게 내뱉었다. 조금 전까지는 아무런 감정이 없어 보였던 은회색 눈동자가 차가운 적의를 담아 그녀를 쏘아보고 있었다.

"할 말이 있으면 벤트 남작과 하든가 마음대로 해. 황제가 보낸 대표는 그 사람이다."

"……하, 아주 웃기는 놈이로군. 벤트 남작?"

록산느가 혀를 한 번 차며 말했다. 벨은 눈을 피하지 않고 날카로운 시선으로 그녀를 노려보고 있었다.

"황제도, 남작도, 그리고 너도 이해할 머리가 없는 것 같으니 다시 말해 주지."

그녀가 한 자 한 자 귀에 박히라는 듯 또박또박 말했다.

"이곳에서 황제가 임명한 총책임자 같은 걸 인정하는 사람은 없다."

"……."

"제국군이 섬기고 따르고 두려워하는 건 황제도, 벤트 남작도, 심지어는 아버지도 아닌 나야. 내가 그들의 신이나 마찬가지라는 거다."

록산느는 한 치의 망설임도 없이 자신했다. 그녀의 세계 안에서 이 말은 틀린 것이 아니었다.

"황제의 칙서를 들이댄들, 자신이 책임자라고 혼자서 주장한들, 여기서는 공허한 외침일 뿐이다."

"……."

"남작도, 그리고 속으로는 이 전쟁에 아무런 관심도 없을 네놈도, 책임자를 운운할 자격 같은 건 없단 말이다."

그녀는 검의 천재였고, 전술의 귀재였으며, 한 번 노린 표적은 절대로 놓치지 않는 맹수 같은 본능을 가졌다. 병사들은 록산느를 두려워했지만 한편으로는 그녀의 권위를 완벽하게 인정했다.

남작이 할 수 있는 일은 그다지 많지 않았다. 한 마디로, 그는 록산느에 비하면 꽤나 무력한 상태에 처해 있었다.

록산느의 말을 끝까지 들은 벨은 한동안 아무런 대답도 하지 않았다. 얼핏 수긍한 건가 싶을 정도로 긴 정적이 지난 후, 벨의 입꼬리가 보기 좋은 곡선을 그리며 올라갔다. 물론, 객관적으로 보기 좋다 하여 록산느의 눈에도 아름다운 것은 아니었다.

그녀는 벨의 표정이 무척 불쾌하다는 듯 눈썹을 찌푸렸다.

"……비웃은 것이냐? 감히 나를?"

록산느의 물음에 그는 태연히 고개를 끄덕였다.

"응, 조금."

그녀의 눈매가 한층 더 날카로워지는 모습을 보며 벨이 말을 이었다.

"그렇게 대단한 사람치고, 전쟁을 아직까지 끝내지 못했다는 데 대한 변명은 없는 것 같군."

순간 록산느의 얼굴이 와락 일그러졌지만 벨은 개의치 않고 말을 계속했다.

"황제는 디르한에서부터 그러더군. 그쪽과 그쪽 아버지가 군자금을 빼먹을 목적으로 이 전쟁을 시작해 아주 오래 질질 끌었다고."

록산느의 눈이 조금 커졌다.

황제가? 디르한에서부터 이런 것을 파악하고 있었다고?

록산느는 어린 시절 보았던 여자아이의 얼굴을 떠올리려 애썼다. 하지만 너무 오랫동안 생각한 적 없던 얼굴이라 잘 떠오르지 않았다.

"아마도 일부러 그런 거겠지만, 대외적으로는 어려운 전쟁으로 되어 있다지."

벨의 말은 계속 이어졌다. 어이없다는 웃음은 여전히 입가에 띤 채였다.

"조금 멍청한 거 아닌가?"

그가 말했다.

분노 때문인지, 록산느의 입술이 미세하게 떨렸다.

"지금 벤트 남작의 말에 따라 협약을 맺기라도 하면, 같이 이룬 성과라고 떵떵거리기라도 했을 텐데, 이제는 꼼짝없이 남작에게 공을 빼앗기게 생겼군."

마치 날씨 이야기를 하듯 여유로웠다. 내용은 한 마디 한 마디 록산느를 자극하고 있었지만.

벨의 말을 들은 록산느가 입술을 지그시 깨물었다.

"그런 일은 없을 거다."

"아니, 있을 거야."

그녀를 보는 눈은 여전히 한기를 뿜어내고 있었다.

"황제는 보는 눈이 좋은 편이니 벤트 남작은 멍청이가 아닐 거고. 나도 이걸 너무 길게 끌고 싶지 않으니까."

"……네가 나서서 남작을 돕기라도 하겠다는 것이냐?"

벨은 바로 대답하는 대신 씨익 웃었다. 새하얀 치아가 가지런히 늘어진 모습이, 어쩐지 록산느의 마음에 들지 않았다.

"글쎄, 어느 쪽이 진짜 전쟁의 신인지는 그때 보면 알겠지."

그는 짧게 말했다.

"케스만과의 협상이 성공하면, 그럼 남작이 그쪽보다 큰 영웅이 되는 셈 아닌가?"

"……뭐?"

"그쪽이 이루지 못한 걸 그가 이룬다면, 이 전쟁의 주인공은 벤트 남작이 된다는 말이다."

말을 마치며 그는 성탑에 몸을 기댔다. 다시 와서 자리를 빼앗을 수 있으면 빼앗아 보라는 듯. 록산느는 더 이상 대답할 생각이 없는 듯, 그저 혐오가 가득 담긴 시선만을 그에게 던질 뿐이었다.

두 사람은 한 치도 물러서지 않을 듯한 표정으로 서로를 노려보았다.

* * *

다리우스 벤트 남작은 거울 앞에 선 채 숨을 크게 들이마셨다.

"흡."

그는 조심스럽게, 들고 있던 검은 암복 속으로 제 몸을 집어넣었다.

턱.

"후으읍."

그는 옷을 반쯤 입다 말고 고통스러운 듯 숨을 내뱉었다. 상의는 잘 들어갔는데 바지가 문제였다. 기사 생활을 끝내고 가주가 되면서 한동안 입지 않았던 그 옷은, 배 부분이 생각보다 너무 꽉 끼었다.

이유는 뻔했다. 은퇴 후에도 기름기 없는 음식만을 먹으며 하루 일곱 시간씩 훈련하려던 그의 계획이, 공무와 육아에 치이면서 조금씩 무너졌기 때문이었다.

'아부지, 케이크 주세요.'

'아빠, 나 초콜릿!'

두 남매는 허구한 날 살찌는 음식을 달라고 하더니, 막상 그가 그것들을 대령하면 딴짓을 하느라 쳐다보지도 않았다. 음식을 버리면 천벌 받을 테니, 남은 것들은 할 수 없이 남작의 배 속 으로 들어갔다.

그나마 엄격한 부인이 아이들의 습관을 고쳐 놓았기에 망정이지, 안 그랬다면 그는 지금쯤 맞는 옷이 없을 지경이었을 것이다.

"다 내 탓이지……."

남작이 침대에 걸터앉아 한탄했다. 그랬더니 뱃살은 야속하게도 더욱 튀어나왔다.

살을 빼려는 노력을 안 한 건 아니었다. 마음잡고 검을 좀 휘둘러 보려하면, 녀석들이 어느새 연무장까지 따라 나와 사고를 쳐서 문제였지.

그래도 보기에는 나쁘지 않았었는데.

부인도 좋아해 주었는데.

안 그랬으면 아이는 하나에서 멈추지 않았겠는가.

다만 옛날 옷을 걸치자 커진 몸이 꾸역꾸역 갇히는 바람에, 그 모습은 불편함을 넘어 우스꽝스럽기까지 했다.

"후우……."

남작이 결국 포기하고 한숨을 쉬었다.

투둑-

열심히 버티고 있던 암복은, 그 순간 반쯤 찢어져 입을 수 없게 되고 말았다.

"젠장! 되는 일이 없군."

그가 머리를 쥐어뜯으며 중얼거렸다.

"그대는 참 이상하군."

머리 위에서 익숙한 목소리가 들려왔다. 남작은 눈을 동그랗게 뜨고 고개를 번쩍 들었다.

"왜 더 큰 옷을 입지 않는 거지?"

조금 전까지 아무도 없었던 자리에 서서, 한심하다는 듯한 표정으로 남작을 내려다보는 것은 마탑주였다.

"아니, 이 무슨 무례함이오!"

남작이 펄쩍 뛰어오르며 소리쳤다.

찌익-

그 바람에 바지가 조금 더 찢어져 버렸다. 반쯤 포기해 버린 탓인지, 그는 굳이 수습하지 않았다. 대신 벨을 향해 더욱 인상을 썼다. 마탑주 앞에서 조심해야 한다는 조언을 들은 적은 있으나, 예의를 갖추지 않는 자에게는 마땅히 이를 지적해야 한다는 것이 남작의 굳건한 생각이었다.

"누가 함부로 들어오라고 했소! 사람이 사생활이 있는데……."

"비상시에는 들어오라고, 방 사이의 문을 열어 놓겠다고 한 건 남작 당신이다. 자다가 깨 보니 그 생각이 나서 들어왔지."

벨은 얄밉게 대답했다.

"비상시! 말 그대로 비상시라고! 지금 암살자가 쳐들어오기라도 했소?"

남작이 빽 소리를 지르자 벨은 귀찮다는 듯 어깨를 으쓱했다.

"복장을 보아하니 비슷한 상황은 맞군."

그가 애처롭게 찢어진 남작의 바지를 가리키며 말했다.

"옷을 다 입기 전에 실패하는 암살자는 처음 봤지만 말이야. 아까도 물었지만 왜 더 큰 옷을 가져오지 않은 거지?"

"아, 이 정도는 오는 길에 다 뺄 수 있을 거라 생각했으니까 그렇지!"

남작이 빽 하고 소리를 질렀다.

억울함이 밀려왔다. 스무 살 때는 이 정도 살은 보름이면 뺐는데. 왜 똑같이 먹고 똑같이 움직여도 이제는 다른 건지 알 수 없었다.

"젊고 잘생겼고 늘씬하다고 그렇게 자신만만해하지 마시오. 그러다가 당신도 순식간에 나처럼 될 테니까."

벨은 그의 말에 관심이 없다는 듯 눈썹만 까딱하더니 남작의 허락 없이 침대에 걸터앉았다. 그가 다시 남작에게 물었다.

"그래서, 지금 찢어진 옷을 입고 뭘 하려는 건가?"

"거, 정말 사생활에 대한 존중이 쥐꼬리만큼도 없는 사람이구만."

남작이 툴툴거리며 대답했다.

"말을 타고 빠져나가 케스만 국왕의 성에 잠입할 생각이오."

"잠입?"

"다른 방법이 없더군."

남작이 헛웃음을 흘렸다.

"황실의 권위가 추락한 줄은 알았지만, 대공 전하께서 이렇게까지 폐하의 명령을 무시할 줄은……."

"뭐, 협조할 생각은 없는 것 같더군."

벨이 수긍했다.

"협조 정도가 아니라, 대충 핑계를 대고 날 죽일 수 있겠다 싶어 보인다오."

"오, 듣고 보니 그렇군."

벨이 고개를 끄덕였다.

"대충 케스만이 그랬다고 뒤집어씌우면 맞아떨어졌겠어."

"좋은 이야기도 아닌데, 걱정하는 척이라도 좀 하시오!"

남작이 다시 한번 툴툴거렸다. 그러는 와중에도 그는 다시 상의를 이용해서 바지를 수습해 보려 애쓰고 있었다.

"황제 폐하께서 호위를 잔뜩 붙여 주셔서 망정이지…… 너무 많다 싶었는데 이제 이유를 알겠군."

"아, 그런 거였나?"

벨이 피식 미소를 지었다.

어쩐지 데려갈 사람이 너무 많더라. 괜히 속도만 늦어져서 답답하기만 했는데, 아르노아는 다 생각이 있었던 것이다.

"하지만 오늘 왕궁에 갈 때는 딱 둘만 데려갈 거요. 아무리 생각해도 국왕을 만날 방법은 그것뿐이더군."

남작이 다시 말했다.

"왕궁에 잠입해서 국왕을 만난다?"

벨이 재미있다는 듯 물었다.

남작이 고개를 끄덕였다.

"경계가 삼엄하니 어렵겠지. 하지만 일단 케스만인으로 위장해 성으로 들어가고, 동태를 좀 살펴서 어떻게든 국왕과 가까운 이에게 접근하면…… 불가능한 건 아니오."

"만나면 협정을 체결할 수 있다고 생각하는 건가?"

벨이 다시 물었다.

제국에서 케스만의 국왕은 살육에 미친 전쟁광으로 알려져 있었다. 제국의 경계를 침범해 전쟁을 시작한 그는, 황성을 정복하기 전에는 멈추지 않을 거라는 소문이 파다했다.

물론 벨은 그렇게 생각하지 않았다. 아르노아가 그렇지 않다고 했었으니까. 아나킨도 그렇고. 다만, 그는 남작이 뭐라고 대답할지는 알고 싶었다. 어쨌거나 아르노아는 이 일을 남작에게 맡겨 두라고 했었으니까.

"근거라면 있소."

남작이 목소리를 낮추며 말했다.

"소년 시절 케스만 국왕을 만나 본 적이 있기도 하고, 대충 전쟁의 형국을 보면 그가 이 전쟁을 끝내고 싶어 한다는 것쯤은 알 수 있지."

말을 하면서도 그는 탁자 위에 늘어놓았던 지도를 집어 펼치느라 분주했다. 어디로 어떻게 들어가야 하는지 착실하게 분석하고 있는 듯했다.

"처음 경계를 침범한 건 국왕의 매부였지. 그자의 판단력이 심하게 부족했던 건 맞는데 이미 죽었으니 딱히 장애물은 아니고."

"……."

"전쟁이 늘어지면서 양쪽이 여러 포로를 잡았지만, 제국군이 잡은 포로들을 다 죽인 것과 달리 그쪽은 항상 인질을 잡았다더군. 아직까지도 살아 있는 것 같고."

남작은 물 흐르듯 설명을 이어갔다.

"협상을 원하지 않는다면 인질을 잡을 이유도 없소."

그가 지도를 착 접어서 품속에 넣으며 말했다.

"협상 조건을 어떻게 하느냐는 폐하와 다 상의했고, 오래 걸리지도 않을 거요."

벨은 남작에게 아주 조금 감탄했다.

다 맞는 이야기였다. 적어도 아르노아나, 출발 전에 그를 붙잡고 설명을 쏟아부은 아나킨에 따르면. 국왕을 만나는 것까지가 문제인데, 대공이 뭐라고 해도 우직하게 밀고 나갈 사람이 벤트 남작이니 쓸데없는 짓 해서 방해는 말라고 했던가.

벨이 씩 웃었다.

방해는 무슨.

굳이 따지자면, 그가 방해하고 싶은 사람은 남작이 아니라 대공 부녀였다.

"호위는 데려가지 마."

남작은 눈만 몇 번 깜빡이며 그를 멍하게 바라보았다.

"데려가지 말라니…… 케스만 왕궁의 궁수들은 대륙 전체에서도 손꼽히는 실력자들이오. 밤낮으로 경비를 서고 있을 텐데……."

조금씩, 그의 얼굴이 화가 난 듯 붉어졌다.

"거, 사람이 냉정하구만. 가다가 죽을 테니 남은 사람이라도 살려라, 이런 말이오?"

"아니, 남은 사람이 살든 죽든 그건 상관없다."

벨이 태연하게 대답했다. 남작은 이해가 안 간다는 듯 고개를 갸웃거렸다.

"그건 그거대로 냉정한데…… 그럼 왜?"

"내가 데려갈 거니까. 당신을 말이야."

"뭐, 뭐요?"

남작이 화들짝 놀라며 되물었다.

"어디를 함부로 데려간다고……."

"케스만 왕궁을 안다며. 국왕이 어디 있는지도 알 거 아닌가."

"그건 그렇소만……."

"장소를 알면 갈 수 있어."

그가 말했다. 남작의 눈에, 짧은 순간 옅은 이채가 스쳤다.

"설, 설마…… 그럼 포털?"

그의 눈이 조금씩 더 반짝거리기 시작했다.

"마법사들이 그런 것을 만든다는 말은 들었는데, 내가 실제로 볼 수 있을 거라고는……."

"아니. 여기서는 안 돼."

그가 딱 잘라 말했다.

"말 타고 갈 거야."

"에헤이, 나도 그렇게는 갈 수 있소!"

남작이 핀잔을 주며 벨의 팔을 툭 쳤다. 벨은 별다른 반응을 보이지 않았다.

"아! 아니면 혹시 그곳을 지키는 병사들에게 최면을 건다든가? 그래서 우리가 가는 길을 막는 대신 꽃이라도 깔아 주게 한다든가?"

남작은 다시 한번 기대에 차 물었다.

"미안하지만 최면 마법은 고대에만 있었다가 사라졌다. 지금의 최면술은 마법의 영역이 아니야."

"그럼 당신이랑 같이 왕궁에 가면 뭐가 좋은 건데?"

남작이 항의했지만 벨은 평온한 표정이었다.

"가 보면 알아. 그리고 왕궁에 들어가는 건 당신 혼자다. 나는 그 앞까지만 갈 거야. 새벽에 달리 갈 곳도 있고."

"오는 길에도 몇 시간을 달리다시피 걷게 해서 죽는 줄 알았는데. 또 무슨 짓을 하려고?"

"다치지는 않을 테니 안심하도록."

벨은 겨우겨우 옷을 추스르고 지도를 챙겨 든 남작을 붙잡고 곧바로 방을 빠져나왔다. 긴가민가하면서 붙잡혀 가면서도, 남작의 가슴에는 작은 희망이 피어올랐다.

어쨌든 마탑주고, 어쨌든 황제가 붙여 준 자 아닌가.

무슨 마법을 걸어서 그를 지켜 줄지는 알 수 없지만, 호위 한둘보다는 안전한 동반자일 것이라는 신뢰가 있었다. 어쩌면, 이 임무는 생각보다 성공적으로 끝날 듯했다.

두 사람은 마구간에 잠입하고, 병사들을 기절시켜 성에서 나가고, 전속력으로 말을 타고 달렸다. 몇 시간 뒤, 고생고생한 끝에 왕궁 정문 앞에 도착 벤트 남작이 처음 한 일은.

"아아아아악! 사람 살려!"

길고 긴 비명을 지르는 것이었다.

피이잉- 피잉-

날아오는 화살들 속에서.

"안 다치니까 뛰지 말라고 해도 그러는군."

벨은 멀찌감치 떨어진 채 혀를 쯧쯧 차며 말했다.

"화살! 화살이 박혔잖아!"

남작은 원망스러운 얼굴로 벨을 돌아보며 외쳤다. 그사이에도 다리는 쉬지 않고 움직이고 있었다.

갑옷도, 투구도 없는 그의 몸에는, 실제로 화살이 1초에 몇 개씩 날아와 콕콕 박히고 있었다. 그는 말 그대로 비처럼 쏟아지는 적군의 화살 속을 맨몸으로 뛰어서 지나고 있었던 것이다.

벨이 떠밀었기 때문에.

"신체 강화술이라고 했다. 촉 끝만 아주 살짝 박힌 거라니까. 뽑을 때 조금 따가울 뿐이다."

벨이 다시 중얼거렸다.

"아아아아악! 저 미친놈! 저주할 거야!"

그의 말을 듣지 못한 듯, 남작은 계속해서 힘찬 욕설을 외치며 케스만 왕궁 안으로 멀어져 갔다.

* * *

라야는 붉은 액체가 끓는 냄비를 바라보고 있었다.

"처음 보는 색이로군. 이것도 전에 사용한 독과 같은 것이냐?"

팔짱을 끼고 문틀에 기댄 채 그를 지켜보던 대공이 물었다.

"비슷합니다. 직접 먹는 용이라는 점이 다르다면 다르겠죠."

라야가 냄비에서 눈을 떼지 않은 채 대답했다.

"지하라서 그런지, 독 때문인지, 공기가 탁하군."

"둘 다입니다."

라야가 대답했다.

"그래서 저는 지하를 좋아하죠."

어둠 속에서 황록색 눈동자가 번뜩였다. 대공의 눈썹이 흠칫하며 움직였다. 그의 수하가 되겠다고 한 후로 쭉 그 약속을 지켜 왔던 라야였지만, 그를 보고 있으면 가끔 이유 모를 소름이 돋고는 했다.

"흠, 그래서 그 약의 효과는 어떻지?"

대공은 자신의 순간적인 두려움을 들키지 않으려 헛기침을 하며 말을 돌렸다. 라야는 씨익 웃으며 냄비의 붉은 액체를 사랑스러운 듯 바라보았다.

"강력합니다. 제가 만들었던 어떤 독보다도 더요."

"확실한 것이냐? 마탑주에게도 사용할 만큼? 마력이 상식을 초월하게 강한 자인데도?"

대공이 물었다.

"상대의 마력이 강한 것은, 제 독을 쓸 때는 장애가 되지 못합니다."

그의 시선은 붉은 액체에서 떨어지지 않았다.

"너는 황제의 명을 따르는 것이 마탑주의 본성에 반하는 일이라고 말했었지 않느냐. 지금 놈의 반응을 보면 네 분석은 틀렸다."

그의 얼굴에는 지울 수 없는 의문이 서려 있었다. 마탑주에게 평범한 독이 듣지 않는다는 것은, 과거의 경험으로 이미 잘 알고 있었다. 대공의 표정을 보았는지, 라야가 띠고 있던 미소가 미세하게 비틀어졌다.

"독살에 있어서 저보다 뛰어난 이는 없습니다."

그가 말했다.

"지금까지도 없었고, 앞으로도 영원히 없을 겁니다. 절대로 말입니다."

라야가 속삭이듯 나직하게 덧붙였다. 한층 진지해진 눈빛 속에서 미묘한 거만함이 엿보였다.

대공은 문득 그가 걷어붙인 소매 안쪽, 팔뚝을 가로지르는 긴 흉터를 바라보았다. 그것은 라야의 등과 배에 걸쳐서 나 있는, 셀 수도 없을 정도로 많은 지렁이 같은 흉터 중 하나였다.

지금이야 거의 나았다고는 하지만, 처음 그를 만났을 때는 짐승에게 물어뜯긴 것이 덜 아문 듯한 모습이었다.

대공은 끔찍했던 그 당시를 떠올리며 몸을 떨었다.

그는 알고 있었다. 라야가 자신의 말대로, 독살에 있어서는 확실한 실력자라는 사실을. 오래전, 소년이었던 그의 재능에 오만이 더해졌을 때, 당시 페르헨에서 어떤 결과가 생겼는지도. 거기에 더해서, 오만에 대한 벌을 받은 그가 또 어떤 보복을 했는지도 모두 알았다.

대공은 한동안 아무 말 없이 라야의 냄비 속을 들여다보기만 했다. 그의 생각을 읽은 듯한 라야가 다시 진지했던 표정을 풀었다.

"걱정 마십시오, 대공 전하."

그가 단언했다.

"이곳까지 온 이상, 그리고 제 존재를 찾아내지 못한 이상, 마탑주의 운명은 끝입니다."

"……그런가?"

이윽고 냄비는 펑 하는 작은 소리를 내고 끓는 것을 멈추었다. 라야는 옆에 놓았던 고급 와인 병을 집어 들고, 붉은 액체를 그 안으로 부은 후 다시 봉인했다.

"그냥 다른 것이나 신경 쓰십시오."

"……"

"전통에 따라 단명하겠지요. 마탑주는 말입니다. 그의 본성이 어떻든 상관없습니다."

그는 아무렇지 않은 얼굴로 와인 병을 대공에게 건넸다.

"가지고 가십시오. 이제 아침입니다."

감쪽같이 봉인된 병 속 액체는 누가 봐도 평범한 와인이었다.

"그가 만찬실에 도착할 시간이 되었습니다."

* * *

"알 수 없는 일이군."

벨이 한 손에 턱을 괸 채 대공과 록산느를 번갈아 보았다.

"두 사람은 술친구가 그렇게 없나? 아니, 그냥 둘이 마시면 안 되나?"

세 사람은 만찬실 테이블에 둘러앉아 있었다. 예의로 보일 정도의 미소를 띤 것은 대공 한 명뿐이었다. 벨은 반쯤 귀찮고 반쯤 졸린 표정이었고, 록산느는 당장이라도 누구 한 명 죽여 버릴 듯 불쾌해 보였다.

"아버지, 술을 꼭 드셔야겠다면 차라리 병사 중 한 명을 고르셨어야지요."

록산느가 딱딱하게 말했다. 그녀의 말처럼, 만찬실 안에는 대기 중인 병사들만 수십 명이었다. 일부는 호위였고, 일부는 대공의 잔심부름을 하는 이들이었다.

"저놈과 한 테이블에 앉아서 뭘 어쩌시겠다는 겁니까?"

"두 사람 모두 진정하게."

대공은 미소를 잃지 않고 그들을 타일렀다.

"생각해 보니 여기까지 와서 굳이 힘 빼면서 싸울 필요도 없는 것 같아서 마탑주를 불렀네."

그가 뒤에서 대기하던 병사들 중 한 명에게 손짓했다.

"남작이 오지 못하는 것이 안타깝군. 몸이 아프다고 했던가?"

"어디서 긁힌 건지, 몸 여기저기에 작은 상처가 났다고 하더군."

벨이 시큰둥하게 대답했다. 그의 말에 록산느가 코웃음을 쳤다.

"아프긴. 남작은 분명 케스만을 설득하겠다며 빠져나간 거겠지. 마구간의 말이 사라지고 성문을 지키던 병사가 쓰러진 것을 모를 거라 생각했느냐?"

벨은 눈썹만 한 번 치켜올리고 아무런 말도 하지 않았다.

"케스만의 궁수들은 100보 밖에서 참새 눈을 꿰뚫는 실력자들이다. 그걸 알면서도 갔다면 아마 마탑주 네놈이 도움을 준 거지 싶지만."

"……."

"설령 갔다고 해도 상관없다. 그는 나나 아버지와 상의도 없이 단신으로 적진에 있어. 너는 그게 무슨 의미인지 아느냐?"

그녀가 벨을 향해 턱을 치켜올렸다.

"책임자든 뭐든, 전장에서 단신으로 적진에 건너간 이가 하루가 지나도록 돌아오지 않는다면 그 뜻은 둘 중 하나로 해석된다."

"록산느."

"죽었거나."

대공이 타이르듯 그녀의 이름을 불렀지만 록산느는 말을 멈추지 않았다. 대공은 한숨을 쉬며 술병을 든 병사에게 손짓했다. 그는 준비한 잔 세 개에 차례대로 와인을 부어, 이를 테이블에 앉은 세 사람 앞에 각각 놓았다.

"아니면 적에게 투항했거나."

그녀의 한쪽 입꼬리가 올라갔다.

"뒤늦게 돌아와서, 협상을 위해 간 것이라고 아무리 주장해도 우리는 믿지 않을 이유가 충분하다. 페르헨 구석에만 처박혀 사는 마법사는 그런 것까지 알 리가 없지만."

"록산느, 그만하거라."

"하루가 지나면, 돌아오더라도 즉시 사살이야. 네가 막는다면 너 또한 제국의 적이 되는 거고, 이는 황제조차 되돌릴 수 없겠지."

대공이 뭐라고 하거나 말거나, 록산느는 할 말을 끝내더니 팔짱을 끼고 다시 의자에 기댔다.

"……관심 없는 이야기를 길게도 하는군."

그녀의 말을 끝까지 들은 벨이 말했다.

"나를 제국의 적으로 돌리면, 오히려 난처해지는 건 그쪽일 텐데 말이야."

"……뭐?"

록산느의 어이없는 물음에 그는 빙긋 웃었다.

"제국의 패권을 유지시키고, 대륙 각지의 반역자들이며 나라의 경계를 침범하는 적들을 다 섬멸한 대공 부녀가."

그는 술잔을 앞으로 끌어와 톡톡 두드리며 말을 이었다.

"제국의 적인 마탑주를 잡지 못하면 명성에 금이 가지 않겠냐는 말이다."

"……."

록산느의 미간에 골이 팼다.

"건방이 하늘을 찌르는군."

그녀가 말했다.

"네가 마법사라 하여 상대할 방법이 없다고 생각하느냐?"

록산느의 손은 허리춤의 검을 만지작거리고 있었다. 벨은 재미있다는 듯 고개를 비스듬히 기울이며 그녀를 바라보았다.

"응. 없다고 생각해."

록산느의 눈빛에 살기가 번뜩였다.

"뭐, 뛰어난 검사들이 오러를 사용한다고는 들었다. 마법을 가르기도 하고, 막기도 하고, 마법사를 죽이기도 한다고. 우리가 불사신인 건 아니니까."

벨은 차분하게 말을 이어 갔다. 그의 말처럼, 한 뼘 정도 드러난 록산느의 검신은 새파란 빛을 뿜고 있었다. 벨의 입가에 묘한 비웃음이 서렸다.

"하지만 그게 나랑은 상관없잖아?"

그가 내뱉듯이 말했다.

"난 파란 장난감 불빛 같은 걸로 죽지 않는데."

테이블 위로, 두 사람의 시선이 날카롭게 부딪혔다.

"록산느. 이제 그만해라."

대공이 한층 단호한 목소리로 그녀의 말을 잘랐다. 그는 자신의 술잔을 먼저 살짝 들어 올리며 벨을 바라보았다.

"모든 오해는 술이 들어가면 잘 풀리는 법이지."

벨이 그다지 설득되지 않은 듯 시큰둥해 보이자 그는 다시 덧붙였다.

"뭐, 안 풀릴 수도 있지만. 시도는 해 볼 만하지 않은가. 잔을 들게."

대공은 건배를 제안하듯 두 사람을 바라보았다. 록산느의 표정이 한결 더 썩어들어 갔다.

"대륙 전체를 뒤져도 100병밖에 찾지 못할 귀한 와인이야. 그 100병이 전부 이곳에 있네."

대공은 그러거나 말거나 말을 이었다.

"만들 수 있는 가문이 케스만에 하나 있었는데, 이번 전쟁에서 실수로 전부 죽여 버렸지 뭔가."

그의 목소리에는 콕 짚어 말하기 어려운 섬뜩함이 배어 있었다.

"아마 황성으로 가져가면 한 병당 황금 한 수레를 받을 수 있을 테지. 그러니 기회가 있을 때 마시도록 하게."

"……."

벨은 대답 대신 호기심 어린 눈으로 술잔을 들어 이리저리 관찰했다.

"좋아, 술을 싫어하지는 않는 모양이군."

대공이 말했다. 그는 다시 한번 록산느의 옆구리를 찔렀다. 불만이 얼굴 가득 묻어나오고 있었지만, 그녀도 결국은 잔을 손에 쥐었다.

"그럼, 제국의 번영을 위해 건배하지."

"솔직하지 않군."

대공의 말에 벨이 옅은 비웃음을 흘렸다.

"그럼 일신의 안위를 위해 건배해도 좋아."

대공은 아무렇지 않은 듯 건배사를 바꾸었다. 그러고는 먼저 잔에 든 액체를 전부 비웠다. 오늘따라 귀찮다는 듯한 표정으로 제 아버지를 쏘아 보던 록산느도 잔을 비우자, 벨 또한 술잔을 입가로 가져갔다.

벽에 늘어선 호위들 중 한 명이 황록색 눈을 반짝 빛냈다. 그의 입가에 미묘한 웃음이 떠올랐다.

드디어 그 순간이 왔다.

이는 우연히 온 기회가 아니었다. 37대 마탑주가 그의 눈에 거슬린 지는 이미 오래되었다. 마력이 지나쳐 다른 독이 듣지 않아도 상관없었다. 그의 입으로 직접 흘러 들어갈 그 액체는 지금까지 썼던 것과는 차원이 달랐으니까.

이 정도의 양이 벨의 몸속으로 직접 흘러 들어가면, 독은 그의 모든 기관을 안에서부터 파괴할 것이다.

'마셔라.'

라야가 입 속으로 속삭였다.

'어서 마셔.'

37대 마탑주의 인생은 그것으로 끝이었다. 그는 단명할 수밖에 없는 운명이었다.

"뭐가 그리 대단한지 볼까."

벨은 은으로 된 술잔을 그대로 쭉 마셨다. 붉은 액체는 한 방울도 남지 않고 그의 목을 타고 들어갔다.

'되었다.'

라야의 주먹에는 핏줄이 다 서도록 힘이 들어갔다. 그는 고통에 몸부림치며 피를 토하고 죽어 갈 벨의 모습을 기다렸다. 효과는 즉시 나타날 터, 그는 이미 말 한마디 하기 어려운…….

"맛이 좋은 건 사실이었군. 허세만 심한 사람인 줄 알았더니."

부드러운 저음이 만찬실을 울렸다.

"만들 수 있는 이들이 다 죽었다라…… 다른 이의 죽음이 이렇게 안타까운 건 태어나서 두 번째쯤 되려나."

벨은 멀쩡한 눈으로, 아니, 오히려 흥미가 더욱 차오른 표정으로 잔을 이리저리 돌려 보고 있었다.

'뭐……?'

라야의 눈이 휘둥그레지고, 주먹에 힘이 풀렸다.

말도 안 돼. 그럴 수는 없었다.

대체 왜 멀쩡한 것인가.

왜 사지가 뒤틀리지 않는가. 피를 토하고 거품을 물어야 할 것을.

"하, 한 잔 더 마시겠나."

대공이 물었다. 그의 목소리는 움켜쥔 라야의 주먹만큼이나 떨리고 있었다. 망연자실함을 숨기려는 얼굴은 뜻대로 되지 않아 근육 여기저기가 씰룩였다.

"그럴까."

벨은 테이블에 놓여 있던 와인 병을 들어 그 안의 술을 자신의 잔으로 주륵 따랐다.

"대공은 99병이나 더 있으니 황금 한 수레분 정도는 아깝지 않을 테지."

그는 다시 한번 잔을 입에 가져다 대고 남은 술을 입 속으로 쭉 털어넣었다.

탁.

빈 잔이 테이블에 다시 놓였지만, 이번에도 벨은 쓰러지지 않았다.

"한 잔 더."

대공이 또다시 권했다. 다시 술이 따라지고, 벨이 이를 마시고, 빈 잔이 테이블에 놓이고.

"더."

주륵— 쭉— 탁.

"더."

대공과 록산느가 겨우 반 잔을 마시는 동안, 벨은 한 병에 달하는 와인을 전부 마셨다. 대공이 입술을 깨물고, 록산느가 황당하다는 듯 헛웃음을 흘렸지만, 막상 벨은 표정도, 안색도, 변한 것이 없었다.

마침내 병이 다 비워지고, 라야의 얼굴이 희게 질렸을 때였다.

"그나저나 이제 알겠어."

벨은 처음과 같은 감정 없는 목소리로 말했다.

"무, 무엇을 말인가?"

"전에 다른 이의 눈을 통해서 본 적이 있거든. 의심스러운 자들이 음료를 강권하는 건, 음료 속에 무언가를 탔다는 의미이더군."

대공의 물음에 벨은 피식 웃으며 대답했다. 대공도, 그로부터 한참 떨어진 곳에 서 있던 라야도 동시에 커진 눈으로 벨을 바라보았다.

"무언가가 있다니, 그게 무슨 말인가?"

목소리의 떨림을 숨기려 애쓰며 대공이 물었다.

"글쎄, 아주 매운맛의 무언가이거나…… 독이거나."

벨은 태연하게 말을 이었다.

"난 독 만드는 데는 관심이 없어서 이 안에 든 게 뭔지는 모르겠지만. 나머지 둘이 멀쩡한 걸 보면, 아마 내 안의 무언가와 반응하는 것일 테지. 그래 봤자 내 몸이 실제로 어떤 상태인지 파악은 못한 모양이지만."

라야는 다리에 힘이 살짝 풀리는 것 같았다. 아무도 보지 못할 때 벽에 살짝 기댄 그가 숨을 몰아쉬었다.

미친.

마탑주를 얕봤던 것이 아닌데.

아무에게나 먹히는 수단을 막 들이댄 것이 아니었다. 쓸 만한 독을 썼고, 기대할 만해서 죽을 거라 생각했거늘. 대체 어떤 괴물이기에 저렇게 여유롭단 말인가?

게다가 눈치 없기로 소문 난 마법사 주제에, 술을 강권하는 걸 의심할 줄도 알아?

"듣다듣다 못 들어 주겠군."

조용해진 만찬실에서 록산느가 다시 입을 열었다.

"무슨 개소리를 하는 건지는 모르겠지만, 네놈을 죽이면 개소리가 끝나는 건 알겠다."

쉭-

순식간에 그녀는 허리에 찼던 검을 빼서 벨을 향해 겨누었다.

파스스스-

검신 전체가 눈이 멀 정도의 강한 빛을 내고 있었다.

"아버지가 뭘 꾸몄는지는 관심 없다. 하지만 독살을 의심한다면 너도 굳이 피할 생각이 없겠지."

"아니, 피할 생각이다."

벨은 아무런 방어 자세도 취하지 않고 팔짱을 낀 채 말했다.

"뭐?"

"황제가 그랬거든. 제국군의 일에 나는 상관하지 말라고. 그쪽도, 대공도 제국군에 속해 있으니 살려 둘 생각이긴 한데."

"제국군에…… 속해 있어?"

록산느가 황당하다는 듯 그의 말을 따라 했다. 그녀는 제국군의 실질적인 지휘관이었다. 그들이 그녀 밑에 소속된 것은 당연했으나, 그 반대의 표현은 들어 본 적이 없었다.

게다가 뭐? 살려 둘 생각?

"살려 두지 않으면……."

"하지만 페르헨 출신이 숨어 있으면 이야기가 다르지."

벨은 그녀의 말을 싹둑 자르며 말했다. 록산느의 손에 힘이 들어가고, 검이 더욱 강렬한 빛을 뿜었으나 벨은 이를 못 본 것처럼 말을 이었다.

"내 영지에 있어야 할 자가 제국군 안에 머무르면서, 또 이렇게……."

그가 빈 와인 병을 톡톡 두드리며 말했다.

"독인지 뭔지를 준비한 건 알겠어. 일부러 나를 여기까지 끌어낸 것도. 그자는 찾는 즉시……."

벨이 싱긋 웃으며 방 안을 둘러보았다. 묘하게 섬뜩해 보이는 그 표정에, 그곳에 있던 모든 이가 마른침을 삼켰다.

"내 손으로 찢어 죽일 거야. 그건 페르헨의 영주인 내 몫이니까."

그가 말을 마쳤다. 대공, 그리고 라야의 얼굴이 희게 질렸다.

"무언가 잘못 아는 모양인데……."

대공이 말을 꺼냈지만 벨은 고개를 저어 그의 입을 다물게 했다. 어느 순간부터, 그는 당연하다는 듯 방 안의 분위기를 지배하고 있었다.

"아까 말했듯, 그쪽은 내 관할이 아니야."

그의 표정에 있던 섬뜩한 기운은 순식간에 사라졌지만, 그 점이 오히려 대공의 등골을 서늘하게 만들었다.

"그쪽을 관할할 사람은 곧 도착하겠지."

"……뭐라고?"

벨의 마지막 말에 대공이 의아한 표정으로 되물었다. 이건 또 무슨 소리야? 누가 온다는 말인가? 그가 뭐라고 다시 물으려던 순간이었다.

쾅-!

만찬실의 문이 열리고, 병사 한 명이 헐레벌떡 뛰어 들어왔다.

"총사령관님! 부사령관님!"

"무슨 일이냐?"

대공이 고개를 휙 돌리며 물었다.

"감히 허락도 없이 만찬실의 문을 벌컥……."

유독 언짢은 일이 많이 생기는 날이라는 생각이 든 순간, 병사가 큰 소리로 보고했다.

"총사령관님, 벤트 남작이 왔습니다!"

만찬실에 있던 모든 이의 얼굴이 멍해졌다. 벨만 제외하고.

"남작이…… 돌아와?"

록산느가 천천히 되물었다. 자색 눈동자가 미세하게 흔들리고 있었다.

병을 핑계로 방에 틀어박힌 척했지만, 성안의 모두는 남작이 케스만 왕궁으로 갔다는 사실을 알고 있었다. 그러나 대공과 록산느는 굳이 사람을 보내 그 뒤를 쫓게 하지 않았다.

하루 안에 돌아오지 않으면, 오더라도 사살할 명분이 있었으니까.

"벌써 말이냐?"

록산느가 믿기지 않는다는 듯 다시 물었다. 왔다 갔다 하는 데만 몇 시간씩 걸리는 길이었다. 설령 그가 무사히 국왕을 만나고, 심지어는 평화 협정까지 온전하게 체결한다고 해도 3일 안에는 절대 오지 못할 거라고 생각했는데.

"서, 성문 앞에 나타나서 큰 소리로 문을 열라고 하기에……."

"들여보냈단 말이냐?"

"예. 황제 폐하의 칙서를 가지고 온 자라 어쩔 수 없었습니다."

병사가 창백해진 얼굴로 고개를 숙이며 보고했다.

"그래서?"

록산느가 인내심이 떨어진 듯 그를 독촉했다.

"그래서 이렇게 왔지요."

이번에 대답한 것은 병사가 아니었다. 그 뒤에서 나타난 벤트 남작, 본인이었다.

"남작."

록산느가 싸늘하게 그를 불렀다.

"……꼴이 형편없군."

그를 위아래로 훑어보던 그녀가 말했다. 실제로 남작은 땀에 푹 젖은

데다 옷 여기저기에 구멍이 나 있었다. 구멍 안에는 무언가에 쿡쿡 찔린 듯한 작은 상처가 나 있었고. 자세히 보면, 바지 일부가 찢어진 듯도 했다.

"죄송합니다. 어떤 미친 인간이 저를 적진 한가운데로 밀어 넣는 바람에."

그가 벨을 슬쩍 흘겨보며 중얼거렸다. 벨은 조금도 개의치 않는 듯 빙긋 웃어 보이기만 했다.

"다만 중요한 물건은 멀쩡합니다."

남작은, 몰골과 대조되게 명랑한 목소리로 말하며 품속에서 종이 한 장을 꺼냈다.

"그게 뭐지?"

록산느가 툭 쏘듯 묻자 남작은 둘둘 말렸던 종이를 쫙 펼쳐서 그들이 볼 수 있도록 해 주었다.

"케스만 국왕의 선물입니다."

그가 말했다.

"선물? 적군에게서 선물이라니, 미친 것이 아닌……."

대공이 눈살을 찌푸리며 입을 열었지만 문장을 끝마치지는 못했다.

"뭐라고 적혔는지를 보십시오, 전하."

벨의 무례함이 전염되기라도 했는지, 남작이 그의 말을 끊었기 때문이었다. 남작은 만찬실 안으로 몇 걸음 들어가 대공과 록산느 가까이로 종이를 내밀었다.

두 사람의 시선이 천천히 그 위에 적힌 글자를 훑어 내렸다. 1초가 지나기도 전에, 두 사람의 눈이 동시에 커졌다.

"……항복 문서."

대공이 중얼거렸다. 커다란 흰 종이 가장 위쪽에 적힌 말은 그것이었다.

"예. 항복이랍니다. 조건을 오래 따질 필요도 없이 전쟁부터 끝내자더군요."

남작이 웃으며 말을 이었다.

"당연히 평화 협정은 제가, 그리고 황제 폐하께서 원하시는 대로 체결되었습니다. 처음부터 끝까지 한 시간밖에 안 걸렸죠."

만찬실 안이 정적으로 가득 찼다. 조금 거칠어진 대공의 숨소리 외에는 아무것도 들리지 않았다. 록산느의 시선도 문서를 떠나지 않았다.

한 시간이라니.

협정을 하는 건 하는 건데. 한 시간 만에 서명을 받아 내?

"그럼 다 끝났네."

잠시 조용하던 벨이 다시 입을 열었다. 그가 대공과 록산느를 번갈아 보며 말했다.

"그쪽이 못 끝낸 전쟁 말이오. 남작 덕분에 끝났군."

"……."

록산느가 입술을 꽉 깨물며 그를 쏘아보았다. 그 옆에 서 있는 대공의 얼굴은 터질 듯 붉었다. 그러나 벨은 오히려 만면에 미소를 띠고 있었다.

"이제 돌아갈 일만 남았군."

그가 말했다.

"황제에게 말이야."

* * *

"그래서…… 도착하자마자 남작을 케스만 국왕에게 데려다주고 항복을 받았다고?"

아르노아가 어이없다는 듯 물었다.

무슨 전쟁 끝낸 이야기가 그렇게 단순한가.

물론 그녀도, 아나킨도, 그리고 벤트 남작도 협정에 대해서는 어느 정도 확신이 있었다. 케스만 국왕이 협조할 것이라는. 다만 진행이 이렇게 빠를 줄은 몰랐다. 대공이나 록산느가 방해할까 봐 호위도 여럿 붙였는데, 뭐 목숨 건 장렬한 싸움도 없었다니?

"시간이 남았어?"

"응."

벨이 고개를 끄덕였다.

"상황 정리하는 모습을 좀 보다가 왔지. 말 타고 오는 것보다 빠를 듯해 중간중간에 포털도 만들고, 겸사겸사 무대 특수 효과도 도와주고."

그는 아르노아의 눈치를 보아 약간의 설명을 덧붙였다.

"상황…… 상황이 어땠는데? 대공녀가 불이라도 뿜지는 않고?"

"응. 하지만 진지하게 항명을 고려하더군. 남작을 죽이면 없던 일이 될 수도 있다고 생각한 모양이고."

아르노아는 그의 말이 농담이 아님을 알고 있었다. 대공 부녀와 몇 년을 함께 한 제국군이라면, 어쩌면 반역을 하자고 해도 웬만큼 동참할지도 몰랐다.

"하지만 결국은 회군하기로 했다."

벨이 말했다.

"항복 문서를 본 사람이 너무 많아서. 어떻게 할 수 없는 상황이었던 모양이지."

아르노아가 작게 안도의 한숨을 쉬었다.

무의미하고 소모적이던, 아실리에르 대공 일가가 자금을 불리는 데에만 이용되었던 전쟁은 결국 이렇게 종결되었다. 남은 건 그들이 황성으로 돌아오는 일이었다.

"어쨌든 승전이군."

아르노아가 말했다.

"대공의 지휘 아래에서 제국군이 승리한 셈이야."

1년 동안 끌었던 전쟁에서 제국을 이긴 건 아실리에르 대공과 록산느였다.

협정을 따낸 사람이 남작이라도, 대공과 록산느가 그를 죽일 생각까지 했었더라도, 겉보기에는 그들 모두가 함께 승전이라는 결과를 만들어 낸 셈이었다.

"넌 어쩌다가 먼저 돌아왔어? 남작은?"

아르노아가 문득 생각나 물었다.

"나야 소식을 먼저 전해 주고 싶어서 왔지."

벨이 씩 웃으며 대답했다.

"선물도 주고 싶었고."

장난스럽게 고개를 비스듬히 기울인 모습은 여전히 고양이 같았다.

"남작은 엄살이 심하기도 하고, 협정까지 성공으로 이끄는 바람에 대공 쪽에서 암살하기도 껄끄러운 사람이 돼 버려서."

그는 같이 오지 못한 것이 아쉽다는 듯 픽 웃으며 말을 이었다.

"데려간 호위들도 있고 하니, 같이 오겠다는군."

벨의 대답에 아르노아는 복잡한 미소를 지었다. 모든 것이 계획대로, 아니, 사실은 계획했던 것보다 더 잘 되었으니, 남은 절차는 하나였다.

"개선식을 하게 되겠군."

그녀가 말했다.

"아실리에르 대공, 록산느 아실리에르, 그리고 벤트 남작이 함께 말이야."

아르노아는 심호흡했다. 승전한 군대는 당연하게도 황성을 향해 행군해 올 것이다.

황제와 제국민의 환영을 받으면서.

"……그게 어떻게 하는 건데?"

벨이 고개를 갸웃하며 물었다. 전쟁이 뭔지 모르는 것은 아니었으나, 그와 관련된 복잡하고 화려한 절차에 대해 관심을 갖는 마법사는 많지 않았다.

"제국군은 황성을 향해서 행진해 올 거야. 국민들의 환영을 받으면서. 포상과 행사는 황궁에서 이루어지겠지."

아르노아가 말했다.

"나와 그들이, 만날 때가 된 거지."

* * *

황성은 한동안 여러 가지로 시끄러웠다.

평소 같았으면, 케스만과의 전쟁이 끝났다는 사실이 가장 큰 화젯거리가 되었을 것이다.

제국을 위협하던 무시무시한 케스만 국왕이 결국 용맹한 제국군 앞에서 항복했다는 이야기, 그리고 그 뒤에는 대공녀의 용맹함이며 대공의 충성심이 있었다는 이야기는 황성을 들뜨게 만들 만했으니까.

다만, 이번만큼은 전쟁 이야기가 큰 화제는 되지 못했다.

승전보에 긴장이 완전히 풀린 제국민들은, 약속이라도 한 듯 관심을 다른 곳에 완전하게 집중시켰다. 케스만전에 참전한 이들보다 한 발 일찍 황성의 유명인이 되어 화제를 독점한 이들이 있었기 때문에.

"리켈 영애, 그 머리 장식 비에델 풍이로군요?"

투왈렛 룸에서 높은 목소리가 울렸다.

"너무 잘 어울려요! 요즘 그렇게 구하기가 힘들다던데!"

몇몇 여자들이 페넬로페 앞에 모여 앉아 너도나도 감탄사를 연발하고 있었다. 페넬로페의 머리에는 소라고둥 껍질을 정교하게 조각해 만든 장신구 하나가 꽂혀 있었다.

"맞아요. '바다'의 비올라가 했던 바로 그 장식이랍니다."

페넬로페가 빙긋 웃으며 대답했다.

"구하기 어려운 건데, 어디서 사셨는지 여쭤봐도 될까요?"

"선물 받았답니다."

그렇게 말한 페넬로페는 허리까지 내려뜨린 머리칼을 한쪽으로 슥 넘겼다.

반짝이는 머리 장식 하나만 꽂고 나머지를 늘어뜨리는 비에델식 머리는 최근 황성에서 큰 인기를 끌고 있었다.

"누구…… 설마 베사니엘 후작 부인께서 주신 건가요?"

처음 관심을 보였던 영애가 묻자 페넬로페는 고개를 끄덕였다.

"맞아요. 두 분의 결혼식에 참석해 주었다는 데에 대한 감사 인사였죠."

"아, 그곳에 가셨었군요. 부러워라!"

여인들이 한숨을 토해 냈다. 그중 상당수가 페넬로페와 비슷한 머리 모양을 하고 있었고, 몇몇은 머리칼의 일부를 푸른색으로 염색한 채였다.

"그렇게 급하게 결혼하실 줄은 몰랐습니다."

근처에 앉아 있던 로날드가 한마디 거들었다.

"게다가 사람도 많이 초대 안 한 소규모 결혼식이라니…… 성대하게 했어도 좋았을 텐데요."

결혼식에 초대받지 못했던 그는 한숨을 푹 쉬었다.

"뭐, 두 분께서는 진작부터 그렇게 준비하셨다고 하니까요."

조금 떨어진 곳에 앉아 있던 루이제가 말했다.

"그래도, 피로연은 화려했던걸요."

"맞습니다! 피로연에는 모두 초대받았었죠. 정말 즐거웠는데 말입니다."

로날드가 박수를 짝 치며 그녀의 말을 받았다.

"'바다'에 출연한 배우들도 그 자리에는 있었잖습니까. 어찌나 즐겁던지."

"맞아요! 대배우들을 그렇게 가까이서 볼 수 있을 줄은 몰랐습니다."

그가 연극에 대한 이야기를 꺼내자, 사람들은 기다렸다는 듯 호응하기 시작했다.

"저는 로라 델레스와 30분 동안이나 이야기를 나눴답니다."

"저는 그녀와 춤을 추기도 했었죠."

제국에서 가장 아름다운 여배우로 알려지게 된 로라 델레스에 대한 이야기가 여기저기서 나왔고.

"난 루이와 같은 테이블에 앉았어요. 그 아름다운 눈동자에 빠져 죽어도 행복했을 텐데."

디르한 출신이라는 것 외에는 알려진 것이 없는, 친한 사람은 '릭'이라고만 부른다는, 비밀스럽고 인기 많은 남자 신인 배우, 루이 에드워드 발로니우스 레오나르도 아비게일 듀발론도 화제에 올랐다.

페리아든 극장에서 상연된 연극 〈바다〉는 황성 최고의 관심사이자 가십거리였다. 출연자들은 물론, 다른 관계자들까지 이름을 떨쳤으니까.

"참, 말이 나와서 말인데, 베사니엘 후작님과 그 부인께서 '바다'의 진짜 주인공이라면서요?"

조금 앳돼 보이는 영애 한 명이 물었다. 그녀는 표를 구하지 못해 〈바다〉의 초연에는 가지 못하는 바람에 몇몇 소문을 놓쳤었다.

"맞습니다. 저도 그렇게 들었어요. 워낙 아름다워서 '베사니엘의 인어'라고 불리기도 하신다고…….."

로날드가 맞장구를 쳤고.

"단순히 두 분께 영감을 얻은 정도가 아니라, 정말 후작 부인께서 바다의 여신이라는 말도 들었습니다."

또 다른 한쪽에 앉아 있던 딜런이 이때다 하며 끼어들었다.

"후작을 사랑해서 바다를 버렸다던가…… 비에델의 사람들은 어쩌면 모두가 바다의 신의 후손이라는 말도 있고 말입니다."

꿈에 잠긴 듯한 그 목소리며 표정에 루이제가 작게 코웃음을 쳤지만, 딜런은 눈치채지 못했다.

"어머나, 그건 신기하네요. 사실 저도 비슷한 이야기는 들었던 것 같기는 한데…….."

영애가 대답했다. 다만 그녀의 표정은 어딘가 석연찮아 보였다.

"다만…… 예전에 들었던 소문으로는, 인어는 원래 악마의 자식이라고…….."

"그런 소문에 휘둘려서는 안 됩니다, 영애!"

딜런이 얼굴을 붉히며 타일렀다.

"와전된 소문입니다. 그들도 제국인이에요. 다 멀쩡한, 아니, 멀쩡함을 넘어 너무나 흥미롭고 소중하고, 또 아름다운 사람들이란 말입니다."

그는 한참 동안 침을 튀겨 가며, 베사니엘 후작 부인에 대한 일장 연설을 이어 갔다.

아름답고, 용감하고, 후작을 구하느라 목에 흉터가 생겼지만 사실 이 또한 여신의 증표이고…….

"아무튼 결론은."

딜런은 한참을 떠들어 쉬어 버린 목소리로 말했다.

"결론은, 베사니엘 후작 부인은 여신이다, 이겁니다. 영지에서도 존경받고 계시더군요."

"그런 거였군요. 실수할 뻔했네요."

진심을 한가득 담아 비에델 출신들을 무시하지 말자고 타이르는 그를 보던 어린 영애가 자기도 모르게 고개를 끄덕이자 딜런은 비로소 희미하고 뿌듯한 미소를 띠었다.

조금 떨어진 곳에서, 체스판을 사이에 둔 채 아르노아와 아나킨이 잡담을 나누고 있었다.

"소문이 빨라서 다행이야."

아르노아는 만족스러워하는 미소를 띠었다.

"온갖 극단에서 비에델 출신 배우를 찾는다며?"

그녀가 물었다.

며칠 사이에, 연극 〈바다〉는 황성뿐 아니라 제국 전체에서 유명한 작품이 되어 있었다. 악마의 물건이라고 꺼려졌던 비에델의 온갖 물품들은 유행을 탔고, 그들의 머리 모양이며 억양까지 따라 하는 이들이 점점 많아지고 있었다.

베사니엘 후작령의 새 후작 부인이 영지민에게 인기가 좋은 것은 당연했다.

"최근 베사니엘 후작은 얼굴이 피었더군요. 살판난 것 같습니다."

"결혼식 때 봐서 알지."

아르노아가 조금 피곤한 표정으로 고개를 끄덕였다. 후작은 진심으로 기뻐했고, 동시에 아르노아에게 온갖 청탁을 넣기 시작했다. 일반적인 귀족의 청탁, 그러니까 세금을 좀 감면해 달라든가, 지인을 고용해 달라든가 하는 청탁이었다면 차라리 쉬웠을 것이다.

하지만 후작의 부탁은 달랐다.

'폐하는 저희의 은인이시니 부디 주례를 부탁드립니다.'

'아이를 낳으면 폐하의 이름을 따서 지어도 되겠습니까?'

'후작령의 모두가 볼 수 있는 곳에 폐하의 황금상을 세우도록 허락해 주십시오.'

그는 하루가 멀다 하고 싱글벙글하며 귀찮은 부탁을 해 댔고, 아르노아는 이를 전부 거절했다. 그러고는 이 모든 일을 다른 이에게 맡겨 버렸다.

"리켈 공작이 고생이 많더군요. 폐하의 일을 대신 처리하느라 말입니다."

아나킨이 말했다.

"아실리에르 대공 가문과의 사업을 정리하겠다던 말은 진심이었나 봅니다. 굵직한 사업은 계약이 끝나는 대로 리켈 공작가나 황실과 잇고 싶어 한다더군요."

"단순한 사람이라더니, 정말이었어."

아르노아가 피식 웃으며 말했다.

후작은 극장에서 자신이 했던 말을 정말로 지켰다.

"대공이 돌아오면 화가 날 일이 하나 늘었군."

대공과 그 딸의 눈에 가득 담겼을 살기가 벌써부터 느껴지는 듯했다.

무섭거나 후회되지는 않았다. 황제가 되겠다고 생각한 순간부터, 그리고 루시아노처럼 휘둘리는 황제는 되지 않겠다고 생각한 순간부터 대공 부녀와의 갈등은 피할 수 없는 일이 된 셈이었으니까.

"전에 말씀하신 다른 일은……."

아나킨이 그녀를 바라보며 말끝을 흐렸다.

"다른 일?"

"벨에 대한 것 말입니다."

그가 말했다. 무언가 신경 쓰인다는 듯한 목소리였다.

"벨이 먼저 돌아왔으니 거처를 마련하라고 하셨었습니다."

"아."

아르노아가 고개를 끄덕였다. 그녀는 벨이 뱃살이 포동포동한 고양이로 변해 침실로 찾아왔다는 사실을 그대로 말하지는 않았다. 벨은 자신의 영체를 다른 이에게 알리고 싶어 하지 않았고, 아나킨은 그가 함부로 침실에 들어왔다고 하면 더 강한 조치를 취했을 테니까.

대신 그녀는 아나킨에게, 조금 뭉뚱그려진 사실관계를 전했다. 극장에서 벨을 보았고, 그로부터 케스만의 소식을 들었다고.

"맞아. 페르헨으로 곧장 돌아가지 않고 황궁에 머물겠다고 했어."

아르노아가 말했다.

"그도 황실의 전령으로서 케스만과의 협정을 도왔으니 환영연까지는 있어야 하겠지요. 방을 하나 마련해 주었습니다."

아나킨이 어딘가 고민하는 듯한 표정으로 고개를 끄덕였다.

"다만…… 그도 페르헨의 영주이니, 황성에 머무는 동안, 원칙적으로 귀족 회의에 참석해서 소임을 다하여야 합니다."

그가 오래된 제국의 법을 언급하며 걱정스러운 표정으로 말했다.

"멀쩡히 진행될 수 있을지, 솔직히 저는 자신이 없군요."

아나킨은 창밖 먼 곳에 시선을 고정한 채 말했다.

"뭐…… 할 수 없지."

그녀는 '케스만에서 얌전히 있기만 했다'던 벨의 말을 떠올렸다. '얌전히 있다'의 기준이 그녀와 조금 다를 수 있기는 하나, 어쨌든 귀족 회의에 참석하는 것은 그리 어려운 일은 아니었다.

"별일이야 있겠어?"

아르노아가 아나킨에게 어깨를 으쓱하며 말했다. 물론, 그 생각은 크나큰 착각이었다.

Chapter 8
열망과 두려움

"에헴. 제국군의 환영연은 여느 때보다 성대하게 열려야 할 테지요."

두베르테 후작이 헛기침을 몇 번 하고는 회의를 시작했다.

"제국을 위기에서 구하고, 승자로서 당당히 돌아오는 영웅들을 위한 연회에 준비가 한 치라도 부족해서는 안 될 것입니다."

처음 전쟁 종결에 대한 소식을 들었을 때는 당황했던 그였다.

대공은 분명히 이 전쟁을 몇 년은 끌 계획이었는데, 그래서 중간에서 소식이나 전하며 소소하게 돈을 좀 받아 챙길 생각이었는데 귀환이라니. 벌써?

벤트 남작을 보내서 평화 협정을 하지 못하도록 더 물고 늘어졌어야 했다는 생각이 들었으나 이제 다 지나간 일이었다. 일을 이 정도로밖에 처리하지 못한 후작에게 대공이 분노하고 있을 것이라는 사실은 불 보듯 뻔했다. 따라서 후작은 제국군의 환영연이라도 화려하게 치러 줘야 한다는 강박에 사로잡혀 있었다.

"황궁을 전부 황금과 보석으로 장식하시죠."

후작이 빠르게 말을 이었다. 누가 끼어들 것을 염려하는 것처럼.

"또 아실리에르 대공 가문의 흑사자 문양을 황궁 곳곳에 조각하고, 환영연에는 여기 계신 모든 귀족이 황궁 앞까지 마중을 나가는 것으로……."

"번거로우니 나는 빼고 가면 좋겠군, 덩치 큰 양반."

아니나 다를까, 누군가가 끼어들었다. 후작의 눈썹이 파르르 떨렸다. 그 목소리는 아까부터 매너 없이 사사건건 후작의 말을 끊고 대화에 끼어들었다.

그는 애써 무시하고 말을 이었다.

"환영연의 비무(比武)는 당연히 대공녀님께서 우승하실 터, 상금으로 제국 중앙의 커다란 영지 하나를 준비하시는 것이 어떨지……."

"잠깐만, 덩치 큰 양반."

나직한 목소리가 다시 끼어들었다. 후작은 소리가 들려온 방향으로 고개를 획 돌렸다.

"아, 자꾸 함부로 부르지 마시오!"

두베르테 후작이 빽 소리쳤다. 화가 잔뜩 난 그의 시선은 회의장 중간에 앉은 페르헨의 영주, 벨카리아누스를 향해 있었다. 얄밉도록 멀끔한 얼굴엔 여유로운 웃음이 걸린 채였다.

지난 몇 년 동안 황성에는 거의 코빼기도 비치지 않았으면서, 벨은 요즘 재미가 들린 듯, 얄밉도록 착실하게 회의에 참석하는 중이었다.

"이름과 작위로 부르라는 말이오!"

"미안하군, 놈베르테 후작."

"두베르테요."

"그래. 두베리체."

일부러 그러는 건지 아니면 그냥 매사에 건성인 건지, 지금쯤이면 알 법한 그의 이름을 마탑주는 자꾸 틀리게 말하고 있었다.

"환영연의 비무가 뭐지?"

지루해 보였던 은회색 눈동자가 호기심으로 반짝이고 있었다. 전략적으로 후작에게 시비를 거는 것도 아니고, 회의 중에 참으로 당당하게도 궁금한 걸 다 물어보고 있는 중이었다.

후작은 그를 무시하며 다시 고개를 획 돌렸다.

"궁금하면 알아서 공부해 오지 그러셨소. 나한테 묻지 마시오. 여기 있는 사람들은 다 아는 거니까."

"그럼 옆에 있는 족제비 닮은 양반이 말해 주면 되겠군."

벨은 귀찮아하는 후작의 눈치를 전혀 알아채지 못한 것처럼, 턱짓으로 루벨린 남작을 가리키며 뻔뻔하게 요구했다.

몇몇 귀족들이 풋 하고 웃음을 토했다. 나머지는 웃음을 참는 듯, 콧구멍이 조금 커져 있었다.

"고개를 끄덕이는 걸 보면 그쪽도 비무에 대해 잘 아는 것 같은데."

"······맞습니다."

후작과 비슷한 표정을 하고 있던 남작이 마지못해 입을 열었다.

"몰랐나 본데 이는 제국의 전통이오. 중요한 축제나 연회에는 검술, 창술 토너먼트 같은 것을 열어 흥을 돋우지."

그는 이것도 모르냐는 듯 비웃음을 흘리며 대답했다.

"에헴!"

후작이 다시 헛기침을 하고 말을 이어 갔다.

"그러니까, 아까 말했듯 승자는 정해져 있습니다만, 모양새를 위해서 황궁의 기사들도 착실하게 준비를 하되······."

"누가 참여하지?"

후작은 벌레 씹은 표정으로 씩씩거리며 그를 재차 노려보았다. 매너가 형편없다며 삿대질을 하기 위해 그가 검지를 꺼내 든 순간이었다.

"페르헨의 영주, 남의 말을 너무 자주 자르지는 말도록 하시오."

한동안 조용했던 아르노아가 입을 열었다. 회의장에 있던 모두의 시선이 그녀를 향했다.

"루벨린 남작의 말처럼, 비무는 제국의 전통이오."

아르노아가 피식 웃으며 말을 이었다. 회의장에서 벨이 그저 얌전히 있을 거라던 그녀의 생각은 보기 좋게 빗나갔다. 뭐가 됐든 귀찮은 일이 생길 거라던 아나킨이 맞았고.

사실 그녀는 벨이 두베르테 후작의 말을 자꾸 자르는 것이 거슬리지 않았다. 오히려 다행이었다. 쓸데없이 수식어만 많은 두베르테 후작의 말은 베사니엘 후작 뺨칠 정도로 지루했으니까.

그래서 일부러 내버려 뒀는데, 두베르테 후작의 얼굴이 터져 버릴 것만 같은 상황이 되자 나서지 않을 수가 없었다. 후작의 얼굴이 터지는 것 자체는 나쁠 거 없었지만, 그렇게 되면 뒷일이 시끄러워질 것 같다는 판단이었다.

"참여를 원하는 기사나 귀족은 참여하면 되고, 승자에게는 상품이 주어지지."

그녀가 말을 이었다. 아까는 한 마디 한 마디 얄밉게 끼어들던 벨은 얌전히 그녀의 설명에 귀를 기울였다.

"참전했던 제국군 중에서도 시합에 참가하는 이들이 있겠지만, 황궁의 기사들도 여럿 참가하게 될 것이오."

전쟁에서 승리하면 흔히 펼쳐졌던 무예 대결에는 걸린 상품이 많았다. 근 몇 년 동안 우승자는 항상 록산느 아실리에르였지만, 2위, 3위를 놓고 벌인 경쟁도 만만치 않게 치열했다.

당장 황궁에서도 여러 기사들이 연습에 매진하고 있었을 정도였다. 곧 돌아올 록산느나 대공의 눈에 띄어 보겠다는 야심도 그들의 동기가 되어 주었다.

"폐하의 말씀대로요. 비무에서 상이라도 얻는 자는 꽤나 큰 영예를 안게 되지. 당장 오늘도 준비 시합이 열릴 예정인데 몰랐나 보군."

두베르테 후작이 또 끼어들었다.

"준비 시합?"

벨의 눈이 다시 한번 반짝였다.

"그렇소."

이번에 대답한 것은 아르노아였다.

"주로 황실 기사단의 기사들끼리 하는 거지만, 다른 영지의 기사들도 원한다면 참여해도 좋으니 모두 참고하도록."

그녀의 말에 회의장에 있던 다른 귀족 몇몇이 고개를 끄덕였다. 아르노아는 빙긋 웃었다.

아실리에르 대공이 제국의 영웅이라는 두베르테 후작의 말에 동의할 수는 없었지만, 그녀도 환영연의 비무는 재미있을 것 같다고 생각하던 참이었다.

"마탑주는 혹시 무예를 배운 적 있소?"

벨과 조금 떨어진 곳에 앉아 있던 헤르만 백작이 어느새 그의 곁으로 슬쩍 다가와 호기심 어린 얼굴로 물었다.

얼마 전까지 병색이 완연했던 그녀의 얼굴은 다시 전처럼 혈색이 좋아져 있었다. 금연과 금주로 인해 힘겨운 나날을 보내고 있기는 했으나, 건강은 눈에 띄게 좋아진 상태였다.

"무예?"

"검이나 창 같은 건데…… 젊고 체격이 좋으니 한번 물어봤소만, 생각해 보니 마법사는 아마 그런 것 안 배우겠지."

백작은 살짝 아쉽다는 말투로 대답했다.

"준비 시합에서만 이겨도 쏠쏠한 상이 주어지거든."

"상?"

"뭐, 오늘 같은 경우는 황제 폐하께서 작은 소원을 들어주신다든가."

백작이 말을 이었다.

실제로 황궁 내에서는 본 시합을 하기 전 여러 차례 준비 시합을 진행했다. 아르노아는 오늘 시합에서 이기는 자에게 청을 하나 들어주겠다고 약속한 참이었다. 백작의 말을 들은 벨의 동공이 확장되었다.

"……영주들도 참여를 할 수 있는 것인가?"

그가 의자 위로 늘어지듯 있었던 자세를 바로 하며 물었다.

"당연히 그렇지. 저기 루벨린 남작도 참가할 예정이오."

백작의 말에 벨이 고개를 돌려 남작을 바라보았다. 루벨린 남작은 흥하고 코웃음을 치며 벨을 마주 보았다.

"백작님은 참 쓸데없는 것을 물으시는군요."

그가 거들먹거리며 말했다.

"마탑주가 검을 들어 본 적이나 있겠습니까? 무예에 대해서는 아무것도 모르는 사람에게 그런 말씀 마십시오. 겁에 겁에 질리지 않겠습니까."

그가 비웃듯 한 말에, 두베르테 후작을 비롯한 몇몇 사람들이 웃음을 내뱉었다.

"하하, 그렇군요. 기사도 아닌 자에게 너무 무예 이야기를 하지 맙시다."

"검을 잡아 본 적도 없을 텐데, 뭘 안다고 자꾸 질문을 하는지 모르겠군."

"비무장에 들어가기만 해도 질려 버릴지 모릅니다. 사람이 그럴 수도 있는 거 아니겠습니까?"

아르노아는 그들을 탓하지 않았다. 그들 모두가, 귀족 회의 중간에 벨에 의해 별명이 하나씩 붙은 이들이었기 때문에.

"글쎄."

벨이 천천히 입을 열었다.

"안 배운 건 사실이군."

그의 입꼬리가 살짝 올라가고 있었다. 아르노아가 눈썹을 치켜올렸다.

또 무슨 말을 하려고 저래. 불안한 예감이 들었다.

얌전한 회의 진행은 이미 물 건너갔을 터였지만, 벨은 이 사람 저 사람에게 별명을 지어 주는 것 외에도 다른 생각이 있는 듯, 미소가 점점 짙어졌다.

"하지만 말이야."

그가 말을 이었다.

'안 배웠지만.'

아르노아는 어디선가 이 말을 들어 보았다는 생각이 들었다.

'나는 잘할 거다.'

그런 재수 없는 말이 따라붙었던 것 같은데.

"그럼에도 불구하고 그 준비 시합에는 참가하도록 하지."

결국 그가 내뱉었다.

"난 잘할 거니까."

모두의 표정이 썩어들어 갔다.

"페르헨의 영주."

아르노아는 한숨을 내쉬며 말했다.

"검술이나 창술은 그냥 타고났다고 할 수 있는 것이 아니오."

그녀가 말했다.

"몇 년 동안 연습을 해도 시합을 할 수준이 안 되는 경우가 허다해. 관심이 있다면 기초부터 배워서 나중에 참가하지 그런가."

벨은 빙긋 웃으며 그녀를 바라보기만 했다. 그 해맑은 표정에서, 그녀는 그가 말을 듣지 않을 것임을 알 수 있었다.

"허! 아주 재미있군요."

루벨린 남작이 과장되게 웃으며 말했다.

"회의가 끝나면 바로 비무장에서 진행될 검술 시합에 참가한다, 이거지요?"

벨을 보는 그의 눈이 번뜩였다. 아직 나이도 젊은 데다, 작위를 받기 전까지는 기사로서도 나름대로 경력이 있었던 그는, 벨의 선언을 어떤 기회로 생각하는 듯했다.

"취소하기 없기요. 시합이 시작되면 봐줄 사람도 없을 거야."

"물론."

벨이 선선하게 고개를 끄덕였다. 아르노아는 이마를 짚었다. 그가 뭘 생각하는 건지 짐작이 가지 않았다.

그새 무예를 배웠나? 지난번에 춤을 배웠었던 것처럼? 그런 거라면 낭패였다. 춤과 달리, 무예는 급히 배워서 써먹을 수 있는 것이 아니었으니까.

"그리고 마법 쓰면 실격인 것도 알아 두시오."

남작이 갑자기 생각난 듯 한 마디를 덧붙였다.

"알고 있어."

벨은 이번에도 선선히 고개를 끄덕였다.

"패기가 대단하군그래."

헤르만 백작이 말했다. 재미있는 구경거리를 좋아하는 그녀는 벨의 결정을 신기해하면서도 이 상황이 즐거운 듯했다.

"뭐, 키도 크고 힘도 세 보이니까 초보자와 붙으면 한 합은 이길 수 있을지도 모르겠지요. 나는 응원하겠소."

그녀가 말하자 벨은 고개를 저었다.

"응원은 고맙군."

그가 말했다.

"하지만 한 합이 아니야."

그러다 다시 아르노아를 향해 고개를 돌리고 빙긋 웃었다. 그러고는 확신에 찬 목소리로 다시 선언했다.

"난 우승할 거니까."

"재미있군요."

비무장의 한편, 시합이 가장 잘 보이는 곳에 간이 의자를 놓고 앉은 아나킨이 말했다.

"걱정은 안 되고?"

그 옆에 앉아 비무장을 지켜보던 아르노아가 물었다.

"제가 참가하는 것도 아닌데 걱정을 왜 합니까?"

아나킨은 고개를 저었다. 입가에는 냉정하기 짝이 없는 미소를 띤 채였다.

"날 안 선 가검이라고 해도 다치기 쉬운데."

물론 누가 죽을 염려 같은 건 없었지만, 아무런 기초가 없는 자는 큰 부상을 입기 쉬웠다.

문득, 그녀는 인간인 벨이 부상을 입으면 고양이인 흰둥이의 모습이 될 때도 다친 모습일지 걱정이 되었다.

흰둥이는 건강해야 하는데.

"맞습니다. 그래서 저는 참가하지 않았지요."

그때 아나킨이 다시 대답했다. 스스로의 현명한 결정에 무척 만족하는 듯한 말투였다. 아르노아는 눈을 굴리며 아나킨을 바라보았다.

벨만큼은 아니지만 큰 키. 탄탄하고 날렵한 체형. 남들보다 긴 팔과 다리. 타고난 순발력.

무예를 배우자면 꽤나 유리한 조건을 갖춘 아나킨이었다. 그런 그의 무예 실력이 어떤가 하면.

'체형이 아깝다, 아까워.'

아주 형편없었다. 평범한 기사를 만나면 3분 정도 버틸 수준이라고나 할까. 참가하지 않은 것은 그래서였다.

그는 어린 시절 부친이 강제했던 아주 최소한의 검술만을 익힌 후, 재미가 없다며 검을 거의 놓아 버렸다. 물론 검술은 검술이고, 병법에 있어서 아나킨을 따라갈 자는 제국 안에서는 록산느 아실리에르 한 명 정도일 터였지만.

"아나킨, 마지막으로 토너먼트에 참가한 게 언제였었지?"

문득 아르노아가 물었다. 제국 전체에서 무예를 중시하다 보니 웬만한 귀족 가문의 자제들은 비무에 의무적으로 참가했다. 검을 놓은 아나킨도 중요한 시합에는 얼굴을 비추었다.

"폐하께서 디르한에 계실 무렵이었습니다."

그는 은근히 자신만만한 어조였다.

"창술 시합에 나가 이름을 떨쳤죠. '태양의 기사님'이라는 호칭을 들어 보셨습니까?"

"태양의 기사님?"

아르노아가 되물었다.

시녀들이 그런 기사에 대해 이야기하는 것을 들은 기억이 어렴풋이 났다. 그사이 제국에 새로운 인재가 탄생한 모양이라며 속으로 뿌듯해했던 기억도 났다.

"그게 어떻게 너야?"

그녀가 다시 물었다. 무례하게 들렸을 테지만 어쩔 수 없었다. 기사라는 수식어 자체가 아나킨과 어울리지 않았으니까.

그새 실력이 늘었나?

아르노아는 의심스러운 눈으로 그를 바라보았다. 길고 매끈한 손을 보면 별로 그런 것 같지는 않은데.

"어디까지 올라갔기에?"

아르노아의 물음에, 아나킨은 눈꼬리를 살짝 접으며 웃었다.

"1회전 탈락이었죠."

"탈락?"

"그럼에도 불구하고 사람들은 우승자가 아닌 저를 기억했습니다."

"……어떻게?"

"창술은 투구를 쓰지 않습니까."

아나킨이 친절하게 설명했다.

"시합이 끝나고 투구를 벗었더니 알아서들 저를 기억해 주더군요."

아하.

아르노아가 속으로 쓴웃음을 지었다. 단정하게 올려 묶은 아나킨의 백금발이 그녀의 눈에 들어온 순간, 그녀의 눈앞에 아나킨의 창술 시합이 그려졌다.

창술 시합을 마치고, 상대방의 공격으로 상처를 입은 채 돌아온 아나킨.

투구를 벗자 한눈에 들어오는 땀에 젖은 청초한 얼굴, 어깨까지 쏟아지는 찬란한 백금발.

그랬구나. 태양은 그냥 햇빛을 받은 머리 색이었구나. 인기 있을 만하다.

아르노아는 인정했다.

"벨이 걱정되십니까, 폐하?"

아나킨이 툭 하고 질문을 던졌다. 아르노아가 고개를 들어 비무장을 바라보았다.

"으야아아아아압!"

막 첫 시합에서 이긴 루벨린 남작이 지켜보는 이들에게 함성을 유도하는 중이었다. 다른 한쪽에서는 기사들이 몸을 풀고 있었고, 그 사이에서 벨은 팔짱을 낀 채 아무런 움직임도 없이 서 있었다.

건장한 체격은 어느 기사와 비교해도 부족하지 않았지만 그게 다였다. 누군가 가져다준 가검을 바닥에 꽂아 둔 폼이, 무기를 다루어 보지 않은 것임이 분명했다.

"……조금은."

아르노아가 아나킨의 질문에 대답했다.

"마법사라고 해도, 검에 맞으면 다치겠지?"

의미 없는 질문이었다. 마법사도 인간인 이상, 묵직한 쇠로 살을 때리는데 안 다칠 리가 없었다. 하지만 아나킨은 곧바로 고개를 끄덕이는 대신 빙긋 웃었다.

"걱정 안 하셔도 됩니다, 폐하."

그가 다시 시작된 검술 시합을 지켜보며 말했다. 아르노아는 고개를 갸웃했다.

"왜?"

그녀가 아나킨을 향해 고개를 돌리며 물었다.

사실 벨은 비밀리에 죽어라 검을 연마한 고수가 아닐까. 겉으로 보기에 저렇게 완벽한 사람은 보통 무예도 뛰어나다. 아나킨이라는 예외가 있지만, 그건 아주 드문 경우가 아닌가.

카앙-!

"크으으으으읍!"

다음 시합이 한 합에 끝나고 기사 중 한 명이 신음하자 아나킨은 다시 그녀를 돌아보았다.

"뭐…… 어느 정도는 보시면 아실 거고."

그가 의미심장하게 중얼거렸다. 얄밉다는 듯한 표정이 그의 얼굴을 스쳤다.

"어차피 죽지는 않을 거 아닙니까."

아나킨이 덧붙였다.

"조금 다치는 건 괜찮습니다, 폐하. 안 다치면 그 성질머리가 너무 재수 없어질 테니까요."

"그건 그래."

아르노아 또한 동의했다.

이것저것 타고났다고 해도 못하는 건 있어야 하는 법.

벨이 이것까지 잘하면 나머지 사람들은 다 뭐가 되냔 말이지.

"자아, 이제 7조 첫 번째 시합! 페르헨 영지에서 온 벨카리아나스 님입니다!"

진행자가 맛깔나게 소리쳤다.

"와아아아아아아!"

기사들 중 절반 정도가 소리를 질렀다. 무기 끝에 묶은 리본이 벨과 같은 검은색인 걸로 보아 한 팀으로 묶이는 듯했다. 개인전이기는 했지만 승자가 어느 쪽에서 나오느냐에 따라, 같은 색의 끈을 묶은 자들은 술 한 병씩을 선물로 받는다는 것이 비무의 전통이었다.

"이기십쇼!"

"못 이기더라도 한 대는 때리고 오십시오!"

"못 이기고 못 때리더라도 너무 많이 맞지는 마십시오. 아프면 바로 항복해야 하는 겁니다!"

몇몇 사람들의 걸걸한 목소리가 터져 나왔고, 무기를 뽑아 든 벨은 천천히 그 사이로 걸어 나갔다. 벨을 썩 좋아한다기보다는 반쯤 장난인 듯했다. 상대편의 사람들은 무시무시한 마탑주가 얻어맞는 모습을 보고 싶다며 소리를 지르기도 했다.

"그리고 이쪽은 룬 가문의 데이빗 경!"

"와아아아아아!"

한눈에 보아도 검 좀 잡아 본 듯한, 몸 여기저기에 검에 베인 흉터가 있는 험상궂은 인상의 남자가 앞으로 걸어 나왔다. 그의 검 자루에는 벨의 것과 다른 흰 리본이 묶여 있었다.

두 사람은 천천히 검을 맞대고 섰다.

"마탑주라고 안 봐줍니다."

남자가 꽉 깨문 이 사이로 속삭였다.

"편할 대로."

벨도 여유롭게 말했다.

아르노아는 한숨을 푹 쉬었다. 대충 검을 잡은 그 손은 여전히 어색하기만 했다. 반면 데이빗 경이라는 상대방은 누가 봐도 노련했다.

"자, 시-작!"

심판이 신호를 줌과 동시에, 데이빗 경이 큰 소리로 기합을 넣었다.

"히야!"

쉭 하는 소리가 나더니 그가 순식간에 벨에게 뛰어들었다. 검이 신기한 듯 이리저리 살펴보던 벨은 그제야 고개를 들었다.

"……가검이니 머리를 맞아도 안 죽는 거지?"

아르노아가 다시 확인하듯 아나킨에게 물었다.

"그렇긴 합니다만."

그는 묘하게 평온해 보였다.

"보십시오, 폐하."

차마 보기 힘들 듯한 광경이지만, 아르노아는 직접 보기 위해 아나킨이 가리키는 방향으로 시선을 돌렸다.

"야아아아압!"

쉬이이이이익-

데이빗 경의 검이 허공을 슥 하고 갈랐다. 기사의 귀감이 될 만한, 나무랄 데 없는 자세였다.

빠아악!

예상했던 것처럼, 쇠와 살이, 아니 그 밑의 뼈까지 서로 부딪치는 무시무시한 소리가 들려왔다. 아르노아는 숨을 죽였다. 데이빗 경의 손에서 시작된 검이 부딪친 곳은 분명 벨의 어깨였다.

"와아아아아!"

"데이빗 경, 시작하자마자 승리로군요! 벨카리아나스 영주님은 어깨뼈가 부러진 것 같습니다."

병사들의 환호가 터졌다. 데이빗 경은 검을 그곳에 댄 채 벨의 반응을 기다렸다. 가검이라지만 이 정도 충격이면 뼈가 부러져야 했다. 당연히 인간이 상상하기 어려울 정도의 아픔을 느낄 것이고.

"……."

몇 초가 지났다. 비무장의 함성은 사그라들었지만 벨은 미동도 하지 않았다. 데이빗 경의 검도 그대로 벨의 어깨에 머물러 있었다.

"……으응?"

이게 무슨 일인가 싶었던 데이빗 경이 검에 조금 더 힘을 준 순간이었다.

틱-

검은 애처로운 소리와 함께 반으로 똑 부러졌다.

"뭐, 뭐야?"

당황한 데이빗 경의 목소리가 비무장을 울렸다.

투둑-

부러진 검 날은 속절없이 땅으로 떨어지고, 그의 손에는 한 뼘짜리 날만 남은 작은 검 자루가 남아 있을 뿐이었다.

"잉?"

"뭐, 뭐야?"

"검이랑 어깨랑 부딪쳤는데 검이 부러진 거야?"

"마법사도 인간이라더니?"

놀란 사람들이 여기저기서 술렁였다. 아르노아도 눈을 가늘게 뜨고 벨의 어깨를 바라보았다. 엷게 붉은 줄이 생긴 걸 빼면 누가 봐도 멀쩡했다. 그녀는 아나킨을 향해 고개를 돌렸다.

"이게…… 뭐야? 반칙한 거 아니야?"

마법을 안 쓰고서야 저게 가능한가.

벨이 아무리 탄탄하다고 해도, 어쨌든 쇠로 만든 가검을 똑 부러뜨릴 정도의 몸은 아닐 터인데.

"마법을 '쓴 건' 아닙니다."

아나킨이 헛웃음을 지으며 말했다.

"반칙도 아니죠. 벨은 그냥 가만히 있었으니까요."

"그럼?"

"벨이 아주 어렸을 때, 다른 사람이 신체 강화술을 걸어 놓은 것입니다."

모두가 패닉에 빠진 그 상황에서, 아나킨은 의자 팔걸이에 팔꿈치를 올리고 턱을 괸 채 상황을 설명했다.

"마법으로 몸을 저렇게 만들어 놨는데, 영원히 풀리지 않고 다른 이도 되돌려 놓을 수 없을 정도로 강력했던 거죠. 외부의 힘은 물론, 약물에도 강합니다."

"다른 사람이라면……."

아르노아의 눈이 커졌다. 아나킨이 고개를 끄덕였다.

"그 정도의 마력을 가진 사람은 마법사 중에서도 많지 않았습니다."

그가 말했다.

"벨의 어머니, 26대 마탑주 아마릴리스는 강한 아들을 원했나 보더군요."

예상하지 못한 설명에 아르노아는 잠시 멍해졌다.

"대마법사 아마릴리스가……."

그녀는 비로소 벨의 자신감이 어디서 왔는지 알 것 같았다.

그는 단순히 마력만 많이 타고난 것이 아니었다. 가검이라고는 하나 상당히 날카롭고 단단한 쇠붙이인데 그걸 부러뜨릴 만큼 강한 신체를 가진 자였다.

회의장에서 왜 자꾸 사람들 이름을 제대로 안 부르나 했더니, 그런 몸과 능력을 가지고 사는 자는 예의를 배울 필요가 훨씬 덜했던 것이었다.

'부럽다.'

아르노아가 생각했다. 벨에 대해 그런 생각을 한 것이 벌써 몇 번째인지 알 수 없었다.

"야아아압!"

그녀가 생각에 잠긴 사이, 검이 부러진 데이빗 경은 한 뼘짜리 가검을 들고 용감하게 벨을 향해 돌진하고 있었다. 검 한 번 잡아 본 적 없는 초보자에게 이대로 질 수는 없으니, 무방비한 벨을 상대로 온 힘을 실은 공격을 해 보고 끝내겠다는 것이었다.

감탄할 만했으나, 그의 무모한 돌진은 금방 끝나 버렸다.

탁.

"힉!"

벨이 우아하게 한 손을 들어 올려 그의 손에서 동강 난 검을 빼앗아 버림으로써.

"아…… 페르헨의 영주, 벨카리아나스 님의 승리."

심판이 얼떨떨한 표정으로 상황을 정리했고, 데이빗 경을 응원하던 모든 이들이 숙연해졌다. 무기에 검은색 리본을 묶은 채, 조금 전까지 마탑주가 몇 대 맞고 기절할까 내기 중이던 이들도 분위기는 다르지 않았다. 조금 시끄럽다는 것 정도가 차이였다.

"이, 이런 시합은 처음 봤는데……."

누군가가 중얼거렸다. 조금 전 자신의 시합에서 이긴 그는 벨의 유력한 다음 상대였다.

"괴물 아닙니까? 진검도 안 들어가겠는데요?"

"마법을 안 쓴 거라고? 무슨 그런 인간이 다 있어?"

다른 기사들도 멍한 표정으로 술렁였다.

"와아아! 데이빗 경을 이겼다!"

"내 평생 이렇게 깔끔한 시합은 처음 봤구먼!"

이미 떨어진 몇 명만이 진심을 가득 담아 이 재미난 구경거리를 즐기고 있었다. 땀 한 방울 흘리지 않은 채 서 있던 벨이 아르노아와 아나킨이 있는 곳을 향해 고개를 돌렸다.

그는 동강 난 검을 살짝 흔들며 씩 하고 웃어 보였다. 여유 넘치는 모습이, 생애 첫 비무를 치른 이라고는 믿기 어려운 정도였다.

"재수 없지 않습니까?"

아나킨이 속삭이듯 말했다.

"응."

아르노아가 솔직하게 대답했다.

원래 나한테 없는 것을 가진 이는 조금은 거슬릴 수밖에 없는 법.

"아카데미에서 그런 말이 있었죠."

아나킨이 말했다.

"아마릴리스는 아들을 원해서가 아니라, 강한 존재 하나를 만들고 싶어서 벨을 낳았다는."

"……이게 다 아마릴리스가 한 일이란 말이지?"

아르노아가 물었다.

신체 강화 마법이 그렇게 강력하다면, 이를 실행한 이는 얼마나 강한 것인가?

"타고난 것도 있지만, 아마릴리스가 벨에게 걸어 놓은 마법은 확실히 남달랐습니다."

아나킨이 말했다.

"미쳐서 죽어 버린 그녀가 남긴 최고의 역작이자 돌연변이랄까요."

"미쳐서 죽어……?"

아르노아가 묻자 아나킨은 어깨를 으쓱했다.

"미쳐서 자기 몸도 돌보지 않았다는 건 그냥 소문이고, 몇 년 동안 마탑에만 틀어박혀서 벨에게 걸 주문을 연구하다가 결국 죽었다고 들었습니다."

그가 말했다.

"벌써 15년 전의 일입니다. 벨이 꽤 어렸을 때 죽었다고 들었으니까요."

아르노아는 고개를 끄덕였다.

악명 높은 마왕, 대마법사 아마릴리스에 대해서 그녀는 아는 것이 그다지 많지 않았다. 다만 한 가지는 확신할 수 있었다.

강한 아들을 원했던 아마릴리스가 대성공을 거두었다는 것을.

"벨카리아나스 님이 2회전도 승리하셨습니다!"

아르노아의 생각을 증명하기라도 하듯, 잠시 이야기를 나누는 사이 심판이 또다시 외쳤다. 벨의 앞에는 데이빗 경과 마찬가지로 검을 쏙 빼앗긴 기사 한 명이 서 있었다.

황당한 표정으로 잠시 굳어 있던 그는 얌전히 자리로 돌아갔고, 그 틈에 벨은 3회전을 이어 갔다.

시합은 계속 비슷한 양상이었다.

"받아라!"

상대방이 기합을 잔뜩 넣고 벨을 향해 검을 그어 내렸고.

턱.

벨은 그저 관망하는 표정으로 가만히 서 있었고.

쏙.

어느새 상대방은 벨의 손에 검을 빼앗겼다.

다만, 회를 거듭할수록 벨을 응원하는 목소리는 높아졌다. 그의 손에 탈락한, 검은 리본을 묶은 이들이 부담 없이 벨을 응원하기 시작했기 때문에.

"헤델 경이 검을 빼앗겼다!"

"트라반 경도 졌어!"

어찌 보면 당연한 일이었다.

벨은 점점 실력 좋은 기사들을 상대로 승리를 거두고 있었고, 그 실력 좋은 자들이 어이없게 패배하는 것 자체가 다른 이들에게는 진귀한 구경거리였으니까.

처음에는 검도 안 잡아 본 이에게 졌다고 얼떨떨해하던 이들도 어느 순간 벨의 응원단에 합류했다. 반대편에 모여 앉은, 흰 리본을 묶은 자들은 전전긍긍한 표정으로 그쪽을 바라보기만 했다.

"자, 이제 결승만 남았습니다."

심판 겸 진행자의 역할을 맡은 젊은 기사가 말했다.

앳된 얼굴에 깐족거리는 말투가, 어딘가 루카를 연상시키는 면이 있는 자였다.

"백팀의 루벨린 남작님! 수많은 경쟁자를 물리치고 결승까지 올라오셨죠!"

심판이 환호를 유도하며 남작을 불렀다. 그는 익숙하다는 듯 거들먹거리며 비무장 한 가운데로 등장했다.

"기사 생활은 접었었다더니, 검을 놓은 건 아니었나 보네?"

아르노아가 아나킨에게 속삭이듯 물었다.

"나름대로 훈련을 한다더군요."

아나킨이 고개를 끄덕이며 말했다.

"원래는 벤트 남작보다 하수였는데, 벤트 남작이 육아로 시달리는 사이 실력을 키워 이제는 제국에서 손꼽히는 실력자가 됐다고 합니다."

"……그래?"

"그리고 루벨린 남작이라면 벨도 조심해야 할 겁니다."

아나킨이 나직하게 덧붙였다.

"말이 불사신이지, 벨의 피부도 사람의 피부이긴 하니까요. 아마 다치면 피도 날 겁니다."

그는 확신할 수 없다는 듯 고개를 갸웃거리며 말했다.

"신체 강화가 된 마법사를 다치게 한다는 건……."

아르노아는 무예에 대한 자신의 얕은 지식을 떠올리며 말했다.

"오러?"

그녀가 물었다. 리켈 가문의 첫째, 데미안이 오러를 터득했다고 가문 전체가 기뻐했다던 기억이 어렴풋이 떠올랐다.

"맞습니다."

아나킨이 고개를 끄덕였다.

"사용자가 아주 강할 때 쓸 수 있는 기술이죠. 검의 힘으로 공기 중의 마나가 빨려 들어가는 원리이니, 마법을 막거나 가르는 것도 가능합니다. 쓰는 이에 따라서는 가검으로도 할 수 있습니다."

"루벨린 남작, 다시 봤는걸."

아르노아는 아주아주 조금 감탄한 마음으로 남작이 있는 곳을 바라보았다.

"자, 승자는 황제 폐하께 한 가지 청을 드릴 수 있습니다."

깐족거리던 심판이 남작을 향해 말했다. 끝없는 시합으로 모두가 피로해진 상황에서, 지루하지 않게 쉬어 가는 방법을 아는 자였다. 아르노아는 자신에게 시선이 쏠린 것을 보고 가볍게 고개를 끄덕였다.

"승자의 청이라면 들어주도록 하지."

황제가 승자의 청을 들어주는 것 또한 일종의 전통이었다. 승자들이 원하는 것은 비슷비슷했다. 황제의 손에 입을 맞출 기회라든가, 황제를 가까이서 호위할 권한이라든가.

물론 진심은 아니었고, 대충 황제의 기분을 띄워 주기 위한 정해진 대사 같은 것이었다. 아르노아처럼 즉위한 지 얼마 되지 않은, 무인이 아니기에 기사들 사이에서 특별하게 존경을 받고 있지도 않은 황제의 경우에는 더더욱 형식적이었다.

그런 쓸데없는 것들을 청하면, 황제는 껄껄 웃으며 더 비싸고 귀한 무언가를 내려 주고, 모두가 기분이 좋아져서 집으로 돌아간다. 전통의 구체적인 내용은 대략 이런 것이었다.

몸이 자주 아파 행사에 끼지 못했던 루시아노는 사람을 시켜 기사들에게 돈주머니를 쥐여 주고는 했다던가.

"그럼 남작님은 무엇을 달라고 하시겠습니까?"

심판이 물었다. 아르노아의 시선이 남작에게 향했다.

행사 경험이 많은 자이니, 이 정도는 잘 대답할 거라고 생각한 순간.

"황궁 안의 유리온실을 혼자 쓸 권한을 주십시오."

남작이 천천히 대답했다.

"……."

긴 정적이 흘렀다. 비무장의 모든 이가 자신이 들은 말을 의심했다.

"……유리온실이요?"

심판이 되물었다. 예상치 못한 답에, 그 또한 어색한 표정이었다.

"예, 그렇습니다."

남작이 다시 한번, 조금 전보다 한층 또렷한 목소리로 대답했다.

"선대 황제 폐하께서 아실리에르 대공 전하께 허락하셨던, 그 유리온실 말입니다."

그의 입꼬리가 야비하게 올라갔다.

나 참.

아르노아는 속으로 쓴웃음을 지었다. 그래도 기사로서는 좀 괜찮은 인간인가 했는데, 감탄은 취소다. 그냥 주제를 모르는 놈이었네.

황궁 남쪽의 유리온실은, 아름답고 화려한 황궁 안에서도 가장 섬세하고 아름다운 공간으로 알려져 있었다. 몇백 년 전 어느 장인이 심혈을 기울여 만들었다는 그곳은, 보기에 아름다울 뿐 아니라 사시사철 화려한 꽃들을 앞다투어 피게 하는 독특한 환경이었다.

지금껏 카이시온 제국의 황제들은 단 한 명도 빠짐없이 유리온실을 사랑했다. 심지어는 영혼이 메마른 것 같은 루시아노조차도 그곳은 아름답다고 말했을 정도였다.

다만, 유리온실은 아름다움 외에도 상징하는 것이 하나 있었다.

허수아비 황제와, 그 머리 꼭대기에 앉아 사실상 제국을 주무르는 신하.

"하아……."

아르노아는 자연스레 옛날이야기를 떠올리며 한숨을 내쉬었다.

얼마 전 베사니엘 후작에게 우연히 붙잡혀 이 이야기를 들어야 했는데, 그것이 이 상황의 전조였을까.

100년 전쯤, 제국의 황제를 발아래에 깔고 제멋대로 황실을 주물렀던 어느 대신은, 자신의 권력을 확인하기 위해 황제에게 유리온실을 독점할 권한을 달라고 했었다고 한다.

'하하하하! 황궁에서 가장 아름다운 곳을 나만 들어갈 수 있다면, 황제라는 이름도 아무 소용 없는 거 아닌가?'

그는 그렇게 황제를 조롱하다가 결국 비참하게 죽었는데, 이야기는 안타깝게도 여기서 끝나지 않았다. 얼마 전 아실리에르 대공이 똑같은 짓을 해 버렸기 때문에.

'폐하께서는 쓰지 않으시니, 제 딸이 유리온실을 독점할 수 있게 해 주십시오.'

노골적인 협박에 루시아노는 고개를 끄덕였다고 한다. 대공이 전쟁터로 떠나기 전까지, 유리온실은 다시 한번 황제의 무능을 상징하는 공간이 되어 루시아노를 조롱했었다.

그런데 지금, 그 사실을 너무나도 잘 아는 루벨린 남작이 똑같은 청을 하고 있는 것이었다.

"폐하께서는 잘 사용하지 않으신다고 들었으니, 제가 쓰도록 해 주십시오."

남작이 다시 말했다. 이번에는 아르노아의 눈을 똑바로 쳐다보면서.

황제로서의 아르노아가 우습고, 앞으로도 쭉 우습게 볼 생각이며, 감히 황제를 우습게 내려다보는 귀족이 바로 자신이라는 점을 자랑거리로 삼을 것이다.

그의 눈빛은 대충 이런 뜻이었다.

한 마디로, 예의라고는 밥 말아 먹은 태도였다.

'왜 그렇게 신나서 비무를 하겠다고 하나 했더니.'

아르노아가 다시 한번 한숨을 내뱉었다.

남작의 속셈은 뻔했다. 이렇게 차지한 유리온실을, 나중에 대공에게 넘겨주어 그의 신뢰를 얻겠다는 것.

그러는 과정에서, 무인으로서의 자신이 얼마나 대단한지 주변에도 자랑하고 대공에게도 자랑하면, 그의 앞길은 남작에 그치지 않으리라는 것. 남작은, 대충 두베르테 후작의 자리 정도를 노리는 듯했다.

"남작님께서 잘못 말씀하신 것이겠지요."

아나킨이 조용히 남작을 바라보며 말했다. 말투는 차분했으나, 언제나 은은한 웃음을 머금고 있던 황금빛 눈동자는 어딘가 차가워 보였다.

"존경하시는 황제 폐하께, 유리온실에서 함께 다과를 즐길 영광을 달라고 청하려던 것이 아닌지요?"

그가 우아하게 물었다. 평소 부드럽기만 하던 그의 목소리에는 어딘지 모르게 힘이 실려 있었다. 하지만 막 검술 시합을 여러 번 이겨서 흥이 난 남작은 그러한 기색을 무시하기로 했다.

"한번 뱉으신 말씀을 안 지키실 거라고는 생각하지 않습니다."

그가 느물거리며 말했다. 전통이든 뭐든, 아르노아가 청을 들어주겠다고 했으니 말을 뒤집으면 진상을 부리겠다는 선언이었다. 아르노아의 눈길이 남작이 손에 든 검을 향했다.

가검인데도 불구하고 새파란 오러가 번쩍이고 있었다.

다시 시선을 돌리자 이번에는 조금 떨어진 곳에서 그녀를 바라보는 벨이 눈에 들어왔다.

비무장 전체의 분위기가 무거워진 와중에, 벨은 이를 드러내며 씩 웃었다. 평소와 똑같은 여유로움이었다.

긴장감으로 터질 듯한 이곳에서, 그를 둘러싼 공기만 묘하게 달라 보였다. 유리온실이 무슨 의미를 갖는지 몰라서 혼자 편안한 건지, 아니면 심상찮은 분위기를 읽고도 여유로운 건지, 아르노아로서는 알 수 없었다.

"어…… 폐하? 다시 진행할까요?"

심판을 보던 젊은 기사가 머리를 긁적이며 물었다. 아르노아가 피식 웃었다. 결과가 어떻게 되든, 그녀는 이 시합의 끝이 궁금했다. 여유로워 보이는 벨의 머릿속에 무슨 생각이 있는지 궁금해서인 것 같기도 했다.

"좋아."

그녀가 대답했다.

"결승전에서 이기면, 남작의 청을 들어주도록 하지."

아나킨의 눈이 커졌고, 아르노아는 그를 보며 어깨를 으쓱했다.

뭐 어떡해.

약속 안 하면 진상 짓을 하겠다는데.

아르노아는 어쩔 수 없는 일을 가지고 오래 고민하는 사람은 아니었다. 남작이 뻔뻔하게 나온 이상 억지로 화를 내거나 거절을 하면, 아직 취약한 그녀의 평판이 흔들릴 터였다. 그럴 바에야 시합을 빨리 진행하고 결과를 감수하는 것이 낫다.

밑져야 본전……은 아니지만, 어차피 그 유리온실에 애정이 있는 것도 아니었다.

"시작해."

아르노아가 다시 말했다.

"그, 그러면 시작하겠습니다."

심판이 떨떠름한 표정으로 중얼거렸다.

"자, 백팀과 흑팀의 마지막 선수들입니다!"

"와아아아아아아아!"

"우와아아아아아아아아!"

어느새 벨을 응원하는 목소리는 루벨린 남작을 응원하는 소리보다 커져 있었다.

남작이 눈살을 살짝 찌푸렸다. 두 사람은 서로 열 걸음쯤 떨어진 거리에서 각자 검을 들고 서로를 노려보았다.

"시-작!"

피잉-

심판의 말이 떨어지자마자, 후작의 검날을 감싸던 푸른색이 짙어졌다.

"하앗!"

그는 허공에서 검을 휙 하고 휘두르더니 순식간에 벨의 코앞까지 달려들었다.

"아이고, 이제는 끝이구만!"

둘러서서 두 사람의 시합을 지켜보던 흑팀 병사 한 명이 소리쳤다.

"다치지나 말아야 할 텐데……. 오러 사용자의 가검은 원래 진검보다 날카로운 법이지요."

"몸이 강철이라도 저건 피하지 않으면 몸이 동강 날걸."

아르노아는 눈을 가늘게 뜨고 벨의 움직임을 지켜보았다. 뭘 기대하고 있는지는 그녀 자신도 알지 못했다.

후작이 가까이 다가올 때까지 벨은 움직이지 않았다. 앞선 몇 번의 시합과 똑같은 모습이었다.

"끝이다!"

쉬이이익-

후작이 회심의 미소를 지었고, 큰 동작으로 휘두르던 그의 검이 벨의 목을 향해 날아들었다.

정확한 궤도, 무시무시한 속도.

검이 빗나가지 않을 거라는 사실은 상당히 명확했다.

'아, 졌나 봐.'

아르노아가 한숨을 쉬었다. 당연한 이야기였다. 벨은 검술을 못 하니까.

아까 웃던 모습은 그저 습관이었거나, 아니면 아직도 현실을 파악하지 못한 그의 아이 같은 해맑음이었을 터였다.

'다치지나 말아야 할 텐데.'

아르노아는 다시 한번 상처 입을 흰둥이를 떠올리며 고개를 절레절레 흔들었다.

벨은 마법을 하니까 치유할 수 있을 거야.

안 되면 루데스 박사를 불러다가 고쳐 줘야지.

죽지만 않으면 괜찮다고 생각하며 아르노아가 고개를 든 순간이었다.

쉬이익—

비무장 한 가운데에서, 기다란 은빛 검날이 깔끔한 궤도를 그리며 허공을 갈랐다.

퍼어어억!

"아아악!"

검은 목표물의 목과 어깨 사이를 향해 정확하게 날아들었고, 목표물은 큰소리로 비명을 지르며 땅으로 쓰러졌다.

"……?"

아르노아의 눈이 커졌다. 아나킨도 마찬가지였다. 그리고 비무장의 다른 모든 사람들도.

"아흐흐흐흐흑!"

바닥에 쓰러진 이가 괴롭게 울부짖었다. 그는 조금 전 검을 들고 벨에게 뛰어들었던 루벨린 남작이었다. 어깨뼈가 으스러진 듯, 그는 어깨를 감싸고 이리저리 뒹굴고 있었다.

"으아아아악!"

아르노아의 시선은 그제야 남작에게 부상을 입힌 자를 찾았다.

"……벨."

남작으로부터 두 걸음 떨어진 곳에서, 기다란 은빛 검을 똑바로 들어 그에게 겨누고 있는 사람은, 다름 아닌 벨이었다.

"봐."

그가 남작을 내려다보며 빙긋 웃었다.

"난 잘할 거라고 했잖아."

그는 생애 최초로 휘둘러 본 검이 마음에 든다는 듯, 다시 한번 이를 드러내며 씩 웃었다.

"흐으으읍!"

루벨린 남작은 어깨를 부여잡고 긴 신음을 내뱉었다. 조금 데굴거려 보니 더 아프다는 사실을 깨달아서인지, 몸은 한 자세로 굳은 채 덜덜 떨고만 있었다. 어깨와 목 사이쯤에 벨이 남긴 상처는 이제 검푸르게 변해 가고 있었다.

"······아나킨."

아르노아가 입을 열었다.

"저 상처······ 벨의 어깨에 난 자국이랑 위치가 같은 거지?"

그녀의 시선이 벨과 남작 사이를 오가고 있었다. 남작의 어깨에 깊이 새겨진 검푸른 자국은, 시합이 시작될 무렵 데이빗 경이 벨에게 남겼던 자국과 같은 모양이었다.

다만 어깨와 쇄골이 부러진 채, 검게 멍들어 가는 남작의 상처와 비교하면, 벨의 어깨에 난 붉은 자국은 지나가던 참새가 할퀸 정도에 불과했다.

"······예."

아나킨이 멍하게 대답했다.

"데이빗 경이 사용한 기술을 봐 두었다가 그대로 따라 했군요."

그가 설명했다.

"검날의 방향, 검의 궤도, 다 비슷합니다."

아나킨은 천천히 덧붙였다.

"차이를 찾자면, 벨은 힘을 조절하지 않는다는 점이겠군요."

동그랗게 커진 눈을 보니 그 또한 조금 전 벌어진 일로 충격을 받은 듯했다. 아나킨의 얼굴에서 거의 본 적 없는 표정이었다. 아르노아는 비로소 한 가지 사실을 알 수 있었다.

"……이건 마법이랑 상관없는 거야?"

아나킨은 여전히 믿기 어렵다는 듯한 얼굴로 고개를 끄덕였다.

"제가 알기로는 그렇습니다."

그가 말했다.

"매사 마법에 의지하는 페르헨의 사람들은 다른 능력에서는 유독 뛰어나지 않습니다. 마법으로 신체를 강화할 수는 있어도 기술은……."

아나킨이 말끝을 흐리며 허탈하게 웃었다. 아르노아도 비슷한 표정이었다.

"그렇구나."

그녀가 중얼거렸다.

"그냥 타고났구나."

두 사람은 호흡 하나 흐트러지지 않고 멀쩡히 서 있는 벨을 바라보며 동시에 한숨을 내쉬었다.

불공평하다.

타고날 거면 하나만 타고나야지.

많아도 아나킨처럼 외모와 머리 정도만 타고나거나.

벨은 두 사람의 이러한 생각을 전혀 짐작하지 못하는 듯, 아르노아를 바라보며 환한 미소를 보내고 있었다.

"페, 페르헨의 영주, 벨카리아나스 님의 승리입니다!"

한동안 아르노아와 비슷한 표정을 짓고 있던 심판이 뒤늦게 외쳤다.

"우승! 벨카리아나스 님의 우승입니다!"

"와아아아아아아!"

여기저기서 함성이 쏟아졌다.

술 한 병씩을 받게 된, 무기에 검은 리본을 묶은 기사들이 너도나도 감탄한 표정으로 박수를 쳤다.

"미친놈, 데이빗 경을 바로 따라 했어."

"진짜 괴물 아닙니까? 데이빗 경은 저거 익히는 데 1년 걸렸는데."

"루벨린 남작이 저렇게 당하는 건 처음 보는군."

한참 동안 시끄러웠던 비무장의 열기는 몇 분이 지나고 나서야 가라앉았다.

"페르헨의 영주 벨카리아나스."

아르노아가 입을 열었다. 그녀와 벨의 시선이 다시 한번 마주쳤다. 입꼬리에 서린 장난스러운 미소는 사라지지 않고 있었다.

"그대는 무엇을 원하지?"

아르노아가 물었다. 그사이 충격에서 벗어난 아나킨의 표정이 조금 착잡해지는 게 눈에 들어왔다. 아르노아는 그 이유를 알 것 같았다. 그리고 한발 늦게 아나킨의 생각에 공감했다.

'……그 생각을 못 했네.'

제국의 오랜 전통에 따른 비무, 상으로 승자에게 주어지는, 황제를 상대로 한 가지를 청할 권리.

관행을 따르자면 승자는 황제를 가까이서 모실 영예를 달라느니 어쩌니 하는 입에 발린 소리를 해야 마땅할 것이지만.

'벨은 예의를 하나도 모르지.'

아나킨이 머리 아픈 표정으로 자신의 관자놀이를 짚었다. 그도, 아르노아도, 시합이 시작할 때는 이 상황을 상상하지 못했던 것이다.

벨이 우승까지 하다니.

두 사람은 복잡한 표정으로 심호흡을 했고, 아르노아는 불안불안한 마음으로 벨을 바라보았다.

이상한 소원 말하지 마.

여전히 먼지투성이로 쓰러져 있는 남작을 보며, 그녀는 온 마음을 다해 생각했다.

저 멍청이처럼은 하지 말란 말이야.

새파란 눈동자가 벨을 향하자 그의 미소가 짙어졌다.

처음 해 보는 비무는, 세상 모든 일이 그렇듯 쉬웠다.

아직까지 끙끙거리는 남작을 내려다보는 것도 기분이 나쁘지 않았다.

"원하는 것이 있다면 청하라."

그녀가 다시 말했다.

"……."

벨은 그제야 생각에 잠겼다.

황제에게 청이라.

그는 사실 생각해 둔 소원이 없었다. 회의장에서 비무에 참여하겠다고 한 건 사실 충동적으로 내린 결정이었다.

아르노아에게 청할 것은 없었다. 벨은 원하는 것을 혼자의 힘으로 갖지 못한 적이 없었으니까. 그는, 엄밀히 말하면 그저 다른 이들이 그녀의 눈앞에서 우승을 차지하고 쓸데없는 것을 청하는 꼴을 안 보고 싶었다.

특히 족제비 닮은 얼굴로 숨을 몰아쉬고 있는, 이름이 잘 기억나지 않는 저 남작 같은 사람이.

벨은 문득, 결승 직전 남작이 아르노아에게 말했던 소원을 떠올렸다.

'유리온실.'

유리온실이 어떤 장소인지는 몰라도, 그것이 특별한 장소임은 확실했다. 짧은 순간 남작의 청에 황당해하던 아르노아의 표정만 보아도 알 수 있었다. 지금 어깨가 바스러진 남작을 내려다보면서도 안타까워하지 않는 것을 봐도 그렇고.

다른 이들이 사용하지 못하는 황제의 공간.

벨은 그곳에 호기심이 생겼다.

"유리온실을……."

그가 입을 열자 아르노아가 입술을 지그시 깨물었다. 사파이어 같은 예쁜 눈동자가 짧은 순간 그를 협박하듯 번쩍 빛났다. 옆자리에 앉은 아나킨도 비슷한 모습이었다.

"잠깐, 벨카리아나스 영주……."

아나킨이 불편한 표정으로 입을 여는 순간 벨이 덧붙였다.

"존경하시는 황제 폐하께, 유리온실에서 함께 다과를 즐길 영광을 주실 것을 청합니다."

그가 말했다. 아나킨이 조금 전에 남작에게 조언했던 말 그대로였다. 잠깐의 정적이 흘렀다. 기대하진 않았던 벨의 정중함 때문인지, 지켜보던 이들은 놀란 표정이었다.

벨은 어깨를 으쓱했다. 그는 사실 별생각이 없던 와중에 아나킨의 말을 힌트로 삼은 것뿐이었다.

"……그게 그대의 청인가?"

아르노아가 믿기지 않는다는 듯 물었다.

"한 가지 더."

벨이 말했다. 소원을 말하는 김에 확실히 해 둘 생각이었다.

"그 온실을, 폐하가 아닌 다른 이가 사용할 수 없게 해 주십시오."

그가 말을 끝냈다.

온실이 특별하다면, 끝까지 특별하게 남겨야 하지 않겠는가. 대공과 록산느가 돌아오면 또 뭐라고 할지 모를 일이었기에, 그는 아예 헛소리를 차단하기로 했다.

"……그렇군."

아르노아가 천천히 대답했다. 푸른 눈동자는 다시 잔잔한 미소를 찾은 듯했다. 벨은 겨우 긴장이 풀린 듯 긴 숨을 내뱉는 아르노아를 바라보며 어깨를 으쓱했다.

뭘 그렇게 걱정했던 건지.

벨은 애초에 온실을 달라는 청을 할 생각은 없었다. 꽃이야 직접 피우면 그만인데 온실이 왜 필요하겠는가. 유리온실에 관심을 가진 건 오직 그것이 황제의 것이기 때문이었다. 아르노아 없이 혼자서 온실에서 뭘 한단 말인가.

* * *

"속이 시원해?"

아르노아가 물었다.

"황궁의 기사들을 다 누르고 우승을 차지해서?"

벨은 싱긋 웃으며 다시 한번 눈으로 주변을 훑었다.

"응."

짤막한 대답에, 아르노아는 건방지다는 말을 하려다가 다시 삼켰다.

"남작에게 주기에는 아까운 곳이군."

벨이 덧붙였다. 그들은 벨이 청했던 대로, 황궁의 유리온실에서 다과를 즐기고 있었다.

두 사람 사이에 흰 보가 씌워진 넓은 원형 테이블이 자리했다. 그 위에는 고급스러운 도자기 접시, 그리고 접시 위에는 형형색색의 과자며 케이크가 먹음직스럽게 담겨 있었다.

아르노아는 고개를 끄덕였다.

황제가 되고 나서 딱히 발걸음을 할 생각이 들지 않았던 이곳은, 기억했던 것보다도 훨씬 아름다웠다. 화려하게 핀 장미며 다양한 색의 수국, 아나킨을 연상시키는 청초한 백합에 여러 이름 모를 꽃들이 함께 어우러져

만발한 그곳은, 황성의 어느 공간보다도 생기가 넘쳤다.

"축하해."

그렇게 말하면서도 아르노아는 허탈한 표정이었다. 그녀는 여전히 조금 어이가 없었다.

"황실 기사단 소속 기사들은 자존심 높기로 유명하거든."

아르노아에게는 여전히 데면데면한 그들이었다. 그녀도, 오빠인 루시아노도 기사들이 존경할 만한 무훈을 쌓은 적이 없어서인지, 그들의 눈 속에 비친 황제의 이미지는 다소 무능하고 연약했다.

"그런 자들이 너를 좋아한다는 건 대단한 일이야."

아르노아가 덧붙이자 벨은 의아하다는 듯 눈썹을 살짝 찌푸렸다.

"그런 거였나?"

그가 말했다.

"그래서 그렇게 시끄럽게 소리를 질렀군."

"그걸 '환호'라고 해."

"손바닥을 자꾸 부딪쳐 댔다."

"그건 '박수'야. 모른다고 하지 말아 줘."

"알지만 왜 하는지는 이해가 가지 않더군."

벨이 무심하게 말했다.

"나를 좋아한다니, 이상한 자들이로군."

"조금도 이상하지 않아."

아르노아는 고개를 저었다.

"기사들은 원래 강한 사람을 좋아하니까."

"……."

"기사단 안에서 록산느 아실리에르가 나보다 인기 많은 이유지."

벨이 눈썹을 더 강하게 찌푸렸다.

"대공녀를 좋아한다고?"

그가 어이없다는 듯 말했다.

"강하면 좋아하고 약하면 덜 좋아하는 게 일반적이라니까. 기사들이 닮고 싶은 모습을 많이 가졌나 보지."

아르노아가 어깨를 으쓱하며 말했다. 그녀는 기사들이 록산느를 두려워하면서도 존경한다는 사실이 특별히 불쾌하지는 않았다. 다만, 지금까지도 그녀의 명령에 재깍재깍 복종하기를 꺼려하는 기사단 때문에 한 번씩 불편할 뿐이었다.

차차 해결할 문제였지만 즉위한 지 얼마 되지 않은 지금으로서는 그런 불편함은 안고 살아야 했다. 그런 의미에서, 쉽게 그들의 호감을 산 벨이 부러운 건 사실이었고.

"정말 그런 거라면."

벨이 말했다.

"그들은 자기 자신을 아주 싫어하겠군."

"응?"

"아주 약하지 않은가."

그가 간단하다는 듯 말을 이었다.

"황제와 굳이 비교하는 의미가 있는지 모르겠군."

"하아…… 그래, 그렇다고 치자."

아르노아는 한숨을 쉬며 말했다.

"뭐, 당장 해결할 수 있는 문제도 아니니까."

그녀는 쓸데없는 생각을 떨쳐 버리기 위해 온실 속의 배경으로 시선을 돌렸다. 유리온실 안에서만 흐르는 독특한 공기의 특성 때문에, 그 안에 있는 꽃들은 전부가 동시에 화려하게 개화한 상태였다.

아름다웠다. 순간적으로나마 다른 생각들을 잊을 만큼.

"황제는 꽃을 좋아해?"

그녀의 시선을 쫓아가던 벨이 물었다.

"그렇긴 한데."

아르노아는 그를 보며 피식 웃었다.

"너만큼은 아니야."

그녀는 과거 디르한에서 벨이 그녀에게 대뜸 장미꽃을 달라고 하던 모습을 떠올리며 말했다.

나중에 색깔만 바꿔서 돌려주기는 했는데, 애초에 꽃을 아티팩트로 만들어서 마법에 사용하는 마탑주가 얼마나 되었겠는가. 게다가 승리의 대가로 요구한 게 꽃으로 뒤덮인 유리온실 구경이라니.

"푸흡!"

아르노아의 말이 끝나자 벨은 갑자기 머금었던 찻물을 뱉어냈다.

"콜록!"

그는 무언가 목에 걸리기라도 한 듯 기침을 토해 냈다.

"괜찮아?"

아르노아가 물었다.

"콜록! 후우……."

벨은 의외로 꽤 오랫동안 기침을 하더니 길게 심호흡을 했다.

"……나만큼 좋아하지는 않는다고?"

이윽고 숨을 다 고른 그가 그녀의 말끝을 되풀이하며 물었다.

"응?"

그게 왜?

아르노아는 의아한 표정으로 고개를 들었다. 뭘 굳이 다시 물어보는 건지 이해할 수 없었다.

"……."

그녀를 마주 보는 벨의 동공이 흔들리고 있었다. 그녀는 그제야 벨의 얼굴이 붉어졌다는 사실을 깨달았다. 흔치 않은 모습이었다. 아르노아로서는 이해하기 어려운.

비무할 때는 한 번도 당황하지 않더니 차 한 번 잘못 마셨다고 왜 이러는 건데.

"그러니까 황제의 말은……."

벨이 다시 입을 열었다. 아르노아가 고개를 갸웃하며 그를 바라보았다. 간단한 말에, 설명이 더 필요한가?

아르노아는 그가 그녀의 말 중 어떤 부분을 이해하지 못한 건지 알 수 없었다.

"그러니까 황제는 꽃보다 나를……."

"네가 장미를 좋아하잖아. 나보다 더 많이."

그녀가 말했다. 뭐가 이해하기 어려웠는지는 여전히 알 수 없었지만, 루벨린 남작을 두들겨 패서 기절시킨 사람에게 설명 정도는 친절히 해 줘야 하지 않겠는가.

"……아, 그렇군."

순간 벨의 얼굴이 딱딱하게 굳었다.

"그런 뜻이었어."

그는 당연한 말을 몇 번이나 중얼거리더니 그녀를 향해 과장되게 고개를 끄덕였다.

"황제의 말이 맞아. 나는 꽃을 무척 좋아해. 나도 당연히 그 말을 하려고 했다. 다른 의미는 전혀 없었지."

"……."

여전히 이상한 모습이었다. 다만 아르노아는 너무 신경 쓰지 않기로 했다. 벨은 원래 항상 이상한 사람이 아니었던가.

복잡하게 생각하지 않기로 결심한 아르노아가 쿠키를 하나 집어 드는 순간, 벨이 쿠키를 보며 무언가를 중얼거렸다.

"……어?"

그녀의 손에 들려 있던 네모난 버터 쿠키가 열 몇 개의 꽃잎이 달린 장미 모양으로 바뀌었다.

"벨, 뭐 하는 거야?"

아르노아가 황당한 표정으로 물었다.

"꽃 모양으로 바꾸니 보기 좋군. 황제의 말과 같이 난 꽃을 좋아하니까."

그는 혼자서 무언가를 증명하려고 결심한 것처럼 어색하게 고개를 끄덕이며 말했다.

"알아."

당연한 걸 왜 굳이 확인시켜 주려고 하는 건데.

"확실히 더 예쁘기는 한데……."

아르노아가 중얼거렸다. 깨물어 보니 쿠키의 맛은 같았기에 신경 쓰지 않기로 하면서.

벨은 다시 마카롱을 향해 손을 뻗었다.

"이것도."

펑.

동그란 분홍색의 마카롱은 이제 벚꽃처럼 여러 갈래로 갈라져 있었다.

"역시 꽃 모양이 최고로군."

펑.

펑.

펑.

벨은 계속해서 간식들을 가리키며 모양을 바꾸어 놓았다. 얼굴은 여전히 붉어진 채로, 마치 부끄러운 기억을 떨치기 위해 다른 것에 집중하는 사람처럼 보였다.

"마음에 드는군."

그는 섬세하면서도 화려하게 바뀐, 온실의 모습과 일부러 맞추기라도 한 듯한 탁자 위의 광경을 보며 긴 숨을 내쉬었다.

"……의외로 가정적이네?"

뭐라 반응하기 힘들어, 아르노아는 최대한 무난한 대답을 내놓았다.

실제로 탁자 위의 모습은 놀랍도록 예뻤다. 마법이 어떻게 작용하는 건지 정확히 알 수 없는 그녀는 과거 아나킨이 했던 설명을 떠올렸다. 그의 말에 따르면, 무언가의 형체를 변하게 하기 위해서는 마법을 구현하는 자의 머릿속에 그 형태가 명확히 그려져야 한다고 했다.

즉, 악명 높은 마탑주 벨카리아나스의 머릿속에는, 열 가지가 넘는 꽃의 모양이 아주 구체적으로 자리 잡고 있다는 의미였다.

"가정적?"

벨이 처음 듣는 이야기라는 듯 묻자 아르노아는 그가 차려 놓은 화려한 꽃 과자 만찬을 가리켰다.

"아, 과자 변형 마법."

벨이 고개를 끄덕였다. 조금 전까지 떨렸던 목소리가 겨우 평소처럼 돌아온 듯했다.

"어머니가 가르쳐 주셨다. 가정적인 거라고 볼 여지도 있겠지."

아르노아의 눈이 조금 커졌다. 벨의 어머니라면.

"26대 마탑주…… 대마법사 아마릴리스?"

그녀가 물었다.

"그렇다."

"마왕이라고도 불렸다는?"

"응."

"용으로 변신도 하고, 사람을 잡아먹는다는 소문도 있었던?"

"그래."

벨은 당연하다는 듯 고개를 끄덕였다. 아르노아는 헛웃음이 나왔다.

가정적이고 꽃을 좋아하는, 악명 높은 두 명의 마법사가 함께 쿠키 모양 바꾸기 연습을 하는 모습은 머릿속에 잘 그려지지 않았다.

"……어머니와 친했어?"

그녀가 아는 바에 따르면 대마법사 아마릴리스는 벨이 어렸을 때 죽었다. 두 사람이 얼마나 큰 힘을 타고났는지에 대해서는 소문이 무성했지만, 실제로 서로에게 어떤 의미였는지에 대해서는 누구도 관심을 가진 적이 없었다.

"글쎄."

벨이 애매하게 대답했다.

"내게 많은 것을 전수하려 노력했지만, 친했다고 할 수 있는지는 모르겠군."

그가 한쪽 손으로 턱을 괴며 말을 이었다.

"실질적으로 나를 키운 건 아스칼라우스였는데."

"아스칼라우스?"

아르노아가 고개를 갸웃했다. 처음 듣는 이름이었다. 과거의 마탑주도 아니었고, 이름난 마법사도 아니었다면…….

"설마…… 아버지야?"

그녀의 물음에 벨이 가벼운 웃음을 터뜨렸다.

"아니. 그냥 마탑 안에서 어머니 곁에 있던 사람이다. 내 옆에 루카가 있는 것과 똑같아."

"아……."

아르노아가 고개를 끄덕였다.

"흔히 부모가 가르치는 것들을 가르쳐 준 건 맞아."

그가 설명했다.

"고양이와 인간의 모습만 왔다 갔다 하는 내게, 어디서 놀림받지 말라며 영체가 아닌, 비슷한 짐승으로 변하는 마법을 가르쳐 준 것도 그였다."

그는 어깨를 으쓱하며 한 마디 덧붙였다.

"놀림이라니."

아르노아가 작게 항의했다. 고양이가 되는 게 뭐가 놀림당할 일이야.

"뭐, 진작 죽었지만."

꽤 가까운 사람이었던 이를 말하는 것치고는 무심한 말투였다.

"친절한 사람이네."

"그래. 유독 잔인하다고 알려진 대마법사 곁에서, 친절하게 잔인한 행동을 도왔던 사람이기도 하지."

벨은 진심과 농담이 반쯤 섞인 듯한 대답을 했다.

"……아버지는 안 계셨던 거야?"

아르노아가 조심스럽게 물었다.

마법사들도 평범한 다른 사람들과 마찬가지로 결혼을 하고 가정을 만들었다. 다만 대마법사 아마릴리스에게 남편이 있었다는 말은 들어 본 적이 없었다.

제국의 모든 사람들에게 벨은 그저 26대 마탑주의 아들일 뿐이었다. 나머지 절반의 피는 어디서 왔는지에 대해선 아무도 몰랐다.

벨은 씩 웃으며 고개를 저었다.

"아버지라는 사람이 존재하긴 했지. 마법사라고 해서 혼자 번식하는 건 아니야."

그가 말했다.

"지나가는 미남을 데려와서 하룻밤을 지내는 것이 어머니의 취미였다더군. 내 아버지는 아마 그런 사람 중 하나였을 거다."

"아……."

아르노아가 고개를 끄덕였다.

아마릴리스 이 사람, 아주 대단한 인생을 살았네.

역사적으로도 손꼽히는 힘을 가진 마탑주에, 용으로 변신해서 불도 뿜고, 영지를 침범하는 사람을 멋대로 죽이고, 그 와중에 미남들을 골라서 잠자리를 함께하는 과감한 취미 생활을 착실히 했었다니.

"아스칼라우스가 그러더군. 어머니와 함께한 남자는 많았지만 어머니가 얼굴을 정확하게 기억하는 이는 아버지뿐이라고."

벨은 아르노아의 관심이 싫지 않은 듯 말을 이었다. 아르노아의 눈이 조금 커졌다.

"⋯⋯특별히 사랑하는 사이여서?"

남자 데려오는 게 취미였던 대마법사가 얼굴을 기억하다니, 이것도 일종의 순정 같은 거라고 봐야 할까.

"아니."

벨이 딱 잘라 대답했다.

"아마 상당한 미남이었던 모양이다."

단언이었다.

"어머니도 못난 외모가 아니었는데, 내 얼굴이 그 사람을 꼭 닮았다며 흐뭇해하신 걸 보면. 얼굴 이야기가 아니면 아버지를 언급하지 않았지."

"아."

아르노아는 완벽하게 납득하고 고개를 끄덕였다.

순정이 아니라, 그냥 얼굴이 중요했구나.

하긴, 벨의 얼굴과 판박이라면 기억하기 싫어도 기억을 할 수밖에 없을 터였다.

사랑이 뭐가 필요한가. 사랑보다 더 위대한 외모가 있는데.

"재미있는 사람이었구나."

그러자 무슨 말이냐는 듯 벨이 의아한 표정으로 그녀를 바라보았다.

"네 어머니 말이야."

누리고 싶은 건 정말 다 누리고 산 모양이었다.

그 와중에 잘생긴 아들에게 꽃 모양 쿠키를 만들어 주는 법을 가르치기까지 했다.

아르노아는 문득, 루시아노와 바이나스 옆에서 눈치를 보며 살았던 자신의 삶을 돌이켜 보았다.

나도 조금 더 막 살 걸 그랬나.

단명했다고는 해도, 아마릴리스는 꽤나 즐거운 인생을 산 듯했다.

"황제야말로 신기하군."

벨은 그녀를 빤히 바라보며 말했다.

"뭐가?"

"어머니를 입에 올리는 많은 사람들 중, 황제와 같은 평을 하는 이는 없었다. 보통 미쳐서 죽었다고들 했지."

"……."

아르노아의 눈이 조금 커졌다.

잊고 있었는데, 생각해 보니 그랬다. 아마릴리스는 사악하기도 했지만 마지막에는 미쳐서 죽었다고 했던가?

"사실이야?"

벨은 곧바로 대답했다.

"글쎄? 말년에는 미친 듯이 뭘 좀 연구하기는 했지."

그의 시선은 언제나 그렇듯 아르노아를 똑바로 향하고 있었지만, 대답은 어딘가 애매한 구석이 있었다.

"어머니의 죽음에 대한 소문은 하나가 더 있는데, 그건 듣지 못했어?"

벨은 은회색의 눈을 빛냈다. 약간은 장난 같기도 하고, 그녀를 떠보는 듯도 한 눈빛이었다.

"다른 소문?"

"아나킨이 거기까지는 말하지 않았나 보군. 아니면 그도 안 믿었거나."

벨이 말을 이었다.

"대마법사 아마릴리스의 아들이, 탐욕스럽게 그녀의 마력을 전부 흡수해서 죽게 했다고."

그는 건조한 목소리로 말을 끝냈다. 시선은 여전히 아르노아를 떠나지 않은 채였다.

"……"

아르노아는 아무 말도 하지 않았다.

벨이 다른 이의 마력을 흡수해서 폐인으로 만든다.

처음 듣는 이야기는 아니었다. 다만 그 피해자 중에 어머니가 있다는 말은 처음이었다.

"안 믿기는데."

한동안 정적이 흐른 후 아르노아가 대답했다.

이는 그녀가 볼 때 당연한 대답이었다. 그다지 혼란스러울 것이 없었다.

"왜?"

"마법의 사용이라는 게 어떻게 된 원리인지 잘 알지는 못하지만."

그녀가 설명했다.

"남의 마력을 탐욕스럽게 흡수하려면, 그 마음가짐은 둘 중 하나일 것 같거든."

"……"

"강한 것을 열망하거나, 아니면 약한 상태를 두려워하거나."

아르노아는 잠시 말을 멈추고 벨의 눈을 살폈다. 그의 눈 속에 있던 장난기 같은 것이 사라지고, 한층 진지한 관심이 자리 잡는 듯했다.

"그런 것인가?"

"그래. 근데 넌 둘 다 아니야."

그가 묻자 아르노아는 고개를 끄덕였다. 대부분의 사람들은 강해지고 싶어 했다. 그 이면에는 약한 상태로 있는 것에 대한 공포가 있었고.

멀리 갈 것도 없었다.

당장 아르노아가 황제가 된 경위도 그렇지 않은가.

루시아노보다, 바이나스보다 약한 상태로 있는 것이 싫었고, 그래서 대륙의 주인이라 불리는 황제가 되고 싶었고, 돼 보니 아주 좋고……. 이건 중요한 건 아니지만.

하지만 벨은 아니었다.

"넌 열망도 없고 두려움도 없어. 정말 독특한 경우지만 가능성은 하나 겠지."

아르노아가 말을 이었다.

"넌 그냥 타고난 거야. 약했던 적이 없다고 봐도 과언이 아닐 정도로. 애초에 남의 힘을 욕심낼 수가 없어."

"……."

"게다가…… 넌 남의 마력을 억지로 빼앗을 것 같지도 않거든."

그녀는 생각을 정리하며 말했다. 이는 아나킨이 벨을 대하는 태도에서 유추한 것이었다.

아나킨은 완벽하게 선한 사람은 아니었지만 현명한 정치를 지향했다. 영지가 어디든, 영주라는 자가 영지민을 착취하는 모습을 보면 본능적으로 역겨워하는 경향이 있었다. 그게 그가 아실리에르 대공을 싫어하는 수많은 이유 중 하나였다.

아나킨과 벨은 절친이라고 하기에는 애매한 사이였지만, 아나킨이 벨을 혐오하지는 않았다. 그렇기에 아르노아의 결론은 명확했다.

"그러니 만약 마력을 흡수한 적이 있다면 그건 네 나름의 이유가 있어서였겠지."

이는 벨을 지켜보면서, 그리고 벨을 둘러싼 모든 소문을 들어오면서 내린 결론이었다.

벨이 정말로 다른 마법사들의 힘을 빼앗았는지는 알 수 없었다. 하지만 그것이 사실이라면, 아르노아는 그러한 행동이 탐욕 때문은 아닐 거라고 확신하고 있었다.

"……."

"……."

유리온실 내에는 한참 동안 정적이 흘렀다. 흥미롭다는 듯 그녀의 말을 듣고 있던 벨의 눈동자가 조금 커져 있었다.

"……재미있는 이야기로군."

그가 내뱉었다.

"내가…… 열망하는 것이 없어?"

은회색 눈동자가 아르노아를 뚫어질 듯 바라보았다.

호기심이나 약간의 흥미 같은 것만 담긴 평소의 시선과 달랐다. 그의 눈동자는 조금 흔들리고 있었다. 아르노아의 말을 곱씹고 있는 것처럼. 아르노아에게 반문하듯 던진 질문이지만 어찌 들으면 스스로에게 묻는 것처럼도 보였다.

"……아니야?"

아르노아가 되물었다. 그 시선 때문인지 조금은 자신이 없어진 목소리였다.

"내가, 두려워하는 것도 없을까?"

벨이 다시 한번 말했다.

* * *

"……아니야?"

벨은 자신을 빤히 바라보는 새파란 눈동자를 들여다보았다.

'넌 열망도 없고.'

조금 전 그녀가 한 말이 귓가에 계속 울리는 느낌이었다.

열망이 없나?

그는 머릿속으로 한 번도 자신에게 던져 본 적 없는 질문을 곱씹었다.

평소 같으면 당연하다고 생각했을 터였다. 그는 갖지 못한 것을 원해 본 적이 없었다. 무언가를 욕망하는 타인의 감정에 공감해 본 적도 없었다.

재물을 욕망하는 수많은 사람들도, 권력과 힘을 욕망하는 록산느 아실리에르 같은 작자도, 심지어는 학식을 얻겠다며 페르헨에 발을 디뎠던 아나킨조차도, 그의 눈에는 그저 피곤해 보이고는 했었다.

집착, 탐욕. 이런 감정은 벨과 거리가 멀었다. 그러니 '열망이 없다'는 아르노아의 분석은 옳았다. 그런데도 그 말을 듣는 순간, 그의 머릿속에서는 그녀의 말을 강하게 부정하는 무언가가 느껴졌다.

아니, 정확하게 말하면 그렇게 말하는 아르노아와 눈이 마주친 순간이었다.

간혹 놀라울 정도로 사람을 읽어 내는, 짙고 푸른 그 눈동자를 보는 순간.

아르노아가 그 눈으로 벨을 꿰뚫어 보며, 평생 그를 둘러쌌던 소문에 대해 명확한 답을 내린 순간.

그는 어쩌면 무언가를 열망하고 있는 것 같은 스스로를 발견했다.

"황제."

벨은 아르노아를 향해 몸을 조금 기울였다. 어느새 그는 의자에서 일어나, 그녀 가까이로 다가가 있었다. 벨의 시선은 그의 의지와 상관없이, 아르노아에게 고정된 채 떨어지지 않았다.

'두려움도 없어.'

"내가 두려워하는 것이 없을까?"

마찬가지로 평소 같으면 하나 마나 한 질문이었다. 그러나 이번에도 그는 그 말이 사실인지 고민했다.

아르노아를 만나고 나서, 단 한 번도 두려움을 느낀 적이 없었다고 할 수 있나?

뜬금없게도, 벨의 머릿속에는 디르한에서 그녀의 방으로 잠입하는 실수를 보았던 순간이 떠올랐다. 아르노아의 방에서, 보기 흉한 가운만 걸친 디르한 국왕의 모습을 발견했던 순간도.

순간 그의 머릿속에, 아르노아가 또다시 위험에 처하는 상황이 그려졌다.

'……불안하다.'

상상뿐이었음에도, 감정은 완전하게 통제되지 않았다. 처음 겪는 혼란스러움이었다.

'열망도 없고, 두려움도 없다.'

'……아니야?'

별거 아닌 한 마디에, 벨은 수긍과 부정 중 마땅한 반응을 고르지 못했다.

아르노아가 눈을 몇 번 깜빡였다. 무언가 혼란스러워하는 듯한 벨의 얼굴은 어느새 지나칠 정도로 가까이 다가와 있었다.

새까맣고 부드러운 머리칼에는 곧 그녀의 숨결이 닿을 것만 같았다. 당황스러운 와중에도 그의 얼굴은 그야말로 완벽해 보인다는 생각이 들었다. 특히 끈질기게 그녀를 주시하는, 묘한 은회색 눈동자가.

아니지.

아르노아는 문득 정신을 차리며 고개를 저었다.

넋을 놓으면 안 된다.

외모에 넋을 놓는 것도 상대를 봐 가면서 할 일이었다.

"벨."

아르노아는 벨과 지나치게 가까워진 몸을 조금 뒤로 뺐다.

아름답고 투명하게 빛나던 유리온실의 한쪽 벽이 등에 닿을 때까지.

따뜻한 온실 속 공기에 익숙해져 있다가 차가운 유리 벽과 접촉하는 순간, 아르노아의 머릿속에는 온실을 사용하기 전 시종이 했던 조언이 떠올랐다.

'한동안 대공녀님께서 검술 연습장으로 사용하고는 하셨습니다.'

그는 온실에 대해 이렇게 설명했다.

'전쟁이 시작된 이후 폐하께서 즉위하시기 전까지는 아무런 관리가 되어

있지 않았습니다.'

그는 유리온실 속 공기는 외부와 다르다고 했었다. 그래서 섬세한 관리를 하지 않으면 유리가 어떻게 된다고 했더라?

"벨."

여전히 과하게 가까운 거리에서 그녀를 바라보는 벨을 향해 아르노아가 조심스럽게 입을 열었다.

"나 자세가 조금 불편⋯⋯."

"⋯⋯응."

아르노아의 말에 정신을 차린 듯, 벨이 눈을 몇 번 깜빡였다.

그가 뒤로 물러서려던 순간이었다.

챙-

커다란 파열음이 울리면서, 아르노아의 등을 지탱하고 있던 유리 벽이 산산조각이 나며 깨졌다.

채앵-

아르노아가 놀라 뒤를 돌아본 순간, 처음 깨졌던 유리 벽의 바로 옆 유리가 또 깨졌다.

"뭐, 뭐야?"

파장이 전해지고 전해져 한쪽 벽이 완전히 무너진 건 순식간이었다.

채채챙-

그녀의 머리 위에 달린 유리 샹들리에가 터져나가는 소리가 들려왔다.

휘이잉-

화려한 만큼 묵직한 그것이 아래로 떨어지기 시작했을 때, 아르노아의 몸이, 그녀의 의지와 상관없이 뒤로 휙 끌어당겨졌다.

챙-

샹들리에는 그녀가 서 있던 자리에 떨어져 산산이 조각났다. 한쪽 벽의 절반이 깨져 나간 유리온실은 그제야 잠잠해졌다. 주변이 고요해지고,

아르노아는 질끈 감았던 눈을 천천히 떴다.

유리 조각 하나쯤 박혔을 거라 생각했던 몸은 의외로 아프지 않았다. 그녀의 몸은 뒤쪽에 서 있던, 단단하고 큰 무언가에게 꽉 감싸진 채 반쯤 허공에 떠 있었다.

"……벨?"

아르노아는 등 뒤에서 그녀를 감싸고 있는 그를 불렀다.

"……."

아무 말도 들리지 않았다. 그러나 아르노아는 허리를 감은 손이 미세하게 떨리고 있다는 사실은 느낄 수 있었다.

"벨, 놀랐어?"

질문을 뱉고 나서야 아르노아는 그게 말도 안 된다는 사실을 상기했다.

놀라다니.

아르노아도 멀쩡한 판에, 깨진 유리를 가지고.

그녀는 천천히 몸을 돌려, 여전히 자신을 감싸 안고 있는 벨의 얼굴을 바라보았다.

"……벨?"

조각상처럼 잘생긴 얼굴선은 그대로였다.

부드럽고 새까만 머리칼도, 단정하게 자리 잡은 입술도.

다만, 항상 여유가 넘쳤던 은회색 눈동자는 떨리고 있었다. 유리 벽이 무너지기 직전 그녀와 눈을 마주쳤을 때보다 더. 아니, 그녀가 기억하는 어떤 순간보다도 더 격렬하게.

"……정말 놀란 거야?"

아르노아가 다시 물었다. 벨은 가만히 선 채 대답하지 않았다. 어느새 거칠어진 숨을 고를 뿐이었다.

"놀랐다기보다……."

그가 말끝을 흐렸다. 마른침을 삼키는 소리가 아르노아의 귀에 들렸다.

긴장한 듯 힘을 준 팔은 여전히 아르노아를 놓지 않고 있었다.

놓치면 그녀가 다치기라도 할 것처럼.

"놀란 게 아니면……."

아르노아가 고개를 갸웃했다. 그녀는 눈을 크게 뜨고 벨의 얼굴을 다시 들여다보았다. 확장된 채 떨리는 동공, 아르노아를 꽉 안은 채 굳어 있는 팔, 무너지던 유리 벽으로부터 그녀를 감싸던 움직임.

'……설마.'

아르노아는 고개를 저었다.

착각이겠지. 당연한 이야기였다. 한순간 벨의 눈 속에 비쳤던 감정은, 놀란 것이라기보다는.

"……아무것도 아니다."

……강한 두려움이었으니까.

* * *

"오랜만입니다, 마탑주님!"

루카의 우렁찬 목소리가 벨을 반겼다.

"오랜만이라니, 너 어제도 왔는데 잊은 거냐?"

"어제 아침에 보고 오늘 저녁에서야 또 만났으니 당연히 오랜만 아닙니까?"

루카는 서운하다는 듯 울상을 짓더니 벨의 얼굴을 살폈다.

"근데 어디 아프세요?"

그가 진심 어린 걱정을 담아 물었다.

"……아니."

"그럼 햇볕에 탔나?"

루카는 더욱 가까이 얼굴을 들이대며 말했다.

"원래 하얗던 얼굴이 붉어졌는데요."

"아니야!"

벨이 필요 이상으로 크게 소리치자, 루카는 물러서는 대신 더욱 눈을 부릅뜨고 벨을 관찰했다.

"황궁에 있을 때는 되도록 부르기 전에 오지 말라고 했다, 루카."

"그러셨죠."

루카는 힘차게 대답했다.

"내가 너를 불렀나?"

"아뇨."

"그럼 길을 잃어서 이곳에 온 거냐?"

"아뇨."

루카는 고개를 저었다.

"그럼 뭐지?"

"되도록 오지 말라고 하셔서, 한참 참았다가 이제 온 건데⋯⋯."

루카가 그의 눈치를 보며 중얼거렸다. 벨은 눈을 지그시 감으며 제 관자놀이를 짚었다.

"네 영체가 언제 강아지로 바뀐 거냐?"

"너구리도 원래 사람을 좋아합니다."

루카가 끈질기게 반박했다.

"게다가, 제가 없으니까 마탑주님 상태가 이렇게 된 거 아닙니까?"

그는 머리를 짚은 채 숙인 벨의 고개를 억지로 들게 해 그의 안색을 살폈다. 벨은 여전히 붉은 기가 가시지 않은 얼굴로 루카를 노려보았다.

"아예 페르헨으로 돌아오지 그러십니까? 제가 없어서 아프신 거 아닌가요?"

루카가 벨에게 주어진 황궁의 방 이곳저곳을 두리번거리며 물었다.

"착각이 심하구나."

벨의 싸늘한 눈빛과 마주쳤음에도 불구하고, 루카는 시선을 피하는 대신 초롱초롱 눈을 빛냈다.

"그놈 이름은 몰라도 케스만에 있었다면서요. 그 정도 알면 일단 돌아오셔도 되는 거 아닙니까?"

"아니까 여기 있겠다는 거다."

벨은 화제의 전환이 반가운 듯, 조금 더 차분해진 목소리로 대답했다.

"그자는 어차피 대공과 같이 올 거고, 어차피 나를 계속 노릴 거다. 그러니 난 페르헨으로 안 돌아가."

"흐음."

루카는 그 말도 일리가 있다는 듯 생각에 잠겼다가 다시 물었다.

"배후가 대공이면 대공을 죽여 버리면요?"

황족 시해를 입에 담는 그의 눈빛은 여전히 소년처럼 순수하게 보였다. 벨은 별다른 표정 변화 없이 고개를 저었다.

"황족을 건드리는 문제는 까다롭다고 말했었다."

"그건 아는데 그쪽이 먼저……."

"황실과 마법사들의 균형을 깨서는 안 돼. 자칫 반역으로 몰리기도 쉬운 일이다."

그는 딱 잘라 거절했다.

비마법사와 마법사들 사이의 협력 관계는 태초부터 평화로이 유지된 것이 아니었다. 지금의 제국이 자리 잡기 전에는, 비마법사들이 대륙의 검사들과 살수들, 심지어는 마물들까지 동원해 마법사들을 몰살시키려 했던 역사도 있었다. 물론, 그런 자들을 잡아서 잔혹하게 고문하는 마법사들도 많았고.

"대공의 처분은 황제가 할 거다. 나는 건드리지 않을 거야."

"하긴, 생각해 보면 아실리에르 대공 일가와 큰 문제를 일으키면 안 되겠군요."

루카가 고개를 끄덕이며 말했다.

"……뭐?"

"황제가 죽으면, 황위는 대공녀가 받게 되는 거였던가요? 대공은 오래 전 일으킨 반역 때문에 후보에서 배제됐고?"

해맑은 루카의 질문에, 벨이 눈썹을 사납게 찌푸렸다.

"황실의 문제는 황실에 맡기는 거라면……."

루카는 자신의 말에 문제가 없다는 듯 말을 이었다.

"너무 노골적으로 척을 지면 그때 가서 문제일 수도 있겠군요. 벨카리아나스 님 말씀이 옳습니다."

"……무슨 말을 하는 거지?"

"루시아노와 아리엔 카이시온을 죽인 것도 대공과 대공녀라면서요. 또 시도해서 성공할 수도 있는 거 아닙니까?"

루카는 너무나도 평온하게 떠들었지만 벨은 달랐다. 조금 전까지 붉었던 얼굴은 창백하게 바뀌어 있었다.

"황제가 세력을 잡으려고 애쓰고 있는 것도, 결국 죽지 않기 위해서일 텐데…… 응?"

루카가 말을 끊고 다시 벨의 얼굴을 살폈다. 그의 눈동자가 미세하게 떨리고 있었다.

"엥? 벨카리아나스 님, 괜찮으십니까?"

루카의 목소리가 벨의 귓가에 몽롱하게 울렸다.

황제가 암살당할 수 있다.

몰랐던 이야기가 아니었다. 벨은 황실의 정치에 무심했지만, 황족이라는 것들이 항상 서로의 목숨을 노린다는 사실은 알고 있었으니까. 다만 디르한에서 돌아온 후로는 누군가가 아르노아를 암살하는 상황에 대해 구체적으로 그려 볼 틈이 없었다.

그녀는 황제였고, 속이야 어떻든 가까운 이들은 아르노아의 앞에서 머리를 숙였으니까. 무의식중에, 자신이 항상 그녀의 곁에 있을 거라고 생각했었는지도 모르겠다.

벨의 호흡이 조금 거칠어졌다.

조금 전 유리온실의 한쪽 벽이 아르노아의 머리 위로 무너졌을 때 느꼈던, 통제가 잘 되지 않는 불안감 같은 것이 가슴을 내리눌렀다.

"젠장."

벨은 낮게 읊조렸다. 익숙지 않은, 불편한 느낌이었다.

이것도 두려움인가.

아르노아의 말처럼 그는 평생 그런 것 따위 느끼지 않고 살았었는데.

"……벨카리아나스 님."

루카가 덩달아 커진 눈으로 그를 보며 말했다.

"진짜 이상하시네요?"

그는 손을 뻗어 벨의 이마를 짚으며 말했다. 벨은 고개를 휙 흔들어 그 손을 떨쳐 버렸다.

"난 황궁에 있을 거다. 계속."

그가 말했다. 루카가 실망한 듯 한숨을 내쉬었다.

"정 그러시다면야……."

"그게 합리적이야. 황제의 곁에 있으면서 상황을 볼 거다."

벨이 힘주어 덧붙였다. 불필요하게 이성을 마비시키는 감정을 털어 내고 싶었다.

"네네, 어찌 보면 이게 합리적인 게 맞…… 응?"

멍하게 그의 말을 따라 하던 루카가 갑자기 고개를 갸웃했다.

"벨카리아나스 님이 언제부터 합리적인 걸 따지셨는데요?"

"뭐?"

"아카데미에서는 교수들이 마음에 안 든다고 한꺼번에 결투를 해서 다섯 명을 실신 시키셨죠. 다 뜯어말렸는데요."

"……."

"마탑으로 들어가면서 기존에 있던 마법사들이 귀찮다고 전부 내쫓아서 한동안 일이 마비됐었고요."

"그건……."

"합리고 뭐고, 그냥 마음 가는 대로만 하시는 거 보고 마탑주 참 쉽구나, 했는데."

루카의 눈이 점점 커졌다. 그는 예고 없이 고개를 휙 돌려 벨의 얼굴에 시선을 고정했다.

"……무슨 말이 하고 싶은 거지?"

루카는 대답 대신 몸을 천천히 기울여 벨의 얼굴을 마주 보았다.

"항상 마음 가는 대로만 하시는 분께서 황제 옆에 있겠다는 건 설마……."

그가 천천히 말을 끌었다.

"설마, 황제 좋아하십니까?"

"시끄럽다!"

탕-!

벨은 대답을 피하며 두 사람 사이에 있던 테이블을 거칠게 밀어냈다.

"악!"

테이블과 함께 밀려 난 루카가 작은 비명을 질렀다. 휘청거리다가 겨우 중심을 잡은 그가 고개를 들어 벨을 바라보았다.

"그냥 해 본 소리였는데……."

루카의 동공은 전에 없이 확장되었다. 그의 눈앞에는 처음 보는 광경이 펼쳐져 있었다.

"헛소리……."

위대하고 사악한 28대 마탑주가, 얼굴은 물론이고 귀와 목까지 붉어진 채 루카를 노려보고 있었으니까.

"……헛소리를 한마디만 더 하면 죽여 버리겠다."

"우와, 진짜였네요?"

루카는 스승의 경고를 곧바로 무시하며 호들갑을 떨었다.

"응? 진짜였어! 크으, 내가 진작 알아봤어야 했는데!"

"닥쳐. 내 감정은 그런 게 아니야. 그럴 이유가 없다."

벨은 애꿎은 테이블보를 꽉 움켜쥐며 중얼거렸다. 루카는 그럴 리가 없다는 듯 고개를 저었다.

"황제 생각을 자주 하십니까?"

"그건 당연한 일이다. 제국의 황제이지 않느냐."

"루시아노 때는 안 그러셨는데."

루카가 지지 않고 대꾸했다.

"그럼, 황제에게 자꾸 뭘 해 주고 싶으십니까?"

"……그건 황제를 방해하는 놈들이 다 마음에 안 들어서다."

"원래는 세상 모든 사람들이 마음에 안 들어도 남의 일에 참견 안 하셨는데."

"……."

"다른 용건이 없어도 황제를 자꾸 보고 싶은 거, 맞습니까?"

벨은 아무 대답도 하지 못했다. 머리는 고개라도 흔들라고 하고 있었지만, 거짓이 익숙하지 않은 몸은 말을 듣지 않았다.

"후우……. 당황하실 거 없습니다, 벨카리아나스 님."

루카는 헤실헤실 웃음이 터지려는 제 입을 틀어막으며 애써 흥분을 가라앉혔다.

"원래 누굴 좋아하는 건 이유가 없다죠. 그리고 처음이니 감정 자각이 늦는 것도 이해가 갑니다."

아기 새가 처음으로 나는 모습을 보는 것처럼, 그는 벅찬 표정으로 벨을 바라보고 있었다.

"루카."

"첫사랑은 부끄러운 게 아니에요. 전 벌써 10년 전에 경험을……."

"닥쳐!"

벨은 얼굴이 더욱 붉어진 채 숨을 몰아쉬었다. 그는 긴 손가락으로 몇 번이나 머리칼을 쓸어 올리며 생각을 정리했다. 아니, 정리하려고 노력했다. 아무 성과가 없었지만.

루카의 마지막 말을 들은 순간부터 벨의 심장은 미친 듯이 뛰고 있었다.

첫사랑? 첫사랑이라고?

그게 벨과, 마탑주와 어울리는 단어였던가?

죽은 대마법사 아마릴리스가 들으면 경악할 노릇이었다. 나는 그런 감정 같은 거 없는, 강하고 냉정한 아들을 두었다고 할 판이다.

"저, 벨카리아나스 님. 여기 좀 봐 주시겠습니까?"

루카가 조심스러운 목소리로 그를 다시 불렀다.

벨은 복잡한 심경으로 고개를 들었다. 앞에 서 있는 것은 귀찮기만 한 놈이지만 벨을 진심으로 따르는 제자였다. 혹시라도, 정말 만에 하나라도 도움 되는 조언을 해서 이 감정을 떨치게 해 주지 않을까 하는 기대감이 마음속에 차올랐다.

다만 고개를 든 벨의 눈에 들어온 것은 루카의 얼굴이 아닌 희뿌연 색의 작은 구슬이었다.

"……엘키브?"

루카는 구슬을 벨을 향해 고정시키며 말했다.

"희귀한 장면이라…… 여기 담아 놓으려고요. 아나킨 윌로에게 비싸게 팔……."

챙-!

벨이 입 속으로 무언가 중얼거리는 순간, 루카가 들고 있던 구슬은 가루가 되어 깨져 버렸다.

"……죄송합니다."

루카는 그제야 벨의 눈치를 보고 입을 다물었다.

"이 문제에 대해 더 묻지 마라."

벨이 딱딱하게 말했다.

"넵."

말대꾸를 하던 루카도 이번에는 얌전히 고개를 끄덕였다.

"제국군이 돌아오면 독을 쓰는 그놈이 누군지 밝혀 낼 거다."

애써 침착함을 되찾은 벨이 말했다. 루카도 조금 진지해진 표정으로 고개를 끄덕였다.

"밝히고 나서는요?"

루카가 벨의 표정을 살피며 물었다. 벨의 표정이 싸늘하게 식었다. 조금 전, 소년처럼 얼굴을 붉히던 모습은 거짓말처럼 사라져 있었다.

"전에도 몇 번이나 말하지 않았나? 밝히고 나면……."

그가 말했다.

"온몸을 갈기갈기 찢어서 사체를 페르헨의 숲에 걸어 둘 거라고."

아르노아에 대한 생각을 멈춘 순간, 그의 입가를 스친 것은 악명에 걸맞은 잔혹한 미소였다.

* * *

"괜찮으십니까?"

아나킨이 아르노아의 얼굴을 살피며 물었다.

"뭐가?"

"온실에서 돌아오신 후로 계속 멍하십니다."

그는 무언가 이상하다는 듯 고개를 갸웃하며 말했다.

"무너진 온실 벽은 수리를 명령해 두었으니 걱정 안 하셔도 됩니다.

다치지는 않으셨다고 들었는데……."

"맞아. 안 다쳤어."

멍하게 서재 책상에 앉아 창밖을 보던 아르노아는 그제야 정신을 차리고 고개를 끄덕였다.

"온실이야 그 전 주인이 관리를 안 했으니 당연해. 걱정 안 해도 돼."

그녀는 고개를 흔들어 잡생각을 떨치려 했다. 쉽지는 않았다. 온실이 무너지던 순간 마주쳤던 벨의 눈동자가 머릿속에 박힌 듯 선명했다.

"……."

아나킨은 말없이 그녀를 빤히 바라보았다.

"정말 괜찮아. 아까 무슨 얘기 하고 있었지?"

아르노아가 다시 말했다.

"……환영연을 준비해야 한다는 이야기 중이었습니다."

아나킨은 여전히 미심쩍은 표정으로 대답했다.

"환영연."

아르노아는 심호흡을 하며 그의 말을 되새겼다.

록산느가 돌아온다. 아실리에르 대공과 제국군, 벤트 남작도 모두 함께.

실제 관계야 어떻든, 아르노아는 웃는 낯으로 그들을 맞이해야 했다. 명분상 제국을 지키고 돌아온 용사들이 아니던가.

"화려하고 성대해야 할 겁니다."

아나킨은 그녀의 마음을 읽기라도 한 듯 말을 이었다.

"그렇겠지. 뭐 하나 틀어지면 황제가 제국군 사령관을 무시한다고 흠잡히기 쉬울 테니까."

"그것뿐인 건 아닙니다."

아나킨이 팔짱을 낀 채 벽에 비스듬하게 기대며 말했다.

"현실적으로 암살의 위험도 생각해야겠지요."

"암살……."

"록산느 아실리에르는 황위를 원합니다, 폐하. 아마 걸음마를 시작했을 때부터 그랬을 겁니다."

그가 단호하게 말했다.

"무능한 황제로부터 양위받은, 시대가 선택한 황제. 그런 모양새를 만드는 것이 대공 부녀의 목적이었겠지만…… 아리엔이 죽고 나서 문제가 생겼죠."

아나킨은 피식하고 헛웃음을 지었다.

"폐하가 즉위하신 후 황궁에서 살수가 발견되지 않은 건, 아직 폐하를 완전히 파악하지 못했기 때문일 겁니다."

"내가 아리엔에 가까울 수도 있다는 생각을 하는 거야?"

아르노아가 물었다.

"아리엔이 대공의 말을 잘 들을 준비가 되어 있었으니, 나도 비슷할 거다?"

그녀는 심술과 식탐만 가득했던 둘째 오빠를 떠올렸다.

루시아노가 노골적으로 아르노아를 위협했었다면, 아리엔은 얄밉게 옆에서 한두 마디 거들고는 했었다. 루시아노보다 머리가 조금 더 나빴고, 조금 더 둔했고, 겁은 누가 더 많았는지 모르겠고…….

하고 많은 혈연 중에 그를 닮았다고 넘겨짚을 건 뭐란 말인가.

아르노아는 작게 한숨을 쉬었다.

"대공녀는 세상 모든 사람을 아리엔과 비슷하게 봅니다. 자신보다 열등하다. 그게 다죠. 그 이상의 판단은 필요하지 않다고 생각할 겁니다. 다만……."

"다만?"

"실제로 폐하를 만나면 생각이 달라지겠죠."

아나킨이 보일 듯 말 듯 웃었다.

"어떤 만남이 되든, 그들은 깨달을 겁니다. 폐하께서는 죽기 전에 스스로 황위를 내놓을 사람은 아니라는 사실을요."

"……틀린 말은 아니야."

아르노아가 순순히 수긍했다.

"내놓는다고 해서 내가 살 것도 아니잖아?"

그녀가 쓴웃음을 지으며 덧붙였다.

황위가 사람을 얼마나 잔인하게 만드는지, 그녀는 루시아노를 보면서 이미 배운 적이 있었다.

뻔히 아르노아에게 별 욕심이 없다는 사실을 알면서도, 그는 그녀가 자신의 권력을 빼앗아 갈까 봐 두려워했다.

황제와 아나스티아 황후 사이의 유일한 딸, 제국에서 가장 고귀한 핏줄을 타고난 그녀는, 존재 자체가 위협이었던 것이다. 양위를 하든 뭘 하든, 록산느는 황권을 잡는 순간 그녀를 죽일 터였다.

"잘 알고 계시는군요."

아나킨이 고개를 끄덕였다.

"암살을 결심하게 되면 그들은 오래 안 기다릴 겁니다. 환영연이 기회가 될지도 모를 일입니다."

"그러니까 보는 눈을 되도록 많이 깔아 두라는 말이지?"

아르노아는 아나킨의 말을 이해하고 빙긋 웃었다.

"좋아. 그럼 화려하고 성대한 환영연을 열지 뭐."

아르노아가 결정했다는 듯 대답했다.

"황성 전체를 황금으로 바르든, 황성에 사람을 수만 명 모으든 말이야."

"사용인만 모으는 정도로는 안 될 겁니다."

아나킨이 다시 말했다.

"그러니까……."

그가 미처 말을 끝내기 전, 아나킨과 아르노아의 시선이 마주쳤다. 아르노아는 다시 한번 웃으며 아나킨의 말을 대신 끝내 주었다.

"그러니까, 여러 왕국의 사절들까지 불러야겠네. 시간은 없으니까 가까운 왕국 위주로 초대하고."

아나킨의 입술이 그리는 호선을 보며, 아르노아는 그가 하려던 말이 정확히 그것임을 알 수 있었다. 그녀는 의자 등받이에 몸을 기대며 천천히 생각을 이어 갔다.

"폐하께 빚을 졌거나, 잘 보이고 싶어 하는 국왕들이라면 한달음에 올 겁니다. 거리가 좀 멀더라도요."

아나킨이 조용하게 한 마디 끼어들었다.

"내게 빚을 져?"

아르노아가 그를 향해 고개를 돌렸다.

그녀는 외국의 사절들이나 국왕들을 만날 일이 그다지 많지 않았었다. 즉위를 축하하기 위해 형식적인 인사를 보내기는 했었지만, 대륙의 국왕들 중 그녀에게 빚을 졌다고 할 사람은……

"아."

아르노아는 벌써 까맣게 잊어버린 이름 하나를 떠올리고 피식 웃었다.

"그래, 맞아. 그런 인간도 하나 있었군."

그녀가 말했다. 아나킨은 그걸 그새 까먹었냐는 듯 조금 황당한 표정을 했다가 금세 다시 미소 지었다.

"초대하지 뭐."

아르노아는 헛웃음을 지으며 어깨를 으쓱했다.

"괜찮으시겠습니까?"

아나킨이 눈썹을 살짝 들어 올리며 물었다.

"뭐 어때."

그녀가 말했다.

"머릿수나 채우라고 해."

그녀는 진심이었다. 당장 사람을 잔뜩 불러 황궁을 꽉꽉 채우는 게 중요했으니까.

"재미있겠네."

아르노아가 눈을 한번 감았다가 뜨면서 말했다.

긴장되고 위험한 일이었다. 그녀의 목을 노리는 이들이 황성으로 돌아오는 것은. 그럼에도 불구하고, 계획이 정리돼서인지 기분이 나쁘지 않았다.

"즉위는 좀 급했으니, 이 기회에 사치 한번 부리자."

"……전에도 생각했지만 말입니다."

아나킨이 말했다. 황금빛 눈동자는 흥미와 묘한 뿌듯함 같은 것이 뒤섞인 채 그녀를 빤히 바라보고 있었다.

"황제라는 직업은 폐하의 적성에 꽤 잘 맞는 듯합니다."

Chapter 9
그들이 돌아왔다

황성으로 회귀하는 제국군 사이에는 소문이 하나 돌고 있었다.

"황제 폐하께서 대공녀님을 질투하신다며?"

행군하는 이들 사이에서 병사 하나가 말했다.

"대공녀님을 질투? 전쟁 영웅으로 이름이 높아서?"

누군가가 관심을 보이며 물었다.

"그런 거겠지? 사실 선대 황제 폐하께서 돌아가시기 전까지 지금의 폐하에 대해서는 이름도 모르는 이들이 많지 않았나?"

"반면 대공녀님은 워낙 유명하셨었지."

곧, 주변의 병사들은 하나둘씩 그들의 이야기에 끼어들었다.

"거, 좀 치사하신 것 같은데."

처음 관심을 보였던 병사가 중얼거렸다. 그는 원래 대공 가문 소속의 하인이었다가 병사로 지원해서 여러 전쟁에 참가한 자였다. 대공 부녀가 까다롭고 때때로 잔인한 것과는 별개로, 몇 번의 참전으로 상당한 명예와 돈을 챙긴 그는 충성심이 강한 편이었다.

"소국의 왕비였다가 얼떨결에 황위에 오른 폐하께서, 10대 시절부터 군대를 이끌었던 대공녀님과 비교가 될 리가 있나."

"그렇지, 그래."

몇 사람이 고개를 끄덕였다.

록산느를 향한 제국군 소속 병사들의 생각은 대체로 비슷비슷했다.

그들은 록산느를 두려워했다. 그녀의 말 한마디에, 적군뿐 아니라 동료들의 머리가 휙휙 날아가는 모습을 한두 번 본 것이 아니었으니까.

하지만 동시에 그들은 록산느를 존경했다.

전장에서 병사를 지휘하는 그녀의 모습은 무(武)의 신 그 자체였다. 병사들은 그 전쟁이 의미가 있었는지, 대공과 록산느가 케스만이 완전히 망하지 않도록 전쟁을 질질 끌었는지까지는 따지지 않았다. 아니, 자신들은 목숨 걸고 참전했으니 의미가 없을 리 없다고 믿는 이들도 많았다.

가망이 없다던 케스만과의 협상이 갑자기 술술 풀린 것은 신기했지만, 이는 아마도 사전에 전쟁을 너무나 잘 치른 록산느 덕택일 터였다.

이런저런 이유로, 병사들의 마음속에는 자신들이 록산느를 따른다는 사실에 대한 나름의 자부심 같은 것이 있었다. 대공과 록산느는, 이 사실을 잘 이용해서 병사들 사이에 소문을 흘리고 있었다.

"그래서 말이야, 이런 소문도 있더군."

맨 처음 말을 꺼낸 병사가 주변을 슥 둘러보고는 다시 말을 이었다.

"뭔가?"

"이렇게 고생하고 돌아온 우리들을, 황제 폐하께서는 미워하고 계신다는 거야."

"엥? 왜?"

"왜긴 왜야. 대공녀님께 충성한다 이거지."

"하! 어이없는 소리구먼!"

"아니, 황제 폐하께서 전쟁에 대해 아무것도 모르시니 대신 싸워 주는 거 아닌가."

"맞아! 선대께서도 검 같은 건 아예 잡지도 않으시더니…… 역시 그 오라비에 그 누이인가."

그 주변의 병사들이 한꺼번에 술렁였다. 전쟁이 황제에게 득이 됐는지 계산하는 이는 없었다. 다만 자신들의 공로가 폄하되는 것을 반가워하는 이가 없을 뿐이었다.

"쉿! 조용히 좀 하게."

처음 말을 꺼낸 병사가 검지를 입에 가져다 댔다. 조용히 하라고 하면서도, 그는 은근슬쩍 목을 죽 뻗어 자신의 말이 멀리까지 전해졌는지 살피고 있었다.

"어쨌든 미리 말해 주는 거야. 황성에 갔는데 그냥 문전박대를 당하더라도 너무 충격받지 말라고."

그가 말을 마치자 여기저기서 혀를 차는 소리가 쏟아져 나왔다.

몇몇은 자신들의 신세 한탄이었고, 몇몇은 록산느가 안타깝다는 이야기였으며, 나머지는 황제가 미련하다는 푸념, 그리고 황제에게 본때를 보여 줘야 한다는 각오도 끼어 있었다.

행렬의 앞쪽에서 아실리에르 대공은 빙긋 미소 지었다.

뜻대로 잘 굴러가고 있었다.

국익에 반하는 전쟁을 죽 끌어온 자신과 록산느를 황제는 당연히 미워할 터. 하지만 그런 기색이 드러나는 순간, 제국군 전체가 황제로부터 등을 돌릴 터였다.

군사는 권력자가 가질 수 있는 가장 중요한 무기였다.

이들을 손바닥 안에 넣고 주무르는 대공이나 존재 자체로 위압감을 심어 주는 록산느와 달리, 왕비로만 살아온 황제는 그들이 껄끄러울 수밖에 없었다.

우연히 벤트 남작이라는 고집스러운 인재를 만나서, 그리고 마탑주의 이상한 변덕 때문에 이번 전쟁이 끝난 것은 사실이었다.

다만 황제가 어떤 사람인지는 그 오라비만 봐도 뻔할 노릇이었다.

유약하고 보잘것없는, 록산느의 앞길에 놓인 자갈 같은 것.

대공은 그의 옆에서 흑마를 탄 록산느를 힐끗 보았다.

서늘한 눈빛, 흠잡을 것 없는 자세, 기품 있는 얼굴.

보고만 있어도 마음이 벅차올랐다. 그만큼 그는 딸을 자랑스러워했다.

'황제쯤이야……'

그에 비해 아르노아는 아마 제국군의 위력조차 제대로 모를 것이다. 일반 병사들도 그렇지만, 제국군 중에서 출신 좋고 신분 높은 이들은 모두 록산느를 우러러본다는 것도.

전쟁을 끝낸 건 자신이라며 자아도취에 빠진 채, 제국군을 대접할 생각은 못 하고 있을 것이 분명했다. 쓸모없는 전쟁을 치렀다며 대공을 질책할지도 몰랐다. 그렇게만 되면, 민심은 록산느의 것이었다.

"도착입니다, 아버지."

록산느의 말이 그를 망상에서 깨웠다.

"흠! 너무 초라해도 화는 내지 말자꾸나."

그가 말했다. 대공이 생각할 때, 록산느의 유일한 단점은 그녀가 다혈질이라는 것이었다.

"다 우리에게 좋은 일이니……응?"

황성으로 들어서는 대공의 눈이 동그래졌다.

"이게 다 뭐……."

그가 제자리에 말을 세운 채 눈을 끔뻑였다.

"초라하다고는 못 하겠군요."

날카롭게 주변을 둘러보던 록산느가 툭 내뱉었다.

"쓸데없는 장식에 신경 좀 썼나 봅니다."

신경을 쓴 정도가 아니었다. 황성으로 들어서는 입구부터 시작해 쭉 늘어선 나무들까지 온통 황금빛으로 장식이 되어 있었다. 곳곳에 제국군 한 명 한 명의 이름이 수놓아진 천이 걸렸고, 그 안에는 록산느와 대공의 이름도 눈에 띄었다.

무엇 하나 흠잡을 것 없는 환영이었다.

황성 입구에는 미리 대기 중이던 한 무리의 사용인이 기다렸다는 듯 그들을 맞이하고 있었다. 손에 선물이니 훈장이니 하는 것들을 잔뜩 들고서.

"황궁으로 바로 모시라는 폐하의 명입니다."

그들은 자연스럽게 병사들을 안내하며 말했다.

"……뭐지?"

제국군은 입을 벌리며 자신들이 보는 광경에 감탄했다.

"이거…… 괜찮은데?"

"뭐야, 문전박대라고 해서 하나도 기대를 안 했었는데."

몇몇 사람들이 술렁였다.

의미 없는 전쟁, 성과가 보이지 않는 전투로 인해 피곤해졌던 그들의 얼굴은 갑자기 하나둘씩 밝아졌다.

"자네, 아까 선물 나눠 주는 거 받았나? 황금인 것 같은데?"

"오오, 폐하께서 뭘 좀 아시나 보구먼!"

"의외인데? 선대보다 괜찮은 것 같지 않나?"

그들은 한참 동안 거리에 멈춰선 채 주변을 두리번거렸다.

"헛소리 지껄이지 말고 빨리 가기나 하지."

록산느는 무심한 얼굴로 그들을 독촉했지만 병사들의 얼굴에 차오른 행복감은 사라지지 않았다. 선두에서 우뚝 멈춰 선 대공만이, 어두워진 표정으로 자신에게 주어진 훈장을 노려보고 있었다.

"안 가십니까, 아버지?"

앞서가려던 록산느가 멈추어 서서 그를 향해 고개를 돌렸다.

"……생각보다."

대공이 얼굴을 일그러뜨리며 중얼거렸다.

"생각보다 상대하기 어려운 황제로구나."

그는 분노를 참는 듯 이를 꽉 깨물었다. 록산느는 작게 냉소했다.

"아버지께서는 너무 복잡하게 생각하는 게 문젭니다."

그녀는 대공을 비웃기라도 하듯 말했다.

"복잡하게?"

대공이 되묻자 록산느는 어깨를 으쓱했다.

"황궁에 도착하면, 아버지는 방으로 들어가 계세요."

"그게 무슨 소리……."

"그냥 그렇게 하시라고요."

멍한 대공을 두고, 그녀가 다시 앞쪽으로 시선을 고정하며 말했다.

"황제의 환영에 대한 답례는 제가 하도록 하죠."

아버지와 달리 여유를 잃지 않은 그녀의 입가에, 싸늘한 미소가 스쳤다.

* * *

페넬로페 리켈은 조금 일찍 황궁의 정 중앙에 있는 홀로 들어섰다. 흔히 연회장으로도 사용되는 그곳에는, 막 도착해서 황제를 기다리던 제국군 각 부대의 수장들이 자리했다. 홀의 나머지 부분은 그들을 환영하기 위해 일부러 걸음 한 귀족이며 사절들로 가득 차 있었다.

그녀는 고개를 끄덕였다. 황궁 전체를 화려하게 장식하는 것도, 손님 한 명 한 명이 편히 자리를 찾도록 안내하는 것도 페넬로페의 소관이었다.

'다 문제없이 돌아가고 있네.'

연회장 한쪽으로 고개를 돌려, 페넬로페는 며칠 동안 이어질 환영연을 위해 자진해서 자금 절반을 제공한 베사니엘 후작에게 입 모양으로 감사 표시를 했다.

모든 준비가 완벽했다.

"헛, 리켈 영애."

로날드 알렌 소남작이 땀을 삐질삐질 흘리며 어색한 인사를 건네고 나서야, 그녀는 무언가 문제가 생겼다는 사실을 알 수 있었다.

"……소남작님."

페넬로페가 인사를 건넸다. 불안감으로 얼굴이 살짝 찌푸려졌다.

"무슨 일인가요?"

"저, 그게……."

로날드는 다시 한번 땀을 닦으며 말을 더듬었다. 그는 긴장하면 말문이 막힌다는 특징이 있었다. 머뭇거리는 것을 싫어하는 페넬로페가 한숨을 푹 쉬었다.

"홀 안쪽이 안 보이는데, 좀 비켜서 주시겠어요?"

"아, 안쪽이요? 그리로 가시게요?"

그는 더욱 당황한 표정으로 페넬로페를 막아섰다.

"폐하께서 앉으실 황좌가 거기 있는데, 그럼 안 가 보나요?"

페넬로페가 날카롭게 말하자 그는 꿀꺽 하고 마른침을 삼켰다.

"후우……."

몇 번의 심호흡을 거듭한 끝에야, 로날드는 드디어 결심한 듯 입을 열었다.

"그러니까, 마음의 준비를 하십시오, 영애. 홀 안쪽에서는……."

"페넬로페, 당장 홀 안쪽으로 가 보세요."

그가 겨우겨우 뭐라고 말하려던 순간, 누군가가 휙 하고 페넬로페의 팔을 낚아챘다.

"루이제?"

페넬로페 못지않게 급한 성격으로 유명한 루이제 리어든이었다. 루이제와 페넬로페는 시원시원한 성격을 계기로 부쩍 친해진 상황이었다.

"루, 루이제 영애, 이런 말은 조심해서 전해야……."

"급한 와중에 뭐가 그렇게 오래 걸리나 했네요. 이쪽으로 빨리 와요."

로날드가 여전히 말을 더듬는 사이, 루이제는 페넬로페의 팔을 끌고 그의 시야에서 사라져 버렸다.

"루이제, 무슨 일이에요? 도착할 손님은 아마 다……."

페넬로페는 루이제의 손에 끌려가면서도 영문을 알 수 없었다.

"저기. 직접 보세요."

그사이 홀 가장 안쪽, 그러니까 제국군의 고위직 기사들이 모여 있는 곳까지 도착한 루이제가 손가락으로 어느 한 곳을 가리켰다.

"저기 누가 앉았는지 보라고요."

페넬로페의 시선이 루이제의 손가락이 가리키는 방향으로 움직였다. 건장한 기사들의 등 사이로 페넬로페가 고개를 내밀었다. 아르노아가 매일 앉는 황금색 황좌의 모양이 반쯤 눈에 들어왔다.

"평소랑 같은데…… 응?"

페넬로페는 고개를 갸웃했다.

황좌를 덮고 있어야 할, 아르노아의 지시로 놓아두었던 푸른색 천이 한 구석에 널브러져 있는 모습이 보였다.

"저게 왜 저기에……."

그녀가 담당 사용인을 질책해야겠다고 마음먹으며 다시 황좌로 고개를 돌린 순간이었다. 페넬로페는 그 자리에 얼어붙었다.

"……내가 헛것을 보고 있나요?"

그녀가 반쯤 혼잣말로 말했다. 루이제가 한숨을 쉬며 고개를 저었고, 그 의미를 확인한 페넬로페가 다시 황좌를 보며 눈을 깜빡였다.

아르노아를 위해 비워 두어야 할 황금빛 황좌.

제국 전체에서 오직 황제에게만 허락되어야 하는 고귀한 자리.

그 자리에, 붉은 머리칼을 길게 늘어뜨린 기사 한 명이 엉덩이를 붙이고 앉아 있었다.

"……록산느 아실리에르 대공녀님."

페넬로페가 굳은 얼굴로 중얼거렸다.

"……페넬로페 리켈 영애였던가?"

황좌에 앉아 있던 기사, 록산느가 한쪽 팔걸이에 팔을 걸치며 그녀를 바라보았다.

"오랜만이네?"

록산느가 눈썹을 치켜 올리며 말했다. 아무 문제 없다는 듯, 여유 넘치는 목소리였다.

"오랜만……이라고요?"

페넬로페는 기가 차서 대답했다.

"그럼 최근에 만났나? 난 기억이 안 나서."

록산느는 황좌의 팔걸이를 마음에 든다는 듯 쓰다듬으며 건성으로 되물었다.

"오랜만이 맞습니다."

페넬로페는 애써서 화를 참으며 말했다.

"기억력은 괜찮으신데, 못 본 사이 시력이 약해지셨군요, 대공녀님."

그녀가 이를 으르렁거렸다.

"내가?"

"그 자리가 어떤 자리인지 모르시니 말입니다."

"어떤 자리긴."

록산느는 빙긋 웃으며 그녀를 바라보았다.

"편안한 자리지."

"대공녀님!"

"멀리서 사람을 여기까지 불러 놓고, 황제 폐하께서는 아직 나타나지도 않으셔서 말이야."

록산느는 아예 등받이에 몸을 기대며 말했다.

"그래서 보이는 의자에 좀 앉았네."

"당장 일어나십시오."

페넬로페가 한 걸음 다가서며 말했다.

저벅.

록산느의 눈빛이 날카롭게 빛났고, 기사 한 명이 페넬로페의 앞을 막아 섰다.

"조심하지, 리켈 영애."

록산느가 말했다.

"난 비킬 생각이 없고, 제국군을 대표해서 여기까지 온 기사들은 내 말만 듣거든."

페넬로페는 황좌를 둘러싼 기사들을 바라보았다. 그녀도 안면이 있는 귀족 신분의 기사들이었다. 모두가 이번 전쟁에 참여했고, 모두 록산느의 측근이었다.

"……무례합니다."

페넬로페가 경고하듯 말했지만 그들은 돌이라도 된 듯 그 자리에 버티 고 서서 꿈쩍도 하지 않았다.

"당장 거기서 일어나지 않으면……."

페넬로페가 떨리는 목소리로 다시 입을 열었다. 꽉 말아 쥔 주먹이 덜 덜 떨리고 있었다. 그 모습을 지켜보는 록산느는 차갑게 웃으며 그녀를 지켜보았다.

"일어나지 않으면? 나를 쫓아내기라도 하려고?"

그녀가 조롱하듯 물었다. 페넬로페가 입술을 꽉 깨물었다.

"쫓아내라고 하면 못 할 줄……."

"대공녀."

페넬로페가 뭐라고 더 말하려던 순간, 그녀의 등 뒤에서 한층 위엄 있는 목소리가 들려왔다. 페넬로페가 고개를 돌렸다.

"……백작님?"

그녀의 곁으로 다가와 선 사람은 헤르만 백작이었다. 건강이 완벽하게 회복되지는 않았지만, 목소리에 서린 힘은 예전과 같았다.

"헤르만 백작."

록산느가 눈썹을 치켜 올렸다.

"죽어 간다더니, 살아 있었군."

그녀가 인사 대신 말했다.

"죽어 가는 건 사실입니다."

백작이 눈 하나 깜짝 안 하고 대답했다. 그녀의 얼굴에는 사람 좋은 미소까지 섞여 있었다.

"죽어 가는 속도가 아주아주 느려졌을 뿐이죠."

농담 섞인 그 말에 록산느가 헛웃음을 지었다.

"용건이 있나?"

록산느가 내뱉듯 물었다.

"백작도 나를 여기서 내쫓으려고 온 건가?"

페넬로페와 백작을 자극하려는 듯, 그녀의 손은 황좌의 팔걸이를 꽉 붙잡았다. 페넬로페는 속에서 천불이 나는 것 같았다.

"감히……."

"제가 뭐라고 대공녀님을 내쫓겠습니까?"

백작은 페넬로페의 팔을 가만히 붙잡으며 그녀를 진정시켰다. 사람 좋은 미소는 여전했다.

"다만, 이 홀에서 가장 편안한 자리는 따로 있다는 말씀을 드리려 한 겁니다."

그녀가 말했다. 록산느는 재미있다는 듯 코웃음을 쳤다.

"황좌보다 좋은 자리가 있다? 폐하께서 그 꼴을 내버려 둔다고?"

그녀는 이해할 수 없다는 듯 고개를 저었다.

"그런 걸 내버려 둔다면 황제를 하는 의미가 있나?"

"그러니까 말입니다."

페넬로페가 다시 한 걸음 나서려 손을 꼼지락거리자 백작은 다시 한번 그녀를 붙잡았다.

"어디인가? 그 자리가?"

록산느가 물었다.

"저 옆에 마련된 제 자리입니다."

백작은 귀족들이 모여 있는 한쪽 벽을 가리켰다.

그녀의 말대로, 그곳에는 한 눈에 보아도 폭신해 보이는 고급 소파가 놓여 있었다. 누울 수도 있을 법한 크기며, 소파를 덮은 가죽이며 분명히 최상급이었다.

"제 몸을 돌보라는 의미로 폐하께서 내려 주신 특별석입니다. 값어치로 만 따지자면 금칠한 황좌보다 더 나갈 테지요."

백작이 말했다.

"다른 이들을 편히 지켜볼 수 있도록, 홀의 다른 곳보다 한 계단 위에 자리하고 있습니다. 황좌와도 비슷한 높이이지요."

"……."

록산느는 아무 말도 하지 않고 백작의 소파를 바라보았다.

"대공녀님께서 어디 앉으시든 제가 관여할 바는 아니나, 혹시라도 원하 신다면 드리겠다 말씀드리러 왔습니다. 환영연이 지속되는 며칠 동안 계속 말입니다."

백작이 정중하게 말했다. 기사들 중 몇 명이 흥미롭다는 표정으로 그녀를 바라보았다. 백작이 뭘 시도하는 건지는 명확했다.

보란 듯이 황좌에 버티고 앉은 대공녀와, 그 모습을 보면 가만있을 수 없을 황제.

록산느의 행동이 예법에 맞지 않음은 명백했으나, 그녀는 누가 무턱대고 비키라며 윽박지른다고 비켜 줄 사람은 아니었다. 두 사람이 크게 부딪치는 모습을 보고 싶지 않았던 백작이 내놓은 것은 일종의 타협안이었다.

황좌 못지않은 것을 평화롭게 가져가게 해 줄 테니, 황제와 페넬로페의 체면을 살려 주라는 것이었다.

"……싫어."

잠깐의 정적 끝에 록산느가 말했다.

"……대공녀님."

"편안한 소파는 늙은이용이겠지. 난 이 자리가 아주 마음에 드는군."

록산느가 딱 잘라 말했다. 페넬로페가 다시 한번 주먹을 꽉 쥐었다.

"늙은이라니……."

"맞지 않나? 백작이 올해 일흔이던가? 아니면 여든이던가?"

록산느가 조롱하듯 웃었다.

"능구렁이 같은 그 속을 모르는 거 아니니 그냥 물러가지. 난 오늘은 이 자리에 앉아야겠어."

백작은 작은 한숨을 내쉬었지만 다른 말은 하지 않았다. 어느새 홀에 모인 사람들 전부가 그들을 바라보고 있었다. 누군가는 록산느의 언행에 충격을 받은 듯 입을 틀어막았고, 또 다른 이들은 상황이 흥미롭다는 듯 눈을 빛내고 있었다.

"폐하께서 공녀님의 언행을 그냥 참으실 거라 생각하시나요?"

페넬로페가 참지 않고 말했다. 록산느는 눈 하나 깜짝하지 않고 고개를 끄덕였다.

"당연한 거 아닌가?"

그녀가 말했다.

"선대께서는 이보다 더한 언행도 아주 잘 참아 주셨지. 유리온실에서 꽃들을 베며 검을 연습하는 건 아주 재미있었어."

그녀는 허리에 찬 검을 만지작거렸다.

"황궁에서 내가 앉지 못할 자리는 없으니……."

페넬로페를 바라보는 자색 눈동자가 순간 날카롭게 빛났다.

"리켈 영애는 입을 다물고 물러나지. 아니면 혹시 본인이 앉으려는 건가? 이 자리에?"

"말조심하세요!"

페넬로페가 마침내 언성을 높여 소리쳤다. 록산느의 언행이 도를 지나쳐서인지 아니면 때를 놓친 것인지, 이번에는 백작도 그녀의 입을 막지 못했다.

"영애나 말조심하지."

록산느가 경고하듯 그녀를 쏘아보았다.

"폐하의 동생이라고 인정받은 영애가 나를 쫓아내려다 다치면 문제가 커질 거 아닌가?"

그녀가 서늘하게 말하며 기사 중 한 명에게 눈짓했다.

쉬-

기사는 순식간에 검을 빼들어 페넬로페를 향해 겨누었다.

"헉……."

페넬로페가 순간 숨을 들이켰다. 거리가 꽤 있었기에 그녀의 목을 겨누었다고 하기는 어려웠지만, 기사의 눈에는 분명히 살기가 어려 있었다.

"충분히 알아들었으면 백작을 따라 물러나, 리켈 영애. 숨겨 둔 손녀도 아닌데 아까부터 옆에서 영애를 도와주려는 꼴이 안쓰럽군."

록산느가 쐐기를 박듯 말했다.

"내게 뭐라고 하려거든, 폐하께 직접 오시라고 해."

그녀는 승리를 확신하는 미소를 띠며 몸을 뒤로 젖혔다. 입을 쩍 벌린 채 그녀를 바라보는 사람들의 시선도, 페넬로페의 분노 어린 눈빛도, 록산느는 개의치 않는 듯했다.

"참고로 영애에게 환상이 있는 듯해서 말해 주자면."

페넬로페가 한 걸음 물러서자, 록산느는 덧붙였다.

"군권을 쥔 자에게 함부로 할 수 있는 황제는 없어. 오늘의 일은 전쟁 영웅에게 기꺼이 자리를 양보해 주는 미담으로 포장이나 하겠지."

록산느가 다 이겼다는 듯 말했다. 그녀를 노려보는 페넬로페의 입술이 잘게 떨렸다.

"장담하는데, 황제 폐하께서는 절대로 내게 비키라는 명령을 할 수······."

"비켜."

그녀가 회심의 미소를 지으며 말을 끝내려던 순간, 페넬로페의 뒤쪽에서 록산느에겐 생소한 목소리가 들려왔다.

"응?"

"비키라고 했어."

록산느가 귀를 의심하며 되묻자, 이번에는 조금 더 가까운 곳에서 목소리가 들려왔다. 록산느의 눈이 조금 커졌다. 페넬로페의 뒤, 기사들 틈에서 모습을 드러낸 것은, 푸르스름한 은발을 한 여자였다.

"대공녀 록산느 아실리에르, 황좌에서 비켜."

그녀가 또렷한 목소리로 다시 한번 말했다.

"그리고 내 동생의 목에 겨눠진 것 같은 날카로운 그거, 치워."

검날보다 서늘하게 빛나는 푸른 눈동자가 록산느를 바라보고 있었다.

황제였다. 싸늘한 목소리로 록산느에게 명령하는 것은.

록산느는 아주 오랫동안 아르노아를 바라보았다. 우아해 보이는 은빛 머리칼도, 차갑고 파란 눈동자도.

묘한 일이었다.

그녀는 록산느가 상상했던 모습과 많이 달랐다. 불행한 결혼생활을 하다가, 오빠 둘이 죽었다는 이야기에 공포에 떨었다가, 이제는 불안한 허수아비 황제가 된 사람이 아닌가.

그러나 피폐해졌어야 할 아르노아의 얼굴은 반짝반짝 빛나고 있었다. 설명하기도, 납득하기도 어려웠지만 목소리에도 무게가 있었다. 페넬로페의 목에 검을 겨누고 있었던 기사가 주춤거리며 검을 내려놓는 것을 보면.

"……."

아르노아는 아무 말도 하지 않았다. 대부분 사람들이 견디기 어려워하는 록산느의 매서운 시선을 피하지도 않았다. 두 사람의 안광이 허공에서 부딪쳤고, 어린 시절의 짧은 만남이 불현듯 록산느의 뇌리를 스쳤다.

그녀 자신보다 조금 더 어렸던, 황후가 아픈 이후로 황궁 안에서의 입지가 불안해졌다는 작은 황녀.

기가 죽은 듯 보이던 그 아이가 뭘 했더라?

바로 지금처럼 록산느의 앞을 막아섰던 것 같은데.

'히히히히히힝.'

'말이 두려워하잖아.'

'비켜, 꼬마. 승마에서 우승하지 못했으니 이 녀석은 벌을 받아야 해.'

'그만해.'

감히 눈을 똑바로 보는 게 짜증 나서 검을 들어 말의 등허리를 찔러 버렸는데.

푸욱-!

'히히힝!'

'고통스러운 거 보여?'

'…….'

'네가 나를 막아서서 그래.'

그다음에.

그다음에 아르노아가 뭘 어떻게 했는지 잘 기억이 나지 않았다.

울면서 뛰어갔어야 맞을 것 같은데, 왜 안 그랬던 것 같을까.

"대공녀."

아르노아의 목소리가 록산느의 사념을 깨뜨렸다.

"……황제 폐하."

눈 한번 깜빡이지 않고, 무서울 만큼 빤한 시선으로 아르노아를 바라보던 록산느가 입을 열었다. 그녀의 양팔은 여전히 황좌의 팔걸이에 얹혀 있었다. 전장에서는 거치적거리지 않게 묶고 있었던 붉은 머리칼은 용암처럼 흘러 그녀의 어깨를, 허리를 덮었다.

다만 머리칼의 그 색도, 나아가 홀에 있는 그 어떤 것도 록산느의 눈에서 뿜어져 나오는 살기를 덮을 만큼 화려하지는 않았다.

"즉위를 미처 축하해 드리지 못했습니다."

그녀가 말했다. 고개 한번 숙이지 않은 채, 아르노아를 위아래로 훑어보면서.

"그대의 축하는 앉아서 받겠네."

아르노아는 기사들이 형성하고 있는 방어막 사이로 한 걸음을 내디디며 말했다.

"황좌에서 비켜."

홀은 쥐 죽은 듯 고요했다. 아르노아가 내린 명령에 몇몇 귀족들이 마른침을 삼키는 소리가 들릴 정도였다. 그들은 눈을 깜빡이는 것도 잊고 두 사람을 지켜보고 있었다.

"……손님 대접이 형편없군요."

록산느가 느릿느릿 대답했다. 아르노아가 눈썹을 치켜올렸다.

"먼 길을 온지라 피곤한 몸입니다."

록산느는 몸을 등받이에 기댄 채 고개를 비스듬히 기울이며 말했다.

"자리는 제게 양보해 주실 것을 청합니다, 폐하."

그녀는 그게 뭐 어렵냐는 듯 말했다.

'하……'

아르노아는 어이없는 웃음을 참느라 애써야 했다.

대공녀가 황제를 허투루 본다는 이야기는 헛소문이 아니었다. 아니, 그나마 소문이 나았다.

'청한다니.'

말로는 청한다고 하고 있었지만 이건 선언이었다. 의자에 눌어붙은 자세며, 오만방자한 태도며, 황좌 곁에서 살벌하게 록산느를 지키고 있는, 록산느가 명령만 하면 당장 아르노아의 목에 검을 들이댈 수도 있을 것 같은 이 기사들까지도.

'다들 인생을 아주 화끈하게 살기로 작정한 모양이야.'

아르노아가 속으로 혀를 찼다.

'때와 장소만, 아니, 상대만 가렸어도 좋았으련만.'

"다른 의자를 찾게."

아르노아가 록산느를 보며 말했다. 이번에는 명령이었다. 거부하면 황명을 어겼다는 이유로 처벌할 수도 있을.

"황좌가 마음에 듭니다."

록산느는 기다렸다는 듯 대답했다.

"마치 저를 위해 만든 것처럼 아늑하군요."

고요하던 홀 여기저기에서 헉 하는 소리가 들려왔다. 아르노아의 시야에, 입을 가린 채 경악한 사람들이 보였다. 당연한 일이었다. 록산느의 말은 단순히 의자가 좋다는 것이 아니었으니까.

그녀는 황권에 노골적으로 도전한 셈이었다.

황좌 주변의 기사들은 꿈쩍도 하지 않았다.

아르노아는 그들이 제국군 안에서도 유독 록산느를 가까이서 섬기는 자들임을 알 수 있었다. 그녀는 작게 한숨을 쉬었다. 이 정도는 예상한 일이었다. 쓸데없고 쉬운 전쟁이라도 함께 큰일을 겪은 사이였으니까. 무예는 물론 병법에도 밝은 록산느를 존경하는 것이 이상한 일은 아니었다.

다만, 문제는…….

"저를 끌어내라고 명령하실 생각이십니까?"

록산느는 아르노아의 생각을 읽기라도 한 듯 물었다. 그녀의 입가에 비릿한 미소가 떠올랐다.

"좋은 생각이 아닙니다, 폐하."

그녀는 천천히 말을 이었다.

"일단 여기 있는 이자들은, 상대가 누구든 제 몸에 손을 대는 순간 칼을 뽑을 것이고."

그 말을 증명이라도 하듯, 황좌를 둘러싼 기사들은 전원이 록산느만을 바라보고 있었다. 페넬로페에게 했던 것처럼 검을 뽑아 겨눈 것은 아니었지만, 누군가 록산느에게 손끝 하나라도 대면 튀어 나갈 것 같은 모습이었다.

"그 와중에 황실 기사단조차도 손을 쓸 생각이 없어 보이는군요."

록산느가 다시 말했다. 아르노아는 다시 한번 한숨을 쉬었다.

그래. 그게 문제지.

홀을 빙 둘러싸다시피 한 1, 2, 3기사단의 기사들은, 아직 아르노아에게 충성할 생각이 없었다.

무훈이 없는, 즉위한 지 얼마 되지도 않은, 검 한 번 잡아 본 적 없는 것 같은 황제는 기사들의 존경을 사기 어렵다. 강한 자를 우러러보는 그들은, 전설적인 기사이자 전장의 사령관인 록산느와 아르노아 중에서는 당연히 록산느에게 더 마음을 주고 있었다.

아르노아는 곁눈으로 그들을 한 번 바라보았다.

황제 앞에서 이 정도로 불순한 사람을 본다면, 이미 손은 검을 잡고 있어야 할 터였다. 하지만 그들은 아니었다. 불편한 표정으로 다른 곳을 바라보거나, 아예 두 사람의 충돌이 흥미롭다는 듯 여유로운 자세로 이쪽을 볼 뿐.

오직 벤트 남작의 동생이 이끄는 4기사단만이 긴장한 채 아르노아의 명령을 기다렸지만, 그들만으로 록산느를 쫓아내기는 어려울 것이다.

"뭐…… 그렇게 저희를 체포하는 데 성공한다 한들, 폐하께서는 무척 곤란해지시겠지요."

록산느가 얄미운 말투로 덧붙였다. 아르노아는 입술을 살짝 깨물었다. 아주 틀린 말은 아니었다. 그녀가 작정하고 이 자리에서 반역을 일으키지 않더라도, 아르노아가 사람을 동원해 그녀를 끌어내는 것이 불가능한 일은 아니었다.

기사단이 정 움직이지 않는다면 리켈 공작도 있었고, 그마저도 안 될 상황이라면 벨도 황궁 안에 있었으니까. 다만 이 상황을 무력으로 해결하면, 그 후의 일은 복잡해질 것이다.

많은 귀족들과 제국민들은 여전히 아르노아를 전과 같은 시각으로 보고 있다.

무능했던 선대 황제의 무능한 여동생, 그 이상도 이하도 아닌 현 황제.

그런 그녀가, 표면상으로는 전쟁 영웅이나 다름없는 록산느의 몸에 손을 댄다면, 온갖 소문이 눈덩이처럼 불어나 왜곡되고 커질 터.

유능한 대공녀를 질투한 아르노아와 그녀에게 핍박받는 록산느.

전쟁을 마치고 돌아온 대공녀를 위협해 상처를 입힌 황제.

소문이 잘못 퍼진다면, 즉위 초기에 아직 불안한 아르노아의 평판도, 명예도 회복되기 어려울 것이다.

"자, 어서 하실 말씀을 다 하세요, 폐하."

록산느가 다 이겼다는 듯 독촉했다.

"제국군의 노고를 치하하여 오늘은 제게 자리를 양보하고 물러날 건지, 아니면 여기서 제 몸에 손을 대 개싸움을 벌일 건지."

아르노아는 깊이 심호흡을 하고는 대답했다.

"……대공녀의 몸에 손을 댈 수는 없지."

그녀가 말했다.

"그렇습니까?"

아르노아의 대답에 록산느의 눈이 반짝 하고 빛났다.

"그럼 역시 이 자리에서는 물러나는 거……."

"하지만 의자에 손을 댈 수는 있네."

아르노아는 록산느의 말을 자르며 끼어들었다.

그녀의 입가에 차가운 미소가 떠올랐다.

양보는 무슨.

그녀는 살면서 더 이상 무언가를 양보할 생각이 별로 없었다.

양보와 인내의 삶을 한 번 살아 봤는데, 그다지 생존에 도움이 안 됐지 않은가.

"……예?"

록산느는 하던 말을 잊고 벙찐 표정으로 물어보았다.

"방금 뭐라고……."

"황제로서 제 4기사단에게 명령한다."

아르노아의 또렷한 목소리가 홀을 울렸다.

"대공녀의 털끝 하나 건드리지 말고."

푸른 눈동자가 다시 한번 황좌를 향했다.

"이 의자를 황궁 바깥에 갖다 버려라."

제국의 하나뿐인 대공가의 하나 뿐인 후계자, 록산느 아실리에르.

그녀는 다혈질이고 화를 잘 냈지만, 잘 당황하는 사람은 아니었다. 전투 도중 혼자 고립되었을 때도, 결투하던 상대방의 검이 목을 스칠 때에도 눈 하나 깜짝하지 않았던 그녀였다. 누군가는 그 차가운 자색 눈동자를 보며, 절대로 녹지 않을 얼음이자 부러지지 않을 강철이라고 했었다.

녹지 않을 얼음, 부러지지 않을 강철은, 지금 이 순간 지진이라도 난 듯 강하게 떨리고 있었다.

"황좌를…… 내다 버리신다고요?"

록산느가 물었다. 건조하기 짝이 없던 목소리 또한 떨리고 있었다.

미친 여자 아닌가?

건국대제가 직접 장인에게 명령해 만든 황좌가 아닌가.

금전적 가치를 떠나서, 이는 제국의 역사 그 자체이자 황실의 상징이고 가보였다.

갖다 버려? 길거리에 막?

"황좌는 황제가 앉는 곳이 황좌겠지."

아르노아가 어깨를 으쓱하며 말했다.

"대공녀는 계속 앉아 있고 싶으면 앉도록. 난 그 의자를 버려야겠으니까."

그녀는 언성조차 높이지 않고 말했다. 눈매며 입가에는 심지어 여유로운 미소까지 띠고 있었다. 록산느는 입술을 꽉 깨물었다.

"미친……."

황좌를 내다 버리라고 지시하는 아르노아의 얼굴에, 순간 그녀의 어린 시절이 겹쳐 보였다.

록산느는 그제야 잊었던 기억의 조각들을 떠올렸다.

'히히히힝–!'

옆구리에 검이 박힌 말이 계속해서 비명을 질렀고, 그 소리가 시끄러워진 록산느가 자리를 뜨려 할 때.

'……저 말의 목을 베.'

어린 황녀가, 옆에 서 있던 황실의 기사에게 그렇게 지시했었다.

'화, 황녀님.'

'저 정도로 다쳤으면 어차피 못 살아. 빨리 죽을 수 있게 목을 베 줘. 할 수 있지?'

조금 떨고 있었지만 그녀의 지시는 확고했다. 망설임도 없었고, 말의 목숨을 아까워하는 모습도 없었다.

성인이 된 아르노아는 그때와 비슷했다.

빠른 결단도, 처분을 결정한 이상 그 대상을 아까워하지 않는 모습도.

록산느가 마른침을 한 번 삼켰다. 아르노아는 아무것도 모르는 허수아비 황제가 아니었다.

"잠깐만……."

"4기사단은 뭐 하고 있지?"

아르노아가 고개를 휙 돌리며 물었다.

"이거 갖다 버리라니까."

록산느가 미간을 찌푸렸다. 아르노아의 손가락이 향한 곳이 황좌인지, 아니면 록산느인지 확신할 수가 없었다.

"예, 폐하."

4기사단의 단장, 테오도르 벤트가 대답했다.

저벅, 저벅.

그는 기사 다섯을 데리고 황좌가 있는 곳까지 성큼성큼 걸어왔다. 록산느의 얼굴이 분노로 일그러졌다. 기사들 한 명 한 명의 얼굴을 기억하려 애쓰지 않는 그녀였으나, 4기사단장이라는 이자가 누군지는 단박에 알아차렸기 때문이다.

우직해 보이는 얼굴이며, 목소리며, 표정까지.

잘 굴러가던 케스만에 찾아와서는 케스만의 왕과 멋대로 협정을 맺어 버린 벤트 남작을 쏙 빼닮은 것을 보니 그의 가족이 분명했다.

"실례합니다, 대공녀님."

황좌 곁의 사람들 틈으로 파고들며 팔을 걷어붙이는 모습을 보니, 충직한 성격마저 남작과 똑같은 모양이었다.

"물러서라."

록산느가 낮게 으르렁거렸지만 그는 듣지 않았다.

"물건을 버리라는 황명입니다."

그가 황좌의 팔걸이와 등받이 부분을 붙잡으며 말했다.

다른 기사 한 명도 반대편에서 황좌를 붙잡고 있었다.

"흔들리는 것이 싫으시다면 비켜 주십시오."

"네 이놈이……."

"하나, 둘, 셋!"

휙-!

록산느가 다시 뭐라고 하기도 전에, 그녀의 몸은 황좌와 함께 허공으로 들어 올려졌다.

"대, 대공녀님!"

모여 있던 기사들 중 한 명이 본능적으로 검 자루를 잡았다.

"……."

다만 그는 차마 검을 뽑지 못했다. 명분이 없어도 너무 없기 때문이었다. 선대부터 대공 일가의 소속이었던 그는 록산느를 주인으로 생각했다. 그녀를 위해서라면 황제에게 맞설 수도 있었다.

다만.

"폐하의 앞에서 검을 빼려는 게요? 역모죄로 즉결 처형을 당하고 싶은 모양이로군."

"끙……."

기사는 검을 잡은 손을 부르르 떨었다. 4기사단장의 말이 옳았다. 지금 칼을 뽑으면 그를 기다리는 것은 죽음이었다. 그는 곤란한 표정으로 침을 꿀꺽 삼켰다.

물론, 조금 전 록산느가 아르노아에게 했던 말은 단순한 협박이 아니었다. 그녀의 말처럼, 그곳에 있는 기사들 모두 록산느의 몸에 손대는 이를 가만두지 않을 것이라 장담할 수 있었다.

공격당한 주군을 지키다가 끌려가 죽으면, 이는 나름대로 명예로운 죽음이 아니겠는가. 설령 반역자로 몰린다 한들, 기사들 사이에서 그는 주인에게 충성스러웠던 자로 남을 터였다.

이유가 뭐든, 누구의 도발로 시작된 싸움이든, 상대가 주군의 몸에 먼저 손을 댔다면.

"뭐 하슈? 검 놓으라니까. 의자 버린다고 했지, 누가 싸우자고 했소?"

4기사단장이 다시 물었다.

의자에 앉은 채 허공으로 들린 록산느가 눈을 부릅뜨고 기사를 내려다보았으나, 그는 한숨을 쉬며 검을 놓았다.

문제는, 아무도 록산느를 공격한 사람이 없다는 것이었다.

황좌를 갖다 버리라는 황제의 명령은 미친 소리였지만 누가 뭐라고 할 수 있는 것은 아니었다.

'대공녀의 털끝 하나 건드리지 말고 의자를 갖다 버려라.'

……라고 강조까지 했다.

안 내려오고 버티는 사람은 록산느인데, 그걸 트집 잡아 먼저 검을 빼는 건 아무 명분도 없이 황제를 시해하겠다고 나서는 꼴 아닌가. 당연히 처형될 거고, 그를 영웅으로 기억해 주는 이도 없을 터였다.

"놓, 놓았소. 검."

그가 말했다. 죽는 건 괜찮지만 개죽음은 안 괜찮았다. 상대가 선빵을 치지도 않았는데 달려들었다가 죽으면 모양새가 얼마나 우습겠는가.

"……"

주변을 둘러보자, 황좌를 둘러싼 다른 기사들도 비슷한 표정으로 서로 눈치를 보고 있었다.

"……쓸모없는 것들."

흔들흔들 움직이는 의자 위에서 록산느가 다시 한번 으르렁거렸다.

어느새 4기사단은 기사들 틈을 조심스레 지나며 황좌를 옮기고 있었다. 록산느의 얼굴이 흐려졌다. 그녀가 싸움을 건 이상, 여기서 물러설 수는 없었다.

아르노아의 입가에 번진 미소를 본 순간, 그녀의 눈빛이 매섭게 바뀌었다.

퍽-

록산느는 별안간 허공에 들렸던 다리 한쪽을 뻗어 기사 중 한 명의 목을 찼다.

"으윽!"

그가 비명을 지르며 한쪽으로 나가떨어지자 나머지 기사들이 멈칫했다. 그 바람에 높이 들어 올려졌던 황좌도 휘청하고 흔들렸다. 록산느의 입가에 조금 전과 비슷한 비릿한 웃음이 번졌다.

"왜? 계속 움직여 보지."

아무도 개싸움을 시작하지 않겠다면 자신이 나서겠다는 것이었다. 이기든 지든, 황제는 제국군을 쥐고 있는 록산느를 처형할 수는 없을 터였다. 귀족들도 가만있지 않을 테고.

만만치 않은 황제라고는 하나, 어쨌든 즉위한 지 얼마 안 된 상황 아닌가. 편들어 줄 사람이라고 해 봤자 시녀 정도일 터였다. 그녀가 다시 한번 발을 들어, 이번에는 위에서 아래로 내리찍었다.

턱-

"응?"

기대했던 신음 소리는 들리지 않고, 대신 발을 붙잡는 누군가의 손길이 느껴졌다. 록산느가 미간을 찌푸렸다.

"위험하니 대공녀는 내려오십시오."

"……소공작."

발을 붙잡은 이는 페넬로페 리켈의 오빠이자 리켈 공작가의 후계자, 데미안 리켈이었다. 웃음기라고는 하나도 없는 차가운 얼굴이 록산느를 올려다보고 있었다.

"리켈 소공작, 손목 잘라 버리기 전에 그거 놓지."

록산느가 나직하게 협박했다.

"공작가는 이제 와서 황제에게 충성하는 척하는 건가?"

그녀는 비아냥거리듯 말했다.

"2년 전인가 공작의 조카가 탑으로 끌려갈 때는 그냥 방관했던 걸로 기억하는데."

"공작가와 황제 폐하의 관계는 대공녀의 소관이 아닙니다."

목소리를 일부러 낮추던 록산느와 달리, 그는 거리낌 없다는 듯 또렷하게 말했다.

"아실리에르와의 관계는 중요하지 않은가 보군."

"대공녀가 리켈 공작가와의 관계를 중시했다면, 대공녀의 기사가 제 여동생의 목에 검을 겨누지는 않았겠지요."

망설임 없이 쏘아붙이는 모습에, 록산느는 순간적으로 입을 다물었다.

"소공작의 말이 맞습니다. 위험하니 내려오시지요."

두 사람이 눈싸움을 벌이는 순간, 가까이에서 또 다른 목소리가 들렸다. 록산느는 거슬린다는 표정으로 그 주인을 찾았다.

"……또 뭐야?"

그녀의 얼굴이 더욱 일그러졌다.

"베사니엘 후작입니다."

그녀가 가장 싫어하는 유형의, 병약한 학자 같은 얼굴의 남자가 대답했다. 그녀가 기억했던 것보다 조금 더 살이 오르고 행복해 보이는 모습이었지만 하품 나오는 표정은 그대로였다.

"후작이 언제부터 이런 일에 끼어들었지?"

록산느는 황당하다는 듯 물었다.

"내려오지 않으면 그대가 뭘 어떻게 하겠다고? 후작이야말로 다치고 싶지 않으면 비켜."

"제가 다치면 큰일이겠지요. 저는 그리 건강한 편이 아니니 말입니다."

그녀의 기억 속에서 목소리를 자주 떨었던 그는 의외로 망설이지 않고 대답했다.

"하지만 그렇게 되면 대공녀님께서는 엄청난 규모의 소송에 휘말리시게 될 겁니다. 사소한 생채기 하나만 나도 처리할 서류는 한 수레가 넘을 겁니다."

매가리 없어 보이는 사람치고는 강한 태도였다.

으득. 록산느가 이를 갈았다. 그녀는 후작이 말한 류의 길고 지루한 절차들을 가장 싫어했다.

그제야 그녀는 아르노아의 수완이 생각했던 것보다 더 좋다는 사실을 깨달았다.

리켈 공작가는 핏줄이니 그렇다 치고, 베사니엘 후작은 뭔가?

정치에 관심이라고는 눈곱만큼도 없던 작자를 어떻게 구워삶은 건지 알 수 없었다. 황좌에 앉은 그녀의 몸은 우스꽝스러울 정도로 허공에 높이 떠 있었다.

"빌어먹을."

그녀는 결국 몸을 휙 날려 황좌에서 내려왔다. 록산느 아실리에르가 태어나서 처음 겪는, 굴욕적인 패배였다.

"황좌가 다시 비었군."

아르노아의 미소가 짙어졌다.

"마음이 바뀌었으니 4기사단은 황좌를 제 자리에 돌려놔."

그녀가 짧게 말했다. 이곳저곳에서 술렁이는 소리가 들려왔다.

"세상에, 지금 아실리에르 대공녀가 물러났어요."

"머리털 나고 처음 보는 광경인데?"

"황제 폐하께서 만만한 분이 아닌 줄은 알고 있었는데……."

록산느의 화를 살까 두려워 소리는 내지 못하고 있지만 노골적인 감탄의 시선도 느껴졌다. 그럴수록 록산느의 꽉 쥔 주먹이 떨려 왔다.

"긴 전쟁으로 그대들의 수고가 많았어. 환영연은 며칠 동안 이어질 테니 오늘부터 무기를 시종에게 맡기고 쉬도록 하지."

그사이 황좌에 앉은 아르노아가, 당황한 표정으로 굳어 있는 록산느의 기사들을 바라보며 말했다. 조금 전보다 서늘해진 눈빛이었다.

그들은 '무기를 시종에게 맡기라'는 말이 조용한 협박임을 알 수 있었다. 그중 일부가 주춤거리며 검을 허리에서 풀었다.

"쓸모없는 것들."

록산느가 다시 한번 낮게 욕설을 지껄였다. 검을 풀지 않은 자들은 그 말을 듣고 주춤거리며 동작을 멈추었다. 록산느의 명령에 따르는 것은 기사들의 뼛속까지 각인된 본능 같은 것이었다. 특히 록산느가 화가 났을 때는.

그녀가 지금처럼 화가 난 모습을 처음 보았기에, 기사들의 손은 갈 곳을 잃고 멈추었다.

"……아직 말을 들을 생각이 안 드나 보군."

아르노아는 한숨을 내쉬었다.

기사들을 통제하는 건 역시 쉬운 일이 아니었다. 록산느의 기사들은 그렇다 치더라도, 1, 2, 3기사단마저도 그 모습을 다 보고 여전히 눈짓만 주고받을 뿐이었다. 황제 앞에서 검에 손을 댄 이를 잡아 족칠 생각은 별로 없어 보였다.

"……당연한 거 아닙니까?"

분노로 떠느라 말을 잊었던 록산느가 입을 뗐다.

다소 억지스럽긴 했지만 그녀는 엷은 미소를 되찾은 채였다. 아르노아에게 귀족들을 구워삶는 재주는 있어도, 기사들만큼은 그녀 뜻대로 할 수 없다는 사실이 록산느의 자존심을 미약하게나마 세워 주었다.

"폐하께서는 기사에 대해서도, 무예에 대해서도 모르고, 전쟁을 겪은 적도 없으니 저들이 어떻게 따르겠습니까?"

아르노아는 헛웃음을 지었다.

"그대의 말이 맞는군. 난 전쟁을 겪은 적이 없어."

그녀가 말했다. 록산느의 기대와 달리 아까의 씁쓸하던 표정은 이미 사라지고 없었다.

"앞으로도 오랫동안 전쟁을 겪지 않을 생각이지."

"……예?"

"전쟁 때문에 정신없는 기사들이 황제가 누군지 잊어버리면 나라가 어떻게 굴러가겠나."

날카로움을 굳이 숨기지 않는 지적에 록산느의 기사들의 표정이 흐려졌다. 멀리 있던 1, 2, 3기사단도 불편해 보이기는 마찬가지였다.

"전쟁이 아니라도 기사들의 마음을 살 방법은 있습니다."

록산느는 그 자리에 선 채 팔짱을 끼며 말했다. 악랄한 생각이 떠오른 듯, 자색 눈동자가 반짝 빛났다.

"의지만 있다면 말이지요."

"……무슨 이야기를 하려는 건가?"

아르노아가 눈을 굴렸다.

싸움은 아까 끝났는데 또 무슨 시비를 걸려고.

"재위 기간이 짧았던 선대를 제외하면, 역대 황제들은 비무에 참가하는 것을 즐겼습니다."

록산느가 말을 이었다.

"폐하께서도 그렇게 하시지요."

지켜보던 모든 이들의 눈이 커졌다.

"……비무를 하라고? 그대와 말인가?"

아르노아가 황당하다는 듯 웃었다.

비무를 청해?

암살 시도는 예상했는데 이건 예상 못 했다. 몰래 처리하기 귀찮으니 정정당당하게 대놓고 아르노아를 때려죽이겠다는 선언 아닌가. 세상에는 생전 첫 비무에서 우승까지 하는 별종도 있었지만 아르노아는 그런 사람이 아니었다.

"이자들의 충성은 필요 없으니 난 기권……."

"직접 검을 잡으라는 의미가 아닙니다, 폐하."

록산느가 비웃음을 띠며 말했다. 어느새 홀에 있는 이들은 흥미진진한 얼굴로 록산느의 말에 귀를 기울이고 있었다. 이를 의식한 듯, 그녀의 목소리가 조금 커졌다.

"비무는 전통적으로 창검술 위주로 진행하지만 다른 종목이 없지는 않습니다. 지도력이나 병법을 겨루는 단체전도 있지요."

"다른 종목이라."

아르노아가 낮게 중얼거렸다. 본 지는 오래되었지만, 병법을 겨루는 비무에 대해서는 그녀도 알고 있었다.

이는 라이벌 관계인 두 집단 사이에서 흔히 하는 시합이었다. 수십 명의 기사가 함께 참여해 공동의 표적을 놓고 다투고, 양 팀의 지휘관은 말 그대로 지휘만 하는 식으로 진행되었다.

언뜻 간단한 게임처럼 들리지만 공동의 표적을 쟁취하는 과정에서 검술, 창술이 모두 사용되었기에 비무의 일종으로 취급되는 것이 이상한 것은 아니었다.

"하시겠습니까?"

록산느가 불쑥 아르노아를 압박했다.

"저와 제 기사들을 상대로 이기면, 황실 기사단은 자연히 폐하를 존경하게 될 것입니다."

조금 전의 분노는 사라지고, 다시 승기를 잡았다는 듯한 미소가 록산느의 얼굴에 번졌다.

"거절입니까? 뭐, 기사들을 이끌 자신이 없으실 테니 이해합니다."

그녀는 약점을 찾았다는 듯 아르노아를 도발했다. 아르노아는 황좌의 팔걸이에 팔을 올린 채 턱을 괴고 생각에 잠겼다.

개수작이다.

뻔한 수작임을 모르지는 않았다. 애초에 팀원을 고르는 것부터 아르노아에게는 난항일 터였으니까.

록산느의 수하들은 제국 최고의 실력자들이었다. 당연히 록산느와 한편이 될 터였고. 그녀 자신이 제국의 검이라는 호칭까지 받았다는 사실은 말할 것도 없었다. 황실 기사단에서 그보다 뛰어난 자들을 찾아낸다 한들, 아르노아의 말을 순순히 따를 거라는 보장은 없었다.

그럼에도 불구하고 그녀는 고민했다.

기사들에게 인정받는 일은 영원히 미룰 수 없었다. 기사들이 해이해진 틈을 타 누군가 암살 시도라도 하면 아르노아로서는 너무나 위험했다.

"폐하?"

계속되는 독촉에, 아르노아가 록산느의 표정을 살폈다. 황제를 상대로 승리한 자신의 모습을 그리고 있는 듯, 의기양양한 미소가 눈 안에 가득했다.

아르노아는 피식 웃었다.

록산느는 당장 상한 자존심을 회복하기 위해 제안한 것일 테지만 아르노아에게도 나쁠 것이 없었다. 창검술 토너먼트로 진행했다면 어차피 록산느가 우승할 일이었다. 기사들의 우상이라는 지휘를 다시 한번 확인하는 건 말할 것도 없고.

제안을 받아들이면 아르노아도 비무의 중심에 설 수 있었다.

잘하든 말아먹든, 기사들은 그녀의 지휘관으로서 대하게 될 테니까.

그녀는 눈을 지그시 감았다가 떴다.

"좋아."

"예?"

"좋다고. 창검술 토너먼트 대신 단체전으로 하지."

"……정말 괜찮으시겠습니까?"

지나치게 의연한 태도가 의외였는지, 록산느는 눈을 크게 떴다.

"정말…… 저를 이길 수 있다고 생각하십니까?"

그녀는 가소롭다는 듯 다시 물었다. 아르노아는 어깨를 으쓱했다. 솔직히 말하면 그렇게 생각하지 않았다.

하지만 지면 뭐 어때.

록산느는 승리에만 익숙해서 패배를 끔찍하게 생각하는 듯했지만, 아르노아는 달랐다.

이기면 대박, 지면 본전.

아니, 지더라도 기사들을 직접 지휘해 볼 기회.

쥐여 준 걸 버릴 필요는 없지 않겠는가.

"당연한 거 아닌가?"

물론, 시작하기도 전에 그렇게 말할 생각은 없었다. 아르노아와 록산느는 이미 적이었고, 적을 도발할 기회는 있을 때 잡아야 하니까.

"열심히 하게, 대공녀. 대공녀가 제안한 시합이니까 말이야."

아르노아가 말했다.

"'제국의 검'이, 무예도 모르고 전쟁도 한번 못 겪어 본 나한테 지면 가문의 수치가 아니겠어?"

록산느가 반사적으로 입술을 깨무는 모습을 지켜보며, 아르노아는 우아하게 빙긋 웃었다.

* * *

기사들을 위한 첫 행사는 터질 듯한 긴장감 속에서 끝났다.

아르노아는 침실로 돌아가는 동안 생각에 잠긴 채 한 마디의 말도 하지 않았다. 뒤따라오는 페넬로페가 쉬지 않고 록산느의 욕을 지껄였지만 아르노아는 적당히 한 귀로 흘리며 앞서 걸었다.

단체전.

단체전에 참가할 기사를 뽑아야 했다.

그녀는 기사단 안의 누가 역량이 뛰어난지는 알고 있었다. 그렇기에, 그들의 역량이 뛰어나 봤자 록산느의 기사들을 못 이긴다는 사실도 알고 있었다.

"대책은 세워야 하는데……."

져도 상관없다고 생각하긴 했지만, 그렇다고 너무 꼴사납게 지면 참가의 의미가 퇴색되지 않겠는가.

"에휴."

아르노아는 문득 한숨을 쉬었다.

전통적으로 황제가 참여하면 다들 알아서 져 줘야 하거늘.

황권이 위태로운 제국에서, 그것도 록산느와 그 기사들에게 이를 기대할 수는 없을 노릇이었다.

고민을 거듭하며 복도의 코너를 도는 순간이었다.

저벅.

아르노아의 침실 바로 앞에서, 한 남자가 성큼 그녀의 앞을 막아섰다.

"폐하."

"……뭐야?"

갑작스러운 접근에 아르노아가 고개를 들었다.

"오랜만입니다. 아름다워지셨군요."

"당신……."

천천히 남자의 얼굴을 확인하는 아르노아의 동공이 강하게 떨렸다. 느끼한 얼굴, 느끼한 목소리.

"홀에서는 따로 인사를 나눌 틈이 없었잖습니까. 폐하를 가까이서 뵙고 싶었기에 먼저 와서 기다리고 있었습니다."

남의 침실로 막 찾아오는 무례함.

"……국왕."

아르노아가 심호흡을 하며 말했다.

눈앞에 서 있는 이는, 얼굴이 가물가물해진 그녀의 전남편, 바이나스 디르한이었다.

"디르한에서 출발한 것치고 빨리 도착했군."

아르노아는 한 걸음 물러서며 바이나스를 위아래로 살폈다. 못 본 사이 고생을 얼마나 한 건지 수척해진 얼굴이었지만, 누구에게 잘 보이려 한 건지 옷은 또 과할 정도로 차려입은 모습이었다.

불길한 기운이 아르노아를 엄습했다.

"폐하."

그가 떨리는 목소리로 아르노아를 불렀다.

오래 헤어진 연인을 만나기라도 한 듯 감격스러운 표정이었다.

"이렇게 저를 다시 찾아주시다니, 역시 폐하와 저의 인연은 끝나지 않았던 것이 분명합니다."

"괜히 불렀군."

달콤해 보이려 애쓰는 표정에 아르노아가 입술을 깨물었다. 아나킨의 제안 때문에 그를 부르긴 했지만, 지금 보니 바이나스는 낭만적인 착각을 하고 있는 듯했다.

그의 자아도취가 얼마나 심한지 잘 기억했어야 했는데.

"전처럼 바이나스라 불러 주십시오."

"내가 언제 그렇게 불렀어."

"속으로 항상 그렇게 부르고 계셨음을 압니다."

"속으로 다른 호칭을 쓴 건 맞지만 그건 등시……."

"속마음을 스스로도 몰랐을 수 있겠지요. 저도 이번에 초대장을 받고 나서야 우리 둘의 마음을 새삼 깨달았습니다."

그는 성큼 다가와 아르노아의 눈동자를 부담스럽게 응시했다.

"아르노아 디르한."

그가 목소리를 잔뜩 깔고 속삭이듯 말했다.

"사실은 나도 그대를……."

"꺅! 미친놈이다!"

아르노아가 한 걸음 더 물러서려던 찰나, 두 사람의 옆에서 날카로운 목소리가 들려왔다.

"페넬로페?"

"이 무뢰배가 여기가 어디라고!"

목소리와 동시에 날아온 것은 발이었다.

뻐억!

높은 구두를 신은 페넬로페의 발은, 그대로 바이나스의 정강이에 세게 꽂혔다.

"아아아아아악!"

바이나스가 정강이를 감싸고 튀어 올랐다.

"나도 조심하는 폐하의 존함을 함부로 불러? 대공녀가 보낸 살수야?"

몸놀림을 보아하니 딱히 아르노아보다 나을 것도 없어 보였지만, 페넬로페는 결연한 얼굴로 아르노아에게 물러서라고 손짓했다. 아까 록산느로부터 황좌를 지켜내지 못했던 것이 아직 마음에 걸렸던 모양이었다.

"살수는 아니란다, 페넬로페."

아르노아가 말했다. 정강이를 붙들고 신음하던 바이나스의 얼굴에 작은 희망의 불씨가 반짝였다.

아, 여전히 느끼하다.

"아르노아, 역시 그대는······."

"하지만 눈빛이 마음에 안 드니 몇 대 더 때려 주렴."

난데없는 봉변에 비명을 지르는 바이나스를 남겨둔 채, 아르노아는 먼저 침실로 들어갔다.

* * *

"······생각보다 디르한에서 고생이 많으셨겠군요."

아나킨이 우아하게 차를 홀짝이며 고개를 저었다.

"저런 인간이 남편이었다니."

아르노아의 호출에 바로 달려온 그는, 태연한 얼굴로 시종을 시켜 침실 앞에서 피폐한 얼굴로 널브러진 바이나스를 치웠다.

"앞으로는 사신들도, 다른 손님들도 이 근처에 출입할 수 없도록 하겠습니다."

"별일 없었으니 됐어. 근위병도 가까이 있었고."

아르노아가 대수롭지 않게 말했다.

"그보다는 대공녀와 할 비무가 문제야."

"어차피 질 거 빨리 지고 기사들에게 맛있는 거라도 먹이면 어떨까요."

아나킨이 딱 잘라 말했다.

"희망적인 이야기는 없어?"

"맛있는 거 먹인다고 했잖습니까. 같이 패배한 다음에 뭘 먹으면 정이 쌓이긴 할 겁니다."

그가 대수롭지 않게 대답했다.

"의외로 이 방법이 군신의 의를 다지는 데 잘 먹힌다는 걸 고려하면, 비무

제안은 잘 받아들이셨습니다."

딱딱한 평가에 아르노아는 한숨을 쉬었다.

맞는 말이었다.

맞긴 한데 듣다 보니 기분이 나빴다.

"비무에서 대공녀를 이길 사람은 세상에 없습니다. 벨 같은 괴물이 나가도 의미 없습니다. 마법은 당연히 금지고요."

아나킨은 잔인하게 말을 이었다.

"그렇군."

"단체전에서는 전략도 중요하지만 개개인의 역량 차이가 이렇게 많이 나면 뾰족한 수를 내기도 어렵죠."

"……."

"게다가 대공녀는 전술에도 능합니다. 자기 기사들의 역량도 귀신같이 파악하고 있고요."

"……너보다?"

"예?"

"너보다 더 전술에 능해?"

아르노아가 다시 물었다.

힘의 차이는 인정할 수 있었다. 어려운 상황이라는 것도.

하지만 아나킨이 그에 대해 아무런 대책을 내놓지 못한다는 사실은 받아들이기 어려웠다.

"……그건 아니고요."

"그래?"

아르노아의 눈이 반짝 빛나자 아나킨은 황급히 말을 이었다.

"하지만 정당한 비무에서 역량 차이가 이렇게 심하면 다 의미 없습니다. 진행을 하려면 어느 순간 쌍방이 맞붙어야 하는데……."

"비겁하게 하면?"

아르노아가 다시 물었다.

"예? 비무에서요?"

그녀가 고개를 끄덕였다.

비무에 예의를 갖춰 정정당당하게 임해야 한다는 원칙은 애초에 아르노아의 머리에 없었다. 기사도는 기사나 챙기는 거고, 그녀는 정치가였다. 정치가는 원래 치사하다. 그리고 치사한 건 아나킨의 주특기이기도 했다.

"뭐…… 심판 매수, 미남계, 상대의 음식에 독 타기……."

조금 전까지 정당한 비무 운운하던 그의 입에서는 온갖 악랄한 술수가 흘러나왔다.

"……하지만 역시 어렵습니다. 규칙이 엄격해서요."

아나킨이 다시 한번 고개를 절레절레 저었다.

"뭐, 상대편에 우리를 도와줄 사람을 심으면 모를까…… 하지만 이건 불가능하죠. 아마 반대의 경우를 더 걱정해야 할 겁니다."

"……도와줄 사람?"

아르노아가 중얼거렸다.

"대놓고 우리를 도와줄 사람까지는 아니라고 해도, 상대방 쪽에 멍청해서 주무르기 쉬운 기사 한 명만 심으면…… 하지만 그럴 만한 사람이 없는 게 문제겠지요."

"……주무르기 쉬운 멍청이."

아르노아가 멍하게 중얼거렸다. 순건 그녀의 뇌리에 번뜩이는 생각 하나가 스쳤다.

"이론상 그렇다는 겁니다. 사실 그 정도로 멍청한 사람을 찾는 것도 문제고……."

"아나킨, 넌 천재야."

아르노아가 아나킨의 말을 끊으며 말했다. 왜 이 생각을 못했을까?

거의 포기하고 있었던 승부에서 갑자기 희망이 보이는 듯했다. 어쩌면, 어쩌면 그녀는 패배하지 않을 수도 있었다. 딱 한 가지 계획만 성공하면.

"나 마침 적당한 멍청이가 하나를 알아."

"정말입니까?"

아나킨이 반색하며 물었다.

"그래."

그녀는 환하게 미소 지었다.

"좀 치사한 방법을 쓰면, 그 한 명 정도는 상대 진영으로 넣을 방법이 있어."

아르노아는 확신에 찬 표정으로 고개를 끄덕였다.

믿을 수 없는 기적이 일어난 느낌이었다.

그 등신이, 아르노아에게 도움이 되는 날이 오다니.

* * *

비무 단체전의 형식은 여러 가지였다.

짐승을 풀어 사냥하는 대결, 미로며 동굴을 탐험하면서 보물을 찾는 대결, 그 외 다양한 방식의 시합까지. 그중 제한된 시간 안에 빠르게 준비할 수 있는, 가장 흔한 형식의 비무는 깃발 싸움이었다.

아르노아와 록산느가 선택한 것 또한 바로 이 깃발 싸움이었다. 규칙은 단순했다.

지휘관 한 명과 기수 한 명을 포함해 각자 20명씩 팀을 이룬다.

각 팀의 기수는 경기장을 가로질러 지정 장소에 놓인 깃발을 손에 넣고, 다른 지정된 장소에 꽂는다.

이걸 먼저 성공하는 쪽이 승리하는 게임이었다.

그 과정에서 20명의 기사들은 기수를 엄호할 수도 있고, 끝이 뭉툭한

창, 검, 활로 상대 팀을 공격해 탈락시킬 수도 있다. 기수가 탈락하면 교체할 수 있고, 지휘관이 탈락하면 그 팀은 패배한다.

얼핏 보면 단순하지만 실전은 상당히 거칠었다.

특히 기수가 깃발을 꽂아야 하는 장소는 양 팀 모두 같았기 때문에, 마지막 순간에 양 팀의 기사들은 상대방 기수의 발목을 잡기 위해 한꺼번에 몰려들어 개싸움을 벌이는 경우가 적지 않았다.

이와 같이 모든 것이 깃발을 중심으로 진행되는 게임에서, 사람들의 관심은 당연히 양 팀의 기수에 집중되었다.

"1기사단의 다리우스 경이 대공녀님의 기수가 된다는 소문이 있어요."

"그거 거짓말이에요! 내가 알아보니까 이번에 전쟁터에서 돌아온 레오니 경이 그 자리는 맡아 놨다고 해요."

귀족들도, 황궁의 사용인들도, 만나기만 하면 같은 주제로 떠들었다.

"가장 뛰어난 분이 하게 되겠죠? 황제 폐하의 기수 자리는 그에 비하면 좀 떨어질 텐데……."

"글쎄, 아예 비밀이라 모르겠군요. 누군가 확정이 되었다는 소문도 있는데 황제 폐하의 하녀들은 입이 너무 무거워서 한 마디도 털어놓지 않아서요."

"그럼 안 유명한 사람인데……. 어차피 다리우스 경이나 레오니 경이 워낙 몸도 날래고 무예도 출중해서, 두 분 중에서 누가 되더라도 대공녀님의 승리일 것 같군요. 교체 선수로는 3기사단의 펠렛 경도 있고요."

"모를 일이오. 황제 폐하께서는 다름 아닌 포커로 아나킨 님을 이기신 적도 있다니까."

"거짓말 마쇼. 그런 사람이 어딨어."

어느 오후, 양 팀의 승패를 걸고 도박을 시작한 귀족들 사이에서, 페넬로페 리켈은 조용히 귀를 기울이고 작은 쪽지 하나에 명단을 적어 내려갔다. 그 쪽지는 얼마 후 황궁 학술원에 상주하는 어느 황궁 앞으로 전달되었고.

다음 날.

1기사단의 다리우스 경, 케스만으로 출정했던 레오니 경, 그리고 3기사단의 펠렛 경은 알 수 없는 복통에 시달리기 시작했다. 그리고 이와 비슷한 시점에, 어느 변방 나라에서 사절로 온 국왕의 무예가 출중하다는 소문이 조용히 퍼져 나가기 시작했다.

* * *

"투명하게…… 투명하게……."

루카는 입 속으로 중얼거리며 유리 막대로 병 속의 액체를 휙휙 저었다.

평소 싸돌아다니기를 좋아하는 그이지만, 근 며칠 동안엔 자기 방에 틀어박혀서 연구에 열중하고 있었다. 정확히는 그의 방이 아니라, 황궁 내벨의 객실에 딸린 작은 객실이었다. 틀어박힌 게 아니라 벨의 명령으로 감금되다시피 한 거였고.

형식적으로는 제자로서의 업무 수행이었지만 실제로는 첫사랑 하냐며 마탑주를 놀려먹은 대가였다.

"은신을 해야 염탐을 하고…… 염탐을 해야 그놈을 잡고…… 잡아서 찢어 버려야 다시 나가 놀 수 있고…… 그러려면 약이 성공적으로 만들어져야……."

액체 위로 희뿌연 연기 같은 것이 만들어지자 그의 눈이 반짝 빛났다. 자유가 눈앞에 보이는 것 같았다.

"좋았어, 이대로만 계속…… 아악!"

그의 간절한 염원에도 불구하고 병 속의 액체는 검붉은 색으로 변했다.

팡-

액체를 감당하지 못한 것인지, 병은 결국 무시무시한 소리를 내며 깨져 버렸다.

"아오, 또 왜! 또 뭐가 문젠데! 뭘 잘못해서……."

"계량을 잘못했겠지. 넌 원래 좀 칠칠치 못했으니까."

"아니야! 계량은 맞다고. 제프리우스의 잔으로 정확하게……."

"은신용 약은 알레우스의 잔으로 계량해야 해. 그때도 크게 사고를 쳐 놓고 까먹은 거야? 기억력 나쁜 건 여전하군."

"알레우스의 잔?"

루카가 고개를 갸웃하며 기억을 더듬었다. 몇 년 전, 마법 아카데미에서 비슷한 잔소리를 들은 기억이 흐릿하게 머리를 스쳤다. 루카는 손을 뻗어서 황금색 알레우스의 잔을 잡았다.

"이거군. 이제 다 됐……."

"변색한 약을 잡은 손으로 알레우스의 잔을 잡으면 아플 텐데. 그것도 까먹었군."

"악!"

그는 따끔한 통증을 느끼며 손을 다시 뗐다.

"비명 지르면 더 아픈데. 그거 조용히 로세만 꽃에 마력을 더한 걸로 달래야 하는데."

"아악…… 큽."

어딘가 익숙하면서도 재수 없는, 묘하게 정확한 정보만을 전달하는 잔소리는 계속되었다.

"제대로 잡고 마력을 주입하란 말이야. 그것도 못 해? 너 마법사 맞나?"

"제대로 잡고 마력을…… 잠깐만."

루카는 무심코 잔소리를 그대로 따르다가 눈을 끔뻑거렸다.

"뭐야, 나 아까까지 혼자 있었는데 누가 계속……."

그는 그제야 뭔가 이상하다는 표정으로 뒤를 돌아보았다.

"반응이 너무 늦은 거 아니야? 한참 전에 왔는데."

"아나킨 윌로?"

태연하게 침대에 걸터앉아 루카에게 이래라저래라 잔소리를 하던 아나킨이 루카를 향해 싱긋 웃어 보였다.

"야! 너 마법사도 아닌 게 마력을 이렇게 써라 저렇게 써라……."

"시끄러, 제약 수업 낙제생아."

루카의 등 뒤에서 자연스럽게 그의 혼잣말에 대답하고 있던 아나킨은 잔인하게 말했다.

"계량용 아티팩트 다룰 줄도 모르는 게 한심해서 그런다. 너 진짜 마법사 맞아?"

그는 특유의 유려한 목소리로 루카의 자존심을 무참히 짓밟았다. 루카는 반박하지 못했다. 실제로 아나킨은 온갖 마법 수업에서 그보다 우수한 성적을 받았었다. 순전히 이론만 가지고.

"폐하께서 벨을 찾으셔서 왔는데 자리를 비웠나 보지?"

"……."

루카는 간질거리는 입을 꾹 다물었다. 벨은 사실 며칠째 아르노아를 피하고 있었다. 루카가 첫사랑 어쩌고 하면서 그를 놀렸던 날부터.

"……잡겠다는 놈은 뭐야?"

아나킨은 대답을 기다리는 대신 눈썹을 찌푸리며 루카의 탁자에 나열된 약병들을 살폈다.

"가만 보면 너도 벨 못지않게 잔인한 것 같기도 하고. 저걸 다 쓰면 사람 몸이 남아나지 않겠군."

"알면 건드리지 마. 어렵게 구한 거야. 잡고 나면 쓸 거야."

아나킨은 상관없다는 듯 어깨를 으쓱했다.

"황제가 하려는 말이 뭔데? 내가 전해 주지."

"별거 없어. 비무 단체전에 벨이 참가할 수 없다는 거 정도."

"원래 참가해야 하는 거였어? 벨카리아나스 님이?"

루카가 눈을 크게 뜨며 물었다.

"응. 준비 시합을 이겨 버렸으니까. 하지만 비무 단체전에서 마법은 완전히 금지이기도 하고, 그놈이 끼면 폐하가 참가하는 의미가 퇴색된다."

아나킨이 대답했다. 어딘가 홀가분한 표정이었다.

문득, 얼마 전 쓸데없고 무식한 시합 같은 걸 이기고 왔다며 으쓱하던 벨의 모습이 루카의 머리를 스쳤다.

"아, 그 준비 시합 때문에……."

루카가 한숨을 쉬었다. 그게 황제와의 다과로 이어지고, 그게 또 벨의 정신을 좀 이상하게 만들고, 그래서 좀 놀렸더니 루카는 갇혀서 숙제나 하는 신세가 되었다.

눈치 빠른 아나킨이 눈썹을 치켜 올렸다.

"뭔데?"

"아, 아무것도 아닌데."

"화들짝 놀라 숨기는 거 보니 폐하와 관련 있는 거군."

아나킨은 독심술이라도 배운 양 날카롭게 물었지만 루카는 벨과의 의리를 생각해 고개를 저었다.

"안그래도 마탑주와 폐하가 가까이 지내는 건 위험하다 생각하고 있었는데……."

"아무것도 아니라니까."

"사실대로 말하면 저 약 만드는 거 끝까지 도와주지. 정말 아무것도 아니야?"

"벨카리아나스 님이 황제를 좋아해."

루카가 툭 내뱉었다. 그는 벨을 존경했지만, 생각해 보니 두 사람 사이의 의리가 그렇게 강하지 않았던 것이다.

"첫사랑이래."

물론, 루카는 원래 남의 사랑 이야기로 수다 떨기를 좋아하기도 했다.

"……뭐?"

아나킨의 황금빛 눈동자가 크게 확장되었다. 그는 뭔가 잘못 들었다는 듯한 표정으로 루카를 바라보았다.

"불가능하다."

잠깐의 정적 끝에 그가 멍하게 말했다.

"마탑주는…… 애초에 사랑을 할 수 없어."

어떤 새로운 지식도 냉정하게만 받아들였던 아나킨의 눈동자가 살짝 떨렸다.

"나도 그런 줄 알았는데 맞다니까."

루카는 큭 하고 웃으며 품속에서 구슬 하나를 꺼냈다. 엘키브는 다 이러려고 준비한 거 아니겠는가.

그날 벨이 짜증을 내며 하나를 깨뜨리긴 했지만 루카에게는 사실 비슷한 물건이 한두 개 남아 있었다.

"네가 봐."

아나킨은 천천히 루카가 내민 구슬을 받아 눈에 댔다.

희뿌연 구체 속에 보이는 형상들은, 그가 알고 있던 한 가지 지식이 틀렸을지도 모른다는 사실을 증명해 주고 있었다.

아나킨에게는 처음 있는 일이었다.

* * *

"듣고 있어?"

아르노아가 아나킨에게 물었다.

"……예."

"오늘따라 멍해 보이는데."

그녀가 의아한 표정으로 아나킨의 얼굴을 살폈다.

"아닙니다. 아까 어디까지 이야기했죠?"

"우리 쪽의 20명은 거의 채워졌다고. 데미안이 합류해 준다고 해서."

"그렇군요. 대공녀 쪽도 마찬가지일 겁니다."

아나킨이 정신을 차리고 대답했다.

"기수 후보들이 자꾸 몸살로 빠지는 것만 빼면요. 루데스 박사가 큰일 했더군요."

그는 약간의 감탄을 담아서 말했다.

"정말 할 수 있을 줄은 몰랐습니다. 후보 전부에게 식중독 증상이 나타 나게 하다니, 박사는 독한 구석이 있군요."

"아이디어를 낸 사람이 하는 말로는 이상한데."

"칭찬입니다."

그가 진심을 담아 말했다.

"기수를 다시 구하는 중이겠지?"

"예. 훈련은 시작한 모양이지만…… 조만간 그쪽으로도 소문이 흘러 들 어갈 겁니다."

"훈련…… 생각해 보니 하고 있겠구나."

"물론입니다. 많이 할수록 유리하니까요."

아나킨은 말을 잠시 멈추었다가 다시 이었다.

"보통의 경우는요."

"예외도 있지. 우리처럼."

아르노아가 빙긋 웃었다.

"슬슬 저희도 시작해야 하지 않습니까?"

"나중에. 작전이 밖으로 알려지지 않을 것이 확실해지면. 그 전에는 기수가 다른 사람 몫까지 연습하고 있으니까 괜찮아."

아나킨도 고개를 끄덕였다.

"요즘 황성에서 가장 몸값 높다는 사람을 잘도 데려오셨군요. 기사도 아닌데."

"뭐 어때? 따지고 보면 본업을 시키는 거나 마찬가진데."

"이번에는 울지 않았습니까?"

"이기면 유명인을 넘어 전설이 될 수도 있다고 했더니 입 다물고 열심히 하더래. 많이 컸지."

아르노아는 어깨를 으쓱하더니 물었다.

"벨은?"

"……."

아나킨은 다시 아까의 멍한 표정으로 돌아왔다.

"……루카만 만났습니다."

"이상한 걸 보고 온 얼굴인데."

"그건 사실입니다."

아나킨이 대답했다. 시치미를 뗄까 잠시 고민했지만 아르노아에게는 큰 의미가 없다는 생각이었다.

"무슨 일 있어?"

"……전에 제가 벨에 대해서 했던 이야기를 기억하십니까?"

"싸가지 없다?"

"맞지만 그거 말고요."

"철없는 애새끼다?"

"그것도 맞지만 다른 거요."

"재수 없을 정도로 마력을 많이 타고났다?"

"맞습니다. 별도로, 중간중간에 마법사인 걸 감안해도 유독 냉정하다는 말도 했었죠. 동기에 대한 평범한 이야기 말입니다."

아나킨은 드디어 맞혔다는 듯 대답했다.

아르노아는 고개를 끄덕였다.

마력이 많다. 냉정하다. 이 두 가지는 아나킨이 벨에 대해 흔히 했던 평가였다.

"그때 제 설명이 부족했었습니다."

아나킨이 말을 이었다.

항상 장난기를 머금고 있던 눈빛이 유독 진지해 보였다.

"정확히 말하면, 그는 마력이 지나치게 많기 때문에 다른 이들보다 성격이 차가워지는 겁니다. 그 어머니도 그랬던 것처럼요."

"……마력이 지나치게 많아?"

아르노아는 고개를 갸웃했다. 아나킨의 말투는, 벨의 능력과 성격 사이에 어떤 인과관계가 있다는 뜻처럼 들렸다.

"페르헨에 있던 시절, 저는 누구보다 마력에 대한 연구를 많이 했었습니다."

그는 무언가 회상하듯 말했다. 아르노아는 고개를 끄덕였다.

마법사들은 원래 타고난 능력을 맹신하느라 연구는 소홀히 하는 경향이 있다고, 아나킨은 전부터 말해 왔었다.

"그때 재미있는 사실을 알아냈는데…… 역대 마탑주들은 대부분 결혼을 하지 않고 혼자 살다 죽었다는 겁니다. 자손을 남기는 경우조차 드물었죠."

"독특하네."

"연구를 계속하다 보니, 이건 마력 때문이라는 결론이 나오더군요."

"마력 때문?"

"마력이라는 게 원래 본질이 이기적이더군요."

아나킨은 무언가 골똘히 생각하며 말했다.

"태아 때부터 마법사들은 자신의 마력을 지키기 위한 본능을 발휘합니다. 한마디로 인성이 파탄 나죠. 당연히 다른 이와 가족을 이루지도 않습니다."

아나킨이 빠르게 설명했다.

"마력이 인성이랑 반비례한다는 얘기를 하는 거야?"

"무조건은 아닙니다. 예외도 많고요. 하지만 마탑주의 수준에서는 예외가 없습니다. 그렇기에……."

아나킨이 잠시 머뭇거렸다가 말을 맺었다.

"그들은 절대로 누군가를 사랑하지 않는다는 결론이 나왔죠. 그러니 혼자 욕심껏 살다 가는 겁니다."

그가 짧게 결론지었다. 많은 과정이 생략되어 있지만, 그 결론은 상당한 계산과 연구의 결과물일 것임을 아르노아는 알고 있었다.

"……네가 그렇다면 그런 거겠지."

아르노아는 천천히 아나킨이 제시한 명제를 곱씹었다.

마탑주는 사랑을 하지 않는다.

마법사들의 역사를 생각하면 어느 정도 이해가 가는 말이었다. 그들의 특징에도 부합했다.

그럼에도 불구하고, 이유 모를 의아함이 그녀의 머리를 스쳤다. 얼마 전 부서지는 유리 속에서 보았던, 잘게 떨리는 은회색 눈동자가 그 중심에 있었다.

묘하게 반박하고 싶은 심리도 들었으나 아나킨의 연구 결과가 틀린 적이 없다는 사실을 그녀는 알고 있었다.

"그런데…… 돌연변이가 나타난 것 같습니다."

그런데 아나킨이 얼굴을 찌푸리며 덧붙였다.

"응?"

아르노아가 눈을 크게 뜨며 물었지만 아나킨은 대답 대신 같은 표정으로 고개를 저으며 중얼거릴 뿐이었다.

"……이해가 가지 않는 일입니다. 제가 틀렸다니."

그는 혼란스러운 표정이었다. 혼란스러운 건 아르노아도 마찬가지였다. 자신의 연구 결과가 틀렸다고 말하는 아나킨의 모습 때문이기도 했지만, 한편으로는 다른 부분이 더 마음에 걸렸다.

"네가 말하는 돌연변이가 설마……."

"폐하."

아르노아가 뭔가 물으려던 순간, 한동안 뭐라고 중얼거리던 그가 다시 그녀를 불렀다.

진지한 걱정을 담은 황금안이 그녀를 똑바로 바라보았다.

"벨을 조심하십시오. 생각보다 더 이상한 놈이었습니다."

아나킨이 말했다. 평소 시원하게 뻗은 눈썹이 찌푸려진 채였다.

"……결론이 그거야?"

"예. 그냥 피하는 게 상책입니다. 저조차 파악이 안 되는 인간은 세상의 이물질 같은 거니까요."

그의 표정은 확고해 보였다.

"……그를 멀리하라는 뜻이야?"

아르노아가 천천히 물었다.

"어디로 튈지 모르는 미친놈을 너무 믿지 말라는 뜻입니다."

그가 내뱉었다. 더 이상 다른 설명은 하지 않겠다는 듯, 그의 입술은 굳게 닫혀 있었다.

* * *

"하, 이 정신 빠진 것들."

귀빈들만 거주하는 별궁 속, 실내 연무장에서 위협적인 목소리가 들렸다.

"뭘 처먹으면 그렇게 하나같이 배가 아픈 거지?"

록산느가 들고 있던 검을 신경질적으로 내던지며 내뱉었다.

"저도 신기하더군요."

그녀와 대련을 끝내고 뻗어 버린 마지막 기사를 툭툭 차며, 라야가 대답했다.

"어디서 온 독인지 파악도 잘 안 되다니, 실력 좋은 살수가 만들었나 봅니다."

"순진한 척하더니, 살수를 보내 내 기사들을 건드렸다?"

"이야기를 들어 보니 순진한 척을 한 건 모르겠습니다만…… 말하자면 그렇습니다."

라야는 대수롭지 않다는 듯 대답했다.

"너무 걱정하실 거 없습니다. 기사 몇 명 없다고 대공녀께서 질 것 같지도 않고……."

"당연하지."

"다른 중요한 것도 있고……."

"그건 헛소리다. 내 승리보다 중요한 건 없어."

록산느는 딱 잘라 말했지만 라야는 그다지 수긍하지 않는 듯 말을 이었다.

"이기든 지든, 그때 말씀하신 대로 하실 거 아닙니까?"

여유로운 말투와 달리, 그의 황록색 눈동자는 날카롭게 빛났다.

"황제를 죽여 버리고 싶으시다면서요. 독살이든 뭐든."

그가 말했다.

"그랬지."

록산느는 내던진 연습용 검 대신 새로 집어 든 검을 만지작거리며 말했다.

"하지만 그건 다 비무가 끝나고 나서의 일이다."

그녀가 서슬 퍼렇게 말했다.

"당장은 기수를 구하는 게 먼저야."

"……그렇군요. 아버님과는 항상 사고방식이 다르십니다."

"어딜 보나 새대가리들밖에 없어서 쓸 만한 기수를 못 구하는 게 문제지."

"그건 도와드리기 어렵군요."

라야가 어깨를 으쓱하며 말했다.

"이제 와서 갑자기 뛰어난 용사가 나타날 것 같지도 않고……."

쾅-!

"대공녀님!"

다급한 외침과 함께, 연무장의 문이 열리고 한 기사가 뛰어들었다.

"뭐냐?"

록산느가 싸늘하게 물었다.

"급한 일이 아니라면……."

"어, 어떤 용사가 나타났습니다!"

기사가 말했다. 그의 얼굴은 환하게 빛나고 있었다.

"디르한 최고의 용사라고 소문이 난 자를, 제가 데려왔습니다!"

"뭐?"

"말씀드린 대로입니다."

기사는 뿌듯한 표정으로 가슴을 쭉 폈다.

"대공녀께서 명령하신 대로 이곳저곳 수소문해 본 결과, 몇몇 사람들이 입을 모아 한 사람을 가리키더군요. 은밀하게 전해진 이야기라 캐내는 데 시간이 좀 걸렸습니다."

그는 생색을 잔뜩 내며 말을 이었다.

"그게 누구냐?"

"사절 중 한 명입니다. 변방에서 왔지만, 젊은 국왕이지요."

"변방의 젊은 국왕?"

"예. 듣자 하니 그 나라에서는 바로 얼마 전까지 국왕의 용맹과 매력을 소재로 한 연극이 크게 유행했었다고 합니다. 그 정도로 대단한 용사인 것이겠지요."

록산느는 고개를 갸웃했다. 그녀는 그런 자에 대해 들어 본 기억이 없었다.

"데려와라."

"예. 안 그래도 밖에서 대기하고 있습니다."

기사는 말을 마치자마자 연무장 바깥을 향해 손짓했다. 곧이어 대여섯 명의 다른 기사들이 한 남자와 함께 연무장 안으로 들어왔다.

"이분입니다, 대공녀님."

기사들이 한목소리로 말했다.

록산느가 천천히 남자의 모습을 확인했다.

상당히 신경 쓴 듯 고급스러운 옷차림, 손질이 잘 된 결 좋은 금발, 약간 느끼하지만 잘생긴 외모에 탄탄한 몸.

여기까지는 몸 잘 쓰는 기수로서 적당해 보였는데.

록산느를 거슬리게 만든 것은 뭐가 뭔지 상황 파악이 안 된 듯한, 남자의 어리바리한 표정이었다.

"누구냐, 너는?"

"너, 너라니, 어떻게 내게 그런 말을……!"

록산느가 툭 내뱉듯 물었다. 연무장을 두리번거리다가 기절해서 늘어진 기사 몇 명을 보고 하얗게 질려 있던 남자의 눈이 더욱 커졌다. 록산느의 미간도 더욱 찌푸려졌다.

"저, 대공녀님, 말씀드렸듯 이분은 일국의 국왕입니다."

"변방의 국왕이겠지. 보나 마나 제국의 남작령만도 못한 영토를 가지고 있을 거고."

록산느가 비웃듯 말하자 남자는 몸을 부들부들 떨며 입을 열었다.

"나, 나는 디르한의 국왕, 바이나스 디르한이오."

그가 말했다. 강하게 반박하고 싶지만 록산느의 기에 눌려 소심해진 듯, 목소리에 자신이 없었다.

"따지자면 아실리에르 대공도 일국의 왕에게 말을 함부로 하면 안 되는데, 아무리 대공녀가 안하무인이라도……."

"잠깐만."

록산느는 열심히 용기 내 조잘거리는 바이나스의 말을 끊었다.

"디르한의 국왕이라고?"

그녀가 조금 놀란 표정으로 다시 물었다.

"그렇다니까."

바이나스는 그제야 알아봤냐는 듯 어깨를 펴고 미소 지었다.

"한때는 황제 폐하의 부군이었고, 지금도 마음속으로는 누구보다 서로를 그리는 관계라고 할 수 있지."

"정부 하나 두겠다고 황위를 거절한 새대가리가 너였나?"

록산느는 한심하다는 표정으로 바이나스를 바라보았다. 변방의 젊은 국왕이라기에 설마 했더니, 말로만 들었던 황제의 전남편이었단 말인가.

그녀는 얼굴에 실망한 기색을 노골적으로 드러냈다.

"새, 새 뭐라고……?"

태어나서 한 번도 들어 본 적 없는 심한 말에, 바이나스의 얼굴이 창백해졌다.

"그 멍청이의 얼굴이 대체 어떻게 생겼나 했더니, 이런 느끼한 타입이었군. 황제는 이런 자를 좋아해?"

"나 안 느끼해!"

바이나스가 발끈해서 외쳤다.

"정부는 거지꼴로 쫓아내고 다시 황제에게 알랑거린다더니 사실인가 보군."

록산느는 비웃음을 숨기지 않았다.

"대, 대공녀님, 아까도 얘기했지만 저희에게 이분이 필요합니다. 단체전이 코앞이지 않습니까?"

처음 소식을 전했던 기사가 당황한 표정으로 록산느에게 속삭였다.

"아."

그녀는 의심스럽다는 표정으로 바이나스를 보았다.

"그러니까 이 새대가, 아니 이자가…… 정말로 유능하다? 내 기사들보다?"

그녀가 말했다.

"이분에 대한 이야기가 전설처럼 들려오는 걸 보면, 분명 실력자입니다."

"나름대로 이름은 있는 모양인가 본데……."

"또 다른 소문도 있었는데……."

"다른 소문이라니?"

기사는 눈치를 보더니 록산느의 귀에 속삭였다.

"황제도 사실은 이분을 기수로 데려가려 하고 있다는 이야기를 들었습니다."

"뭐?"

록산느가 눈썹을 치켜올렸다.

"이건 확실합니다. 1기사단의 루한 경이, 벤트 남작과 리켈 소공작의 대화를 직접 엿들었다고 합니다. 분명 디르한 출신에, 기사도 아닌 자를 기수로 낙점했다고 했습니다."

"……벤트 남작 그 작자는 거짓말을 절대로 하지 않지."

황제의 혈육과 측근이 나눈 대화. 게다가 한 명은 속 터질 정도로 올곧아서 누굴 속이는 짓은 죽어도 못 한다.

그렇다면 정보가 틀리지는 않을 터였다.

그녀의 시선이, 천천히 바이나스를 다시 훑었다.

눈빛은 여전히 맹했지만, 체형은 기수를 시키기에 꽤 적당해 보였다. 머리 한구석에서 퍼즐이 짝 맞추어지는 느낌이었다.

황제가 어쩌다가 얼빠진 놈에게 붙잡혀 살았나 했더니, 눈 뜨고 황위를 놓치는 바보 같은 놈이라도 무예가 뛰어난 모양이었다. 그게 아니라면 국민들이 볼 거 없는 국왕에 대한 찬가를 왜 부른단 말인가.

"대공녀님, 단체전까지 이틀, 아니 하루하고 몇 시간밖에 남지 않았습니다. 저희 쪽에서 참가하는 인원들은 전투에는 능해도 발 빠른 자는 다 없어져서……."

"쓸데없는 소리 말아라."

록산느는 딱 잘라 말하면서도 바이나스를 향한 눈을 떼지 않았다.

기사의 말은 사실이었다. 그녀는 사실 마음이 조금 급했다. 만에 하나라도 비무에서 황제에게 진다면, 지금껏 쌓았던 명성이 한순간에 무너지는 거나 마찬가지였다.

"말해 봐."

"뭐, 뭘 말이오?"

"네가 정말 디르한 최고의 용사냐?"

"……그건 맞소."

바이나스가 사실대로 대답했다.

실제로 디르한 안에서, 그는 자신보다 특별히 뛰어난 무인을 본 일이 없었다. 물론 이것은 디르한엔 애초에 무예에 타고난 자들이 없는 까닭이었지만, 바이나스는 그 사실을 알지 못했다.

"황제가 널 낙점했다는 것도 사실이냐?"

"그건 언제나 사실이었소."

"그것 보십시오!"

기사가 손뼉을 짝 쳤다. 록산느도 눈을 번쩍 빛냈다.

"너…… 아직 황제의 제안을 받아들인 건 아니겠지."

"제안……? 그런 거 안 받았는데……."

"됐어. 그럼 일단 팀으로 넣겠다. 이기면 너는 디르한을 넘어서 대륙 전체에 명성을 쌓을 수 있을 거야."

록산느는 더 생각하는 것도 귀찮다는 듯 잘라 말했다. 실력이 아주 없지 않을 것이라는 판단도 있었지만, 황제가 노렸던 자를 빼앗아 올 수 있다는 사실만으로도 결정의 충분한 이유가 되었다.

"뭣, 대륙 전체에 명성이?"

바이나스도 눈을 번쩍 떴다. 무슨 소리인지 다 이해한 건 아니지만 가슴이 두근거렸다.

"그럼 황제 폐하도 다시 나를……."

그는 놓쳤던 과거의 행운을 다시 붙잡을 수 있다는 꿈에 부풀었다.

"그래. 황제도……."

록산느는 하필 전남편이 참가한 시합에서 패배할 아르노아의 처참한 모습을 상상하며 사악하게 웃었다.

일은 순식간에 정리되었다.

록산느는 마지막 준비에 임해야겠다며 먼저 훅 나가 버렸고, 바이나스도, 함께 들어왔던 기사들도 올 때처럼 순식간에 연무장을 떠났다. 그때까지 기절한 채 널브러졌던 기사들도 함께 데려갔기에, 연무장의 공기는 조금 전보다 더 고요했다.

남아 있는 사람은 단 한 명, 라야였다.

저벅.

가라앉은 그 공간에 누군가가 조용히 들어섰다.

"오셨습니까, 대공 전하?"

"올 것은 알았던 모양이지. 예언 능력이 형편없다고 생각했는데."

아실리에르 대공이 건조하게 대답했다. 록산느가 아르노아와 날을 세우느라 바쁜 사이, 그는 필요할 때 외에는 방에서 나오지 않았다. 그래서인지, 그의 얼굴은 미세하게 초췌해져 있었다.

"재미있는 진행이지 않습니까? 대공께서도 뿌듯하시겠군요."

라야가 빙긋 웃으며 말했다.

"지난번에 황좌에 앉아서 버티다가 내려왔다는 이야기에는 언짢아하셨는데 말입니다."

"상관없다. 비무는 결국 기사단을 호령할 수 있는 황족은 우리 가문뿐이라는 걸 보여 줄 기회가 되겠지."

"저야 이런 게임 따위가 뭐가 중요한지 모르겠지만…… 상관할 바는 아니겠지요."

"그렇다."

대공이 음산하게 말했다.

"하지만 저도 좋습니다. 번잡한 틈에 저도 다른 일을 처리할 수 있을 테지요. 대공께서 주문했던 일 말입니다."

"마탑주를 말하는 거냐?"

대공이 눈을 번뜩이며 물었다.

"물론입니다. 저와 대공 전하께서 노렸던 건 항상 그였으니까요. 마법사들의 존재는 결국 황족에 대한 위협이라고, 직접 말씀하셨지 않습니까?"

그는 한층 진지해진 표정으로 말했다.

"지난번에 호기롭게 말해 놓고 실패하더니, 새로운 방법이라도 생겼나 보지?"

대공이 나직하게 내뱉었다.

"그게 가능은 하단 말인가?"

"다른 이들은 못 합니다. 마법사들은 원래 연구를 게을리하니까요."

라야가 무언가 떠올리듯 눈을 내리깔며 대답했다.

"하지만 전 예외입니다."

"그래. 넌 그런 면에서는 항상 예외였지."

대공은 고개를 끄덕였다. 그다지 정이 가는 상대는 아니었지만, 라야를 곁에 두면 유리한 점이 많았다. 무기나 갑옷에 마법을 걸어 주는 것부터 은밀한 독살까지. 그는 유용한 자였다.

굴러들어 온 행운이었다. 라야를 보수 한 푼 안 주고 부려 먹을 수 있었다는 것은.

물론, 약간의 꼼수가 들어가긴 했지만.

"하지만 그도 예외가 아닌가?"

대공이 물었다.

그는 케스만에서 보았던 벨을 떠올렸다. 인간임을 믿을 수 없는 싸늘한 분위기, 능력과 지위를 떠나서 느껴지는 위압감. 그런 자가 갑자기 나타나 전쟁을 끝내 버렸는데, 록산느와 아실리에르 대공은 아무것도 하지 못했다.

"지름길로 가려다 보니 실패한 셈이지요. 하지만 길은 항상 있었습니다."

"너보다 강한 자가 아닌가?"

"항상은 아닙니다."

라야가 다시 힘주어 말했다. 짧은 순간 말투에 날이 섰다가 다시 사라졌다.

"흠, 지금껏 밀렸는데 꽤 자신 있어 보이는군."

"물론이죠. 이건 태초부터 정해진, 마법사들의 약점이니까요."

"약점?"

궁금하다는 표정으로 고개를 드는 그에게, 라야가 웃으며 물었다.

"대공께서는, 영체라는 것에 대해 들어 본 적 있으시겠지요?"

"……영체?"

대공이 얼굴을 찌푸리며 되물었다.

그는 어렴풋이 그 개념을 알고 있었다.

마법사의 영혼은 특정한 동물의 특징을 띤다고. 유능한 자들은 그로 변할 수도 있고, 영체의 능력을 일부 가지고 태어난다고.

"무슨 상관이지?"

"마력을 쓰면 힘이 빠집니다. 다시 차오르려면 시간이 걸리죠."

"그런데?"

"힘이 차는 속도는, 영혼 그 자체와 가장 가까운 상태로 있을 때, 그러니까 영체로 있을 때 가장 빠릅니다. 일종의 치유일 수도 있고요."

라야의 설명에 대공이 눈썹을 찌푸렸다.

"영체로 있음으로써, 마력을 보충한다?"

무언가 깨달은 듯, 그의 눈이 커졌다.

"그럼 영체로 있을 때는……."

"바꿔 말하면, 유일하게 마법을 쓰지 못하는 순간이라고 할 수 있죠. 사람으로 돌아오는 걸 제외하면."

라야는 비밀을 알려 주듯 나직하게 속삭였다.

"자식의 영혼을 맹수의 형태로 만들려는 어머니들이 많은 이유는 그 때문입니다. 자식이 그 어느 순간에도 위험에 처하지 않아야 하기 때문이죠."

"그럼 마탑주도……."

"물론입니다. 커다랗고 무시무시한, 어딘가 성스러워 보이는 흰 표범을 쉽게 건드릴 사람은 없을 겁니다. 그만큼 어디 숨기도 어렵지만 말이죠."

"……그런 거였군. 일종의 방어라는 건가."

대공이 히죽 하고 미소를 지었다.

"변했을 때는 그저 한 마리 짐승이라는 의미로구나. 하지만 그게 무슨 소용이지?"

대공이 다시 물었다. 그의 얼굴에는 여전히 의심이 서려 있었다.

"표범이 되었을 때를 노려 독살하겠다, 이거냐? 퍽이나 그렇게 내버려 두겠구나."

"현명하시군요."

라야는 아무렇지 않다는 듯 대답했다.

"물론, 마탑주쯤 되는 치밀한 자는 영체의 모습으로 어슬렁거릴 일은 없을 겁니다. 사람이 그렇게 긴장감 없을 수는 없는 법."

그의 눈이 날카롭게 빛났다.

"그럼 네놈은 뭘 어떻게 하겠다는 거냐? 드러내지 않는 것을."

"드러내기 싫어도 드러내게 하면 되니까요. 그게 제 일입니다."

라야가 픽 웃으며 말했다.

"궁금하면 비무가 끝나고 지켜보시죠, 아니."

그가 잠시 말을 멈추었다가 다시 이었다.

"때를 아주 잘 노리면, 그날은 황제와 마탑주를 동시에 무너뜨릴 수도 있겠군요."

낮게 읊조리는 그의 입꼬리가 양쪽으로 쭉 찢어져 올라갔다. 순간 라야의 가슴 한구석에 작은 짜릿함이 느껴졌다. 그는 더 크게 웃었다.

아주 미약하지만 이는 일종의 예언 같은 것이었다.

이번 실험이 라야를 세상에서 가장 강한 자로 만들어 줄 거라는 사실을 알려 주는. 어린 시절 잠깐 나타났던 예언 능력은 이렇게 가끔 선물을 주곤 했었다. 그 느낌이, 라야를 지금의 순간으로 이끌었다.

"좋아, 약속은 잘 지키는군."

대공이 그제야 흡족해진 얼굴로 대답했다.

"물론입니다. 대공 전하를 위한 일은 조금도 힘들지 않죠."

라야가 대공의 얼굴을 똑바로 들여다보며 말했다.

"대가를 받을 거니까요."

"흠, 당연하지. 나 또한 약속을 어기지 않으니까."

대공은 턱을 치켜들며 말했다.

"너는 대가를 받을 거다. 때가 되면 말이지. 모두 약속한 대로 할 거다."

그는 10여 년 전, 라야를 처음 만났던 때를 떠올렸다.

'하하하하! 내가 이겼구나, 마법사여. 내가 마법사와의 내기에서 이겼어.'

'체스에서도 꼼수를 쓰시는군요. 소지품을 보고 이름을 알아내셨을 때 부터 알아봤어야 했는데. 하지만 진 건 진 겁니다.'

'너는 앞으로 나를 위해 무상으로 일해야 한다.'

'글쎄……. 지면 부하가 되겠다고는 했지만 대가를 안 받는다는 말은 없었는데 말입니다.'

'뭐야?'

'저도 대공 전하만큼 치사한 사람입니다. 내기를 걸 때는 조건을 아주 정확하게 말씀하셨어야죠.'

'이놈이…….'

'대가를 주는 게 아까우시다면 다른 방법이 하나 있긴 합니다.'

그의 제안을 끝까지 들은 대공은 더 투덜거리지 않고 라야와 손을 잡았다. 내기의 결과인 것치고는, 드물게 양쪽 모두 만족하는 합의가 성사되었다.

"네가 원했던 황족의 영혼석은 틀림없이 받게 될 거다. 내가 아닌 다른 이로부터."

대공이 말했다. 얼굴에 나타난 그의 심기는 아주 조금 불편해져 있었다.

"진작 선대에 받아 낼 수 있었던 것을……."

그의 삶에서 한두 번, 마음대로 안 됐던 일이 떠올랐기 때문이었다.

그는 선대 황제인 루시아노를 모든 면에서 짓눌렀지만 자의로 영혼석을 내놓게 하는 데에는 실패했다. 아리엔 황자는 말 한마디에도 영혼석을 내놓았겠지만 예고 없이 죽어 버렸다.

"기간이 길어질수록 깎이는 수명도 많아집니다. 외상이 쌓이는 거니까요. 영혼석을 강제로 빼앗을 수 없다는 것은 알고 계시겠죠?"

라야는 여유로워 보였다. 대가를 누구에게서 받든 상관없다는 듯했다.

"흥, 황위에서 밀려나 고통스러운 죽음만을 앞둔 상태라면 영혼석을 내놓는 건 축복이라고 여기게 될 거다."

대공이 음산하게 웃었다.

"뭐…… 맞는 말씀입니다. 안 그래도 대공녀는 황제를 죽일 생각이시더군요."

"방해물은 치우라고 키웠으니까."

"영혼석을 먼저 챙겨야 한다는 건 잊지 말아 주시기 바랍니다. 시체에서 받을 수는 없으니까요."

라야의 당부에 대공은 고개를 끄덕였다.

"이제 얼마 남지 않았다. 네가 할 일도, 네가 대가를 받을 날도."

"그렇군요."

"비무만 끝나면, 황제는 권력의 핵심인 기사단을 절대로 통제할 수 없다는 사실을 깨닫게 될 거야. 기사단도 진정 황위에 있을 인물이 누군지 다시 확인하게 될 거다."

탁했던 그의 눈동자는 순간 자랑스러움으로 벅차올랐다.

"강제로든, 자발적으로든, 황제는 황위를 잃게 될 거야. 그리고 얼마 후에는 목숨도."

그는 다시 한번 낮게 웃었다. 오래 미뤘던 꿈이 선명하게 그려지고 있었다.

위험한 대화가 오가는 사이, 비무의 날이 다가왔다.

* * *

"야옹."

비무를 준비하고 침실로 돌아온 아르노아를 반긴 건 한 마리 고양이었다. 흰 털에 독특한 반점. 아르노아는 이제 100미터 밖에서도 녀석을 구분할 수 있었다.

"냥."

그는 아무 일 없었다는 듯, 아르노아를 향해 아는 척을 했다.

"왜 항상 침실로 오는 거야?"

아르노아가 물었다.

조심하라는 아나킨의 말이 머리를 맴돌았다. 예측이 어려운 돌연변이라는 것도.

"그것도 배를 다 드러내고 누워서 말이야. 아주 구설수에 오르기 딱 좋은……."

하지만 그를 혼내던 아르노아의 손은 이미 고양이의 귀 뒤를 향하고 있었다.

"딱 좋은……."

펑.

"구설수? 황제와 마탑주가 특별한 관계다, 뭐 이런 것?"

아르노아의 손 밑에 있던 흰 점박이 고양이는 눈부시게 아름다운 흑발의 인간 남자로 바뀌었다.

"못 본 사이에 뻔뻔해졌네. 며칠은 아예 눈에도 안 보인 주제에."

아르노아가 말했다.

"심지어 대공녀가 돌아왔는데도 말이야."

벨은 변명하는 대신 평소보다도 더 빤한 시선으로 아르노아를 바라보았다.

"……생각을 좀 정리하고 있었지."

그가 조용히 말했다.

순간적으로 강하게 꽂힌 눈빛을 보며, 아르노아는 아무 이유도 없이 얼마 전 유리온실에서 보았던 표정을 떠올렸다.

강하게 흔들렸던 눈동자, 한 번도 본 적 없는 걱정 어린 표정.

지금은 조금 달랐다. 어딘가 즐거워 보였지만 그날처럼 불안한 구석은 없었다.

"뭘 정리했는지 모르겠지만…… 대단한 발견이라도 한 거야?"

아르노아가 묻자 그는 고개를 끄덕였다.

"그래."

그가 말했다.

"아주 가끔…… 루카의 헛소리가 맞을 때도 있다는 사실을 발견했다."

벨은 처음 보는 나른한 표정으로 중얼거렸다.

"오랜만에 온 것 치고는 화제가 독특하네."

아르노아가 말했다.

"루카가 무슨 얘기를 했는데?"

"내가……."

벨은 반쯤 말을 하다 말고 아랫입술을 깨물었다.

"네가?"

"내가 황제를……."

벨이 다시 말을 멈추었다. 그를 마주 응시하는 아르노아를 보는 순간, 새파란 눈동자에서 시선을 떼기 어렵다는 사실을 깨달은 순간, 그는 다시 한번 인정할 수밖에 없었다.

그는 아르노아에게 끌렸다. 모든 관심사가 그녀를 향해 있었다. 그녀가 원하는 것을 다 해 주고 싶었다.

동그랗게 커진 눈이 휘면서 웃어 주기를 바랐고, 그 안에 벨 자신이 있기를 바랐다. 아주 오랫동안. 계속해서.

루카의 말을 듣고 그 사실을 인지하자, 감정이 커지는 것은 순식간이었다. 그렇기에 벨은 최근 며칠 동안 조금 멍한 상태였다. 평소처럼 냉정한 사고가 어려웠다.

'그냥 고백이라도 하십시오.'

라고, 루카가 조언했었다. 처음에는 재밌다고 구경만 하던 그도 어느 순간부터는 벨을 진심으로 걱정한 듯했다. 아니면 고민으로 쌓인 스트레스를 자신에게 푸는 것을 견디지 못했거나.

할 말을 참는 성격은 못 됐기에, 벨은 마음이 정리되자마자 바로, 조금 충동적으로 아르노아를 찾아왔다.

"비무에 행운이라도 빌어 주게?"

"비무?"

아르노아의 말에 벨은 퍼뜩 정신을 차렸다.

"아…… 비무."

그는 튀어나오려던 말을 삼키고 대답했다.

그제야 그는, 자신이 아르노아의 관심사에서 그다지 앞 순위가 아니라는 사실을 상기했다. 그녀는 바빴다. 비무에, 대공에, 대공녀에, 말 안 듣는 기사들까지.

"그래. 되게 어려운 일을 앞두고 있단 말이야."

아르노아가 작은 한숨을 내쉬며 대답했다.

"……나를 넣어서 하면 되지 않나?"

실제로 비무에 욕심이 있는 건 아니었지만 그저 그녀에게 뭐든 도움이 되고 싶은 심정이었다.

"안 돼. 그런다고 이길 것도 아니고, 마탑주를 넣어서 이기면 내가 참가하는 의미가 없어. 기사들이 뭐라고 생각하겠어?"

아르노아는 딱 잘라 대답하고는 작게 덧붙였다.

"그냥 운이나 좋았으면……."

"행운을 부르는 어둠의 마법을 걸어 달라는 건가?"

벨이 눈을 빛내며 다시 물었다. 해 본 적은 없었지만 그 방법을 모르는 건 아니었다. 팔 하나, 다리 하나쯤 희생하면 가능했다. 걷기 불편하겠지만, 그리고 따로 신경 쓸 일이 있었지만 지금은 아르노아의 웃는 모습을 보는 것이 더 중요했다.

"안 돼. 마법 금지야."

아르노아가 고개를 절레절레 흔들며 말했다.

"내가 진짜로 뭘 해 달라는 게 아니잖아."

"……해 줄 수 있는 게 없다는 건가? 황제에게 중요한 일인데?"

벨은 크게 실망한 표정으로 대답했다. 별거 아닌 대답이었음에도 묘하게 괴로웠다.

"딱히…… 다만 지게 된다면 너무 처참하게 지는 모습을 보이지 않기를 바랄 뿐이야."

"좋아."

"응?"

"관중석에서 지켜보다가, 황제가 처참하게 질 것 같으면 신호를 보내도록 해."

벨이 진지하게 말했다.

"관중의 눈을 멀게 하면 되겠군. 그건 시합에 마법을 쓰는 게 아니니까."

"됐어. 하지 마. 내가 잘하면 되잖아."

아르노아가 황당하다는 표정으로 고개를 저었다.

"굳이 덧붙이자면, 누가 방해하지 않기를 바랄 뿐이야. 네 말대로라면 그쪽에도 마법사가 있고……."

"그것도 좋아."

그는 곧바로 대답했다.

"절대로 누가 방해할 일은 없을 거야. 약속하지."

아르노아는 유독 평소보다 극단적인 벨의 대답에 고개를 갸웃했다.

"넌 찾을 사람 있다며?"

그녀는 아나킨을 통해 전달받은 사실을 떠올리며 물었다.

"루카에게 맡겼으니 찾아질 거야. 나도 조금은 귀찮겠지만."

벨이 고개를 끄덕였다.

"어쨌든 찾을 거야. 할 일은 해야 하니까."

"중요한 일인가 보네."

"오래 미뤘던 일이라서. 페르헨의 영주로서 갚아 줄 것이 있긴 하거든."

그의 목소리가 낮게 울렸다. 벨은 이번에도 진지한 표정이었다.

아르노아의 말처럼, 이 일은 중요했다. 다른 이유도 많았지만 이제 그것들은 후순위였다.

중요한 건, 그 일이 해결돼야 온전히 아르노아에게 집중할 수 있다는 사실이었다. 그래야 잡다한 곳으로 흩어진 그녀의 관심을 벨에게 돌려서 집중시킬 수 있을 것 같아서.

"……왜 계속 쳐다봐?"

잠깐의 정적이 흐르자 아르노아가 물었다. 불이 켜지지 않은 침실 창문으로 달빛이 쏟아져 아르노아의 은발을 한층 반짝이게 만들었다. 벨의 호흡이 미세하게 빨라졌다.

그는 원래 특별히 아름다움이라는 것에 가치를 두는 사람이 아니었다. 예쁜 것을 알아보는 눈이 있다고 보기도 어려웠다. 사람들이 그를 보고 아름답다고 하니 그게 당연하다고 생각한 정도였다.

하지만 그의 눈에 아르노아는 아름다웠다. 지금껏 그 사실을 알지 못했다는 것이 놀라울 정도로. 그가 눈을 뗄 수 없는 눈동자를 포함해 그녀의 모든 것이 눈부실 지경이었다.

"……아무것도 아니야, 일단은."

벨은 그 모든 것을 입 밖으로 뱉고 싶었지만 다시 한번 참았다.

대신 그는 달빛 때문에 유독 희게 빛나는 아르노아의 손을 잡아 천천히 그의 입가로 들어 올렸다. 입술과 손등이 부드럽게 접촉할 때까지.

"벨?"

아르노아의 눈이 커졌다. 그녀는 손을 빼내지 않았지만 놀란 것을 숨기지도 않았다.

"방금 왜……?"

"다음에."

그가 낮게 말했다.

"다음에 다시 물어봐. 일이 정리되면."

그가 아르노아의 손을 천천히 내려놓으며 말했다.

"그때…… 그때 다시 얘기하도록 하지."

벨은 무언가를 억지로 참는 듯한 말투로 덧붙였다.

Chapter 10
고백

비무 경기장은 잘 관리된 들판이었다.

사람들이 거주하는 건물과는 거리가 있었지만 엄밀히 말하면 황궁의 터에 속해 있는, 한때 사냥터로 썼지만 지금은 짐승이 살지 않는 곳이었다. 들판이라고는 하지만 작은 언덕과 우거진 수풀이 군데군데 있었기에 기사들이 몸을 숨길 곳도 많았다.

즉, 전술을 겨루기에 나쁘지 않은 장소였다.

"다들 준비가 됐겠지?"

록산느는 늘어서서 대기하는 열아홉 명의 기사들을 보며, 그중 가장 앞에 선 자신의 측근에게 물었다.

"물론입니다, 대공녀님."

제국 최고의 창술을 가졌다고 불리는 측근이 대답했다.

"기수는 어떤가?"

그녀가 조금 회의적인 표정으로 물었다.

바이나스 디르한이었던가, 디르한의 국왕이라는 그자는, 완벽하게 준비된 그녀의 팀에서 유일한 불안 요소였다.

여러 방면으로 수소문한 결과, 디르한 최고의 용사라는 별명은 사실인 듯했다. 하지만 그럼에도 바이나스의 실력은 명확히 파악이 되지 않았다.

검술 실력을 테스트하기 위해 다른 기사와 대련을 붙였지만 그는 자신의 신분을 내세워 진지한 대결을 피해 버렸다. 다만 몸이 날래다는 것만큼은 확인이 됐다. 대련 상대가 쫓아가자 상당히 빠른 속도로 연무장을 돌며 그를 피했으니까.

"지금이라도 교체할까요, 대공녀님?"

측근의 물음에 그녀는 고개를 저었다.

"됐어. 기수가 발이 빠르면 됐다."

그녀는 어울리지 않는 관대함을 보이며 말했다.

"중간에 쓰러지면 그때 교체하면 그만이야. 전력 차가 있으니 그 정도 시간은 쓸 수 있다."

록산느의 한쪽 입꼬리가 비틀려 올라갔다.

"하늘이 두 쪽이 나도 이건 우리 승리다."

그녀가 아르노아의 진영을 눈짓하며 말했다. 록산느는 그쪽에 있는 기사들 대부분의 얼굴을 알았다.

리켈 공작가의 데미안, 그리고 벤트 남작가의 형제를 비롯해 몇몇 뛰어난 이들이 있었지만 나머지는 그저 평이한 수준이었다. 심지어 들리는 바에 따르면 그들은 막판에 구성되어 연습조차 제대로 하지 않았다. 기사들의 투지도 높지 않았다.

"기왕 승리하는 김에, 황제의 전남편을 승리의 주역으로 만들어 주면 좋지 않겠느냐?"

그녀가 음산하게 중얼거렸다.

이번 비무는 그저 재미로, 전쟁으로 쌓인 회포를 푸는 의미로 하는 것이 아니었다. 록산느는 모두에게 그녀 자신과 황제의 격차를 보여 줄 생각이었다. 눈이 똑바로 달린 기사들이라면, 절대로 아르노아에게 충성할 수 없도록 만들어 줄 셈이다.

각 팀의 기사들은 경기장 양 끝에서 대기하며 점검을 마쳤다. 멀리 관중석에서도 수십 명의 귀족들, 수백 명의 기사들이 착석한 채 눈을 빛내고 있었다.

정중앙에 보이는 것은 아실리에르 대공이었다. 그는 자신만만한 표정으로 록산느를 향해 훈수를 두다가, 귀찮게 하지 말라는 짜증 섞인 손짓에 얌전히 입을 다물었다.

아르노아는 경기장 오른쪽 끝, 돌로 쌓은 작은 성벽 위 지휘관석에 앉았다. 경기장 멀리, 정 반대편에 똑같은 모습으로 앉은 록산느가 보였다. 모든 것이 뜻대로 된다면, 아르노아는 비무가 끝날 때까지 자리에서 일어나지 않아도 될 터였다.

"자아, 규칙은 다 아시겠지요?"

심판을 맡은 두베르테 후작이 경기장 한가운데에서 양쪽을 바라보며 소리쳤다. 비무와 특별히 관련이 있는 자는 아니었지만 대공의 입김으로 결정된 심판이었다.

"기수가 동쪽 언덕 끝에 있는 깃발을 가져다가 서쪽 언덕의 깃대에 묶으면 승리입니다. 푸른색 깃발은 폐하의 것이고, 붉은색 깃발이 대공녀님의 것입니다."

그가 나름대로 위엄 있는 목소리로 말했다.

"창, 검, 화살촉 모두 끝이 뭉툭하지만 물감이 묻어 있습니다. 목이나, 가슴, 투구를 쓰지 않은 머리 부분을 맞으면 탈락이에요. 지휘관이 탈락하면 비무는 끝입니다. 지휘관들은 수신호나 호각으로 지휘를……."

"빨리 시작이나 하지."

열심히 설명하는 그에게 록산느가 윽박질렀다. 후작은 두말하지 않고 손을 들었다.

"신께서 두 분과 함께하시길! 그럼 시작합니다!"

삑-

그의 손이 떨어지는 순간, 아르노아와 록산느는 동시에 호각을 불었다.

"출발이다!"

관중석이 시끄럽게 들썩이고, 양쪽 진영에서 기수들이 날쌔게 튀어나와 출발했다.

"이런 제길!"

비무를 지켜보던 리켈 공작이 혀를 찼다.

"왜 그러십니까?"

근처에 있던 베사니엘 후작이 그의 안색을 살피며 물었다.

"폐하께서 악수를 두셨소."

공작이 입술을 잘근잘근 씹으며 말했다.

"기수는 가장 빠른 자로 뽑아서 앞으로 달려 나가게 해야 하는데, 폐하의 진영에서는 두 명이 튀어 나갔군."

공작이 경기장을 가로지르는 푸른 갑옷의 기사들을 가리켰다. 그의 말처럼 두 사람이었다.

"두 명이면 안 됩니까? 기수가 탈락하면 손해이니 한 명이 호위하는 거겠지요."

"그게 하수라는 거요. 깃발은 누가 뭐래도 빨리 잡아야지. 진짜 전투는 그다음에 시작된단 말이오. 기수가 빠르고 적당히 강하면 호위는 필요하지 않은데."

그는 록산느의 진영에서 나온 자를 가리켰다. 혼자 튀어나와서 전속력으로 동쪽 언덕을 향해 돌진하는 그는 분명 빨랐다. 반면 아르노아의 기수는 덩치 큰 제4기사단장 테오도르 벤트를 달고 가느라 느려진 상태였다.

"그 사이에 남은 자들끼리 서로 최대한 많이 탈락시킬 걸 생각하면, 호위로 붙인 한 명은 낭비이기도 하고…… 깃발을 안전하게 가져온들 기수를 지킬 사람이 다 탈락하고 없으면 무슨 소용이오?"

그는 다시 경기장 중간을 가리켰다. 록산느의 기사들은 기세 좋게 중앙으로 돌진해 아르노아의 진영을 향해 움직이고 있었다.

"보시오, 원래도 승산이 적었는데 너무 조심스럽게 하다가 더 처참하게 지게 된단 말이오."

그는 주먹을 꽉 쥐며 진땀을 흘렸다.

"누이였다면 기발한 작전을 짜냈을 텐데……."

공작은 심호흡을 하며 아르노아를 바라보았다. 조금도 당황하지 않은 듯한 그녀의 얼굴 때문에, 공작은 더더욱 심란한 기분이었다.

호르륵-

아르노아가 다시 한번 길게 호각을 불었다. 약속한 대로, 데미안 리켈이 그녀 곁으로 올라왔다.

"잘 왔어. 여기서 대기해."

"……정말 그 계획대로 가는 겁니까? 대공녀는 전면전으로 갈 것 같은데요."

데미안이 물었다. 평소의 날카로운 모습과 달리 어딘가 혼란스러워 보였다.

그의 눈에 멀리 앉은 록산느의 모습이 들어왔다. 그녀는 호위 따위 곁에 남기지 않았다. 기수를 혼자 내보냈듯, 혼자 지휘관석에 앉아 호각과 고함으로 기사들을 지휘하고 있었다.

그렇기에 그녀의 휘하에 있는, 제국에서 내로라하는 열여덟 명의 기사들은 전부가 아르노아의 진영을 박살 낼 각오로 진격하고 있었고.

"평생 이런 기상천외한 작전은 처음 봅니다. 기사들도 긴가민가하더군요."

"문제 있어?"

"뭔가 정정당당하지 못한 것 같고…… 말이 안 되는 것 같기도…….'

그가 대답했다. 부친을 닮은 그는 조심스러운 편이었고, 꼼수를 그다지 좋아하지 않았다.

이번 작전은 그야말로 꼼수였다. 아르노아는 대부분의 기사들을 훈련시키지도 않으면서 잘 먹이고 재우더니, 전날 밤 말도 안 되는 작전을 지시했다. 기사들은 한순간에 창백하게 질렸다. 몇 명은 반대했지만 결론은 이미 정해져 있었다.

한편으로 생각하면 가히 천재적이라고 할 정도의 기발한 수였지만, 실현이 될지가 문제였다.

"정당하게 하면 이길 수 있어?"

"어렵겠지요."

"그럼 그냥 해. 난 호위가 없으면 안 되니까."

"……예, 폐하."

물론, 보수적인 사람답게 지휘관의 명령은 잘 듣는 편이었다.

"우리 쪽 기수가 잘해 줘야지."

"뭐…… 정말 해낸다면 역사적인 승리가 되겠군요."

데미안이 말했다.

"아마 누구도 폐하의 자격을 의심하지 못할 겁니다."

그는 화려한 검술을 뽐내듯 검을 사방으로 빙빙 돌리며 언덕을 뛰어오르는 기수를 보며 덧붙였다.

"경이나 벤트 남작이 잘 버텼을 때의 이야기지."

아르노아는 빙긋 웃더니 한 손을 들어 간이 성벽 아래의 기사들에게 신호했다.

"우리도 싸움에 응하긴 해야겠지?"

아래에서 대기하던 벤트 남작을 보며, 그녀는 입을 열었다.

"돌격."

"와아아아아아-!"

그녀가 손을 내리는 순간, 벤트 남작을 비롯한 열 명의 기사들은 경기장 중앙으로 뛰어나갔다. 이미 상당히 가까이 다가온 록산느의 기사들과 비교하면 초라해 보이는 진격이었지만, 아르노아는 미소를 지우지 않았다.

"가서 적당히 지고 와."

더럽게 말 안 듣던 기사들을 이리저리 굴리는 게, 생각보다 적성에 맞았던 덕분이었다.

탁, 탁, 탁······.

바이나스는 갑옷을 머리끝까지 갖춰 쓰고 내달렸다. 그의 머릿속에는 무시무시한 한 마디 지시가 울리고 있었다.

'너, 발을 한 번이라도 쉬면 직접 활로 쏴서 죽여 버릴 줄 알아라.'

예쁘장한 외모에 더러운 성격을 가진 그녀는 훈련 중 틈만 나면 바이나스의 정강이를 뻥뻥 차며 윽박질렀다. 일국의 국왕이라는 항변은 씨알도 먹히지 않았다.

'보니까 검술은 최상급이 아닌 듯한데, 그럼 상대방 기수와 충돌하지 않도록 입은 닥치고 발은 부지런히 움직이란 말이다.'

그렇지만 그는 비무에 참가한 것이 후회되지는 않았다. 승리하면 저는 제국에서 가장 유명한 기사가 된다는 약속 때문이었다. 근 며칠 동안 받은 관심을 생각하면 이는 분명 사실인 듯했다.

그는 문득 고개를 돌려 높이 앉은 아르노아를 바라보았다. 얼마 전에 디르한을 파산 직전으로 몰고 가 놓고서, 그녀는 쓸데없이 기분 좋아 보였다.

"되찾을 테다."

바이나스는 발을 움직이면서도 낮게 읊조렸다. 아르노아가 떠난 후 미련

없이 라리사를 차 버린 그는, 이번 기회에 아르노아가 자신에게 넘어오게 할 수 있으리라고 자신하고 있었다.

물론, 황실의 재산도 함께.

"허억, 허억…… 이얍!"

그는 록산느의 조언대로 발을 부지런히 움직여서 언덕에 도착해 붉은 깃발을 깃대에서 풀어냈다.

"훗, 내가 빠르군."

슬쩍 내려다보니 아르노아의 진영에서 나온 두 명은 이제야 언덕을 올라오고 있었다. 한 명은 바이나스와 같은 키에 비슷한 체형이니 기수일 것이고, 나머지 한 명은 그를 엄호하기 위한 기사일 것이다.

깃발을 잡아야 하니 아마 그와의 충돌은 피할 터. 설령 붙잡는다 해도 빠져나갈 자신 정도는 있었다.

"후욱, 후욱……."

바이나스는 그들을 스쳐 지나가며 내달렸다. 그리고 멈추지 않을 생각이었다.

"국왕?"

등 뒤에서, 익숙한 목소리를 듣기 전까지는.

"오, 바이나스 국왕이 맞네?"

"……누구?"

"근데 여기서 뭐 하는 거지? 설마, 대공녀의 하인이라도 된 거야?"

익숙했다. 너무나 익숙한 목소리였는데. 왠지 기분 나쁜 기억을 자극하는 느낌인데.

"와, 오랜만이네! 당신 알거지 됐다며?"

……이 싹수없는 말투는 뭐지?

"누구냐?"

바이나스는 저도 모르게 고개를 돌리며 물었다.

"누구긴."

푸르스름한 갑옷을 입은 기사가 투구를 슬쩍 들어 올리며 눈인사를 했다.

"너, 너는……!"

바이나스의 눈이 커졌다. 충격 때문에 록산느의 당부조차 잊은 그는 그 자리에 멈추어 서 버렸다.

"릭……?"

바이나스는 투구 속에서 입을 떡 벌렸다. 비탈 위에 서서, 건방지게 그를 내려다보는 남자는 기사가 아니었다.

"릭 타비엔?"

한때 바이나스의 앞에서 머리를 조아리던 디르한의 배우, 릭 타비엔이 었다.

"언제적 이름을 말하는 건지 모르겠군."

릭이 코웃음을 치며 말했다.

"함부로 부르지 말아 주겠어? 난 이제 위대한 배우가 돼서 말이지."

"뭐야? 그 하찮은 이름을 가지고……."

"릭은 친한 사람들만 부르는 이름이고."

투구 사이로, 소년다우면서도 어딘가 거만한 웃음이 보였다.

"루이 에드워드 발로니우스 레오나르도 아비게일 듀발론 배우님이라고 불러 줘."

"루…… 뭐?"

"망한 국왕인데 뭐, 그쪽이 나한테 예를 갖춰야 하는 거 아니겠어?"

"이 개 같은 놈이!"

바이나스는 자신이 어디서 뭘 하고 있는지를 잊고 부들부들 떨었다. 머리가 분노로 새하얘지는 느낌이었다.

"겨우 배우 주제에…… 내 앞에서 머리를 숙이고 보석을 구걸하던 주제에…… 내 흉내를 내서 생계를 유지하던 놈이……."

"경, 지금입니다!"

릭이 별안간 소리쳤다. 순간 릭의 옆에 있던 덩치 큰 기사는 보이지 않을 듯한 속도로 몸을 움직였다.

턱-!

"잠깐만 실례."

"힉?"

바이나스가 뭐라고 소리를 지르려던 순간, 기사는 그의 뒤로 돌아가 그의 목을 휙 하고 낚아챘다.

"저 미친놈이 뭐 하는 거야?"

록산느가 주먹을 꽉 쥐었다.

"대가리를 다쳤나? 내 명령을 안 들어?"

그녀가 바이나스에게 준 임무는 절대로 어렵다고 볼 만한 것이 아니었다.

'충돌을 피하고 발이나 빨리 움직여라.'

그 쉬운 걸 바이나스는 못 하고 있었던 것이다.

아실리에르의 문장이 수놓아진 붉은 깃발을 깃대에서 풀어내는 것까지는 잘하더니, 하필 상대방 기수와 마주친 순간에 뒤를 돌아 멈추어 섰다. 말소리는 들리지 않았지만 보아하니 상대방이 뭐라고 자극을 한 듯했다.

"그렇다고 넘어가? 국왕이라는 자식이?"

아르노아 진영의 기수를 호위하던 덩치 큰 기사, 그러니까 황실의 제4기사단장은 바이나스가 도발에 넘어간 순간 뒤에서 그를 공격해 쓰러뜨렸다.

"오오오오! 이렇게 이른 충돌이라니!"

"진행이 빠르니 볼 맛이 나는군요!"

관중석에서 흥분으로 환호하는 소리가 록산느의 귀까지 들려왔다.

4기사단장이 버둥거리는 바이나스를 깔고 앉은 틈을 타, 푸른 갑옷을 입은 기수는 쏜살같이 언덕을 올라가 푸른 깃발을 깃대에서 풀어냈다.

"와아아아아!"

다시 한번 관중석이 요동쳤다. 초반이지만 록산느 쪽이 우세해 보였던 시합은 다시 팽팽해져 있었다.

푸른 갑옷의 기수는 바로 서쪽 언덕을 향해 뛰는가 싶더니, 다시 돌아서서 엎치락뒤치락하는 두 사람 사이로 합류했다. 내친김에 록산느 진영의 기수를 탈락시키려는 듯했다.

세 사람은 이리저리 구르다가 곧 우거진 수풀 속으로 사라졌다.

나무 사이로 푸른색과 붉은색이 왔다 갔다 하는 것 외에 다른 움직임이 잘 보이지 않았다.

"일어나라고, 얼간이 같은 게!"

록산느는 한편으로 욕을 지껄이면서 한편으로는 손을 들어 다른 기사들의 시선을 끌었다. 기수가 탈락하면 바로 다른 자로 교체하겠다는 신호였다.

열여덟 명의 기사들 중 한 명이 준비됐다는 듯 고개를 끄덕였다.

<u>스스스스-슥.</u>

수풀은 계속 흔들리다가 조용해졌다.

기수를 포기한 록산느가 신호를 보내려던 순간, 관중석이 다시 한번 술렁였다.

"엇? 누가 나왔는데요?"

"어어? 저거 대공녀님 쪽 기수잖습니까?"

수풀 속에서 다시 튀어나온 것은 분명 붉은 갑옷을 입고 투구를 눌러쓴 기사였다. 그는 조금 전 깃대에서 풀어 낸 붉은 천을 등 쪽으로 단단히 동여맨 채 록산느를 향해 손을 흔들었다.

"와아아아아! 대공녀님의 기수가 다시 일어섰군요!"

두베르테 후작이 신이 나서 소리쳤고, 아실리에르 대공도 흥분으로 박수를 짝 쳤다.

"역시! 대공녀님의 기수가 그렇게 만만할 리 없지요!"

"암, 나는 대공녀님이 이기는 쪽에 내기를 걸었단 말이지!"

관중들은 한바탕 흥분한 채 너도나도 환호성을 질렀다.

"……하."

록산느는 헛웃음을 지으며 손을 다시 내렸다.

"뭐야, 저 자식이 보기보다 쓸 만했나?"

그녀는 의심 가득한 눈으로 기수를 바라보았다.

붉은 갑옷, 투구에 달린 붉은 깃털, 언뜻 비실비실한 것도 같지만 나름대로 날렵한 체형, 어딘가 거만해 보이는 움직임까지.

수풀에서 빠져나온 건 의심할 여지 없이 바이나스 디르한이었다. 운이 좋았는지, 아니면 정말로 디르한 최고의 용사였는지 모르겠지만, 그는 탈락하지 않은 채 수풀을 빠져나온 것이다.

그는 제 발을 잡고 매달리는 손을 발길질 한 번으로 떨쳐 버리더니 경기장을 가로질러 달리기 시작했다.

"……좋아."

록산느의 입가에, 비로소 작은 미소가 맴돌았다. 한숨 돌린 그녀는 그제야 아르노아의 진영을 다시 한번 훑었다.

"황제는 겁이 많군."

그녀가 중얼거렸다.

아르노아는 겨우 열 명 정도의 기사들을 내보내고, 나머지를 자신의 호위로 남겨 둔 상태였다. 조심스럽지만 가장 위험한 계획이다. 안 그래도 약한 병력을 쪼개 놓다니.

경기장 중앙으로 시선을 돌리자, 양측의 기사들은 이미 대치할 준비를 마치고 있었다.

삐익-

록산느가 호각을 불었다. 지금부터 기수가 합류하기까지, 최대한 많은 적을 탈락시키라는 뜻이었다.

기수를 엄호해 서쪽 언덕에 도착하는 것을 도울 수 있도록.

"돌격!"

듬직한 측근의 고함 소리에 따라, 열여덟 명의 기사들은 상대방을 도륙할 기세로 창과 검을 휘두르기 시작했다.

삐익-

아르노아도 호각을 불었다.

"저쪽은 역시 전면전이군."

그녀는 선두에 서서 록산느의 진영과 맞붙는 벤트 남작을 보며 말했다.

"꼼수는 약자가 부리는 것이니까요."

데미안이 대답했다. 다소 냉정했지만 아르노아는 수긍하며 고개를 끄덕였다.

"기수가 살아 있으니 그대로 서쪽 언덕으로 보내려 할 겁니다. 최대한 안전하게요."

말투는 딱딱했지만, 데미안의 눈에는 조금 전까지 없던 기대감이 서려 있었다.

"다른 방법은 쓰지 않고?"

"폐하께 접근해 탈락시키는 방법도 있겠지만 성벽을 올라야 하니 늦습니다."

"……"

"빠른 승리를 노린다면 방법은 정해진 거나 마찬가지입니다."

"그러기를 바라야지."

아르노아는 다시 벤트 남작과 그를 따르는 몇 명의 기사들을 바라보았다.

감사하게도, 그들은 그녀의 지시를 완벽하게 따라 주고 있었다.

"남작이 계속 잘해 줘야 할 텐데 말이야."

채앵―

캉―

아르노아의 입가에 은은한 미소가 맴돌았다. 혼잡하게 맞붙은 양측은 꽤 치열했지만, 누가 열세인지는 분명하게 보였다. 아르노아 진영의 기사들은 갑옷 이곳저곳에 붉은색의 물감이 묻어 마치 피투성이가 된 것 같았으니까.

"딜로이스 경! 데런 경! 탈락!"

두베르테 후작이 신나게 외쳐 댔다. 두 명 모두 아르노아의 진영이었다.

"허! 이렇게 뻔하게 진단 말인가!"

리켈 공작이 못 보겠다는 듯 스스로의 눈을 가렸다.

"심지어 기수 교체도 못 하고 있군. 수풀 속에서 기절했는지 일어나지도 못하고 있는데……."

"경! 저기 보십시오!"

"응?"

누군가 아까 기수가 쓰러졌던 수풀을 가리켰다.

"오오! 탈락이 아니군."

푸른 갑옷을 입은 두 기사가 기절했다가 깨기라도 한 듯, 간신히 수풀에서 빠져나오고 있었다.

"폐하의 기수로군요! 아직 푸른 깃발도 가지고 있어요."

상대팀과 마찬가지로 등에 푸른 천을 감은 채 일어난 기수는 혼란스러운 듯 주변을 둘러보았다.

"좋아! 가란 말이야!"

관중의 환호에도 머리만 긁적이던 그는, 다음 순간 동료인 4기사단장의 손에 우악스럽게 붙잡혔다.

"가라! 용감하게 경기장을 가로질러!"

푸른 갑옷의 기수는 동료의 손에 붙들려 억지로 뛰기 시작했다. 어느 덧 전쟁터처럼 변한 경기장 가운데로, 앞서가는 상대팀 기수의 뒤를 따라서.

"발라무트 경, 로렌 경! 탈락! 대공녀님의 기수는 이미 다른 기사들과 합류했군요!"

두베르테 후작의 흥분한 외침을 들으며, 록산느는 미동도 없이 경기를 지켜보았다.

"싱겁군."

이제 경기장 중앙에는 거의 붉은색밖에 보이지 않았다.

아르노아측의 기사들은 벤트 남작을 포함해 세 명 정도밖에 없었다. 아직도 합류하지 못한 기수와 4기사단장을 포함하면 다섯 명이려나.

"약체만 앞에 났나?"

쉬웠다. 믿기지 않을 정도로.

쉬익- 퍽!

"으힉!"

4기사단장은 미련하게도, 적군으로 가득 차 버린 경기장 한가운데로 기수를 끌고 들어왔다. 덕분에 기수는 날아오는 창검을 피하며 꽥꽥 비명을 지르고 있는 듯했다.

록산느는 수신호를 보내 그녀의 기사들을 반으로 나누었다. 기수를 서쪽 언덕으로 데려갈 열 명, 그리고 상대방 기수를 공격할 나머지 사람들. 그녀는 기수를 괴롭히되 탈락시키지 말라는 신호를 보냈다. 더 강한 자로 교체되면 위험하니, 이대로 쭉 갈 생각이었다.

"쉬워서 졸릴 지경이군."

그녀가 다시 중얼거렸다.

승기를 확실하게 잡기 전까지는 긴장을 놓지 않으려고 했는데, 올라가는 입꼬리는 어쩔 수 없었다. 붉은 갑옷의 기수는 어느새 다른 기사들에게 단단히 둘러싸여 안전하게 서쪽 언덕 진입로에 도착해 있었다.

푸른 옷의 기사들이 뒤늦게 화살로 공격을 해 보려는 듯했지만, 그런 얄팍한 공격을 기수 주변의 기사들이 막아 내지 못할 리 없었다. 오히려 록산느의 기사들에게 공격의 기회를 줄 뿐이었다.

"으윽!"

"벤트 남작! 탈락!"

두베르테 후작의 경쾌한 외침이 다시 들렸다.

"히익! 하지 마!"

푸른 갑옷의 기수는 그 와중에도 우스꽝스러운 비명을 질러 댔다. 어느새 록산느의 병력에 에워싸인 그의 팔, 다리는 붉은 물감으로 범벅이 되어 있었고, 그의 몸은 누군가의 손에 의해 나무에 매달리고 있었다.

"황제는 속이 타 죽을 지경이겠군."

록산느는 코웃음을 치며 멀리 맞은편에 앉은 아르노아를 향해 시선을 돌렸다.

"……?"

강인했던 자안이 순간 흔들렸다.

"뭐야?"

너무나 먼 거리였지만, 록산느의 눈에는 보였다. 서쪽 언덕을 오르는 기수를 보며, 환하게 미소 짓는 아르노아의 얼굴이.

"……황제가 미쳤나?"

록산느가 혼잣말로 중얼거렸다. 짧게 스친 표정이었지만 분명 황제는 웃고 있었다. 순간 싸한 느낌이 그녀의 전신을 스쳤다.

"잠깐."

록산느는 다시 맞은편 성벽 아래로 눈을 돌렸다. 성벽을 지키려는 듯, 대여섯 명의 기사들은 미동 없이 버티고 서있었다. 록산느의 눈동자가 다시 한번 흔들렸다. 무언가 이상했다.

"……왜 안 움직이는 건데?"

그녀가 주먹을 꽉 쥐었다. 아르노아가 내보낸 기사들이 거의 다 탈락하고, 기수는 나무에 거꾸로 매달려 고래고래 소리를 치는데도 그들은 가만히 있었다.

무언가 더 중요한 게 있다는 듯.

"대공녀님의 기수가 서쪽 언덕을 오르고 있습니다! 이렇게 빨리 끝날 줄 누가 예상을 했을지…… 아하하하하!"

후작이 경박하게 웃는 소리가 록산느의 집중을 방해했다. 아르노아는 무표정하게 그들을 바라볼 뿐, 아무런 조치도 취하지 않고 있었다. 하지만 록산느의 심장을 철렁하게 한 것은 그녀의 뒤에 있는 데미안이었다.

"황제는 뭘 모른다고 쳐도……."

문무에 통달한 공작가의 후계자, 데미안 리켈.

비무에 참가한 경험만 열 번이 넘을 법한 그가, 황제에게 아무런 조언도 하지 않은 채 상황을 관조하고 있었다.

"잘못됐다."

록산느가 자리를 박차고 일어났다. 그녀는 붉은 물결을 이루며 언덕을 오르는 기사들을 바라보았다.

"잘못됐는데……."

문제는, 어떻게 잘못된 건지 판단이 서지 않는다는 점이었다.

언덕을 오르는 것은 분명 그녀의 기수인데, 왠지 그를 막아야 할 것 같다는 직감이 들었다.

"……빌어먹을."

호각을 불려던 록산느는 고개를 저었다.

지금 와서 작전을 중단시키는 것은 말도 안 되는 판단이었다. 그것도 다른 이유가 아닌, 단순히 직감 때문이라니.

한쪽에서는 푸른 옷의 기수가 아직 탈락하지 않은 4기사단장의 도움을 받아 나무에서 내려오고 있었다. 섣불리 행동했다가 비무가 뒤집힐 가능성을 배제할 수는 없었다.

"그래."

록산느의 눈매가 한층 날카로워졌다.

"믿을 건 나밖에 없구나."

그녀가 낮게 읊조리며 허리춤으로 손을 가져갔다. 명예와 자존심이 걸려 있는 비무를, 기사들 따위에게 다 맡길 수는 없는 노릇이었다.

쉬익-

록산느가 천천히 뽑아 든 검이 번쩍 하고 빛났다.

* * *

"끝나갑니다."

데미안이 말했다.

차분했던 목소리는 저도 모르게 높아져 있었다.

"믿을 수 없습니다, 폐하. 그런, 그런 방법이…… 대공녀를 상대로……."

"비겁하긴 했지."

"비겁이라니요! 기록되는 건 승패뿐입니다!"

그는 흥분으로 주먹을 부들부들 떨며 외쳤다. 억지로 참았던 미소가 걷잡을 수 없이 쏟아져 나왔다.

"대공녀를 상대로 비무를 해 승리하다! 가문에 길이 남을 역사가 아닙니까!"

"데미안……. 경은 원래 이런 사람이었구나."

아르노아는 실망한 표정으로 자신의 사촌을 바라보았다.

"도리를 지키는 귀공자라는 별명도 있다더니."

"별명 같은 것보다 승리가 중요합니다."

"결과보다 과정이라더니."

"과정 따위! 아실리에르 대공일가를 상대로 이기는 게 이렇게 짜릿할 줄 모르고 한 말입니다."

"원칙에 충실한, 훌륭한 군주가 될 거라더니."

"이기는 군주가 훌륭한 군주이지요. 제 이름은 리켈 공작령의 역사에 남을 겁니다."

"명예욕을 보니 페넬로페를 닮았군."

"폐하, 말씀이 지나치십니다."

그는 마지막 한 마디에 정색하면서도 함박웃음을 감추지 못했다.

"그래, 외가가 유명해지면 나쁠 거 없지."

아르노아가 피식 웃으며 말했다. 데미안의 말대로, 승리는 거의 코앞이었다. 다른 변수는 없었다. 아마 몇 분이면 끝날 것이다.

그녀는 안도의 한숨을 내쉬었다. 이렇게 위기 없이 지나갈 줄 알았다면 준비에 그렇게 힘을 뺄 필요도 없었나.

"조금만 더 버티면…… 응?"

맞은편을 보던 아르노아가 순간 움직임을 멈추었다. 여유로웠던 얼굴이, 순간 긴장감으로 굳었다.

"……없어."

그녀는 두어 번 눈을 깜빡였다.

"예?"

"대공녀가 보이지 않아."

"말도 안 되는…… 엥?"

두 사람은 동시에 맞은편 성벽을 바라보았다. 조금 전까지만 해도 자리에 앉아 승자의 미소를 띠고 있던 록산느가 보이지 않았다.

"데미안, 후작을 봐."

아르노아의 말에 데미안이 관중석을 향해 고개를 돌렸다. 작은 눈이 놀라울 정도로 동그래진 채 이쪽을 보고 있었다. 할 말이 잔뜩 있는 표정으로, 그는 자신의 입을 틀어막은 채였다. 누군가가 입을 다물고 있으라는 신호라도 보낸 듯.

식은땀 한 방울이 아르노아의 등을 타고 흘렀다. 그녀는 떨리는 손을 호각으로 가져갔다.

삑-

성벽 아래에서는 움직임이 없었다. 상황을 깨달은 아르노아가 아랫입술을 꽉 깨문 순간이었다.

채앵-

등 뒤에서, 쇠가 부딪치는 서늘한 소리가 들려왔다. 아르노아는 천천히 고개를 돌렸다.

"……대공녀."

"잘 막았네? 리켈 소공작."

그곳에는 데미안과 록산느가 검을 맞댄 채 서로를 노려보고 있었다.

"성벽 아래의 기사들을 쓰러뜨리고 오느라 좀 늦었지. 다행히 실력이 보잘것없더군."

록산느가 입꼬리를 비틀어 올리며 말했다. 데미안을 보고 있으면서도, 그녀의 말은 아르노아를 향한 듯했다.

"……심판을 압박해 탈락을 선언하지 못하게 한 겁니까? 조용히 폐하를 기습하려고?"

"심판이 제 할 일을 못 하는 걸 나더러 어쩌라는 건지 모르겠군."

록산느는 데미안의 말을 가볍게 받아치고, 이번에는 아르노아를 향해 검을 겨누었다.

"끝내려고 보니 방법이 마음에 안 듭니다, 폐하."

그녀의 눈동자가 사납게 빛났다.

"아무래도 저는 직접 승리를 쥐는 게 좋아서 말이죠."

채앵-

"폐하! 피하십시오!"

데미안이 소리치며 검을 쳐 냈다.

아르노아는 마른침을 삼켰다. 데미안의 말과 달리, 성벽 위에 몸을 피할 곳은 없었다. 그녀는 허리의 검을 만지작거렸다. 처음 만져 보는 장검이 꽤 무겁게 느껴졌다.

"무슨 비겁한 수를 썼는지 모르겠지만, 비무는 여기서 끝이야. 황제의 탈락으로 끝날 거다."

록산느의 검이 쉭 하는 소리를 내며 허공을 갈랐다.

"으윽!"

데미안은 검을 떨어뜨리고 쓰러졌다. 순간적으로 그의 시선이 서쪽 언덕을 향했다. 붉은 갑옷의 기수는 이제 무리에서 벗어나 언덕 꼭대기를 향해 전속력으로 돌진하고 있었다.

데미안의 입가에 작은 미소가 스치고, 동시에 록산느가 미간을 찌푸렸다.

"……다 이겼다는 표정을 해?"

그녀의 시선이 아르노아와 짧게 마주쳤다가 다시 서쪽 언덕을 향했다.

"설마……."

무언가를 깨달은 듯, 그녀의 눈동자가 잘게 떨렸다. 멀리 있는 기수는 분명 붉은 갑옷을 입었는데, 등에 묶은 같은 색의 천은 묘하게 익숙하지 않은 느낌을 주었다.

"설마."

"설마가 맞아."

조용하던 아르노아가 입을 열었다.

"……뭐?"

전혀 예상치 못한 말에, 록산느가 고개를 휙 돌렸다. 그녀는 노기 서린 눈으로 아르노아를 바라보았다.

"뭐, 궁금하면 더 기다려 보든가."

두려움에 떨어야 할 아르노아는, 오히려 약이라도 올리듯 어깨를 으쓱하며 그녀를 바라보았다.

"어차피 늦은 것 같군. 우리가 얘기하는 사이에도 경기는 끝나 가고 있으니까."

"이 비겁한……!"

"긴장을 너무 늦추는군, 대공녀."

처억-

아르노아 탓에 그녀의 주의가 분산된 찰나, 데미안이 다시 몸을 일으켜 황제 앞을 단단하게 막아섰다.

그의 얼굴에 서린 은은한 미소가 짙어져 있었다.

"난 제국 최고의 검사는 아니지만, 기수가 꼭대기에 도착하기 전까지 폐하를 지킬 자신은 있소. 왜냐하면 이제 정말 몇 초 안 남았거든."

"빌어먹을 자식이……."

록산느가 이를 으득 갈았다.

까앙- 챙-

그녀는 다시 몇 차례 아르노아를 향해 검을 휘둘렀지만 데미안은 팔다리가 부서져라 막아섰다. 날이 섰다면 사지가 잘렸을 것이나, 안타깝게도 그녀의 검은 붉은 물감이 묻어 있을 뿐, 치명상을 입히지는 못했다.

"더…… 더 해 보시지…… 난 승리의 맛을 느껴 버렸다 이거야."

"제기랄!"

채앵-

록산느가 욕설을 지껄이더니 검을 내던졌다. 그녀의 얼굴은 분노로 경련하고 있었다.

"안 된다면 다른 수를 쓸 수밖에."

그녀는 순간적으로 한 걸음 물러섰다. 그리고는 성벽 위에 있던 활과 화살통을 집어 들었다.

"……뭐 하는 거지?"

아르노아가 눈썹을 치켜올렸다.

"다시 처음으로 돌리면 되는 거 아닌가."

록산느는 활시위를 매기며 서쪽 언덕을 바라보았다. 기수는 이제 깃대에 도착하기 일보 직전이었고, 그 뒤로 모든 걸 바쳐 기수를 지키기로 작정한 붉은 기사단이 따라붙고 있었다. 머저리 같은 관중들은 환호하고 있었고.

"라야."

록산느가 이번에는 관중석을 훑으며 나직하게 중얼거렸다.

"중요한 순간에, 좀 쓸모를 증명하란 말이다."

그녀가 입술을 짓씹으며 말했다. 바로 그 순간, 관중석에서 한 쌍의 황록색 눈동자가 그녀와 눈을 마주쳤다.

"이거 고민 되는데."

라야가 작게 중얼거렸다.

한동안 건너편 관중석의 한곳, 정확히 말하면 누군가의 손에 들렸던 잔, 그리고 그 속에 든 액체만 뚫어지게 바라보던 그였다. 그 차가 주인의 목구멍을 넘는 것을 확인하자 그제야 라야는 만족한 표정이 되었다. 그는 이제 남들과 똑같이 록산느를 보고 있었다.

"뭐라고 혼잣말을 하는 거냐?"

흥분으로 눈을 부릅뜬 대공이 물었다. 대공은 대부분의 관중들과 마찬가지로 록산느의 승리를 확신하고 있다가, 갑작스러운 움직임에 조금 어리둥절한 상태였다.

"흐음, 다 이긴 비무에서 자리를 뜨다니…… 황제를 직접 탈락시켜서 더 극적인 승리를 노리는 건가."

라야에게 잠시 눈을 흘긴 그는 다시 비무에 집중하며 고개를 끄덕였다.

"전하, 만약에 말입니다."

라야가 조용히 말했다.

"만약 대공녀께서 제게 뭔가 부탁을 하신다면……."

"부탁이라니, 명령이겠지."

"좋습니다. 다급하게 명령을 하는데 그게 엄밀히 말하면 제 할 일은 아니라고 한다면……."

"네 할 일은 모든 상황에서 나와 록산느를 보좌하는 것이다. 쓸데없는 소리 말거라, 중요한 순간에."

대공은 경기장에서 눈을 떼지 않은 채 딱딱하게 말했다.

"흠, 그렇군요."

라야는 아주 재미있다는 듯 빙긋 웃었다.

"뭐, 그럼 이것도 제가 대공 전하를 위해 해 드리는 일이라고 여기겠습니다."

비무에 집중하던 대공은 귀찮다는 듯 손을 내저으며 대충 고개를 끄덕였다. 다시 조금 전 보던 관중석 한 곳으로 시선을 고정하며, 라야는 입속으로 무언가 중얼거리기 시작했다.

'어차피 할 일은 끝났다. 내 힘을 시험해 보는 것도 나쁘지 않겠군.'

주문이 효력을 발휘하면서, 주변의 마력이 천천히 손끝에 모이는 것이 느껴졌다. 관중석 한가운데에 앉아 비무에 집중하던 벨이 주변으로 시선을 돌리는 듯했다. 라야는 씩 웃었다.

'발견되어도 이제 아무 상관 없다.'

차 속에 넣은 새로운 약을 삼키는 모습을 확인했으니, 이제 더 이상 마력을, 즉 그의 정체를 숨기는 데 큰 의미가 없었다.

'알아도 막을 수 없을 거다.'

그가 사용하려는 것은 흑마법이었다.

마법사 중에서도 아주 극소수의 몇 명만 건드릴 수 있는 그 힘은, 마탑 주조차도 온 힘을 다 쏟아야 막을 수 있을 터.

타고나기를 이기적인 그자가 남의 일에 그럴 이유는 없었다.

어찌 생각하면, 이는 그에게도 짜릿한 일이었다. 황제와 대공녀의 승부가 그의 손에서 갈린다니.

"자, 그럼 대공녀님을 위한 선물을 드리도록 하겠습니다."

그는 마지막으로 한 마디 중얼거리더니 손바닥을 하늘로 향하게 했다. 멀리서, 록산느가 서쪽 언덕을 겨냥한 활시위를 당기는 모습이 보였다. 눈이 마주친 순간 록산느가 입 모양으로 뭐라고 했는지, 그는 정확하게 이해했다.

'잠깐 눈을 가려 달라는 거 아닌가.'

슉

검은 연기가 손바닥을 타고 올라오는가 싶더니, 이내 소리 없이 허공으로 뻗어 나갔다.

"……어?"

"뭐지? 갑자기 날씨가…….."

사람들이 술렁이기 시작했다. 몇 초 전까지만 해도 맑았던 하늘에 갑자기 검은 구름이 몰렸으니 당연한 일이었다.

"나, 날이 흐린 정도가 아닌데?"

"엇? 앞이 안 보여."

누가 무슨 짓을 벌이고 있는지 아는 이는 없어 보였다.

대공조차도 그저 언짢은 표정으로 눈을 가늘게 뜨고 비무장을 노려볼 뿐이었다.

팟-

한순간, 비무장은 완전히 암흑으로 뒤덮였다.

피잉-

정확히 같은 순간에 화살이 록산느의 손을 떠나 어둠을 뚫고 나는 소리가 들렸다. 라야는 아무에게도 들리지 않을 낮은 웃음소리를 뱉었다.

'이런 기분이었군.'

그는 새삼 스스로의 힘이 마음에 들었다. 이제 이를 드러낼 수 있다는 사실도.

'마탑주는 이런 기분을 느끼면서 살았던 거야.'

"이게 대체 무슨 일이야!"

당황한 대공을 건성으로 달래며 라야가 말했다.

"몇 초만 기다리시죠. 제가 대공녀님을 위해서 다…… 커헉!"

라야의 웃음은 짧았다. 그는 갑자기 큰 소리로 신음을 토하며 오른손을 움켜쥐었다. 흑마법이 끊어졌을 때 생기는 부작용이었다. 라야는 눈을 부릅떴다.

"대체 어떤 놈이…… 으윽!"

파스스스-

타들어 갈 듯한 고통이 밀려왔고, 동시에 어두웠던 주변은 다시 눈부실 정도로 밝아져 버렸다.

"아, 뭐야!"

"날씨 왜 이래? 중요한 순간이었는데……."

다시 눈을 뜬 관중들은 허겁지겁 자신이 뭘 놓쳤는지 보기 위해 아르노아 진영의 성벽을 향해 고개를 돌렸다.

"뭐, 뭐야……."

라야가 이를 악문 채 눈을 몇 번 깜빡였다. 멀리 관중석에서 그를 쏘아보는, 한 쌍의 은회색 눈동자와 시선이 마주친 순간. 그의 등줄기에는 자신도 모르게 식은땀 한 줄기가 흘렀다.

벨이었다. 한순간의 망설임도 없이 그를 막은 것은.

"미친놈이……."

그는 아연한 표정으로 숨을 몰아쉬었다.

'흑마법을 막아?'

짧은 순간이나마 마력을 다 비워야 가능한 그 일을, 그는 다 준비가 되어 있었다는 듯 빠르게 처리했다. 라야를 얼려 버릴 듯 싸늘한 시선이 사정없이 꽂혔다가 곧바로 다시 성벽으로 돌아갔다.

"그게 다야? 나, 나를 무시해?"

라야는 더욱 이해할 수 없었다. 마탑주는 라야를 공격하기 위해 흑마법을 막은 것이 아니었다. 오래 얽혔던 악연을 찾은 이 순간, 그는 비무 따위를 지켜보고 있었다.

"하……."

라야는 쓴웃음을 지었다. 이해할 수 없지만 상황은 정리해야 했다.

'……아주 조금만 더 미루지.'

그가 한 번 더 화를 누르며 입술을 깨물었다.

'정신이 나간 건지 뭔지 모르겠지만, 그래도 한 가지는 확실하게 이루었군.'

황록색 눈동자가 조금 전까지 바라보던 찻잔을 향했고, 비틀린 미소가 다시 라야의 입술을 스쳤다. 벨은 라야가 준비한 차를 마신 순간 몸에서 마력이 빠져나가기 시작했을 것이다. 그 직후에 온 힘을 쏟아 마력을 다 비워 버리다니.

'이로써 효력은 배가 될 거다.'

그가 구겨졌던 얼굴을 다시 폈다.

같은 시간, 갑자기 밝아진 관중석에서는 다시 흥분한 목소리들이 들려오고 있었다.

"기, 기수가 깃대를 잡았습니다!"

두베르테 후작의 외침이 그 한가운데에서 울려 퍼졌다.

* * *

세 가지 일이 한꺼번에 일어났다. 아르노아는 운 좋게 이 모든 것을 관찰할 수 있었다.

피이잉-

어두워서 보이지 않았던, 그렇기 때문에 누구도 피할 수 없어야 했던 록산느의 화살이 마지막 순간에 붉은 갑옷 기사들의 눈에 띄어 버렸고.

퍽-

화살을 쏜 것이 누군지 확인할 틈도 없이 너도 나도 기수를 지키겠다고 막아선 탓에 록산느의 측근 한 명이 대신 화살을 막았고.

휘릭-

붉은 갑옷의 기사는 그 틈을 타서 기어이 깃대를 손으로 붙잡은 채 등에 묶인 천을 풀어냈다.

"오오오오! 기, 기수가 깃대를 잡았습니다!"

두베르테 후작이 몸을 흔들며 소리쳤다.

록산느의 화살에 대해 언급하는 이는 없었다. 워낙 갑작스럽게 일어난 일이기 때문에 제대로 상황을 읽지 못한 듯했다.

"역시!"

"기사들을 다루는 것은 대공녀님을 따라갈 자가 없지요!"

관중석에 앉은 모든 이가 아르노아의 패배를 예상했고, 두베르테 후작이 마지막 선포를 하기 위해 목소리를 가다듬었다.

"대, 대공녀님의 기수가 도착했습니다! 승리는 역시 대공녀님의 것……
잉?"

기수가 등에 묶은 천을 풀어낸 순간이었다. 두베르테 후작을 필두로, 관중석에 앉은 사람들의 입이 떡 벌어졌다.

"어라?"

"뭐, 뭐야! 뭐냐고!"

"이, 이게…… 대체 무슨 일이지?"

처음부터 끝까지 확신을 잃지 않았던 대공의 목소리가 떨렸다.

"……미친."

성벽 위에서, 록산느가 믿을 수 없다는 표정으로 욕설을 내뱉었다.

그녀의 손에 들린 활은 결국 아무런 효용을 발휘하지 못했다.

붉은 갑옷을 입은 기수, 마르고 날랜 체형, 바이나스가 틀림없는 움직임.

펄럭-

그가 풀어낸 붉은 천에는 아실리에르 가문의 문양이 보이지 않았다. 흔하디흔한 실크 한 조각일 뿐이었다.

"기, 깃발이 아니야……?"

"그 아래를 보세요!"

당황한 술렁거림 속에서, 기수는 붉은 천을 걷어내고 그 아래에 숨겨져 있었던 푸른색 깃발을 펼쳤다.

"화, 황제 폐하의 깃발?"

후작은 튀어나올 것 같은 눈으로 외쳤다.

기수가 당당히 들어 올린 푸른색 천에 새겨진 황금빛 자수는, 분명 아르노아의 이름이었다.

붉은 갑옷을 입은, 바이나스와 무척 비슷하게 보이는 기수는 아르노아를 향해 깃발을 한 번 흔들어 보였다. 그리고 나서, 그는 한 치의 망설임도 없이 황제의 깃발을 준비된 깃대에 묶었다.

"겨, 경기 종료……?"

후작은 확신 없이 말했다. 당황한 건 관중들도 마찬가지였다.

"폐, 폐하께서 승리하셨어?"

"폐하의 깃발이 서쪽 언덕에 먼저 도착했는데……."

그들은 몇 번이나 눈을 비비며 자신의 시력을 확인했다. 록산느의 기사가 왜 푸른 깃발을 가지고 있는지, 왜 제 손으로 팀을 패배로 이끌었는지 이해하는 이는 아무도 없었다.

"와, 답답해 죽는 줄 알았네."

그가 중얼거리며 투구를 벗어던지기 전까지는.

"극장에서 쓰는 투구랑 너무 다르잖아! 이 무거운 걸 어떻게들 쓰고 다니는 거야?"

섬세하고 어려 보이는 이목구비가 투구 아래에서 드러났다.

"뭐, 뭐야 네놈은…… 디르한의 국왕이 아니었어?"

안간힘을 써서 그를 서쪽 언덕으로 데려갔던 록산느의 기사들이 벙 찐 표정으로 물었다.

"너는……."

"기사들이라 그런가, 유명인을 본 것치고는 반응이 유하네?"

"루, 루이 듀발론?"

연극 〈바다〉를 직접 본 적이 있었던 기사 한 명이 황당한 표정으로 그의 이름을 불렀다. 눈앞에서 씩 웃으며 서 있는 자는 연습 과정에서 얼굴을 익혔던 바이나스 디르한을 닮았지만 그가 아니었다.

조금 더 섬세한 이목구비, 조금 더 어려 보이는 모습, 한 마디로 조금 더 잘생긴, 무대에 어울릴 법한 얼굴.

"루이 에드워드 발로니우스 레오나르도 아비게일 듀발론이다. 친분이 있는 이들은 릭이라고 부르지. 그쪽은 아니지만."

조금 잘난 척을 하는 것이 유일한 흠이라고 알려진 그는 황성에서 가장 잘나가는 배우이자 〈바다〉의 주인공이었다.

"수풀 속에서 바꿔치기하느라 고생한 보람이 있었어."

그는 매력적인 미소를 보이며 주변의 동료, 아니 적군들을 바라보았다.

"이, 이럴 수가!"

충격으로 조용했던 관중석이 다시 흥분으로 달아올랐다.

"바, 바뀌었나 봐! 사람이 바뀌었던 거야!"

"대체 언제?"

"아까 수풀 속에서……?"

기수가 투구를 벗고 나자 상황은 명료해졌다.

아르노아의 기사들은 비무에서 한 것이 별로 없었다. 그녀가 시킨 대로 이리저리 구르면서, 적당히 지고 있는 척 연기를 했을 뿐.

심지어는 기수조차도 그저 열심히 달렸을 뿐이었다. 기수가 뒤바뀐 순간부터 그를 방해하는 이는 없었으니까.

"루, 루이 님이다! 꺅!"

어느 귀족 한 명이 그의 얼굴을 알아보고 소리 질렀다.

"세상에, 지금 루이가 폐하를 위해 비무를 끝낸 거예요? 너무 멋진 거 아닌가요?"

"그게 중요한가? 폐하께서 대공녀 전하를 이기셨는데!"

"태어나서 이런 비무는 처음 봐요!"

관중들이 하나둘씩 말을 더하며 술렁거리는 사이, 루이, 아니 릭은 예의 바르게 적군들에게 인사까지 했다.

"데려다줘서 고마워. 화살까지 막아 준 덕분에 안 혼나도 될 것 같아."

그가 멀리 성벽을 향해 고개를 돌리며 한숨을 내쉬었다.

쾅-!

록산느의 주먹이 성벽 기둥에 꽂혔다.

"말도…… 말도 안 돼!"

그녀가 부들부들 떨리는 목소리로 소리쳤다. 눈앞에 펼쳐진 상황을 믿을 수가 없었다.

암흑을 틈타 쏘았던 화살은 허탈하게도 그녀가 직접 훈련시킨 측근의 몸에 의해 막혀 버렸다. 록산느의 기사들이 온 힘을 다해 서쪽 언덕까지 데려다준 기사는 아르노아의 기수였다.

경기장 가운데쯤, 어정쩡한 자세로 길을 헤매던 푸른 옷의 기수가 투구를 벗는 모습이 보였다.

"하, 얼간이 같은 게……."

얼간이 같은 것의 정체는 물론 바이나스였다.

같은 진영의 동료들의 손에 거꾸로 매달려 매타작을 당한 그는 아직까지도 무슨 일이 벌어졌는지 모르는 표정이었다. 멀리서 힘차게 펄럭이는 푸른 깃발이 그녀를 조롱하는 듯했다.

"반칙……."

록산느가 조금 멍해진 얼굴로 내뱉었다.

"그, 그래, 이건 반칙이다."

왜 반칙인지 설명할 길은 없었다. 하지만 근 10년 동안 누구에게도 패한 적 없는 그녀가, 비무 경험도 없는 여자에게 졌을 리 없지 않은가. 한껏 확장된 자색 눈동자가 다급하게 관중석을 살폈다. 그녀의 머리가 빠르게 회전했다.

"후작, 두베르테 후작이 반칙을 선언하면……."

"소용없어."

성벽 위로 몸을 내민 그녀 뒤에서 익숙한 목소리가 들려왔다. 조금 전까지만 해도 없었던 서늘함이 느껴졌다. 록산느는 천천히 몸을 돌렸다. 다음 순간 그녀의 눈은 한층 더 커졌다.

"뭐…… 뭐야?"

"뭐긴, 방금 배운 대로 확실한 승리를 거두는 거지."

아르노아가 빙긋 웃으며 그녀를 마주 보고 있었다. 번뜩이는 은빛 검을 록산느의 목에 똑바로 겨눈 채로.

"너, 탈락."

아르노아가 짧게 말했다. 짧은 순간이었지만 록산느는 그 자리에 굳어서 움직이지 못했다. 피가 싸늘하게 식는 느낌이었다.

"내게…… 내게 검을 겨눴어?"

"겨누기만 한 게 아닌데?"

아르노아의 말에 무심코 제 목을 만져 본 그녀는 그제야 검날에 파란색의 물감이 묻어 있었다는 사실을 떠올렸다.

"어, 언제부터!"

그녀가 버럭 소리 질렀다.

"내 기수가 깃발을 깃대에 묶은 순간부터."

아르노아는 미소를 유지하며 선선하게 대답하더니 검을 조금 더 밀어붙여 록산느의 모습이 관중들 앞에 더 잘 드러나게 했다.

"……빌어먹을."

록산느 아실리에르, 제국에서 가장 강한 검사.

그런 그녀의 목에 검을 댄 아르노아의 모습이 관중 한 명 한 명의 눈에 깊이 새겨졌다.

"대, 대공녀님……."

두베르테 후작은 눈물이 그렁그렁해진 채 숨을 삼켰다. 조금 떨어진 곳에서, 대공은 벼락이라도 맞은 양 얼어붙어 있었고.

"화, 황제 폐하…… 황제 폐하의 승리가 맞습니다!"

후작이 코를 훌쩍이며 명확하게 선언했다.

반박할 수는 없었다. 아르노아는 기수를 통해 승리함과 동시에, 상대방의 지휘관을 탈락시키기까지 했으니까.

"와아아아아아!"

공식적인 선언에, 관중의 함성은 조금 전보다 커졌다.

먼저 탈락한 아르노아 자신의 기사들은 물론, 날카로운 눈으로 비무를 지켜보던 다른 기사들도 어느새 그녀의 이름을 외치고 있었다.

"대공녀가 왜 항상 자신만만한지 알겠어."

아르노아는 록산느의 목에서 검을 치우고 그들을 향해 손을 흔들었다.

"기사들이 나를 따르니까 짜릿해."

환하게 웃는 그녀 뒤에서, 록산느가 이를 득득 가는 소리가 들렸으나 그 소리는 이내 함성 소리에 묻혀 버렸다.

* * *

"어…… 벨카리아나스 님?"

뒤늦게 헐레벌떡 도착해 비무를 보지 못한 루카가 더듬거렸다. 그의 소심한 목소리는 함성에 묻혀 잘 들리지 않았다.

"벨카리아나스 님!"

"뭐냐."

"얼굴이 바보 같아 보입니다. 황제 얼굴에서 눈을 떼면 어떨까요."

"닥치고 너도 박수나 쳐라."

루카는 제 눈을 의심하며 고개를 흔들었다.

감정 같은 것은 없을 것만 같았던 벨은, 넋이 나가 버린 표정으로 한곳을 바라보고 있었다.

"루카…… 그녀가 이겼다. 우아하게 이겼어. 그녀는 천재가 아닐까?"

"이럴 때가 아닙니다. 중요한 일이 있단 말입니다."

"그런 건 세상에 없어."

"제가 며칠 동안 대공 쪽 사람들의 뒤를 밟아서 그놈을 찾았는데요."

"……나도 찾았다."

"예?"

루카의 눈이 동그래졌다. 벨은 여전히 무심한 표정으로 아르노아만을 바라보고 있었다.

"그럼 오늘 그 자식이 벨카리아나스 님의 차에 뭘 넣었는지도 아시겠네요?"

"몰라. 다 상관없다. 알아냈으니 처리하면 그만이고, 일단은 그녀를 더 볼 거다."

"설마 차를 마신 거……."

"당장 박수를 치지 않으면 너도 그놈과 똑같이 만들어 주지."

루카는 뭔가 더 말하려다 말고 입을 다물었다.

하긴, 벨이 모든 것을 알았다면 이제 다 상관없었다. 찻잔이 비어 있는 것이 좀 걸리기는 했지만, 벨이라면 어느 정도 견딜 수 있을 테니까.

'몸속에 마력이 넘치고 있으니까 뭐.'

루카는 이내 해맑게 웃으며, 아르노아를 향해 환호하는 관중들과 하나가 되었다.

＊ ＊ ＊

비무의 승자를 축하하는 연회는 여느 때보다 화려했다. 그도 그럴 것이, 참가자가 누군지 들은 대공이 제 돈을 열심히 털어 가면서 삐까번쩍한 연회를 위해 힘을 보탰던 것이다.

하지만 딸의 영광을 모두의 앞에 전시하려던 그의 계획은 가장 재수 없는 방법으로 빗나가 버렸다.

"오랜만입니다, 대공 전하! 오늘 비무가 있었다면서요? 소식을 못 들었지만 승자는 분명히……."

"말하기 싫으니 그냥 지나가시오."

멀리서 굳이 부른 지인은 눈치 없는 인사말만 해 댔고.

"하하하하핫! 아까 비무를 보셨습니까? 황제 폐하께서 천재적인 계책으로 대공녀님을 이기셨고, 그 선두에 바로 제가 있었죠."

불필요할 정도로 진중해 보였던 데미안 리켈 소공작은 나사가 하나 빠진 양 히죽히죽 웃으며 큰 소리로 자랑을 해 댔다.

물론 가장 짜증스러운 것은 아르노아였다.

아니, 정확히는 그녀를 둘러싼 기사들이 얄미웠다.

"황실 제1기사단은 평생 황제 폐하를 주군으로 섬기겠습니다!"

"2기사단도 맹세합니다! 폐하의 전술에 감탄했습니다!"

"3기사단도 섬기겠습니다! 폐하는 군신의 환생이 분명합니다."

"제4기사단 단장 테오도르 벤트, 평생 황제 폐하를 곁에서 모시겠습니다."

며칠 전까지만 해도 노골적으로 록산느와 대공을 따르려 하던 기사들은, 비무 결과를 보자마자 눈이 돌아가더니 너도나도 앞다투어 아르노아 앞에 무릎을 꿇었다.

"4기사단은 일어나고…… 나머지는 다들 왜 이래?"

아르노아는 황좌에 등을 기댄 채 시큰둥하게 말했다.

"하던 대로 하지 이제 와서 뭘 맹세? 아나킨, 이 사람들 원래 이래?"

"글쎄요, 제가 보기에도 심하게 모양이 빠지는 것 같습니다."

"4기사단장의 생각은 어떻지?"

"전에도 말씀드렸듯, 주군을 몰라보는 자들은 기사 자격이 없다고 해야죠. 솔직히 같이 황실 기사단에 있기 부끄럽습니다."

그녀 뒤에 서 있던 아나킨과 4기사단장 테오도르 벤트가 비웃음을 숨기지 않고 대답했다.

"그, 그건……."

1, 2, 3기사단 소속 기사들은 당황한 표정으로 서로의 눈치를 살폈다.

"그간 오해가 좀……."

누군가 변명하려 했지만 아르노아는 계속 툭툭 내뱉었다.

"1기사단 절반은 나 즉위하던 날, 몸 아프다고 핑계 대고 즉위식 참석을 안 했었지, 아마?"

딱히 그럴 생각은 아니었는데, 그녀는 자신이 과거에 연연하는 성격이라는 사실을 새로 깨닫고 있었다.

"2, 3기사단은 전에 호위 좀 하랬더니 훈련 핑계로 다 빠지고? 특히 3기사단장은 여기서 뭐 하나? 대공녀의 편에서 비무에 참가해 놓고."

그렇다고 고칠 생각이 든 건 아니고.

"아, 앞으로는 절대로 아프지 않겠습니다!"

"평생 잠 안 자고 호위하겠습니다!"

"폐하께 지고 나니 정신이 확 들었습니다! 이제 폐하를 위해서만 검을 들겠습니다!"

기사단장들은 의외로 더 핑계를 대지 않고 고개를 푹 숙였다.

아나킨의 말처럼 모양이 빠졌지만, 그들의 표정과 태도에 전에 없던 존경심이 배 나오고 있었다. 두베르테 후작이나 대공 편의 다른 귀족들처럼 억지로 충성하는 것처럼 보이지는 않았다.

아르노아는 어깨를 으쓱하고 작게 한숨을 쉬었다.

"하긴, 이제 와서 뭐 지난 일을 어쩔 수도 없고."

왠지 관대하게 들리는 그녀의 말에 무릎 꿇은 기사들의 표정이 밝아졌다.

"가, 감사합니……."

"한 달 동안 전원 기사 자격을 박탈하고 4기사단의 수습을 하는 걸로 정리하지."

물론, 사람 말은 끝까지 들어야 하는 것이었다. 기사들은 다시 울상이 되었다.

"하, 하지만 폐하……."

"4기사단이 훈련하고 있으면 갑옷 들고 기다리고, 물도 떠 오고. 반항하면 매도 맞고. 연무장 열 바퀴씩 돌고."

그녀는 일부 나이 지긋한 기사들과도 눈을 맞추며 또박또박 말했다. 그들은 차마 반박하지 못한 채 듣고 있었다.

"싫으면 그만둬. 갑자기 황실 기사단에 지원하는 귀족이 많아져서 그대들의 대체가 너무 쉽거든."

아르노아의 말은 사실이었다.

제국에서 무(武)를 어찌나 중시했던지, 은근히 그녀를 무시하던 귀족들조차도 비무가 끝난 순간부터는 저절로 아르노아를 향해 고개를 숙였다.

"크흡……."

"군말 없이 하면 그대들의 충성을 받을지 다시 생각해 보지."

"하, 하겠습니다, 폐하!"

"저도 하겠습니다!"

잠시 감정을 추스르던 그들이 입을 모아 대답했다. 조금 전과 마찬가지로, 눈빛에는 나름의 진심이 담겨 있는 듯했다.

"가 봐."

"폐하 곁을 지키겠습니다!"

"수습들 주제에."

"그, 그럼 멀리서 지키겠습니다!"

아르노아는 다시 한번 편안하게 몸을 등받이에 기댔다.

"이럴 줄 알았으면 진작 비무나 할걸."

혼잣말로 중얼거리는 그녀의 얼굴에 만족스러운 미소가 떠올랐다.

멀리서 그 모습을 보며, 대공은 이를 으득 갈았다.

"저, 저, 저 오만한 표정 좀 보게."

그는 콧김을 뿜으며 혀를 찼다.

홀의 모습은 며칠 전과 달라도 너무 달랐다. 모든 시선이 아르노아에게 집중되어 있었다. 며칠 전까지 단순히 핏줄 때문에 얻어걸린 황좌라는 생각이 만연했었다면, 이제 사람들은 아르노아의 능력에 관심을 쏟았다.

대공과 록산느의 귀환에 앞다투어 달려 나왔던 자들조차, 언제 그랬냐는 듯 황제 폐하가 이래서 대단하고 저래서 대단하다며 노래를 부르고 있었다.

아르노아를 찬양하지 않는 이들은 혜성처럼 등장해 대공녀의 기사들을 농락했던 대배우 루이 뭐시기라는 놈에 대해 떠들고 있었고.

"배신자들 같으니!"

"……계속 그렇게 혼잣말로 떠드실 겁니까, 아버지?"

욕설을 지껄이는 대공의 등 뒤에서 록산느의 목소리가 들려왔다. 화가 나서 터질 것 같았던 대공의 얼굴은 애틋하게 바뀌었다.

"언제 와 있었느냐, 록산느? 더 쉬지 않고."

"안 나올 수가 있습니까? 손님 중 절반은 아버지가 불렀다면서요."

그녀는 단단히 굳은 얼굴로 내뱉었다. 비무가 끝난 후 그녀의 표정은 줄곧 이 상태였다. 화풀이로 아무도 없는 곳에서 바이너스 디르한을 흠씬 두들겨 팼지만 큰 효과는 없었다.

"그거야 당연히 네가 이길 줄 알고……."

"덕분에 아주 좋은 구경거리가 되었군요."

"록산느."

"아까는 백작가의 딸이라는 계집이 감히 저를 위로하지 뭡니까. 그래놓고 지금은 황제의 옆에서 아양을 떨고 있군요."

생각을 숨기는 법을 배운 적 없는 그녀의 얼굴이 더욱 일그러졌다.

"비무는 이제 잊어라."

"안 그래도 떠올리기 싫습니다."

그녀의 손이 다시 자신의 목덜미를 더듬었다. 비무가 끝난 순간부터 새로 생긴 습관이었다.

"황제가 감히…… 내 목에, 내 목에 검을…… 그걸 지켜보고 환호했던 것들이……."

"너무 걱정할 거 없다."

대공이 주변을 슬쩍 둘러보더니 목소리를 낮추었다.

"곧 다 사라지게 만들 거니까."

"뭐요?"

"거슬리는 마탑주부터 말이지. 따지고 보면 다 그놈의 손에서 시작된 일 아니냐."

대공이 반쯤 혼잣말처럼 중얼거렸다. 황좌를 바라보는 그의 눈이 번뜩였다.

일그러진 얼굴로, 그는 애써 마음을 다잡았다. 어찌 됐건 마탑주는 약을 먹었다. 라야의 말에 따르면 그 효과는 기대했던 것보다 훨씬 강력하게 나타날 거라고 했다. 몇 시간 동안 이성은 사라지고 영체로서의 실체만 남는다고 했던가.

"이제 사람만 붙여 놓으면 마탑주는 완전히…… 응? 록산느?"

음산하게 말하던 대공이 다시 록산느를 보니 그녀는 이미 자리를 뜨고 있었다.

"머리나 식히러 가렵니다. 따라오지 마세요."

표정을 보니 전혀 듣고 있지 않았던 것만 같았다. 머쓱해진 대공을 남겨 둔 채, 록산느는 다른 누군가를 찾아 분풀이를 해야겠다는 표정으로 홀을 가로질렀다.

저벅, 저벅, 저벅.

록산느는 빠른 속도로 복도를 가로질렀다. 입으로는 온갖 사람들에 대한 저주를 내뱉고 있었다.

"빌어먹을 황제, 빌어먹을 디르한의 국왕, 빌어먹을……."

저벅.

한순간, 록산느는 하던 말을 멈추고 자리에 우뚝 섰다.

"대공녀님?"

눈앞에, 잠깐 잊고 있었던 또 다른 빌어먹을 놈이 걸어오고 있었다.

"……아나킨 윌로."

"바람 좀 쐬러 나왔는데, 대공녀님도 그러신가 보군요."

햇살처럼 밝은 장발을 올려 묶은 아름다운 남자가 눈웃음을 지었다.

"목은 이제 괜찮으십니까?"

해맑은 웃음이 살의를 자극했다.

"……네놈이 배후에 있었구나."

록산느가 이 사이로 중얼거렸다.

"황제 따위가 혼자의 능력으로 그런 비겁한 전략을 생각해 냈을 리 없지."

"말씀이 심하시군요."

그대로 스쳐 지나가려던 그는 발걸음을 멈춰 세우고 그녀를 마주 보았다. 순간 아나킨의 황금빛 눈동자가 싸늘해졌다가 다시 눈웃음을 회복했다.

"배후라니요."

"아니라는 말이냐."

"보좌관은 원래 황제의 등 뒤에 서긴 합니다. 하지만 전술을 짤 때는 얼굴을 보고 있었는데요."

그가 눈 하나 깜짝하지 않고 대꾸했다. 록산느는 미간을 찌푸리며 한 걸음 다가섰다.

"생각해 보니 처음 본 순간부터 거슬렸다, 네놈은."

"보는 눈이 있으시군요. 저는 사실 만나기 전부터 대공녀님을 싫어했답니다. 제 친구가 보는 앞에서 동물을 괴롭히셨다면서요."

"이젠 가식도 없군."

"더 이상 그럴 필요가 없어서 말입니다."

"뭐?"

"가식을 부린다 한들 대공 전하나 대공녀님께서 저를 한편으로 삼을 것도 아니고."

"한편으로 삼아?"

그녀의 입술이 비틀려 올라갔다.

"말은 아닌 척해도, 아버지의 손을 잡지 않은 것을 꽤 후회하고 있나 보지? 너는 원래 비겁했다."

"뭐, 가끔은 그렇습니다."

아나킨은 미소를 유지한 채 고개를 끄덕였다.

"한편으로 들어갔다가 중요한 순간에 배신하면 타격이 나쁘지 않았을 것 같아서요."

벌꿀을 바른 듯 달콤한 목소리는 거침없이 독설을 내뱉었다.

"뭐, 이대로 가면 어차피 대공 일가가 패가망신할 것 같기는 합니다."

록산느의 단검이 아나킨의 목을 향한 건 순식간에 일어난 일이었다.

쉭-

"황제의 개 주제에 잘도 떠드는구나."

탁.

옆에서 다가온 누군가의 손이 단검의 검날을 붙잡은 것도.

"……마탑주?"

"너무 시끄러워서 나왔는데, 바깥까지 시끄럽군."

검을 잡은 남자, 그러니까 벨은 록산느의 말에 대답하는 대신 아나킨을 향해 힐끗 시선을 돌렸다.

"넌 약해 빠져서 그런가 별일을 다 겪는군."

"뭐래. 나 멀쩡한데. 그리고 왜 검을 손으로 잡아? 누가 단순무식한 줄 모를까 봐 그래?"

아나킨은 가늘게 한 줄 흘러내린 선혈을 목에서 닦아 내며 대꾸했다.

"비켜. 네놈이 낄 자리가 아니다."

록산느가 딱딱하게 말했지만 벨은 쥐고 있는 단검을 놓지 않았다.

"낄지 말지는 내가 정하는 거 아니겠나? 케스만에서도 그랬는데."

"……."

케스만을 언급해서인지, 록산느의 얼굴이 더욱 찌푸려졌다.

"단검을 거둬. 이 녀석의 목 위에 달려 있는 게 황제에게는 쓸 만한 것 같거든."

"그걸 '머리'라고 해. 나처럼 자주 사용하면 실제로 쓸모가 많아지지. 너도 해 보는 게……."

"도와주는데 끼어들지 마."

"그럼, 말을 똑바로 하면 되는 거……."

"사람 말이 말 같이 들리지 않는 게냐?"

아나킨과 틱틱거리며 말을 주고받던 벨은 록산느를 향해 고개를 돌렸다.

"잘 아는군. 난 그쪽이 하는 말에 관심이 없어."

"뭐?"

"모처럼 황제가 기뻐하는 날에 시끄러워지는 것을 원하지 않을 뿐이다."

"……건방지기로는 둘 다 똑같구나."

록산느가 으르렁거렸다. 단검을 꽉 쥔 손에 힘이 들어갔다.

"마법 따위의 꼼수가 없으면 아무것도 할 줄 모르는 쓸모없는 놈이 설치는 꼴이라니, 황제가 바뀌더니 별 걸 다 보는군."

"비무 중 마법을 쓰려 한 건 꼼수가 아니고?"

벨이 서늘한 눈빛으로 그녀를 마주 보았다. 입가에는 엷은 경멸이 서려 있었다.

"그래 놓고 보기 좋게 패했더군."

"……."

정곡을 찔린 록산느가 입술을 꾹 깨물었다.

"대공녀, 난 마력이 없으면 별 쓸모가 없다는 걸 굳이 부정할 생각은 없어. 그럴 필요가 없으니까."

그는 칼을 쥔 손에 힘을 주고 이를 록산느를 향해 밀어냈다. 눈은 여전히 차갑게 빛나고 있었다.

"그쪽의 말을 뒤집으면, 내게 마력이 있는 한 약한 건 그쪽이라는 뜻이 잖아. 내가 원하면 당장 그쪽의 머리와 몸을 분리할 수 있는데."

"……뭐?"

"약해빠진 게 설치는 꼴이 보기 싫다면 그냥 본인이 안 설치면 된다."

태어나서 처음 듣는 신랄한 평가에 록산느의 눈동자가 흔들렸다.

잔인하다, 매정하다는 평은 셀 수 없이 들어 왔으나 그 누구도 록산느에게 '약하다'고 말한 적은 없었다. 그러나 가장 충격적인 것은, 벨과 눈이 마주친 찰나의 순간, 그녀 자신조차 그 말에 수긍했다는 사실이었다.

록산느는 저도 모르게 마른침을 삼켰다.

더 확인하지 않아도 알 수 있었다. 벨은 그녀를 비롯해 모든 이를 압도했다.

평생 그렇게 살았고 앞으로도 그렇게 살 존재.

슥.

힘이 풀렸던 탓에, 아나킨의 목덜미에서 버티던 검날이 밀려났다.

"알겠으면 걸리적거리지는 말아 줬으면 좋겠군."

벨이 평온하게 말을 이었다. 뭘 겨룬 것도 아닌데 그의 태도는 승자의 그것과도 같았다.

"……."

록산느는 다른 말을 하지 않고 입을 다물었다. 비무에서 패한 순간에 느꼈던 수치심이 배가되는 것이 느껴졌다. 다만 지금으로서는 할 수 있는 일이 없었기에, 그녀는 평생 해 본 적 없는 일을 했다.

"……두고 보자."

그녀는 분노를 애써 삼키며 몸을 돌렸다.

"목은 멀쩡하게 붙어 있나?"

"너 괜찮나?"

아나킨과 벨이 동시에 서로에게 물었다.

"안 괜찮아. 내 완벽한 목에 흠집이 생겼어."

"……입은 멀쩡해서 아쉽군. 내가 괜찮은지는 왜 묻지?"

"단검을 손으로 잡았잖아. 마력 멀쩡한 거 맞아? 그냥 무식해서 그래?"

"잠깐 비웠을 뿐이야. 신체가 멀쩡하니 이건 아무것도……."

벨은 무심코 손바닥을 보다가 눈썹을 찌푸렸다. 옆에 서 있던 아나킨도 얼굴을 찌푸리기는 마찬가지였다.

"……피?"

아나킨이 믿을 수 없다는 듯 눈을 크게 떴다.

"너 피가 있기는 했던 거…… 아니, 오러를 쓴 것도 아닌데 너한테서 피가 나?"

"……차에 또 뭘 넣었다더니."

벨이 귀찮은 듯 중얼거렸다. 그제야 그는 루카가 했던 말을 떠올리고 있었다.

"뭐야? 마법 약 먹고 마력을 비운 거야? 너 미쳤나?"

아나킨은 드물게 흥분한 목소리로 소리쳤다.

"시끄럽다. 난 원래 아무거나 먹지만 아무 문제도…… 응?"

펑.

작은 폭발음과 함께 벨의 머리칼이 들썩였다. 검게 반짝이는 머리칼 사이에서, 털로 덮인 흰 색의 귀 같은 것이 돋아 있었다.

"……영체? 너 변신하려고?"

아나킨의 얼굴이 조금 창백해졌다. 벨은 아무런 대답도 하지 않았다. 호흡이 가빠진 탓이었다.

"딸꾹."

"딸꾹? 너 진짜 왜 이래?"

"내가 변신하는 것이 아니…… 딸꾹. 이상한 걸 먹이긴 한 모양이군."

벨이 이마를 짚었다. 평소의 변신과 달랐다. 술이라도 마신 듯, 그는 정신이 몽롱해지고 있었다.

"너 어디 안전하고 편한 데로 피해 있어. 해독제라도 찾아보고 올 테니까."

아나킨은 투덜거리면서도 황급히 자리를 떴다.

"딸꾹."

벨은 호흡을 가다듬으며 머리 위로 돋아난 귀를 쫑긋 세웠다.

저벅, 저벅.

이상할 정도로 텅 비어 있던 복도였는데, 아나킨이 사라진 순간 낯선 발소리가 들리기 시작했다.

"……계획이 더 있었나 봐?"

벨이 낮은 소리로 내뱉었다.

"살수냐? 어떤 미친놈이 나를 해치려 살수를 보냈어?"

"죽여라."

어느새 다가온 그림자 네 명 중 한 명이 내뱉었다.

"내가 누군지…… 딸꾹."

"이미 반은 영체다. 신체 강화 마법이 풀리고 있으니 지금."

살수 중 두 명이 머뭇거리지 않고 달려들었다. 벨은 반사적으로 비켜서며 그중 한 명의 멱살을 향해 손을 뻗었다.

휙-

"으윽!"

검은 아슬아슬하게 비켜 갔고 살수 한 명이 쓰러졌다. 다만 벨의 얼굴에는 익숙지 않은 끈적한 액체가 흐르고 있었다.

"출혈이다. 분명히 신체 강화가 풀리고 있어. 당장 죽여라."

우두머리로 보이는 자가 의기양양하게 지시했다.

"조금 기다리면 더 쉬워지는 거 아닙니까?"

"아니. 마탑주의 영체는 표범이다. 맹수가 되면 위험하니 지금 죽여!"

몇 마디 주고받던 살수들은 우두머리의 지시에 고개를 끄덕이며 다시 벨을 향해 검을 겨누었다.

휙.

당장 잡아먹을 것처럼 그들을 노려보던 벨은 별안간 몸을 돌렸다.

"훅…… 후욱."

거칠게 변한 숨을 몰아쉬며, 그는 복도를 지나 달리기 시작했다.

'안전한 곳.'

그는 점점 멍해지는 정신을 붙잡으며 생각했다.

'안전하고 편한 곳으로 거야 한다.'

아나킨의 마지막 조언이 머리를 울렸다. 이성이 마비됨과 동시에 고개를 든 본능은, 그를 익숙한 장소로 이끌기 시작했다.

* * *

"아, 아쉬워라."

혼자서 천천히 방으로 돌아가던 아르노아가 중얼거렸다.

"모처럼 즐거운 연회였는데."

이른 저녁, 그녀는 4기사단장의 권고에 따라 침실로 돌아가는 중이었다. 드디어 머리 숙인 귀족들과 기사들을 상대로 큰소리를 치는 것도 좋지만, 품위를 생각하면 연회장에서 밤을 새우는 것은 지양해야 한다는 주장이었다.

"아나킨은 그 딱딱한 사람이랑 나만 남기고 사라져 버려서는……."

앞다투어 그녀를 호위 하겠다고 나서는 기사들은, 침실로 통하는 복도에 도착해서야 그녀를 보내 주었다.

아르노아는 아쉬운 대로 호화로운 목욕이나 하고 잘 생각이었다.

기분 좋은 하루의 편안한 끝. 훌륭한 계획이 아닌가.

"……?"

하지만 침실에 들어선 순간 원래의 계획은 그녀의 머리에서 완전히 사라져 버렸다.

"벨?"

"……겨우 기다렸어…… 딸꾹."

한 아름다운 남자가, 그녀의 침대 위에 반쯤 쓰러져 있었다. 한 번도 본 적 없는 무방비한 모습으로.

"……보고 싶었어."

술에 취하기라도 한 듯 나른한 표정으로, 그는 그녀의 이름을 불렀다.

"보고 싶었어, 아르노아."

자주 듣던 저음의 목소리는 이상하게 감미로웠다. 나른하게 풀린 채 그녀를 응시하는 눈동자도.

의식하지 못하는 사이, 아르노아의 심장 박동이 아주 조금 빨라졌다.

"너…… 괜찮아?"

"응, 아르노아의 얼굴을 보니까 괜찮아."

아르노아가 침대로 다가가 그를 살폈다.

달라진 목소리에, 달라진 호칭에, 살살 웃는 눈매까지. 벨은 평소와 같은 상태가 아니었다.

"취했어? 얼굴 좀 이쪽으로…… 이거 뭐야?"

아르노아는 침대에 다가가, 얼떨결에 양손에 잡힌 점박이 귀를 보며 눈을 크게 떴다.

"귀."

"흰둥이 귀가 왜 여기 달렸…… 이거 피야?"

아르노아는 제 손에 묻은 끈적한 액체를 바라보았다. 검은 머리칼 위에 뾰족하게 돋아난 두 귀 중 하나의 끝이 살짝 갈라져 있었다.

"피? 피는 여기 더 많은데."

벨은 뭐라고 웅얼거리더니 반쯤 몸을 일으키고 그녀의 앞에서 자신의 셔츠를 벗기 시작했다.

"갑자기 뭐 해? 다시 입…… 이거 다 피야?"

그가 건네는 셔츠를 밀어내려던 아르노아가 당황해서 눈을 깜빡였다. 그냥 색이 붉은 줄 알았던 그의 셔츠는 피로 젖어 있었다.

"내 피는 아니고 다른 사람. 검을 배웠더니 도움이 되네."

벨은 취하기라도 한 듯, 상황에 맞지 않게 빙긋 웃었다.

"누가…… 누가 너를 죽이려고 했어?"

"응. 걔네 복도에 있을걸."

아르노아는 쓸데없이 해맑은 벨을 향해 한숨을 푹 쉬며 침실 밖으로 나가 시종을 불렀다. 살았는지 죽었는지 모르겠지만 복도에 뭐가 있을 테니 치워 놓으라는 명령을 내린 후, 그녀는 누가 벨을 발견하지 않도록 빠르게 방으로 돌아왔다.

"돌아왔다."

마치 주인을 기다리는 애완동물처럼, 침대에 엎드린 채 그녀를 기다리던 그가 반쯤 몸을 일으켰다.

창틈으로 들어온 하얀 달빛이 그의 몸 위로 쏟아졌다. 배, 등, 어깨를 불문하고 빈틈없이 근육으로 짜인 몸은 대리석 조각상처럼 눈부시게 빛났다.

"……귀 이리 대 봐. 치료하게."

아르노아는 반사적으로 눈을 돌리며 침대에 걸터앉아 그의 머리를 향해 손을 내밀었다.

"싫어."

벨은 장난스럽게 웃으며 고개를 젓고는 그대로 아르노아의 손을 잡아끌었다.

"벨?"

미처 예상하지 못했던 상황에, 아르노아는 중심을 잃고 휘청하며 그에게 안겼다.

"안아 주고 싶었단 말이야."

그가 나직하게 내뱉었다.

귓가를 간지럽히는 목소리 때문인지, 가까이에서 느껴지는 숨결 때문인지, 갑자기 안은 몸이 뜨거워서인지, 아니면 그냥 상대방이 잘생겨서인지.

아르노아는 순간 목부터 귀까지 뜨거워지는 기분이었다.

그녀는 입술을 꽉 깨물었다.

'정신 차리자, 정신.'

상황이 조금씩 파악되기 시작했다.

통제가 안 되는 듯한 모습, 벨을 따라왔다던 살수, 변신을 하다 만 고양이 귀.

누군가 벨에게 독을 먹이고 그를 암살하려 했다.

비무가 어떻게 끝났는지, 케스만에서 벨이 누구를 방해했는지 생각하면 아마도 대공일 것이고.

"살아서 온 건 잘했지만……."

한 마디로 이 녀석은 지금 제정신이 아니었다. 다시 말하면 그가 이상한 행동을 한다 한들, 명색이 황제씩이나 되는 그녀가 휩쓸리면 안 된다.

"안으니까 좋아. 아르노아."

정신을 다잡는 그녀를 방해하듯, 벨이 다시 속삭였다.

"너 아파서 그래. 평소에는 안 그랬잖아."

그녀는 최대한 차분하게 대답했다.

"평소에?"

"귀 안 줄 거면 빨리 쉬어. 내일 아나킨에게 해독을 부탁할 테니까……."

"하지만 평소에도 그랬는데."

벨은 그녀를 안은 팔에 더욱 힘을 주며 웅얼거렸다. 몸은 분명 열이 있는 것처럼 뜨거운데, 말도 안 되는 힘은 이상하게 그대로였다.

"뭐?"

"평소에도 좋아했는데, 말하면 안 될 것 같아서 말 안 했지."

그가 헤실헤실 웃으며 말했다.

"……뭘 좋아해?"

"아르노아. 근데 비밀이야. 원래 말해 주려고 했는데 기다리기로 했어."

아르노아는 그녀를 감은 팔과 벨의 몸 사이에서 힘겹게 고개를 들었다.

"좋아해, 아르노아."

맹수처럼 날카로웠던 눈매가 보기 좋게 휘어 있었고, 균형 잡힌 입술의 호선 또한 완벽했다.

영혼을 쏙 빼놓을 만큼 눈부신 미소였다. 그가 지껄이는 헛소리를 믿게 할 만큼.

아르노아는 저도 모르게 마른침을 삼켰다.

"루카 말이 첫사랑이래. 하지만 비밀이니까 나중에 말해 줄 거야."

쿵. 아르노아의 심장이 강하게 뛰었다.

정신 차리자.

쿵. 마음속으로 되뇌는 게 별로 효과가 없었다.

"……아르노아, 떨고 있어?"

벨은 고개를 갸웃하며 그녀를 안은 팔을 살며시 풀었다. 완전히 놔준 것이 아니라, 그녀의 얼굴을 보기 위해 거리를 벌린 듯했다.

"예뻐."

벨이 한숨을 뱉으며 말했다.

"너무 예뻐서 눈을 뗄 수가 없어."

완전히 풀렸다고 생각한 눈에 이채가 서렸다. 달빛과 비슷한 은회색으로 빛나는 눈동자는 사람을 빨아들일 것 같았다.

정신 차리자. 정신 차려야 하는데…….

"나를 좋아해 줘, 아르노아."

하지만 미처 시선을 떼지 못한 사이, 그 눈동자가 아르노아의 바로 앞까지 다가와 있었다.

"부탁이야. 나 한 번도 누구한테 부탁해 본 적 없어."

달콤한 애원과 함께, 벨의 입술이 그녀의 것과 맞닿았다. 형용하기 어려운 황홀감이 그녀를 감쌌다. 설탕처럼 달고, 불처럼 뜨겁고, 믿을 수 없을 만큼 부드러운 그 느낌은, 휩쓸리지 말자던 그녀의 다짐을 머릿속에서 완전히 사라지게 했다.

조금 전까지 아르노아를 숨도 못 쉴 만큼 강하게 안았던 팔이 부드럽게 그녀의 등을 쓸었다. 그녀는 자신도 모르게 입술을 열고, 양손으로 그의 얼굴을 감싸고 있었다.

"……좋아해, 아르노아."

긴 입맞춤이 끝나자, 벨은 아쉬운 듯 입술을 떼고 다시 한번 속삭였다.

"난……."

아르노아의 입술이 달싹이고, 벨이 무언가 기대하듯 고개를 비스듬히 기울였다.

"난, 내가 좋아하는 건……."

펑.

그녀가 미처 말을 마치기 전이었다. 익숙한 소리와 함께 벨이 사라지고 작은 짐승의 형체가 그 자리에 나타났다.

"……흰둥이."

"가르릉……."

귀가 반쯤 찢어진 채 아르노아의 손에 들린 고양이는 그녀의 품을 비집고 들어왔다.

"가르르르릉……."

아르노아는 혼미했던 정신을 다잡으며 눈을 깜빡였다.

녀석은 눈을 반쯤 감은 채 가르릉거렸다. 한 번도 본 적 없는 모습이었다.

"……뭐야? 진짜 고양이가 돼 버린 거야?"

지금의 흰둥이는 변신한 마탑주라기보다는 정말 한 마리의 고양이 같았다. 그녀를 향해 계속 볼을 비비고 있으니, 어찌 보면 조금 전과 크게 달라진 게 없었지만.

"……위험한 상황이었구나, 너."

아르노아는 고양이의 머리를 쓰다듬으며 중얼거렸다.

짐작하고 있었지만 약효, 아니 독약의 효과를 알 것 같았다.

영체가 되어 있을 때에도 남아 있어야 할 인간의 정신과 힘을 빼앗는 것. 그러니까, 조금 전의 일은 역시 제정신에 일어난 상황이 아니었던 것이다.

그녀는 한숨을 쉬며, 눈을 감고 반쯤 잠이 든 흰둥이를 품에 꼭 안았다.

"살아 왔으니 됐어. 아침에 해독할 방법을 찾아볼게."

아르노아가 속삭였다. 순간 스치는 아쉬운 기분은 고개를 저음으로써 떨쳐 버렸다.

"그러고 나면 아까 그 일은 잊어버릴 수 있겠지."

* * *

아르노아는 창밖에서 쏟아지는 햇살에 눈을 찌푸렸다.

"……몇 시야?"

기분이 상쾌한 걸 보면 평소보다 훨씬 깊게 잠이 든 것 같았다. 그녀는 페넬로페를 호출하기 위해 설렁줄을 향해 손을 뻗었다.

"응?"

손은 뻗었는데, 이상하게 줄이 잡히지 않았다.

쭉. 아르노아는 다시 한번 팔에 힘을 주었다. 손가락만 줄 끝을 스칠 뿐, 여전히 잡히지가 않았다.

"뭐지?"

묘하게 몸이 무거운 것이, 무언가 그녀를 누르고 있는 기분이었다. 그제야 아르노아는 고개를 돌려 그녀를 누른 무언가의 정체를 파악했다.

"……깼어?"

그 무언가에게는 목소리가 있었다.

"나도 방금 깼는데."

얼굴도 있고, 몸도 있고, 움직였다.

덩치 큰, 반쯤 벗은 몸이 대리석 같은, 아르노아가 잘 아는 남자의 팔이 뒤에서 그녀를 안고 있었다. 정신이 맑아진 듯 다시 또렷해진 눈동자가 그녀를 내려다보며 반짝 빛났다.

"나, 다 기억나."

그의 음성이 아르노아의 귓가에 선명하게 울렸다.

"마력이 돌아와서 기억도 멀쩡해졌지 뭐야."

"꺅!"

"꺅?"

"너…… 네가 왜 여기 있어?"

벨은 의아하다는 표정으로 그녀를 바라보았다. 몸을 감은 팔을 풀어 줄 생각은 하지 않고 있는 듯했다.

"아팠던 건 난데. 행동이 달라진 건 왜 너지?"

"달라지다니……."

"기억 안 나? 남의 소중한 비밀을 들어 놓고."

그가 느릿느릿한 음성으로 물었다.

"……."

아르노아는 천천히 전날 밤의 기억을 떠올리며 한쪽 손으로 이마를 짚었다.

침실에서 찾아낸 벨이 유독 예쁘게 보였고. 옷에 피가 묻었다며 셔츠를 벗었는데 그것도 보기 좋았고.

그다음에 뭐라고 말을 했는데…….

"내가 좋아한다고 했어."

"……뭐?"

"원래는 다 비밀이었지만……."

벨은 작게 한숨을 쉬며 말을 이었다. 아르노아는 눈을 질끈 감았다. 잠깐 꿈을 꿨다고 생각했는데 전혀 아니었다.

"이미 말해 버린 이상, 없었던 일인 척할 생각은 없어."

벨은 아르노아의 생각을 읽기라도 한 것처럼 덧붙였다. 피할 기회를 주지 않겠다는 듯, 그의 시선은 아르노아에게 고정되어 있었다.

"설마 그 후에 무슨 일이 있었는지도 기억 안 난다고 할 건 아니지?"

"……그 후의 상황?"

아르노아의 몸을 자신을 향해 돌려놓더니, 벨은 그녀의 남은 한쪽 손을 끌어서 제 뺨에 가져다 댔다.

"이렇게 했잖아."

"……"

"내가 키스했을 때."

"그걸……"

아르노아는 몇 번이나 길게 심호흡을 했다. 그 와중에도 한쪽 손에 닿은 벨의 촉감이 너무 선명하게 느껴졌다.

그러니까 상황을 종합하면, 그녀는 망했다.

"그걸 다…… 기억해?"

그녀가 떨리는 목소리로 말했다.

"너 제 정신 아니었잖아."

원래 정신없는 상태로 한 말은 다음 날 다 잊어버리는 거 아닌가?

안 잊어버리면 그건 상도덕에 어긋나는 거 아니야?

"기억을 못 할 거라고 누가 그래? 그리고 이상한 약을 먹었다고 해서 다른 사람이 되는 건 아니야."

벨이 말했다.

"취중진담이라고 해야 하나, 원래 이성이 끊겼을 때 나오는 게 진심이고, 이건 마법 약도 예외가 아니지."

아르노아는 벨의 팔에서 벗어나려고 꿈틀거리다가 문득 그를 올려다보았다.

"……마력이 없어졌었어?"

"가끔 힘을 많이 쓰면 그래."

"힘을 왜…… 아."

아르노아는 그제야 비무 도중에 하늘이 완전히 캄캄해졌다가 밝아졌던 사실을 떠올렸다. 덕분에 릭을 향했던 록산느의 화살이 결국 빗나갔다는 것도, 안 그랬으면 승부는 원점으로 돌아갔을지도 모른다는 사실도.

벨이 그랬다는 건 어렴풋이 짐작하고 있었는데.

"그게 마력을 소진해야 하는 거였어?"

"당연한 거 아니야? 상대가 흑마법을 쓰는데."

"……."

아르노아는 눈을 몇 차례 깜빡였다.

그러니까 어제의 그 위험한 상황이, 지금도 귀에 남아 있는 상처가, 시종이 복도에서 주웠을 살수들까지도.

다 그녀 때문이라는 거 아닌가.

"왜 그렇게까지 해?"

아르노아는 몸을 비트는 걸 멈추고 물었다.

"다시 말해 줘?"

벨의 시선은 여전히 흔들리지 않고 그녀를 향했다.

"좋아한다고 했어."

전날과 달리, 훨씬 또렷하고 날카롭게.

"좋아해, 아르노아. 그리고 너도 나를 싫어하지 않았어."

다시 전날 밤으로 돌아간 듯, 아르노아의 가슴이 강하게 뛰었다. 반쯤 몸을 일으켜 그녀를 내려다보는 벨이, 문득 지나치게 가깝게 느껴졌다.

"다시 확인시켜 줘?"

"……하지만 불가능하다고 했는데."

아르노아가 중얼거렸다.

순간, 그녀의 머릿속에 며칠 전 아나킨이 했던 말이 떠올랐기 때문이었다.

"뭐가?"

"마탑주는 이기적이라서 누군가를 진심으로 좋아할 수 없다고."

아르노아가 다시 말했다. 벨의 말에 다른 반박이 생각나지 않은 탓이었다.

"연구 결과라던데."

작게 덧붙이기도 했다. 갑자기 떠오른 말이었지만 이 상황이 이해되지 않는 것은 사실이었다. 그녀는 아나킨의 연구가 틀렸을 거라고 생각하지는 않았다.

벨은 천천히 눈썹을 치켜 올리더니 낮은 웃음을 터뜨렸다.

"나도 알아, 그 얘기. 아나킨의 연구는 귀찮아도 봤으니까."

"거짓말이야?"

"아니. 사실 나도 본 게 있어서 믿고 있었는데……."

잠깐 무언가를 생각하던 벨은 곧 다시 아르노아를 향해 눈을 내리깔았다.

"다 무슨 상관이야. 완전히 틀렸다는 게 증명됐는데."

벨은 아직도 자신의 뺨에 머무르고 있는 아르노아의 손에 제 손을 겹친 채 그녀에게 싱긋 웃었다. 언제나처럼 여유롭지만 눈동자 속에는 평소와 다른 진지함이 보였다.

정말로 진심인 것처럼.

"농담이 아니야."

두 사람의 거리는 여전히 가까웠다. 아르노아는 몸이 뜨거워지는 기분이었다.

지금 빠져나가야 하는데.

조금만 더 있으면 영영 벗어나지 못할 것만 같은 기분이 들었다. 그럼에도 그녀의 몸은 생각처럼 움직여지지 않았다.

필요할 때는 황제로서의 냉철함을 발휘할 수 있는 사람이라고 스스로를 평가해 왔건만, 아르노아는 그녀가 아름다운 것에 약하다는 사실을 인정해야 했다.

"그리고 난 한 번 뱉은 말은 취소하지 않아."

보기 좋게 휘어진 눈이 아르노아의 얼굴을 바라보고 있었다.

그녀의 눈이 아니라, 그보다 약간 아래쪽을.

"다시 보여 줄게."

"……."

아르노아는 더 이상 반박할 것이 떠오르지 않았다. 몸은 여전히 마비되기라도 한 듯 가만히 있었다. 벨의 손이 그녀의 뺨을 감쌌고, 눈을 뗄 수 없을 정도로 완벽한 얼굴이 순식간에 가까워졌다.

이젠 모르겠다.

아르노아가 자신도 모르게 눈을 반쯤 감으려던 순간이었다.

벌컥-

펑.

"폐하, 괜찮으세요? 정말 어젯밤에 살수가 이 황궁 복도에서……."

문이 벌컥 열리고 페넬로페가 들이닥쳤다. 그녀는 무척 급한 듯 두서없이 중얼거리다가 아르노아를 보고 눈을 크게 떴다.

"어…… 폐하?"

"아무 사이도 아니다!"

아르노아가 다급하게 외쳤다. 허물없는 시녀이자 동생인 페넬로페였지만 큰 오해를 하게 내버려 둘 수는 없었다.

"네?"

"나와 이자는 아무 사이도 아니야."

"그건 좀 차가우신데요."

상처받은 표정으로 대답한 것은 벨이 아닌 페넬로페였다.

"차가워?"

"그리고 못 믿겠어요. 지금도 흰둥이에게 뽀뽀를 해 주고 계시면서."

아르노아는 고개를 돌렸다. 아까까지 있던 벨은 보이지 않았고, 대신 익숙한 고양이 한 마리가 그녀와 입술을 맞대고 있었다.

"냥."

반응 하나는 빨라.

아르노아는 안도의 한숨을 깊이 쉬며 고양이를 들어서 옆으로 옮겼다.

"……저기 얌전히 앉아 있으렴."

"냐아아아."

아쉬운 표정인 걸 보면, 이제는 영체로 변해도 정신이 멀쩡한 모양이었다.

"페넬로페, 살수는 어떻게 됐지?"

아르노아는 다시 그녀에게 붙으려고 버둥거리는 그를 떼어 놓으며 물었다.

"누가 처리한 건지, 다 죽고 한 명이 살아 있었지만 그도 자살했다고 해요."

페넬로페가 분하다는 듯 대답했다.

"시체는 들짐승 밥으로 주렴. 아마 살았어도 배후를 토해 내지는 못했을 거야."

아르노아가 말했다. 디르한에서 만났던 자들보다 실력은 한 수 위였을 텐데, 살수들의 운이 퍽 없었던 모양이었다.

"그것 때문에 온 거야?"

"아뇨."

페넬로페가 불만스러운 표정으로 고개를 저었다.

"어제 피곤하셨던 데다가 황궁에 살수가 침입했으니 폐하께서는 안정을 취하셔야 한다고 했는데…… 그래도 뵈어야겠다는 사람이 있어서요."

그녀가 투덜거리며 침실 밖으로 손짓했다.

"기상하셨군요, 폐하."

먼저 들어온 것은 아나킨이었고.

"어…… 좋은 꿈 꾸셨나요, 폐하?"

어리바리하게 인사를 하며 주위를 두리번거리는, 순진하게 생긴 남자는 벨의 제자, 루카였다.

"이놈이 페르헨에 급한 문제가 생겼다면서 저를 찾아와서……."

"흡."

아나킨은 짜증스러운 듯 뭐라고 말하다가 눈썹을 치켜올렸다.

루카가 방 안의 무언가를 발견하고 울컥하는 표정을 지으며 낑낑거렸기 때문이었다. 아나킨의 시선은 곧 루카의 눈을 따라갔다.

"저거…… 언제부터 방에 있었습니까?"

마침내 그가 발견한 것은 휜둥이였다.

* * *

'아악!'

어둠 속에서 날카로운 비명이 들렸다.

소년은 씨익 웃으며 계속 숲 속을 걸었다. 또 한 번의 성공, 또 한 번의 승리였다.

'이제 남은 건 마탑주인가.'

그는 입 속으로 준비된 주문을 외우며 주머니 속의 약병을 만지작거렸다. 황록색 눈 속 홍채가 세로로 가늘어졌다. 바스락 하는 발소리가 들리더니 누군가 그의 앞을 가로막았다. 소년은 고개를 들었다.

헝클어진 새까만 머리에 흑요석처럼 새까만 눈동자, 얼음처럼 차가운 아름다움.

마탑주 아마릴리스였다.

'너구나? 요 며칠 힘을 시험하겠다고 페르헨에 역병을 퍼뜨리고 다니는 게.'

모든 것을 꿰뚫어 보는 듯한 서늘한 시선에 소년은 순간 오금이 저리는 기분이었다.

'예지력으로 봤다 이놈아. 페르헨 역사상 가장 짜증 나는 돌연변이 같은

놈이 오늘 날 찾아오는 모양이더구나. 그게 너 같은 애송이일 줄은 몰랐다만.'

그는 침을 꿀꺽 삼키고 태연한 목소리로 대답했다.

'강하다고 떠드는 자들에게 현실을 보여 준 것뿐입니다. 위대한 마법사라는 자들도 제 앞에서 무릎을 꿇더군요.'

'멍청한 놈. 무릎은 무슨.'

노골적인 비웃음에 소년이 발끈했다.

'사실입니다.'

'독을 푸는 거 외에 할 줄 아는 게 있기는 해? 마법사들이 흑마법을 건드리지 않는 건 다 이유가 있어.'

'……못 건드리는 게 아니고요?'

아마릴리스는 어이없다는 듯 헛웃음을 짓고는 숱 많은 머리칼을 쓸어 넘겼다.

'누가 죽든 말든 알 바 아니다만…… 아무튼 이제 나한테까지 찾아왔다 이거지?'

'…….'

소년은 이마에서 식은땀을 닦아 내고 침착하게 주머니에서 약병을 꺼냈다.

겁이 난 건 찰나였다. 대마법사 아마릴리스와 마주 본 순간, 드디어 그녀를 무너뜨릴 수 있다는 사실을 깨달은 순간 그의 몸에는 짜릿한 전율이 흘렀다.

다른 마법은 필요 없었다. 그는 세상에서 가장 강한 마법사가 되는 쉬운 방법을 알고 있었다.

강한 자들을 해치우면 되는 것이다.

그들이 태어나서 한 번도 접해 본 적 없는, 오직 자신과 같은 천재만이 개발할 수 있는 독으로.

'막을 수 있으면 막아 보십시오.'

그는 말과 동시에 약병을 열었다. 짙은 녹색의 연기가 허공에 퍼지는 모습에 아마릴리스가 눈썹을 치켜 올렸다.

'……곧 숨을 못 쉬게 되실 겁니다. 눈치채셨겠지만 이건 마력이 강하다고 풀 수 있는 독이 아니니까요.'

'정말로 미련하구나. 이런 짓을 하고 무사할 거라 생각하다니.'

여유로운 말과 다르게 괴로움이 느껴진 건지, 그녀는 한 손으로 코와 입을 막았다. 하지만 독은 마나의 흐름을 타고 손쉽게 아마릴리스의 몸으로 흘러들어갔다.

'그럼 막아 보시죠. 이 독은 마력이 강할수록 빠르게 흐르거든요.'

'하…… 이 자식은 아기 때 알아보고 그냥 죽였어야 했는데.'

아무렇지 않게 말했지만 그녀의 목소리는 무언가에 막힌 듯 답답해지고 있었다.

'해결법을 찾을 수 있으면 찾으십시오. 아마 그 전에 죽겠지만.'

그는 한결 창백해진 채 숨을 몰아쉬는 아마릴리스의 얼굴을 즐거운 듯 바라보았다. 꿈에도 그리던 장면을 눈앞에서 바라보게 된 그의 얼굴에는 나이와 맞지 않은 광기 같은 것이 있었다.

공포 따위는 잊어버린 그는 의기양양하게 조언했다.

'이제 온몸에서 힘이 빠져나갈 겁니다. 쓸데없이 몸부림을 치기 보다는…….'

'아, 시끄러워.'

피잉-

갑자기 고개를 든 아마릴리스의 손에서 새하얀 섬광이 터져 나와 소년의 가슴팍에 작렬했다. 그렇게 빠른 움직임은 예상하지 못했던 소년이 눈을 크게 떴다.

다음 순간 그는 바닥에 널브러진 채 경련하고 있었다.

'*아아아악!*'

소름 끼치는 고통이 그의 전신을 강타했다. 그는 온몸에 힘이 풀린 채 고래고래 비명을 질렀다.

'*끄아아아아악! 아아악!*'

'*하…… 해독이 안 되는 건 진짜였네. 응? 넌 벌을 좀 더 받아야겠다.*'

아마릴리스는 소년을 향해 몇 차례나 더 섬광을 쏘아 보냈다. 소년이 피투성이가 될 때까지.

'*아예 죽여 버릴…… 아오, 기운 빠져.*'

어느 순간 그녀는 멈추었다. 마력이 전처럼 잘 듣지 않던 까닭이었다.

'*으…… 으흑……*'

소년은 그 틈을 타 덜덜 떨리는 다리로 일어서서 도망치기 시작했다. 팔다리에서 피가 줄줄 흘렀다. 말은 제대로 나오지 않았고 몸이 불에 타는 것 같은 느낌이었다.

아마릴리스는 다시 한번 살상마법을 사용하려다가 포기하고 숨을 몰아쉬었다.

'*하아…… 그래. 이래서 저 자식이 먼 미래까지 살아남았구나. 명줄 긴 개자식.*'

아마릴리스는 도망치는 소년의 등 뒤에서 무언가를 더 중얼거렸다.

'*저 싸가지 없는 것이 칠 깽판이 10년도 더 남았다니……*'

그녀는 한숨을 내쉬며 숲 속의 커다란 느티나무에 기댔다. 미래의 파편들이 조각조각 스쳐갔다.

'*웬만하면 좀 오래 살아서 아들 사는 거 구경하려고 했더니.*'

그녀는 습관처럼 머리를 쓸어 올리며 말했다. 그리고 부분 부분 훼손된 자신의 마력을 다시 끌어모았다.

'*좋아, 그럼.*'

그녀가 냉소를 지었다.

'*평생 희망 고문만 당하다가, 한 번에 다 잃어버리라지.*'

아마릴리스는 남은 힘을 끌어 모아, 멀리 피를 뚝뚝 흘리며 도망치는 소년에게 저주를 걸었다.

라야는 두 번째 꿈속에서 높디높은 탑 안에 홀로 서 있었다.

뒤에서 그의 목숨을 노리며 알아들을 수 없는 말을 중얼거리던 아마릴리스는 이제 보이지 않았다.

'*……이게 마탑이구나.*'

그는 웃고 있었다. 발밑에는 위대한 벨카리아나스의 시체가 나뒹굴었다. 조금이나마 아마릴리스를 닮은 얼굴이 그에게 더 큰 만족감을 주었다.

'*으하하하하핫! 드디어!*'

라야가 호쾌한 웃음을 터뜨렸다. 예지몽 속 그의 모습은 이렇게나 즐거웠다. 평생 깨고 싶지 않을 정도로.

"라야!"

"아…… 오랜만에 꿈을 좀 꿨는데."

라야는 아쉬운 표정으로 침대에서 일어나, 갑자기 쳐들어온 불청객을 살폈다.

"과거의 꿈, 미래의 꿈을 한 번에 꾸는 것이 얼마나 드문 일인지 아십니까? 드물게 예지몽이 선명했는데……."

"닥쳐. 네 예지몽 따위가 문제가 아니다."

대공이 버럭 소리쳤다.

그의 얼굴은 분노와 안타까움으로 붉어져 있었다.

"처리하지 못했다."

"예?"

"마탑주는 피 몇 방울만 흘렸지 멀쩡하고, 황제도 당연히 멀쩡하고, 내

수하들만 죄다 죽었다는 말이다. 뒤따라갔던 놈들이 들키지 않고 보고라도 해서 다행이었지."

대공은 한숨을 푹푹 쉬며 머리를 잡아 뜯었다.

요즘 되는 일이 없었다.

록산느는 태어나서 처음으로 비무에서 패했다. 그것도 황제에게.

분풀이로 디르한의 국왕을 잡아다가 두들겨 주기는 했지만 록산느의 화가 정말로 풀린 것은 아니었다.

물론 지켜보는 대공으로서도 안타까웠다. 무엇보다 제국의 모든 이들을 그녀의 편으로 돌려서 황제를 압박하려던 계획이 실패로 돌아간 것이 답답했다.

라야는 잠시 눈썹을 찌푸렸다가 어깨를 으쓱했다. 나쁜 소식이었지만, 조금 전의 예지몽이 선명했기에 신경이 쓰이지 않았다.

"그렇군요."

"뭐가 '그렇군요'냐? 네 계획이 실패했는데!"

"저는 분명히 약을 먹였습니다. 아주 강한 약을요. 드문 기회를 만들었습니다."

"그런데?"

"마탑주의 피까지 보고 실패했으면 그건 제 탓이 아니지 않습니까?"

"……."

대공은 순간 할 말을 잃었다. 라야의 말이 틀리지 않았기 때문이었다.

"그래서, 다른 방법이 없다는 말이냐? 그런 것치고 넌 아주 멀쩡해 보이는구나."

"기분 좋은 일이 있으니까요. 악몽만 찾아온 줄 알았더니 좋은 꿈도 꿨고……."

라야는 침대에서 내려와 대공 앞에 섰다. 걷어 올려 진 소매 밑으로 오래전의 흉터가 보였다.

"마탑주가 잠시나마 중독되었으니, 페르헨에 퍼진 독은 더 강해졌을 것 같아서요."

"……그게 중요한가?"

"물론입니다. 마탑주의 다음 행방이 결정되니까요."

"이해했는지 모르겠지만 말이다."

대공이 경고하듯 목소리를 깔았다.

"나는 록산느에게 다른 경쟁자가 없는 제국을 줄 거다. 무슨 일이 있어도."

"압니다. 저와 비슷한 사고방식을 가지셨지요."

"그럼 좀 도우라는 말이다. 네가 약속한 대로. 황제도, 마탑주도 오래 살아서는 안 돼."

"전부터 해 오셨던 말씀이지요. 어려운 꿈이지만……."

무언가 떠오른 듯, 라야의 눈이 반짝 빛났다.

"이건 어떠십니까? 순서를 바꾸는 겁니다."

"순서를?"

"황족의 영혼석이 마법에 쓰인다고 전에 말씀드린 적이 있었지요."

라야가 씩 웃으며 벽에 기대섰다.

"기억난다. 황제의 것을 주기로 했었지."

"맞습니다. 내기에서 이기셔서 철저한 계약까지 했는데."

"……그게 있으면?"

"그게 있으면, 마탑주를 죽이는 건 할 수 있습니다. 대공 전하의 도움도 필요하지 않습니다."

"……마탑주보다 황제를 먼저 죽이라는 말이구나."

대공이 중얼거렸다.

"되겠느냐? 마탑주에 기사들까지 붙어 있는데?"

그가 쓸쓸하게 물었다.

"기사들을 구워삶아 놓은 이상 황제 주변의 경비는 삼엄할 텐데."

"뭐…… 마탑주와 경비, 둘 중 하나는 곧 떨어지게 될 겁니다."

흐렸던 대공의 표정이 조금 밝아졌다. 그가 조심스레 물었다.

"확실한 이야기냐."

"마탑주는 페르헨으로 돌아가야 할 테니까요. 남겨진다면 기사들만 해치우면 될 일이지요."

라야가 확신을 가지고 대답했다.

"……그 정도는 가능하다."

다시 희망을 본 듯, 대공은 잃었던 웃음을 조금아니마 되찾은 얼굴로 라야의 방을 떠났다.

"딱히 성공할지는 모르겠는데."

혼자 남겨진 라야가 중얼거렸다.

"하긴, 나야 상관없는 일이지."

그는 이내 픽 웃으며 다시 침대에 벌렁 누웠다.

"어느 황족의 영혼석을 손에 넣든, 내게는 다 똑같은 일이니까."

* * *

"그러니까, 이 고양이는 폐하께서 아끼시는 애완 고양이라는 말씀이시군요."

페넬로페가 나가고 세 사람과 고양이 한 마리만 남겨진 방 안에서, 아나킨이 흰둥이를 향해 손을 뻗었다.

루카와 아르노아는 순간 서로를 마주 본 채 침을 삼켰다.

"하악!"

"사나워서 못쓰겠군."

덥석.

아나킨이 목덜미를 잡고 녀석을 들어 올리자 흰둥이는 털을 **빳빳**하게 세우고 그를 노려보았다.

"……내가 아는 녀석이랑 닮았는데."

아나킨이 의심 가득한 표정으로 흰둥이를 훑었다. 그의 시선이 살짝 찢어진 흰둥이의 귀에 닿았다.

"설마……."

"야, 아나킨, 너 무슨 생각을……."

루카가 아슬아슬한 표정으로 그를 불렀지만 아나킨은 듣고 있지 않았다.

"설마 아니겠지. 표범과 고양이가 얼마나 다른데."

그가 흰둥이를 더 높이 집어 들며 말을 이었다.

네 개의 짧은 다리가 허공에서 버둥거렸다.

"영체로서 고양이는 너무 하찮은 거 아닌가."

"하악- 학!"

"자, 저리 가라."

아나킨이 고양이를 휙 하고 집어던졌다. 조금 위험할 정도로 높이.

"안 돼!"

펑.

루카가 울상을 지음과 동시에, 방 안에서는 작은 폭발음이 울렸다.

"……진짜였냐."

"이 자식이 죽으려고 작정을 했나."

벨과 아나킨은 서로 마주 보며 한 마디씩 내뱉었다.

"넌 진짜 희한해. 영체를 안 알려 주는 사람은 많아도 다른 동물로 변신하는 놈은 처음 봤다."

아나킨은 신기한 듯 눈을 동그랗게 떴지만, 한편으로는 반쯤 예상했다는 태도였다.

"왜 하필 고양이야? 이것도 아마릴리스가 한 건가?"

"고양이가 어때서. 귀엽잖아."

아르노아가 본능적으로 끼어들었다. 벨은 아나킨을 노려보던 와중에 기분 좋은 듯 싱긋 웃었다.

"그리고 넌 언제부터 알았어?"

아르노아는 황당한 표정으로 아나킨에게 물었다. 눈치가 빠르다 한들, 마탑주의 영체가 사실 고양이라는 걸 누가 짐작이나 한단 말인가.

"처음은 전에 이 방에서 고양이를 처음 봤을 때였죠."

아나킨은 너무 쉬운 거 아니냐는 듯 술술 대답했다.

"익숙하게 생긴 데다가 저를 좀 싫어하는 것 같아서……."

그는 어이없다는 듯 헛웃음을 지었다.

"동물이고 사람이고, 초면에 제 외모를 싫어하는 이는 세상에 없는데 말입니다."

"……."

"두 번째는 어젯밤 머리 위로 돋아난 귀가 표범 귀 같지 않다는 사실이 생각났을 때였고, 세 번째는……."

그는 벨이 멀쩡하다는 사실을 확인하고 쪼르르 그의 곁으로 달려간 루카를 힐끗 보았다.

"벨을 찾아 달라던 저 녀석이 굳이 폐하를 먼저 알현한다고 고집을 피우더니, 결국 침실의 고양이를 보고 울먹이기에 확신했습니다."

"현명하네."

아르노아가 고개를 끄덕였다. 어쩌면 그냥 루카가 바보 같은 거였던 것 같기도 했지만.

"별일 없으셨습니까?"

아나킨이 조금 진지해진 표정으로 물었다.

"있었지. 아주 즐거웠어."

벨은 손가락을 튕겨 허공에 옷 한 벌을 만들어 내 몸에 걸치며 대신 대답했다. 부드럽던 아나킨의 눈에 순간 다시 경계심이 어렸다.

"지금 보니 저 자식 차림이…… 폐하, 설마 저 녀석과 밤에 함께 계셨던 겁니까?"

"별일 없었고 저 녀석은 밤에 고양이로 있었어."

아르노아는 걱정과 당혹스러움이 뒤섞인 듯한 아나킨의 얼굴을 보며 대답했다.

"계속 그랬던 건 아니다. 처음이랑 나중에는……."

"넌 좀 닥쳐, 벨. 폐하, 곁에 누구를 두는지 항상 조심하라고 하지 않았습니까. 특히 벨은 위험한 자입니다."

아나킨은 끼어드는 벨의 말을 딱 잘랐다.

"미남을 봐야 잠이 잘 온다면, 저를 부르셔도 됐을 것을."

"그런 건 아니야."

아르노아가 고개를 저었다.

미남을 보면 오히려 잠이 확 깬다는 사실을 오늘 깨달았다고 대답하고 싶었지만 그녀는 입을 다물었다.

"다 알았으면 더 이상 아르노아에게 쓸데없는 소리 마."

달라진 호칭에 아나킨이 다시 한번 눈썹을 치켜올렸다.

"그래서 루카, 뭐가 문제냐?"

벨이 물었다.

"날 왜 방해했지? 나 아주 행복했었는데."

"아, 그게……."

안절부절못하며 눈치를 살피던 루카는 머뭇거리다가 벨의 귀에만 무언가를 속삭였다. 벨의 표정이 흐려졌다.

"……끈질기군."

그는 깊은 숨을 뱉으며 침대에 걸터앉았다.

"······왜?"

아르노아가 물었다.

"좀 떠나야겠는데."

벨은 가라앉은 목소리로 짧게 대답했다. 다시 고개를 들어 아르노아를 바라보는 그의 눈 속에는 짙은 아쉬움이 배 있었다.

"떠나? 갑자기?"

"페르헨에서⋯⋯ 처리할 일이 있어서."

그는 말해 줄까 말까 고민하듯 입술을 달싹였다가 다시 다물었다. 조금 전과 전혀 다른 분위기였다.

"⋯⋯대공 쪽에서 찾는다던 마법사는?"

아르노아는 왠지 그자가 페르헨에서 생긴 문제와 관련이 있을 거라는 느낌을 받았다.

"찾았어. 다 찾았는데⋯⋯ 지금 당장은 응급조치가 좀 필요하겠군."

그는 아직 상처가 남은 귀를 만지작거리며 대답했다.

"포털로 며칠만 다녀올까 해."

아르노아는 선뜻 고개가 끄덕여지지 않았다. 페르헨의 영주이니 마음대로 할 일이긴 한데, 조금 전 침대에 누워 있던 모습이 아직 머릿속에 남은 게 문제인 듯했다.

"야, 잠깐만."

벨의 결정에 이의를 제기한 건 아나킨이었다.

"페르헨에 뭐가 문제인지는 굳이 따지지 않겠는데⋯⋯ 지금 상황에 돌아간다고?"

"맞는데."

벨이 고개를 끄덕였다.

"대공 쪽에 있는 마법사라는 놈이 비무 때 흑마법 썼던 놈 맞아?"

아나킨이 날카롭게 물었다. 마력은 없지만 마법의 모양과 색채에 대해서는 누구보다 잘 아는 그는 '흑마법'이라는 판단을 내리는 데 망설임이 없었다.

"그것도 맞다."

"노린 건 너였지만, 어쨌든 살수를 이 궁까지 들여보낸 것도 대공 쪽이고."

아나킨이 답답하다는 듯 내뱉었다. 이번에는 질문이 아니었지만 벨은 다시 고개를 끄덕였다.

"돌아오면 처리할 거다."

"방비를 해 놨겠지. 흑마법을 쓰는 자라면."

"내 안위를 걱정해 주는 건 고맙군."

그가 대꾸하자 벨은 다시 여유롭게 미소 지었다.

"하지만 나는 역대 마탑주 중 가장 강한……."

"아무도 네 걱정 안 해, 멍청아."

아나킨이 잘라 말했다.

"그쪽의 이상한 놈과 대공이 손을 잡고 폐하를 노리는 게 걱정이라고."

"아르노아를 노려……?"

벨의 눈이 순간 커졌다. 힐끗 아르노아를 향한 눈동자가 흔들렸다.

"……그런 거라면 무척 중요한 이야기니 계속해라."

그는 빠르게 수긍하고 입을 다물었다.

"기사들을 폐하의 편으로 돌렸으니 대공과 대공녀는 크게 문제 되지 않아. 기사단이 막을 수 있다."

아나킨이 눈썹을 찌푸린 채 설명을 계속했다.

"다만 마법사라면 말이 다르지. 그것도 내가 모르는 마법사라면."

"……확신하고 있는 거야? 비무가 끝나자마자?"

아르노아가 묻자 아나킨은 고개를 끄덕였다.

"대공은 성격이 급하고, 대공녀는 더욱 급합니다. 아마 폐하를 만난 순간부터 암살을 생각했겠죠."

아르노아는 고개를 끄덕였다. 황좌에 앉은 록산느를 의자째로 내버리라는 명령을 내린 후 받았던 살기 어린 시선은 잘 잊히지 않았다.

"만난 순간 시도했다면 지금쯤 제국은 대공녀의 소유가 되었을지 모릅니다. 명분이며 자존심을 챙기느라 비무까지 기다린 게 폐하께 득이 된 셈입니다."

"그럼 지금은……."

"앞으로 3일 정도가 위험합니다. 그 기간이 지나면 대공과 대공녀는 황성에 더 머무를 핑계도 없을 테니까요. 원래는 4기사단 중심으로 방비하고 가능하면 역모의 증거를 잡으려 했는데……."

"……."

"대공녀는 물러서는 법을 모릅니다. 페르헨을 벗어난 마법사가 곁에 있다면, 3일 안에 어떻게든 함께 폐하를 해하려 들 겁니다."

"……참 부지런한 사람들이로군."

아르노아가 한숨을 내쉬었다.

뭐 이렇게 쉴 틈이 없나.

비무가 끝났으면 며칠 퍼져 있다가 다시 움직이지 않고.

고생고생해서 비무를 준비하고, 이제 한층 더 올라간 제 유명세를 즐기겠다던 릭이 조금 불쌍하게 느껴졌다. 결과가 어떻게 되든, 대공녀가 황제를 암살하려 한다면 배우 따위는 모두의 기억에서 잊혀 버릴 것이다.

"그럼, 넌 무슨 제안을 하려는 건데?"

그녀는 깊이 고민하는 대신 아나킨을 향해 다시 물었다. 눈썹에 잔뜩 힘이 들어간 것이, 제 머리가 내린 이성적인 판단이 마음에 들지 않는 듯했다.

"하아…… 제가 이런 말을 한다는 걸 믿을 수가 없는데 말이죠."

아나킨은 심호흡을 하며 제 머리칼을 헝클어뜨렸다.

"……황궁의 기사들을 다 합쳐 놓은 것보다도 벨이 더 안전할 듯합니다."

그는 한 마디 한 마디 힘들여 토해 냈다.

제 입으로 멀리하라고 조언했던 벨에게 아르노아의 안전을 맡기는 듯한 말을 하는 것에 자존심이 상한 듯했다.

"당연한 말을 참 힘겹게 하는군."

"넌 닥쳐. 그러니까 제 말은 딱 며칠 동안……."

"아르노아가 나랑 가면 되겠군. 겨우 며칠이니까 말이야."

벨은 닥치지 않고 대답했다. 흐렸던 그의 얼굴에 환한 미소가 번지고 있었다.

"폐하의 존함을 함부로 부르면, 네 포털에 덫을 놔서 페르헨으로 돌아가지도 못하게 해 줄 거다."

아나킨이 으르렁거렸다. 루카가 힉 소리를 내며 침을 삼킨 것을 보면, 마력 없이도 그런 것이 가능한 듯했다.

"같이 갈래?"

벨은 아나킨을 가볍게 무시하며 아르노아를 향해 고개를 돌렸다.

순수하고 환한 미소는 그대로였다. 눈이 마주친 순간 암살 시도 같은 것은 다 잊어버릴 정도로.

이기적이라서 누굴 좋아할 수 없다는 마탑주 벨카리아나스는, 그야말로 애정이 넘치는 눈으로 그녀를 바라보고 있었다.

"같이 가 준다면 너는……."

벨이 문득 생각난 듯 덧붙였다.

"페르헨에, 마탑에 발을 들이는 최초의 황제가 되겠군."

"그러니까……."

가만히 있던 아르노아가 입을 열었다.

"전시도 아닌데, 황제인 내가, 암살을 피하기 위해 황궁까지 비우라 이 얘기로군."

"맞아."

벨이 당당하게 대답했고, 아나킨은 당황한 표정으로 뭔가 더 말하려 했다.

"폐하, 제 얘기를 들어 보십시오……."

"좋은데?"

아르노아가 망설이지 않고 대답하자, 막상 그녀를 설득하려던 아나킨은 눈을 동그랗게 떴다.

"대답이 빠르네?"

"당연하지."

"……역시 너도 나와 한시도 떨어질 수 없는 건가."

"그건 아니고."

순간 흔들리는 벨의 동공을 바라보며 아르노아가 단호하게 고개를 저었다.

잘생긴 건 잘생긴 거고, 한시도 못 떨어지면 일상생활을 어떻게 해.

"그럼, 페르헨에 가 보고 싶어서……?"

"조금은 맞아."

아르노아가 애매하게 말했다.

페르헨 땅을 처음 밟는 황제.

과거 그 땅에 관심을 가졌다가 좋지 않은 죽음을 맞았던 군주들이 많았다는 걸 감안하면 의미 있는 일이었다.

일단 루시아노가 못했던 일을 한다는 것에서 오는, 어딘가 속 좁은 느낌이지만 뿌듯한 성취감이 있었고, 페르헨은 제국에서 가장 신비로운 곳이자, 몇몇 소문이나 아나킨의 말에 따르면 가장 부유한 영지였기도 했으니 궁금한 건 당연했다.

"……다른 이유가 있으십니까?"

뿌듯하게 웃는 벨을 두고 아나킨이 다시 물었다. 아르노아는 고개를 끄덕였다.

"단서 좀 잡자. 반역에 대해서."

아르노아가 가볍게 대답하자 아나킨의 눈이 더욱 커졌다. 벨은 흥미롭다는 듯 눈을 반짝 빛냈다.

"반역이라면……."

"아실리에르 대공과 대공녀밖에 없지 뭐."

그녀가 빠르게 대답했다. 즉위한 지 얼마나 됐다고, 다른 반역자가 또 있으면 너무하지 않은가.

"……이번에 말입니까?"

아나킨이 다시 물었다.

"지금까지는 늘 방어만 하셨었는데."

"일단은 그랬지. 근데 사람들이 쉴 틈을 안 주잖아."

그녀가 투덜거리며 덧붙였다.

"그럼 잡고 나서 쉴 수밖에."

실제로 아르노아는 좀 짜증이 났다.

피곤한 결혼생활을 정리하고 숨 좀 돌리려고 했더니 쓸데없는 전쟁 자금을 달라지 않나, 귀족들이랑 좀 친해져서 앞으로 편하겠다 했더니 어느새 황성으로 돌아와 시비를 걸지 않나.

비무까지 끝냈으면 얌전히 있을 것이지, 뒤가 구린 마법사와 짜고 마탑주의 암살을 시도하지를 않나.

그것도 아르노아의 침실 근처에서.

"하긴…… 페르헨의 영주가 황궁 안에서 살해됐다면 마법사들과의 관계에도 영향이 갔을 겁니다."

아나킨이 천천히 중얼거렸다. 벨이 의외라는 표정으로 눈썹을 치켜올렸다.

"……다들 평화가 찾아왔다고 기뻐했겠지요. 친분을 다질 좋은 기회였을 텐데."

곧 그 눈썹이 다른 모양으로 찌푸려졌긴 했지만.

"어느 쪽이든, 마탑주의 안전 문제에 황궁이 연루되는 것 자체가 피곤한 건 사실입니다."

아나킨의 말을 들으며 무심코 눈을 돌린 아르노아의 시선 끝에, 겨우 옷을 차려입은 벨의 모습이 들어왔다. 문득 조금 전까지 벨의 몸이 그녀와 얼마나 밀착되어 있었는지가 떠올랐다.

전날 밤, 그가 입을 맞췄을 때 자신이 피하지 않았다는 사실도.

"……맞아, 피곤하다니까."

아르노아가 작위적으로 고개를 끄덕였다.

"그럼…… 신중하게 생각해 보신 겁니까?"

그가 손가락으로 제 관자놀이를 누르며 물었다. 머리를 빠르게 굴릴 때 나오는 습관이었다.

"응. 방금 1분 동안."

아르노아가 대답했다.

짧지만 신중하게 고민했고, 결론은 하나였다.

명색이 황제인데, 방계 황족 숙청은 해야지 않겠어?

기왕이면 일찍.

"폐하."

"너도 생각해 봐, 아나킨. 넌 나보다 똑똑하니 30초면 될걸."

"맞는 말씀입니다."

아나킨은 정리가 됐다는 듯 수긍했다.

"틀린 말씀이 아닙니다. 폐하께서 안 계시면 대공은 분명히 움직이겠죠. 대공녀는 암살보다 대놓고 공격하는 걸 선호하지만, 지금은 졌으니 다른 방법이 없을 테고요."

그가 말을 이었다.

"귀족도, 기사들도 상당수가 폐하의 편으로 돌아섰으니 몸을 사릴 때이지만, 아마 대범하던 습관을 못 버렸을 겁니다. 뭐라도 나올 가능성이 크다는 거죠."

"다만 걱정되는 건⋯⋯."

아르노아는 잠시 고민하다가 다시 벨에게 고개를 돌렸다.

그는 아르노아가 단서를 잡자는 말을 한 순간부터 그녀에게서 눈을 떼지 않고 있었다. 마치 마음에 들었던 무언가의 새로운 면을 발견한 사람처럼, 흥미로 가득 찬 표정이었다.

"벨, 아주 멀리 있는 사람을 마법으로 죽이는 것도 가능해?"

그녀가 물었다. 웬만하면 아나킨에게 물었을 것이나, 대공의 곁에 있다는 마법사는 일반적인 페르헨의 영지민과 다른 듯한 느낌이었다. 그런 것이 가능하다면, 그런 자가 아르노아를 살해하려 한다면 단서가 남을 리도 없었다.

"응."

벨이 고개를 끄덕였다. 긍정적인 대답은 아니었지만 그의 입가에는 여전히 미소가 있었다.

"아주 드물게, 그런 걸 하는 마법사가 있어."

"너한테 약을 먹인 사람?"

"맞아. 하지만 아주 긴 연구가 필요하지."

그가 대답했다.

아나킨은 팔짱을 끼고 한쪽 손에 턱을 괸 채 그의 말을 듣고 있었다.

아르노아는 아나킨조차도 벨이 말하는 그 연구를, 그리고 대공이 데리고 있다는 그자를 자세히 알지 못한다는 사실을 깨달았다.

"그리고 황제에게는 절대로 할 수 없을 거야. 불가능하기도 하지만, 굳이 그자가 그런 노력을 할 것 같지도 않아."

잠시 눈을 내리깔았던 벨이 다시 그녀를 보며 대답했다.

"페르헨에 있는 동안, 누구도 건드리지 못하게 하지."

확신에 찬 표정에, 아나킨조차도 고개를 끄덕였다. 죽으면 영지민이 환호할 마탑주라도, 일단 우리 편이면 든든한 법이었다.

"그럼 며칠만 피해 계십시오. 폐하께서 안 계시면 대공은 더 활발하게 움직일 거고, 그럼 꼬리를 잡기도 쉬워질 겁니다. 뭐라도 나오겠죠."

"그랬으면 좋겠군."

"제가 남아서 지켜보도록 하죠. 전 페르헨에 자주 가 봤으니까요."

아나킨이 덧붙였다.

"참고로 가 봤자 별거 없습니다."

"야아."

어리둥절한 채 상황을 지켜보던 루카가 얼굴을 찌푸렸다. 당연하게도, 아나킨은 루카가 방 안에 있지도 않은 양 산뜻하게 그를 무시했다.

"그럼, 채비를 하도록 하죠. 별거 없는 곳이라도 여행을 가려면 준비는 필요한 법이니까요."

깔끔한 정리였다.

Chapter 11
마탑의 주인

준비에는 하루밖에 걸리지 않았다. 목적지는 멀었지만, 실제로 먼 길을 갈 필요가 없기 때문이었다.

"자, 포털 열었다."

벨이 벽 속에 난 커다란 검은 구멍을 가리키며 말했다.

"다른 포털은 좀 멀어서, 안 쓰던 거 다시 기동시켰어."

"여기서 나타나고 사라지는 거야? 구멍은 처음 보는데."

"안 보이게 할 수도 있어서 그…… 잠깐."

성큼 들어가려는 아르노아를 추가 뒤에서 붙잡았다. 아나킨이 무례하다는 듯 눈을 부라렸지만 그는 그다지 신경 쓰지 않았다.

"루카, 들어가서 함정 제거해."

벨이 명령했다.

"하, 함정이요?"

"그래. 지난번에 이 자식이 무작위로 아티팩트 던져 났었으니 조심해라."

그가 아나킨을 가리켰다.

"……그랬었지. 황제의 침실로 연결된 포털을 내버려 둘 수는 없잖아."

아나킨이 고개를 끄덕였다.

"걱정 마. 걸려도 손가락 몇 개 잃는 게 다일 거야. 즉사보다는 고통스럽게 하는 게 주된 목적이라."

루카는 겁에 질린 표정으로 검은 구멍 속으로 들어갔다. 몇 번인가 '깩' 하는 비명이 들려오더니, 순간적으로 초췌해진 루카의 얼굴이 다시 그들 앞에 나타났다.

"와…… 아나킨 윌로 이 잔인한 놈. 고문용 아티팩트는 어떻게 발동시킨 거야?"

"머리를 쓰면 된다. 폐하, 이제 됐습니다."

아르노아는 침실 벽에 뻥 뚫린 구멍을 바라보았다. 어디부터 발을 디뎌야 할지 감이 잘 오지 않았다.

무엇보다, 그녀는 정식 즉위 후로 황궁을 비운 적이 없었다. 즉…….

"궁을 떠나기 꺼려지십니까?"

"아니. 당장 갈 거야."

아르노아는 싸 놓은 가방을 포털 속으로 던지며 말했다.

힘없는 황녀나 변방국의 왕비보다는 나아도, 격무에 시달리는 황제의 생활이라는 것은 피곤했다.

이게 얼마만의 제대로 된 휴식이냔 말이야.

"그건 가지고 있지?"

아르노아가 아나킨에게 물었다.

"물론입니다. 귀한 아티팩트니 효과가 있는지 보죠."

"흔적은 다 지웠으니 아무것도 못 찾으면 네놈 탓이다."

벨이 틱 쏘아붙이자 아나킨은 미소로 응수했다.

"묘안석 목걸이도?"

아나킨은 옷 속에서 오묘한 빛깔에 가운데에 세로줄이 있는 진청색 보석을 꺼내 보이며 고개를 끄덕였다.

"다른 아티팩트는 상관없지만, 이거 잃어버리면 죽여 버릴 거다."

벨이 딱딱하게 말했다. 묘안석을 아나킨이 가지고 있다는 사실 자체도 싫다고 했었지만, 그는 아르노아가 이를 건네주면서 크게 아쉬운 표정이 아니었다는 사실에 더 불만이 많은 듯했다.

"그거야말로 네놈 몸값보다 비싼 거니까."

"세상에 그런 건 없어. 멍청한 소리 말아."

아나킨이 이번에는 정색하며 쏘아붙였다.

"그럼 폐하, 쉴 수 있을 때 잘 쉬다가 오십시오."

그가 아르노아를 향해 말했다.

"페르헨은 전에도 말했듯 별거 없습니다. 사람 자체가 적은 데다가 대낮에는 바깥을 돌아다녀도 누굴 만나기 어려운 곳이라서요."

"조용해서 좋겠네."

"맞습니다. 마탑 안에서 목욕도 하고 책도 읽고 잠이나 푹 주무십시오. 휴가 아닙니까."

"뭐야, 저랑 유적지 놀러 안 가요?"

마지막 말 때문인지, 포털에서 쑥 나온 루카의 머리가 눈썹을 찌푸렸다.

사람 구경하는 게 좋아서 자주 페르헨을 빠져나오는 그로서 이해가 가지 않는 조언인 모양이었다.

"여행 가면 여기저기 안 빼놓고 다녀야 하는데! 언제 또 오실 줄 알고……."

"루카, 짐 들고 먼저 가라."

벨이 짧게 명령하자 그는 실망한 표정을 슥 지우고 포털 속으로 사라졌다.

"……폐하, 조심하십시오."

아나킨이 다소 진지해진 표정으로 말했다. 포털의 기능을 다시 점검하는 벨의 귀에 잘 들어가지 않을 정도로 낮은 목소리였다.

"마탑주가 위험하다는 말은…… 여전히 유효합니다."

그가 작게 한숨을 쉬었다.

"순간순간의 기분에 따라 행동할 수 있는 자입니다. 너무…… 휩쓸리지 않도록 조심하셔야 합니다."

아르노아는 그가 말하는 것이 마력 따위가 아니라는 사실을 알았다.

"지금 같은 모습은 제 눈에도 신기하지만…… 마탑주의 마음은 언제 또 변할지 모르니까요."

그는 남자로서의 벨을 너무 믿지 말라는 말을 하고 있었다. 아르노아는 고개를 끄덕였다.

믿지 말아야 한다. 그녀도 알고 있었다.

돌연변이 같은 마력을 보존하려는 본능을 이기는 사랑은 없을 터였다. 특별히 그런 것을 바란 적도 없긴 하지만.

"잘생긴 얼굴이 필요하실까 봐, 짐 속에 제 초상화를 넣었습니다."

아나킨이 선심을 쓰는 듯한 말투로 덧붙였다. 아르노아는 다시 한번, 조금 더 무겁게 고개를 끄덕였다.

역시 필요한 도움을 줄 줄 아는 친구였다.

"요긴하게 쓸게."

그녀는 앞서 들어간 벨이 내민 손을 잡았다.

"그럼, 황궁을 잘 부탁해."

그러고는 한 발 내디뎠다. 바닥도 천장도 없는 어둠 속으로.

* * *

우우우우우웅-!

몇 분 동안 아무것도 보이지 않았다. 들려오는 거라고는 바람 소리뿐이었고, 느껴지는 것은 검은 공간 속 과격한 진동이었다.

마침내 진동도, 소리도 멎었다. 순간, 그녀를 붙잡은 벨의 손에 힘이 들어갔다.

"다 왔어, 아르노아."

아직 적응이 되지 않은 달콤한 목소리가 그녀를 불렀고, 동시에 아르노아의 몸은 갑자기 나타난 빛 속으로 빨려들듯 이끌렸다.

탁.

아르노아는 눈을 깜빡였다.

페르헨이 어떤 곳인지에 대해서는 들은 바가 있었지만 마탑은 달랐다. 아나킨조차 부분적으로밖에 들어가 본 적 없는 장소였으니까. 그러니, 마탑 안이 어떻게 생겼는지에 대해서는 상상에 맡길 수밖에 없었던 것이다.

보글거리는 녹색 액체가 널려 있다든가, 악명에 어울리게 온갖 죄수들이 가득 들어차 있다든가, 연회장이 있다든가.

하지만 그녀의 발이 닿은 곳은 딱딱한 대리석이었다.

새하얗고 아무 무늬도 없는.

"……어?"

고개를 든 그녀가 본 세상은 포털 속과 크게 다르지 않았다.

아니, 정반대라고 해야 할까.

새하얀 바닥에 새하얀 벽, 끝없이 넓고 텅 빈, 거의 빛으로 되어있는 것 같은 공간. 발은 바닥에 닿았지만 마치 허공에 떠 있는 듯한 기분이었다.

"마탑이야. 필요한 건 다 있으니 뭐든 써도 좋아."

"우와, 좋겠다."

벨과 루카가 알 수 없는 소리를 중얼거리는 사이, 아직 공간에 적응하지 못한 아르노아는 발을 잘못 디뎌서 중심을 잃었다.

폭.

"응?"

휘청거리다가 바닥에 쓰러질 거라 생각했는데, 그녀 뒤에는 폭신한 소파가 놓여 있었다.

"……소파?"

"별로야?"

벨이 고개를 휙 돌리며 물었다.

"모양 바꿔 줄까?"

그는 손님을 만족시키기 위해 안절부절못하는 집주인처럼, 아르노아의 등을 받친 가구를 늘렸다가 줄였다가 하며 바꿔 댔다.

"놔둬. 지금 예쁘네."

무심코 뻗은 다리 밑에 없던 받침대가 나타나고 나서야, 아르노아는 마탑이 어떻게 생겨 먹은 곳인지 알 것 같았다.

"가구는 필요하면 나오는 거야?"

"응."

벨이 당연하다는 듯 고개를 끄덕였다.

"허공에서 만들어지는 건 아니고…… 어질러진 건 별론데 치우기도 귀찮아서 좀 감췄어."

아, 그렇구나.

치우기 귀찮으면 그냥 눈앞에서 없애면 되는구나.

"안 그러면 누가 관리해야 하는데 귀찮아. 사람 많은 것도 싫고."

그녀는 마탑주에 대한 소문을 떠올려 보았다. 다른 마법사의 시체를 걸어 둔다는 둥, 사람을 잡아다가 노예로 부린다는 둥. 그런데 정작 마탑에는 노예는커녕 시종 한 명 없었다.

필요가 없으니까.

"제대로 된 방은 따로 있어. 저쪽 근처를 더듬어서 문을 찾으면 돼. 필요한 건 다 손을 뻗으면 나타나게 돼 있어."

벨이 말을 이었다.

"다른 문과 헷갈릴 수도 있어. 어디든 원하면 들어가."

그러면서 손가락으로 이곳저곳을 가리켰다.

"딱 하나 안 쓰는 방이 있긴 한데…… 거긴 어차피 안 열릴 거야."

다른 모든 곳이 그렇듯, 여기나 저기나 다 그냥 허공이었다. 아르노아는 그의 말을 반쯤 흘리고 그냥 고개를 끄덕였다.

내용은 차치하고, 퍽 듣기 좋은 달콤한 목소리에 자연히 집중하게 되었다. 게다가 그녀가 앉은 소파는 워낙 부드러워서 다른 방이 필요 없게 느껴지기 시작했다.

"벨카리아나스 님. 아마 기다리고 있을 겁니다."

"쉬고 있어, 아르노아."

루카가 조심스럽게 부르자, 벨은 아르노아에게 부드러운 인사를 남기고 일어섰다.

"난 할 일이 있어서."

애매한 설명이었다. 아르노아는 그가 페르헨에 생긴 '문제'를 해결하러 가야 한다는 사실을 깨달았다.

"다녀와."

그녀는 어깨를 으쓱했다. 말하기 싫으니 저렇게 설명한 거 아니겠는가. 거짓말을 싫어하니 대답을 애매하게 한 모양이었다.

벨은 그녀가 사랑스럽다는 듯 싱긋 웃었다.

"좋아해."

그는 루카가 듣지 못할 낮은 목소리로 속삭이듯 말했다.

순간 아르노아는 전날 아침, 함께 침대에 누웠던 기억이 떠올라 입술을 꽉 깨물었다.

"조금 있다가 다시 말해 줄 거야. 난 할 말이 아직 많이 남았거든."

붉어진 아르노아의 얼굴을 보며, 벨은 기분이 좋은 듯 싱긋 웃었다.

그와 루카는 대리석 바닥을 따라 걷는가 싶더니, 어느 순간 빛에 삼켜진 듯 보이지 않았다.

"사라지는 것도 등장만큼 요란하네."

아르노아가 중얼거렸다. 순간적으로 빨라졌던 심장 박동은 겨우 정상으로 돌아오고 있었다. 휴가의 평화가 다시 찾아온 것처럼.

그래, 중요한 건 고요와 평화다. 그리고 어느 방인가에서 찾아낼 욕실도. 물론 배가 좀 고프니까 음식도.

"……혹시."

아르노아는 허공으로 손을 뻗었다. 조금 전까지는 비어 있던 공간에 따뜻한 찻주전자와 다과가 나타났다.

"……맛있어."

그녀는 전에 한 번 보았던, 꽃 모양의 쿠키를 씹으며 말했다. 아무것도 안 했는데 몸이 노곤해지는 느낌이었다.

"휴양지로 좋은데?"

드디어 찾은 조용함. 맛있는 음식.

공간이 좀 심심하긴 했지만 이게 바로 여유 아니던가. 돈과 시간 중 하나라도 부족하면 누릴 수 없는 것들이었고, 아르노아는 실제로 살면서 여유를 제대로 누리지 못했다.

"더 먹자."

그녀가 손짓을 할 때마다 테이블 위에는 과자가 쌓였다. 아르노아는 빙긋 웃으며 반쯤은 혼잣말로 중얼거렸다.

"마탑주가 뭐가 좋은지 알 것 같기도 하고……."

—여유가 넘치는 아이네.

"응?"

아르노아가 눈을 깜빡였다. 또렷한 목소리가 울린 듯한 느낌이었다.

—그걸 네가 어떻게 아니?

처음 듣는 여자의 목소리였다.

"누구……?"

―어머, 진짜 들리나 보네.

목소리는 치직거리며 작아졌다가 다시 커지는 등 일정하지 않았지만 사라지지도 않았다.

―궁금하면 찾아보렴. 머릿속에 있는 것 같겠지만 사실 문 뒤에 있단다.

목소리가 말했다.

―누구나 쉬운 마법으로 찾을 수 있는데…… 잠깐만, 너 마법 못 하나?

아르노아가 고개를 갸웃했다. 묘하게 익숙한, 재수 없게 당당한 태도.

―원래 마력 없으면 못 찾는 방이긴 해. 난 마력이 없는 사람은 만나본 적이 거의 없어서 생각도 못 했네.

뭐든 쉽게 해내는 누군가를 연상시키는 느낌이었다. 아르노아는 홀린 듯 자리에서 일어서 허공에 손을 뻗었다.

필요한 건 다 나올 거라고 했던가.

벌컥.

모든 벽이 황금으로 된 거대한 욕실이 나왔다.

―거기 아닌데. 그리고 욕실은 거기보다 대리석 방이 나아.

벌컥.

이번에는 열 명이 누워도 될 것 같은 침대가 놓인 침실이 나왔다.

―아니야, 여기도. 참고로 여긴 해가 좀 뜨거우니 낮잠은 다른 데서 자.

벌컥. 벌컥. 벌컥.

아무도 안 쓰는 듯한 연무장, 12층짜리 서재, 실험실에 마물 우리까지 나왔지만 아르노아는 맞는 방을 찾지 못했다.

재잘거리며 물어본 적도 없는 방 설명을 하던 목소리는 어느 순간 깔깔거리며 그녀를 비웃기 시작했다.

―닮았어, 너. 그 애랑 닮았어.

때때로 목소리는 알아들을 수 없는 수수께끼 같은 말을 섞기도 했다. 아르노아가 되물으면 시치미를 뚝 떼고 가르쳐 주지 않았지만.

"됐어, 그럼. 포기할래."

마탑의 부를 대충 체감한 그녀가 말했다. 황금 욕실에 침실까지 찾은 마당에, 교묘하게 만들어진 아티팩트인지 사람인지도 모를 목소리를 따라서 탐험을 더 할 이유가 없었다.

"내 방도 아닌데 찾아서 뭐 해?"

─앗, 포기는 안 돼! 한 번만 더 해 봐.

목소리가 뭐라고 하는 순간 아르노아의 팔은 이끌리듯 또 다른 문을 열었다.

끼이익─

그전에 열렸던 것들과 전혀 다른 기분, 전혀 다른 소리였다. 낡고 작은 문, 촛불 몇 개의 빛을 빼면 어두컴컴한 방. 마치 귀신이라도 나올 듯, 음습한 기운이 뿜어져 나왔다.

"……여기야?"

목소리는 더 이상 들리지 않았다. 일부러 숨을 죽이기라도 하는 것처럼. 아르노아는 이를 긍정으로 받아들였다.

그녀는 천천히 어둠 속으로 한 걸음 들어갔다. 순수한 호기심이었다. 위험할 거라는 생각은 들지 않았다. 그런 방이 있었다면 벨은 그녀를 마탑으로 초대하지도 않았을 테니까.

아르노아는 촛대 하나를 들고 천천히 방을 둘러보았다.

처음에는 드러나지 않았던 것이 눈에 들어오기 시작했다. 중앙에 놓인 긴 탁자라든가, 촛대들이 다 그 위에 있는 점이라든가, 안쪽 벽 전체를 막고 있는 두꺼운 커튼이라든가.

"……방 주인이 초대한 거라고 봐도 되려나."

아르노아는 커튼 줄을 잡고 잠시 망설였다. 머릿속에 벨이 했던 한 마디가 떠올랐다.

'안 쓰는 방이 하나 있긴 한데…….'

관리 수준으로 보아, 딱 하나 안 쓰는 방이 이곳인 것은 분명했다. 안 열릴 거라고 했지만, 목소리 주인은 급해서인지 심심해서인지 아르노아가 그 방을 찾게 해 준 거고.

"……안 열릴 거라고 했지, 보지 말라고는 안 했으니까."

아르노아는 간단하게 합리화를 마치고 커튼을 잡아당겼다. 이 방이 뭐 하는 곳인지는 나중에 벨에게 물어볼 심산이었다.

촤륵-

"……어?"

커튼 뒤에 있는 건 커다란 초상화였다.

새까만 머리칼을 아무렇게나 헝클어뜨린, 기묘하고 아름다운 흑안의 여자 그림. 섬세하게 그려진 얼굴은 어딘가 서늘하고 위압감이 느껴졌다. 마치 아르노아를 내려다보는 것 같은 느낌이었다.

얼굴이 많이 닮은 것은 아니지만 분위기가 벨과 비슷했다.

아르노아는 초상화를 보던 눈을 다시 내리깔았다.

커튼 뒤에는 초상화만 있는 것이 아니었다. 그 한참 아래, 아르노아가 내려다보아야 하는 높이에 작은 테이블이 있었다. 테이블 위에는 술 달린 벨벳 방석이, 방석 위에는 구형의 장식이 놓여 있었다.

"……구슬?"

아르노아가 무심코 장식품에 손을 댄 순간이었다.

―오…… 찾았네, 찾았어.

반쯤 졸린 듯한, 아까의 그 목소리가 재미있다는 듯 말했다.

팟-

아르노아가 무심코 구슬을 어루만졌는지, 아니면 다른 영향인지 알 수 없었으나, 구슬은 붉게 변해 밝은 빛을 냈다.

"······장난감에 기생하는 영혼 같은 거야?"

아르노아가 고개를 갸웃하며 물었다. 그녀는 여전히 목소리의 정체를 파악하지 못했다.

—수정 구슬 처음 봐? 그리고 난 구슬에 기생하는 게 아니야. 그냥 여기 있는 거지.

"사람은 절대로 아닌 것 같고······ 역시 그냥 말하는 아티팩트인가."

아르노아는 뭐라고 끼어든 목소리를 반쯤 흘려들으며 중얼거렸다. 붉은 구체는 아무리 봐도 장난감에 가까워 보였다. 목소리는 여전히 신기했지만.

깔깔거리는 목소리가 다시 한번 울렸고, 구슬은 조금 전보다 더욱 짙게 반짝였다.

—비슷해. 사람은 분명히 아니야. 영혼이라기도 이상하지만.

목소리가 다시 울렸다.

—그냥 뭐, 어떤 위대한 사람의 한 조각이라고 생각하렴.

목소리가 의미심장하게 말끝을 흐렸다. 마치 아르노아의 반응을 기다리기라도 하듯.

"······내게 할 말이 있어?"

아르노아가 물었다.

마탑에 오자마자 기다렸다는 듯 말을 걸고, 은근슬쩍 허름한 이 방으로 끌어들이고. 아주 심심했거나, 아니면 용건이 있는 것만 같았다.

—흠······.

위험한 느낌은 아닌데, 초상화가 그렇듯 구슬에서도, 목소리에서도 묘한 서늘함은 느껴졌다.

—너야말로 궁금한 게 많을 텐데?

목소리가 대답 대신 물었다.

—대답이나 많이 해 주려고 했더니.

"내가 뭐가 궁금하지?"

—예를 들면 벨카리아나스에 대해서라든가.

"……뭐?"

—마음이 궁금한 거지? 그 애가 너 좋아한다고 했잖아. 너도 싫지 않았잖아.

아르노아는 움직임을 멈추고 눈을 동그랗게 떴다.

"어떻게 그런 걸……."

마탑의 먼지 낀 구석에서, 그런 것까지 알 수가 있나? 장난감 아티팩트가 아니었어?

—말했잖아. 위대한 인물의 한 조각이라고.

목소리, 아니 위대한 조각은 말을 이었다. 아르노아는 조금 전보다 귀를 더 기울일 수밖에 없었다.

—그래서, 궁금해? 벨카리아나스가 어떤 사람인지? 너를 어떻게 생각하는지?

아르노아는 숨을 깊이 내쉬었다. 자신도 모르게 숨 쉬는 것을 멈추었던 모양이었다.

"……궁금해."

제대로 생각을 거치지도 않은 대답이 그녀의 입을 빠져나왔다.

궁금했다. 얼마나 궁금한지는 질문을 받은 지금에야 깨달았다. 막상 생각하기 시작하니 마음속에 쌓였던 의문들이 거대한 소용돌이가 되어 휘몰아치는 느낌이었다.

누구도 사랑할 수 없는 피를 가진 마탑주의 머릿속은 대체 어떻게 생겨먹었는지.

영지민의 마력을 흡수한다는 해괴한 소문은 무엇이며, 사실이라면 왜 그의 미소가 그렇게 순수한지.

그리고 대체 왜, 그 이기적인 녀석이 아르노아를 볼 때면 마치 세상을 다 가져다주고 싶은 표정인지. 왜 그녀가 위험할 때는 세상이 멸망한 듯 눈동자가 떨렸는지.

좋아한다던 고백은 왜 계속 해 대는 건지도. 진심이라고 믿는 것도 아닌데.

─……*생각보다 뭐가 많은데?*

목소리가 투덜거렸다. 아르노아는 움찔 하고 놀랐다.

이 녀석은 생각도 읽는 모양이었다.

─*이건 물어볼 게 아니야, 바보야.*

"뭐? 말이 다른데?"

─*물어볼 시간에 네가 보라고. 간단하네.*

목소리는 답답한 듯 말했다.

─*지금 뭘 하고 있는데? 지금 가면 안 돼?*

"……영지 사업 검토."

아르노아가 거짓말을 했다. 모른다고 하기에는 자존심이 상했다.

─*거짓말도 정도껏 해. 페르헨에 그런 게 어딨니. 사업 없이도 부유한데.*

목소리는 얄밉게 끼어들었다.

─*가서 봐.*

"싫어."

아르노아가 고개를 저었다.

"페르헨의 일은, 영주가 원치 않으면 황제도 개입하지 않아."

─*오, 현실을 꼭 알고 싶은 건 아닌가 봐? 혹시 그 아이가 진짜로 영지민의 마력을 빨아들이고 그들을 영혼석으로 바꿔 버린다고 생각하는 거야? 야비한 구석이 있는 걸까 봐 걱정돼?*

"……시끄러워."

아르노아가 조금 가라앉은 목소리로 말했다.

다만 그녀는 목소리의 말을 일부 인정할 수밖에 없었다.

그녀는 벨이 궁금했다. 어디까지 진심이고 어디부터 거짓인지. 벨에 대한 소문 대부분이 사실이 아닐 거라고 결론을 내리기는 했었만, 그럼에도 불구하고 의문은 있었다.

─그럼 가. 빨리 가. 쇠뿔도 단김에 빼야지.

뭐라고 달래기라도 할 줄 알았던 목소리는 틱 내뱉었다.

─내가 도와줄게.

"……어?"

비명 한 마디가 아르노아의 입을 빠져나왔다. 그녀의 몸은 갑작스럽게 허공을 향해 손을 뻗고 있었다.

"……뭐 하는……."

─안녕.

"꺅."

아르노아의 손에 차가운 금속 손잡이가 잡혔다. 그녀는 이 문의 뒤에 벨과 루카가 있음을 알 수 있었다.

철컥.

문고리가 돌아가는 소리와 함께, 아르노아의 몸은 어둠을 빠져나왔다.

* * *

"오오옹!"

침실로 보이는 넓은 방의 옆문을 통과한 후, 아르노아가 처음 들은 것은 짐승의 울음소리였다.

비유가 아니라 말 그대로였다.

넓은 침대의 발치 가까이에 서 있던 벨은 한 손에 귀가 동글동글한 갈색 강아지 같은 것을 들고 있었다.

그는 혼자였다. 무언가에 몰입한 듯, 아르노아의 등장을 눈치채지 못

했다. 벨이 나머지 한 손을 녀석의 가슴팍에 가져다 대고 뭐라고 주문을
외웠다.

"우오옹!"

강아지의 음성이 높아졌다. 한 번도 들어 본 적 없는 독특한 울음소리
였다. 녀석은 발을 버둥거렸지만 벨의 손에는 오히려 더욱 힘이 들어갔다.
거의 우악스러울 정도였다.

"끼!"

"헉."

몇 초 동안 지켜보던 아르노아가 손으로 입을 막았다.

그녀의 입술이 잘게 떨렸다.

벨을 믿었는데. 의문이야 있었다지만 마력 흡수니 뭐니 하는 소문은 확
인도 안 됐고 해서 틀렸겠거니 했는데…….

몰래 혼자서 강아지를 괴롭히는 이상한 취미가 있었다니.

그녀라고 특별히 강아지를 좋아하는 건 아니었다. 다만 벨에게 안겨 늘
어진 그 녀석의 모습이 워낙 무력해 보였다. 무엇보다 작은 짐승을, 거의
정성스럽다고 할 정도로 손으로 꽉 잡아 주문을 거는 것은 평소의 벨과
달라 보였다.

그는 주로 자신을 귀찮게 하는 것들을 없애기 위해 폭력을 썼으니까.

"후우, 끝났군."

아르노아가 뭐라고 말리기 전에, 벨이 숨을 몰아쉬며 고개를 들었다. 한
쪽 팔에 있던 강아지는 이미 기절한 듯했다. 마치 벨의 손에 생기를 전부
빼앗기기라도 한 듯.

"……아르노아?"

그는 그제야 문 앞에 우두커니 서 있는 그녀를 발견하고 당혹스러운 표
정으로 물었다.

"여긴 대체 어떻게 찾아서……."

"이거…… 취미 같은 거야? 평소에 개를 싫어한다든가……."

그녀가 천천히 물었다. 머리는 여전히 복잡했다.

벨의 팔 안에는 동글동글 귀엽게 생긴 강아지가 축 늘어져 있었다.

"……개?"

"아니면…… 혹시 마력을 위해 필요한 의식이라든가……."

그녀가 다시 말했다.

그런 거라면 차라리 이해를 해야 하나. 페르헨의 의식에 대해 아르노아가 뭐라고 할 수는 없는 노릇이었다.

벨은 말문이 막힌 얼굴이었다.

"아니, 영지 내부의 일이니 내가 관심을 가질 건 아니지만……."

아르노아가 중얼거렸다. 작고 무력한 것을 한 손으로 쥔 벨의 모습은 여전히 낯설어 보였다.

"멋대로 들어온 건 나이기는 한데……."

"관심 가져도 돼."

벨이 그녀의 말을 자르고 대답했다.

"응?"

"관심 가져 줘, 뭐든."

"……."

"그리고 아까도 말했지만 마탑 안에서는 어디든 가도 돼. 넌 멋대로 들어온 게 아니야."

그가 다시 한번 힘주어 말했다.

"다만 몇 가지 오해가 있군."

"오해?"

"첫째, 이건 강아지가 아니야."

벨이 손 안의 작은 동물을 들어 보이며 말했다.

기절했지만 귀여운, 역시 강아지 치고는 동그스름한 생김새였다. 둥근

귀, 보드라워 보이는 갈색 털, 짧고 보송보송한 꼬리와 유독 날카로운 발톱…….

날카로운 발톱?

"……곰이잖아."

벨이 말했다.

"이건 새끼 곰이야."

아르노아는 다시 한번 충격으로 숨을 삼켰다.

"곰 새끼가…… 이렇게 생긴 거였어?"

억울한 기분이 들었다. 강아지랑 곰이 원래 이렇게 닮았었나. 그냥 울음소리랑 꼬리랑 발톱, 귀 모양이 독특하다고만 생각했었는데. 당황한 아르노아에게, 벨이 피식 웃으며 대답했다.

"곰 새끼는 이렇게 생겼지만 이 녀석은 새끼 곰 형태의 다른 거야."

"다른 것?"

벨이 천천히 그것을 안아서 침대에 눕혔다. 괴롭혔다기에는 너무나 조심스러운 동작이었다.

"마법사였지. 아주 이른 나이에 영체가 되는 법을 익힌. 마력을 아주 많이 타고난."

"사람이라고?"

"어차피 놔두면 변해. 마력은 소진했으니까."

벨이 말했다. 그의 말을 증명하듯, 강아지, 아니 곰의 몸에서 반짝 빛이 나왔다. 침대 위에 누워 있던 녀석은, 몇 번 경련하는 듯하더니 곧 일고여덟 살 정도의 통통한 남자아이의 모습이 되었다.

아이의 얼굴은 창백했다. 생사를 알기 어려울 정도로.

"그럼 설마……."

"죽지는 않았어. 마력을 전부 빼앗겼을 뿐이지."

벨이 선수 치듯 설명했다. 사람의 생각을 못 읽는다는 마법사, 그중

이기심이 최고봉이라는 마탑주는, 이상하게도 아르노아의 생각은 완벽하게 읽어 냈다.

"마력을 빼앗는다……."

아르노아가 벨의 말을 되뇌었다.

"맞아. 소문대로야. 난 마력이 강한 마법사를 찾아서 마력을 빼앗지."

벨이 작게 한숨을 쉬며 농담인지 진담인지 구분하기 어려운 말투로 대답했다.

아르노아는 천천히 침대 위의 아이를 살폈다.

아이의 호흡은 점차 강해지고 있었고, 매 초마다 뺨에도 미약하게 생기가 돌았다. 갑자기 아픈 사람이 아니라, 아팠다가 회복한 사람처럼 보였다.

"치료…… 같은 거야?"

아르노아는 문득 머리에 떠오른 질문을 했다.

공격보다는 치료와 비슷해 보였다.

침대에 조심스레 눕혀진 아이의 모습도, 아르노아와 얘기하면서도 곁눈으로 아이를 살피는 벨의 시선도, 처음 루카로부터 페르헨의 소식을 들었을 때 흐려졌던 벨의 얼굴도. 마치 환자를 걱정하는 의사를 연상시켰다.

"마력을 흡수한다는 게…… 그럼 설마 다 치료라는 말이야?"

아르노아가 다시 물었다.

흐릿했던 머릿속에서 몇 가지 파편 같은 것이 맞추어졌다. 그녀는 아나킨이 전에 했던 말을 떠올렸다. 마탑주에게 마력을 빼앗긴, 한때 유망했던 마법사들이 아무도 그를 원망하지 않는다고 했던가.

"……작은 것들을 괴롭힌다고 생각할까 봐 굳이 안 보여 주려고 했었는데."

벨이 반쯤 혼잣말로 대답했다.

"뭐…… 좋아하는 사람에게는 비밀이 없어야 하는 거겠지. 차라리 잘 됐군."

그가 덧붙였다. 간접적인 수긍이었다.

"마력을 타고난 자들이 유독 걸리는 병이 있는 거야?"

"말하자면 그래."

벨이 고개를 끄덕였다.

"꽤 악질적인 병이야. 마력이 강할수록 들러붙고, 독소가 핏줄을 타고 흐르다가 정신과 신체를 다 마비시켜 죽음에 이르게 하는. 독소는 몸에 들어오기 전까지 눈에 보이거나 잡히지도 않지."

그는 정말로 아무것도 숨기지 않겠다는 듯 빠르게 설명했다. 마치 직접 곁에서 그 과정을 다 지켜보기라도 한 듯 상세한 설명이었다.

"……지난 26, 27대 마탑주를 단명하게 한 요소이기도 하지. 다른 대마법사들도 마찬가지고."

벨이 씁쓸하게 덧붙였다. 아르노아가 눈을 크게 떴다. 벨이 말해 준 것은 아나킨조차도 알지 못하는, 페르헨의 수수께끼에 대한 답이었다. 잔잔한 충격이 전해져 왔다. 과연 페르헨은 비밀스러운 땅이었다. 소문과 현실은 서로 맞는 듯하면서도 애매하게 어긋났다.

"그 많은 대마법사들이…… 다 같은 이유로 죽었어?"

"대부분. 한둘은 치료법을 찾다가 부작용으로 죽었고."

"마력을 흡수하는 건……."

"일종의 치료법이지. 누군가가 찾아서 나한테만 전수해 준."

벨의 입가에 다시 한번 씁쓸한 미소가 번졌다.

"마력이 극단적으로 강해지면, 웬만한 독소는 중화시킬 수 있게 되더라고."

"……."

"그래서 그 사람은, 원래 강했던 내 몸에 자기 마력을 더해 버렸지. 그렇게 하면 나도 살고, 나중에 내가 크면 다른 이들도 살릴 수 있으니까."

벨이 말을 이었다.

"그러다가 자기는 죽어 버렸지만. 독소는 남았는데, 그걸 버틸 힘이 다 빠져 버렸으니까."

"그 사람."

아르노아가 다시 입을 열었다.

그녀는 그 사람의 정체를 알 것만 같았다.

마력과 상극인 거나 마찬가지인 독소의 치료법을 알아낼 정도의 능력자, 극단적인 선택으로 어린 벨에게 마력을 더해 버린 기인, 어린 벨과 함께 있었던 사람.

"그 사람이…… 어머니야?"

"맞아."

벨이 대답했다.

"정이 있었는지, 아니면 다른 생각이 있었던 건지, 어머니는 내 마력을 가져가서 자신의 마력을 강화하는 대신 그 반대를 선택했더군."

그는 이해가 가지 않는다는 표정으로 대답했다.

"……그렇게 해서, 네가 마력을 빼앗은 사람들은 살았구나."

아르노아가 침대 위의 아이를 보며 말했다.

"마력이 없는 채로."

"맞아. 독은 마력을 타고 흐르는데, 마력이 없으면 그냥 공기 같은 거니까."

"그 독소…… 항상 있는 거야? 페르헨에?"

아르노아가 물었다.

이 역시 마찬가지로 답을 알 것 같았다. 이야기의 마지막 한 조각까지도 이제는 들여다보였다.

"맞아. 인위적으로 만들어서 퍼뜨리는 거니까."

벨은 순순히 고개를 끄덕였다.

"흑마법사가 쓴 고서적을 우연히 손에 넣은 자가 성실한 연구까지 더한 결과지. 난 한참 동안 그를 찾았고."

"……그자였구나."

아르노아가 고개를 끄덕였다.

"네가 찢어 죽이겠다던, 아실리에르 대공과 함께 있던 마법사."

그녀는 깨달았다.

페르헨의 영주는, 악명 높은 마탑주 벨카리아나스에 대한 소문은 다 틀렸다. 그는 수많은 사람을 살렸다. 어쩌면 제국에서 가장 헌신적인 영주일지도 몰랐다.

"라이아게나스. 그게 이름이었어."

여러 재능 있는 마법사들을 죽음으로 몰았던 자의 이름을 말하는 얼굴이 순간적으로 서늘해 보였지만, 그 사실만큼은 변하지 않았다.

"왜 말하지 않았어?"

아르노아가 물었다.

"말했잖아. 놀라게 하고 싶지 않았다니까. 난 네가 예쁜 것만 보면 좋겠어."

벨이 피식 웃으며 말했다. 아이러니하게도 그 웃는 모습은 언제나 그렇듯 예뻤다.

"어린 곰의 뼈를 짓누르는 모습이 보기에 좋은 건 아니니까."

"그전에는……."

아르노아가 다시 입을 열었다.

"그전에는, 네가 어떤 식의 치료를 하고 있는지 굳이 알리기 싫었고?"

"맞아. 정보는 적게 흘릴수록 좋으니까. 그놈도 어느 정도 짐작했을는지 모르지만."

벨은 자신의 악명 같은 것은 대수롭지 않다는 듯 어깨를 으쓱했다.

"물론, 진실이 알려지면 페르헨 자체가 만만하게 보인다는 문제도 있었지."

아르노아 또한 납득했다.

안 그래도 세상에는 신비롭고 부유한 땅이라며 페르헨을 노리는 이들이 적지 않았다. 독에 픽픽 쓰러져 가는 마법사들이 마력을 잃고서야 살아났다는 것보다는, 미친 마탑주가 제 영지민의 마력을 흡수하고 있다는 소문이 외부인을 차단하는 데에는 더 효과적이었을 것이다.

"아나킨은? 알고 있었어?"

"그 녀석은 많은 면에서 예외였지. 애초에 아카데미에서 받지 말았어야 하는 사람을, 연구에 도움이 된다며 교장이 받았던 건데……."

벨은 자신도 정확히는 알지 못한다는 듯 고개를 갸웃했다.

"페르헨의 주민들조차 독에 당한 가족이 있는 경우가 아니면 상황을 잘 모르니, 아나킨에게도 알려진 적은 없을 거야. 눈치가 빠르니 뭔가 짐작은 했겠지."

아르노아는 이번에도 고개를 끄덕였다. 과거 벨이 어떤 사람인지 물었을 때 아나킨이 했던 애매한 대답이 이해가 될 것도 같았다.

"영혼석은?"

그녀는 처음 벨을 만났던 때를 기억하며 물었다.

"영혼석을 모은다는 소문도 사실이 아닌 거야?"

"한 번씩 손에 들어오긴 했지만 다른 아티팩트를 두고 굳이 사람 영혼으로 만든 걸 찾아다니지는 않아. 평범한 영혼석에서는 뽑아 낼 마력도 거의 없고."

"……내 영혼석은?"

아르노아가 다시 물었다. 자신의 영혼석을 가지고 내기를 걸었을 때, 벨은 분명히 그것을 원하고 있었다.

"……의미 없어."

벨이 잠시 망설이다가 대답했다.

"없다니?"

"엥? 의미 없는 거 아닌데요. 치유의 힘만 해도 어마어마한데."

한참 동안 어리둥절한 모습으로 두 사람을 지켜보던 루카가 대뜸 입을 열었다.

"……뭐냐, 너 있었냐?"

"당연하죠. 나갈 기회를 안 주셨잖아요."

루카는 자신을 까맣게 잊은 듯 당혹스러워하는 뱁을 보며 투덜거렸다. 자신이야말로 두 사람의 대화에 낄 생각이 없었다는 당당한 표정이었다.

"아무튼, 황족의 영혼석으로는 많은 걸 할 수 있죠. 독의 중화도 쉬워지고, 마력을 일부 돌려주는 것도 가능……."

"입 다물어. 아르노아의 영혼석을 볼 일은 절대로 없다. 영원히 없어."

뱁이 사납게 내뱉으며 고개를 저었다. 갑자기 퍼레진 서술에, 생각 없이 떠들던 루카가 목을 움츠렸다.

"아, 그냥 궁금해하시는 것 같아서……."

"루카, 쓸모 있고 싶으면 꼬마를 데리고 나가라."

"넵."

헛소리를 할 때가 아니라는 사실을 깨달은 루카는, 두말하지 않은 채 통통한 소년을 휙 둘러업고 방에서 나갔다. 문이 닫히고 방이 조용해진 후, 뱁은 눈을 살짝 내리깔고 그녀를 향해 웅얼거렸다.

"황족의 영혼이 탐났던 건 틀린 말은 아니야."

"……."

"물론 이젠 줘도 내 쪽에서 거절하겠지만."

그는 들릴 듯 말 듯 한 목소리로 말을 이었다.

"지금은 다른 게 더 탐나니까."

"……알고 있어."

아르노아가 대답했다.

새삼 영혼석 이야기에 놀란 건 아니었다. 어차피 페르헨을 위해 목숨을 내놓을 것도 아니었고. 그보다는 지금까지 들은 이야기를 소화할 시간이 필요했다.

아르노아는 차근차근 설명을 마친 벨을 빤히 바라보았다. 그녀의 시선을 의식한 벨이 입을 다물었고, 둘 사이에 잠시 정적이 맴돌았다.

"……내가 미리 다 얘기하지 않은 게 거슬려?"

벨은 마치 처분을 기다리는 사람처럼 조심스러운 표정으로 물었다.

"조금."

아르노아가 솔직하게 대답했다. 사람이 좀 비밀스럽긴 해도 웬만큼 아는 줄 알았는데, 지금 보니 상대방에 대해 아는 게 하나도 없었던 거 아닌가.

"난 진짜 중요한 건 다 말했는데."

벨은 그녀의 마음을 읽은 듯 말했다.

"중요한 거?"

아르노아가 눈을 크게 떴다.

다른 중요한 게 있었나?

영지째로 위기에 처했던 페르헨을 혼자 지탱해 온 것보다 더?

"애초에 나한테 제일 중요한 건 페르헨이 아니라서."

벨이 아르노아에게 한 걸음 다가서며 나직하게 말했다. 진지했던 눈매가 살짝 휘어 있었다.

"……말도 안 되는 소리. 넌 영주잖아."

"맞아. 그리고 어머니 때문에 책임감은 생겼지. 그렇다고 제일 중요한 건 아니야."

그는 아르노아와 시선을 맞춘 채 한 걸음 더 다가섰다. 사람을 빨아들일 것 같은 눈매는 더욱 매력적으로 웃고 있었다. 아르노아의 심장이 또다시 빠르게 뛰었다.

언제부턴가 벨은 때와 장소를 가리지 않고 저런 유혹적인 표정을 지어 대는 것 같았다.

'이럴 타이밍이 아닌데.'

아슬아슬해진 거리에 그녀는 한 걸음 물러서려 했으나 등 뒤는 벽이었다. 아르노아는 마른침을 삼켰다. 묘하게 공기가 조용해진 느낌이었다. 벨은 멈춰 서서 그녀를 향해 상체를 숙였다.

"……왜 모르는 척해?"

"……."

"너를 말하는 거잖아, 아르노아."

그는 또다시 그녀의 이름을 불렀다. 무례를 의도했다기에는 그 말투와 목소리가 지나치게 달콤했다.

아르노아가 대답을 찾는 사이, 그의 얼굴은 지나치게 가까워져 있었다.

"다시 말하지만, 좋아해. 아니, 사랑해. 그것 말고는 아무것도 중요하지 않아."

"……."

"너를 생각하고 있으면 냉정한 사고가 안 되는데, 생각을 안 하는 건 불가능해."

차가워 보였던 은회색 눈동자는 가까이서 보니 타는 듯 뜨거웠다.

"처음 만난 날부터 쭉 그랬어."

그는 부드럽게 아르노아의 입술에 제 입술을 포갰다. 아르노아는 마치 무언가에 홀린 것처럼 자연스럽게 눈을 감았다.

부드럽지만 강렬하고, 달콤하면서 황홀했다.

흑마법을 쓴 것도 아닌데 벨의 입맞춤은 사람의 정신을 반쯤 빼놓는 효과가 있었다. 대공과 함께 있을 위험한 마법사도, 페르헨의 비밀도, 그 순간에는 머릿속에서 사라지고 없었다.

"……봐, 이번에는 맨정신이야."

몇 초인지 몇 분인지 알 수 없는 시간이 흐르고, 마침내 입을 뗀 벨이 조용히 속삭였다.

"……."

"그러니 이제는 다른 핑계로 못 들은 척하지 마."

"……그래."

흔들리지 않는 벨의 시선을 마주하며, 아르노아는 결국 수긍했다.

벨은 억지로 감정을 짜내서 누군가를 기망할 수 있는 사람이 아니었다.

인정해야 했다. 그는 그녀를 사랑했다.

마탑주든 아니든, 어떤 운명과 성격을 타고났든, 아나킨의 이론이 뭐든, 그것은 분명한 사실이었다.

"부정하지 않을게."

아르노아는 고개를 끄덕이며 빙긋 웃었다. 마음속으로 무언가 정리가 된 느낌이었다. 그녀와 시선을 마주치며 웃는 벨을 바라보았다.

서늘한 분위기에, 날카롭지만 아름다운 눈매.

짧은 순간, 가까이서 본 그의 모습에 전혀 다른 누군가의 얼굴이 겹쳐 보였다.

'……!'

복잡했던 머리가 맑아져서일까, 아르노아는 작은 깨달음을 얻었다.

"벨, 이 방은…… 내가 찾을 수 있게 해 놓은 거 맞아?"

그녀가 물었다.

"아니, 안 그래도 궁금하던 참이었는데."

그가 고개를 갸웃하며 대답했다.

"다른 방은 쓰기 편하라고 열어 뒀지만, 여긴 불편할 것 같아서 닫았었어."

"실수로 열 수도 있는 거야?"

"……한 번도 그런 경우는 없었지."

그가 자신도 의아하다는 표정으로 말했다.

"아주 강한 마력의 작용이 아니라면."

아르노아는 천천히 고개를 끄덕였다. 놀라움과 황당함이 섞인, 묘한 감정이 가슴을 채웠다. 그녀는 조금 전, 어두운 방에서 들렸던 목소리의 정체를 알 것 같았다.

"벨."

"응?"

"나 중요한 사람을…… 아니, 중요한 누군가의 한 조각을 찾은 것 같아."

"……누구?"

아르노아는 천천히 그를 올려다보았다. 스스로 생각하기에도 황당했다. 왜 그녀는 벨을 두고 자신에게 말을 걸었는지. 위대한 그 사람은 대체 뭘 생각했던 건지.

"대마법사."

아르노아가 말했다.

"아마릴리스."

* * *

"맞네."

아르노아의 설명을 들은 벨이 말했다.

"헝클어진 검은 머리에 반짝이는 검은 눈동자, 초상화 속 그 사람이 어머니야."

아르노아의 예상과 달리, 그는 크게 반가워하기보다는 어이없다는 듯 고개를 흔들었다.

"그럼 초상화 속 그 사람이…… 내가 들은 목소리가 맞아?"

아르노아가 물었다.

생각해 보면 당연한 일이었다. 이상한 목소리가 울리는 어두운 방, 그 안에 유일하게 걸려 있는 어느 대마법사의 초상화.

목소리의 주인이 바로 초상화 속 인물이라는 것은 자연스러운 추측이었다.

"남이 뭔가 틀리는 모습을 보면서 도움 안 되는 잔소리를 늘어놓았다면 확실하군. 그거 어머니 습관이었어."

그가 다시 고개를 끄덕였다.

"그 방은 원래 어머니의 연구실이었어."

"원래?"

"죽기 전에 정체 모를 마법을 잔뜩 걸어 놓은 것 같아서 잠가 버렸던 건데…… 별 소용없었던 모양이군."

"그럼 그 목소리가…… 정말로 벨의 어머니인 거야?"

아르노아가 조심스럽게 물었다. 잘 믿기지가 않았다.

대마법사든 뭐든, 죽음에서 살아 돌아오는 마법에 대해서는 들어 본 적 없었다.

벨은 단호하게 고개를 저었다.

"아니. 말 그대로 작은 파편, 아니면 그림자 같은 거야."

"그림자?"

"생전의 기억을 넣어서 만드는 작은 형체나 목소리 같은 거. 대화도 할 수 있고 반응도 하지만 생명체는 아니야. 그때의 모습을 구현해 놓은 거지. 나도 직접 본 적은 없는 마법이지만 이론은 알아."

그가 딱 잘라서 대답했다.

"죽기 전날까지 뭘 자꾸 연구한다 싶더니…… 그런 걸 남기고 있었군."

"생전의 기억……."

장난으로 만들었던 건지, 아니면 의도가 있었는지는 알 수 없었다.

왜 벨조차도 존재를 몰랐던 그것이 아르노아에게 말을 걸었는지도.

"벨, 그 방에 같이 가 볼래?"

"아니."

아르노아의 물음에, 그는 의미 없다는 듯 고개를 저었다.

"난 그 방을 완전하게 잠갔어. 안에서만 열 수 있게 하는 마법으로, 나조차 열 수 없도록."

그가 설명했다.

"물론, 안에 어머니의 조각이 있는 줄 모르고 한 일이었지."

"다시 열린 게 아니야?"

"아르노아, 지금까지 한 번도 열린 적 없었던 문이 네 손에 열렸다면 그건 너에게만 열린 거야."

벨이 그녀를 지그시 바라보며 말했다.

"어머니가 뭘 생각한 건지는 알 수 없지만…… 너만 들어갈 수 있도록 장치를 해 둔 거야."

아르노아의 눈이 커졌고, 벨은 다시 부드럽게 웃어 보였다.

"원한다면 다시 가 봐. 10년 넘게 잠겨 있었으니 위험한 마법은 없어."

"넌…… 괜찮아?"

아르노아는 왠지 모르게 씁쓸해 보이는 벨을 올려다보며 다시 물었다.

"뭐, 별로 상관없지. 어머니는 원래 좀 이상한 사람이었고……."

그가 어깨를 으쓱했다.

"나한테 할 말이 있었다면 목소리로 남기지 않고 직접 했겠지."

벨은 더 생각할 필요 없다는 듯 말을 맺었다.

"그 사람은 자신이 언제 죽을지 정확히 알았으니까."

—……돌아왔네?

"……네."

아르노아가 망설이다가 대답했다.

—벨카리아나스에 대해서는 다 알게 됐고?

어두운 방 안에서, 목소리는 즐겁다는 듯 밝게 울렸다.

"많이 알게 됐죠."

─말투를 들어 보니 나에 대해서도 좀 아나 보네? 어떻게 알았어?

"닮았으니까요. 눈빛이 특히."

─그건 아쉬운데. 그 애 아버지가 미남이었거든. 뭐, 날 닮아도 미남으로 컸겠지만.

"미남인 건 맞아요."

─그래서 더 알고 싶은 게 생겼어? 난 알려 줄 게 많은데.

"……나한테 뭘 알려 줄 수 있어요?"

─내가, 아니 아마릴리스가 생전에 알고 있었던 거라면 뭐든. 난 그때의 상태 그대로거든.

"10년도 전에 죽은 사람이 지금 나한테 뭘 알려 줄 수 있는데요?"

─얘 참 건방지네? 황제라고 내가 무서워할 것 같니? 난 진작 죽었는데.

"내가 황제인 건 알아요?"

아르노아가 눈썹을 치켜 올렸다.

아마릴리스가 죽었을 때는 어린아이였던 그녀가 미래에 황제가 될지 어떨지 어떻게 알았단 말인가.

목소리는 깔깔거리며 웃었다.

─당연하잖아. 난 예언자였는데.

"예언자?"

─그래. 예언 능력은 워낙 드물어서 벨조차도 없어. 나 이후로는 예언자 비슷한 것도 없었을걸.

그녀는 한껏 힘을 주어 말했다. 그녀는 자기애가 넘치고 뻔뻔한 성격이었던 모양이었다.

─네가 태어나는 순간을 제일 먼저 본 건 나야. 티아가 결혼하기도 한참 전이었지.

아르노아는 멍하게 눈을 깜빡였다.

"티아라면……."

―아나스티아지 누구긴.

"어머니를 알아요?"

전혀 예상하지 못한 이름이었다. 목소리는 마치 아나스티아 황후가 자신의 가족이라도 되는 듯 친근하게 그녀를 부르고 있었다.

―친구야. 아주 옛날에 여기서 머물렀어.

"친구? 내 어머니와 당신이요?"

―그래. 내 예언을 듣더니 다가올 부귀영화를 누리겠다고 가 버려서 돌아오지 않았지만…… 친구라고 했으니 친구지, 뭐. 잠깐 가출했을 때 여기 살았거든.

아르노아는 머리를 한 대 얻어맞은 것 같았다.

어머니가 결혼 전 여행을 실컷 다녔다는 얘기는 들었지만, 페르헨이라니? 친구가 많긴 했는데 대마법사라니?

"부귀영화를 위해…… 돌아갔다고요?"

그 부분만큼은 믿을 수 있었다. 어머니는 물욕이 하나도 없는 성녀와는 거리가 있었고, 그 사실을 굳이 감춘 적이 없었다.

―그래. 다만 물욕만 말하는 건 아니야. 그 애가 제 미래에 대해 정말 마음에 들어 했던 건…….

목소리는 어이없다는 듯 픽 웃으며 말을 이었다.

―황제가 될 딸의 모습이었거든.

"제가…… 황제가 될 걸 알았다고요?"

―그래. 짧게 네 모습을 보여 주니 좋아하더라. 기왕 태어났으면 그렇게 살아 봐야 한다고. 빨리 낳아서 키워야겠다고.

서늘했던 목소리에는 미세한 아쉬움 같은 것이 섞여 있었다. 친구를 정말로 그리워했던 것처럼.

아르노아는 한동안 말을 잇지 못했다.

어린 시절 어머니가 왜 굳이 아르노아에게 제왕학을 가르쳤는지, 다른 어머니들은 죽기 전에 정혼처를 찾아 주는데, 어머니는 왜 사람 부리는 방법이나 가르쳐 주고 있었는지.

마음 한구석에 가득했던 의문이 조금은 풀리는 것 같았다.

"하……."

그녀가 한숨을 쉬었다.

죽은 두 여자 중 누가 더 신기하다고 해야 할까.

가출해서 대마법사와 살다가, 딸을 낳아서 황위에 올리겠다고 돌아온 아나스티아 황후.

그 모든 것을 예측하고, 황제가 돼서 마탑을 찾아온 아르노아에게 자신의 조각 하나를 남겨 둔 대마법사 아마릴리스.

"……왜 굳이 내게 말을 걸었어요?"

ㅡ그냥, 궁금해서. 티아의 딸이자 내 아들의 사랑이 어떤 사람인지 말이야.

목소리가 대답했다.

ㅡ난 죽어 버렸으니 궁금증이 충족될 일은 없지만, 그래도 이렇게 조각을 남기면 재밌을 것 같았거든. 무엇보다…….

"무엇보다?"

ㅡ그냥, 네가 올 걸 알고 있었어. 그렇게 정해져 있었어. 그래서 더 재미있다고 생각했지.

알 듯 모를 듯 수수께끼 같은 대답에 아르노아는 작은 미소를 지었다.

영지는 물론 자신의 생명까지 위험해진 상황에서도 재미를 추구하는 모습이, 계산하고 따지지 않는 벨을 연상시켰기 때문이었다.

"벨이 나를 사랑할 걸 알고 있었어요?"

아르노아는 조금 전 들은 말을 되새기며 다시 물었다.

―그래. 아까 말했잖아. 오래전부터 그렇게 될 거였어.

목소리는 확신을 가지고 말했다.

"하지만 마력이 지나치게 많은 사람은……."

―이론은 이론일 뿐이야. 정말 위대한 마법사는 마력의 성질을 바꿀 수도 있지.

"그럼…… 그럼 설마 벨은 정말로 위대한……."

―아니, 내가 위대하다고.

목소리는 비웃음을 섞으며 대답했다.

―내가 그 애의 마력을 살짝 비틀어 놨거든.

아르노아는 황당한 얼굴로 눈앞의 초상화를 바라보았다.

그런 게 가능한 거였어?

―나 닮아서 성격이 더러울 게 보이는데, 마력 때문에 더 파탄 나게 할 필요는 없을 것 같았거든. 안 그래도 나 죽으면 오래 외로울 운명이었는데 불쌍하잖아.

"그게 그렇게 간단해요?"

아르노아는 긴장이 탁 풀리는 기분이었다.

아무도 사랑하지 않는 것이 마탑주의 본질 같은 거라더니.

누구도 거스를 수 없을 것 같은 성격인 줄 알았더니.

그럼에도 불구하고 아르노아를 떠나지 않는 그 시선을, 벨을 가득 채운 열망을 가능하게 한 건 또 다른 이의 마력이었던 것이다.

―나한테는 간단했지. 맹수일 뻔했던 영체를 고양이로 바꾼 것처럼 말이야. 귀엽지 않니?

아마릴리스의 조각이 다시 한번 깔깔 웃었다. 이번에는 아르노아도 작게 고개를 끄덕였다. 기이한 성격에, 그다지 겸손하지 못한 사람인 것 같았지만 대마법사 아마릴리스의 취향은 옳았다.

고양이의 모습을 한 벨은 귀여웠다.

—아무튼 말이야, 넌 생각이 너무 많은 게 문제야.

목소리는 아르노아에게 질문을 하라고 요구하는 대신 제가 하고 싶은 말을 늘어놓기 시작했다.

—너도 좋아하잖아? 벨카리아나스를.

"미래를 아주 자세히도 보셨네요."

아르노아는 긍정도 부정도 하지 않고 대답했다.

—말년에는 심심했거든. 마력은 다 벨카리아나스에게 줘 버렸고, 남은 건 예지 능력뿐이었단 말이야.

"……그럼 혹시 다른 것도 보였어요?"

그녀가 문득 생각나서 물었다.

—다른 거 뭐?

"예를 들면, 내가 황제를 오래 할 수 있는지라든가."

아르노아는 신중하게 말을 골랐다.

딸의 친구이자 아들의 사랑을 보는 심정으로 미래의 아르노아를 들여다 보았던 것이라면, 그녀가 앞으로 반역으로 죽을 일이 있을지 없을지도 알 수 있지 않겠는가. 당장 황성에서 대공이 무슨 음모를 꾸미고 있는지에 대해 힌트라도 줄 수 있지 않을까.

—보였지. 하지만 말은 안 해 줄 거야.

"왜요?"

아르노아는 억울한 기분으로 물었다.

—네가 여기 찾아온 시점보다 더 먼 미래는 안 보여 줘. 미래를 많이 아는 게 좋은 게 아니야.

황당했다. 자기는 생전에 미래만 들여다보고 살았다면서. 그러나 죽은 사람이 남겨 놓은 그림자 같은 것에게 더 따질 수는 없으니, 아르노아는 그저 속마음으로만 투덜거렸다.

—하지만 딱 하나는 가르쳐 줄 수 있어.

목소리는 계속해서 떠들었다.

―난 너무 위대해서 네가 뭘 궁금해할지도 알고 있었거든.

"……."

―예지 능력을 가진 마법사는 나 이후에 없었다니까. 듣고 있니?

"그것참 대단하시네요."

계속되는 자랑에, 아르노아는 시큰둥하게 말했다.

말하는 내용은 듣지 않을 수 없었기에 다시 눈을 들어 초상화를 바라보긴 했지만.

―초상화를 보니? 그쪽이 아니야.

"지적 그만 좀 해요. 그리고 죽은 사람이 내가 어딜 보는지는 어떻게 아는 거예요?"

―생명체가 아니어도 그 정도 반응은 할 수 있단다. 아무튼 구슬을 봐.

아르노아는 얌전히 그녀의 말에 따라 초상화 아래의 먼지 쌓인 구슬을 바라보았다. 구슬 속에 은은하던 붉은 빛이 순간 밝게 빛났다.

"이거 설마……."

―왜? 뭔 줄 알았는데?

"장난감이요."

아르노아가 대답했다.

그다음에는 아마릴리스의 조각을 남기기 위한 장치인가 했는데, 지금 보니 기능은 따로 있는 듯했다.

―모든 황제가 너처럼 아티팩트에 관심이 없었다면, 페르헨을 군이 닫아둘 필요가 없었을 텐데.

목소리는 욕인지 칭찬인지 모를 말을 늘어놓았다.

―잘 봐, 여긴 내가 말년에 쓰던 연구실이야. 말년에 뭘 자꾸 들여다봤는지는 아까 말했지?

"설마…… 이게 미래를 보여 주는 거예요?"

—미래, 그리고 멀리 있는 현재도. 그러니까 눈을 떼지 말렴.

목소리는 여느 때보다 진지하게 말했다.

—이걸 보여 주는 것까지가 내 소명이란다.

"대마법사 아마릴리스의 소명이요?"

—아니.

목소리가 단호하게 대답했다.

—나, 아니, 내 본체 아마릴리스가 나를 여기 남겨 둔 이유.

"……."

—만나서 반가웠단다, 티아의 딸. 역시 내가 본 건 다 맞았어.

그녀는 작게 웃으며 덧붙였다.

—이제 눈을 떼지 말고 봐. 지금쯤이면 구슬도 수명이 다 돼서 오래 못 갈 거야.

팟-

이상한 소리와 함께, 벨벳 쿠션 위에 놓여 있던 구슬이 이번에는 새하얀 빛을 냈다. 구슬 안에는 연기 같은 것이 차올라 아무것도 보이지 않았다. 그럼에도 아르노아는 눈을 떼지 않고 기다렸다.

숨 막히게 고요한 몇 분이 지난 후.

스스슥

구슬 안에 그녀가 잘 아는, 야비해 보이는 중년 남자의 얼굴이 나타나기 시작했다.

* * *

"그래서!"

대공은 탁자를 쿵 하고 쳤다. 그에게 보고하러 온 하인들은 목을 움츠렸으나, 옆에서 지켜보는 라야는 그다지 동요하지 않았다.

"그래서 황제를 못 찾았다는 말이냐!"

"대, 대공 전하, 이제 겨우 며칠밖에 지나지 않았습니다. 조금만 시간을 주시면……."

"흔적을 못 찾았는데 시간을 주면 뭐 해!"

"방, 방에서 안 나오는 것이 사실일 수도 있습니다."

"헛소리 말아라! 아나킨 윌러 그놈이 요즘은 밖으로만 돌고 황제의 방에는 가지도 않는데."

대공은 답답하다는 듯 가슴을 쳤다.

"누가 봐도 궁에 없는 것이지 않느냐!"

"진정하십시오, 대공 전하."

그들을 지켜보던 라야가 조용히 말했다.

"흥분한다고 뭐 도움이 될 것도 아니고."

평소의 정중함과 달리 묘한 비아냥이 섞인 말투였으나, 대공은 이를 눈치채지 못한 채 계속해서 소리쳤다.

"앞으로 며칠 동안 황제를 더 찾지 못하면…… 나와 록산느는 꼼짝없이 돌아가야 한다. 그럼 이번 기회는 날아가는 거야."

"그거야 무척 아쉬운 일입니다만."

라야가 고개를 끄덕이며 말했다.

"이렇게 큰 소리를 내시면, 옆방에 있는 대공녀께도 들릴 텐데요."

"상관없다."

"예? 하지만 지금까지는……."

"내 손에 피를 묻혀 안락한 제국을 선물할 생각이었지. 말 잘 듣는 황제를 세워서 양위를 받게 할 생각이었고, 마음대로 주무르기 어려운 마탑주 같은 것은 없애 버리려 했다."

"많이 노력하셨지요."

"웬만하면 그 애의 이름이 오염될 일이 없게 하려 했는데……."

대공이 앙다문 잇새로 중얼거렸다.

"하지만 지금의 황제가 즉위하고 나서는 상황이 달라지지 않았느냐! 계획은 다 어그러졌단 말이다! 그러니 쓸데없는 잔소리는 집어치워!"

"……."

라야는 조용히 대공의 말에 수긍했고, 흥분했던 대공은 땅이 꺼져라 한숨을 내쉬었다.

겨우 1년도 되지 않는 기간 동안, 상황은 참으로 많이 달라졌다.

이름만 방계였지, 제국의 대부분 세력을 손에 꽉 쥐고 있었던 대공 일가였다. 황실의 공식적인 양위 선언만 있었다면, 록산느의 즉위를 인정하지 않을 귀족이 없었을 것이다.

"그냥 루시아노가 있을 때 양위를 받았어야 했는데……."

약해 빠진 겁쟁이 주제에 황위만은 붙들고 놓지 않으려 했기에, 대공은 그 동생 아리엔을 적당한 허수아비로 삼으려 했었다. 그렇게, 새 황제 즉위 후 1년 안에는 록산느를 황위에 앉혀 주려 했건만.

"더러운 귀족 놈들……."

정신을 차리고 보니, 대공은 어느 새 야금야금 지지자들을 황제에게 내준 상태였다. 조금 더 길게 끌어서 자금을 마련하려던 케스만과의 전쟁도 싱겁게 끝나 버렸기에, 귀족들의 마음을 다시 돌릴 돈도 부족해지기 시작했다.

"위로하는 놈 하나 없단 말이지."

대공이 으르렁거렸다. 얼마 전까지만 해도 그의 호의를 사 보겠다고 문 앞까지 달려와서 선물을 흘리고 가던 귀족들은, 록산느가 황제와의 비무에서 패한 후부터는 코빼기도 비추지 않았다.

"뭐, 딱 하나 있긴 했지요."

라야가 의미 없다는 듯 어깨를 으쓱하며 대공의 목을 가리켰다.

"그래, 헤르만 백작이 있었지."

대공도 자신의 목덜미를 내려다보며 고개를 끄덕였다. 그곳에는 한 눈에도 값나가게 보이는 다이아몬드 목걸이가 걸려 있었다.

"계산적이지만 예의는 아는 여자야. 그러니 늙어서 가죽만 남을 때까지 계속 사는 거겠지."

말은 그렇게 하면서도, 대공은 슬쩍 손을 뻗어 다이아를 쓰다듬었다. 투명해서 안이 들여다보일 것 같은 그 보석은, 수십 개의 붉은 보석에 감싸인 채 화려한 빛을 뿜어냈다. 선선대 황제가 황후에게 주었던 블랙 다이아몬드에 버금갈 정도의 아름다움이었다. 대공이 받자마자 이를 목에 건 것은 당연한 일이었다.

"위안이 되니 다행이군요. 황제는 아직 못 찾았어도 말입니다."

"위안은 무슨! 무슨 수를 써서라도 찾아야지."

"……."

"혹시 너는 아느냐? 황제가 어디 있는지."

대답 없는 라야에게, 대공이 한 줄기 희망을 붙잡는 듯 물었다.

"……알려 드릴까요?"

"뭐?"

대공은 눈을 부릅뜨며 라야를 노려보았다. 마치 미친놈을 보는 듯한 표정이었다.

"그걸 말이라고 해? 알면서 말을 안 했단 말이냐?"

"페르헨에 있을 겁니다."

라야가 툭 내뱉었다.

"마탑주와 함께요. 말했잖습니까, 마탑주와 경비 중 한쪽은 떨어질 거라고."

"페르헨에…… 황제가 직접? 마탑주가 정말 그런 곳을 허용했단 말이냐?"

묘하게 건성인 말투였으나, 눈이 휘둥그레진 대공은 여전히 이를 눈치채지 못하는 듯했다.

"예. 이번 황제에게는 예외가 참 많더군요."

라야는 재미있다는 듯 대답했다.

"페르헨의 땅을 밟은 황제, 마탑주의 비호를 입은 황제, 대공녀님을 꺾은 황제……."

"닥쳐라."

대공이 험악한 얼굴로 말했다.

"당장 페르헨으로 사람을 보내야겠구나."

그는 급히 하인들을 향해 몸을 돌리며 말했다.

"급할 거 없습니다, 대공 전하."

"없긴!"

라야의 느른한 말에, 대공은 고개만 획 돌려서 그를 다그쳤다.

"한시라도 빨리 황제를 잡아와야겠다. 너도 그래야 영혼석을 얻을 거 아니냐."

"그게……."

라야가 의미심장하게 웃으며 말했다.

"잠시 사람을 좀 물려 주시겠습까?"

"뭐야?"

대공은 이놈이 오늘따라 왜 이러나 하는 표정으로 그를 바라보더니 손을 한 번 내저었다.

"……나가라."

순식간에 하인들이 사라졌다. 넓은 방 안에는 라야와 대공 두 사람뿐이었다.

"전하."

라야는 유독 빤한 시선으로 대공을 보며 다시 입을 열었다.

"오래전, 저와의 내기 끝에 저를 수하로 두게 된 것을 기억하십니까?"

"나를 바보로 보는 것이냐? 당연히 기억하지."

"그때, 저는 수하가 되는 것은 좋으나 그 비용을 받겠다고 했었지요. 지시를 하나씩 수행할 때마다 황족의 영혼석 일부를 대가로 삼기로 했었습니다."

"그랬다. 나 말고 다른 이의 것을 주기로 했었지. 그러니까 황제를 빨리……."

"아니요."

라야가 다시 고개를 저었다.

"저는 '황족의 영혼석'을 받기로 했습니다. 지시를 수행할수록 받을 영혼석의 크기는 커지고, 희생양이 바쳐야 할 수명도 늘어나는 것으로요."

그가 고집스럽게 말했다.

"그걸 지금 왜……."

"전하, 저는 이미 온전한 영혼석 하나만큼의 일을 끝냈습니다."

"뭐?"

라야는 미동도 없이 대공을 바라보았다.

"계약을 다 이행했다는 말입니다. 방금 전, 황제의 행방을 말씀드린 것이 마지막이었습니다."

가느다란 눈 속, 세로로 찢어진 황록색 홍채가 무섭게 빛났다.

"그러니 더 미뤄 드릴 이유가 없습니다. 저는 대가를 받아야겠거든요."

"뭣……."

대공의 눈동자가 작게 흔들렸다. 라야의 말을 정확히 이해하지 못한 표정이었다.

"무, 무슨 헛소리를 하는 게야? 설마 나를……."

언제 다가온 건지, 라야는 어느새 대공과 팔 하나 정도의 거리만을 남겨 두고 있었다. 평소에는 느껴지지 않았던 기묘한 서늘함이 방 안을 가득 채우는 듯했다. 라야와 눈을 마주친 대공은 저도 모르게 등골에 소름이 오스스 돋았다.

"이 정도면 열심히 하지 않았습니까? 마지막에 마탑주를 해치우지 못한 건 맞지만, 그건 제 탓이 아니라 무능한 살수들을 보낸 대공 전하의 탓이었지요."

"닥쳐라, 네 이놈! 그래서 어쩌자는 거냐?"

"어쩌긴요."

라야의 입꼬리가 양쪽으로 쭉 찢어져 올라갔다.

"연구에 연구를 거듭해서 페르헨에 꾸준히 독을 풀고, 여러 암살에도 힘을 보탰으니 대가는 받아야 할 거 아닙니까? 어떤 황족에게서든요."

"조, 조용히 하거라."

대공은 목소리를 낮추며 말했다.

"록산느는 너와 나 사이에 한 내기는 모른다."

"아, 그렇습니다. 제 힘으로 마법사를 부리는 유능한 아비가 되어 보이겠다며 쓸데없는 비밀을 만드셨죠."

라야는 비웃듯이 말을 이었다.

"아니면, 혹시 대공 전하도 이 내기가 위험할 수 있다는 걸 알았기에 딸에게서는 숨겼던 걸까요? 듣고 보니 일단 그것부터 해결해야겠군요."

대공이 말릴 새도 없이, 라야가 손가락을 딱 하고 튕겼다. 방 안쪽에서 옆방으로 연결되는 문 하나가 사라졌다.

"아까부터 시끄러우셨으니 대공녀님도 다 들으셨겠죠."

라야의 말을 증명이라도 하듯, 문 뒤에는 록산느가 서 있었다.

"록산느……."

대공은 그제야 후회하는 표정으로 입술을 깨물었다.

"이게 다 무슨 소리인가요, 아버지?"

그녀가 딱딱한 표정으로 물었다.

"마법사를 손에 넣어 종처럼 부리시는 거라더니, 대가를 약속하셨어요? 마탑주를 죽이는 것에 대해?"

"놀라지 않는 거 보셨습니까? 살인을 그렇게 많이 했는데 당연한 이야기죠."

라야가 노골적으로 이죽거렸다.

"……네가 신경 쓰는 것은 보고 싶지 않았다, 록산느. 마탑주를 상대하느라 전전긍긍할 필요도 없다고 생각했지."

대공이 변명하듯 말했다.

"혹여라도 황위에 오른 후에 이 일이 알려지면…… 그 책임은 내가 떠안으려 했다."

그는 드물게 진심 어린 목소리로 말했다.

"걱정할 세력이라고는 없는, 오직 너만이 태양처럼 빛날 수 있을 제국을 선물하고 싶었지."

"좋은 판단이었네요."

록산느가 대답했다. 망설임도, 감동도 없는 지나치게 빠른 대답에 대공의 눈이 조금 커졌다.

"마탑주는 제거되는 게 좋았겠죠. 정당하게 상대하기에는 너무 강하다는 것쯤은 알겠어요. 하지만."

록선느가 라야를 향해 눈을 치켜떴다.

"내기니, 대가니 하는 것들은 다 뭔가요? 이자에게 뭘 빚지신 거죠?"

그녀는 수치스럽다는 어조였다. 그저 아랫사람이었던 라야에게, 대공이 무언가를 빚지고 있다는 사실이 마음에 들지 않는 듯했다.

"영혼입니다."

라야는 조금도 개의치 않는 듯 대답했다.

"황족의 영혼, 말하자면 목숨이죠."

"네, 네 이놈! 말을 조심하거라! 록산느가 오해하지 않겠느냐."

대공이 소리를 빽 질렀다.

"다른 이의 영혼석을 주는 거라고 했었지!"

라야는 꿈쩍도 하지 않았다.

"글쎄, 다른 황족이 있어야 말이지요. 황제를 잡아오는 건 글러 먹은 것 같고."

그는 먹잇감을 보는 듯한 눈으로 대공을 바라보았다.

"제국의 황족이란 황족은 잔뜩 숙청을 당해서…… 사실상 황족으로 인정받은 가문은, 카이시온 황실 외에 하나뿐이잖습니까?"

"라, 라야……."

대공은 창백해진 얼굴로 중얼거렸다. 냉정하던 록산느의 눈이 커졌다. 그녀는 자신이 들은 말이 사실인지 확인하듯 대공을 바라보았고, 대공은 이를 꽉 다물며 시선을 피했다.

재미있다는 듯 웃는 라야의 눈동자가 그 사실을 의식한 듯 미묘하게 움직였다.

"뭐…… 엄밀히 말하면 방계 황족은 둘이로군요."

그의 시선이 향한 곳에는, 여전히 딱딱하게 굳은 얼굴을 한 록산느가 있었다.

"여기, 대공녀님도 있지 않습니까?"

"……!"

대공과 록산느는 동시에 고개를 번쩍 들었다. 그들이 라야의 말을 이해하는 데에는 긴 시간이 걸리지 않았다. 황록색 눈동자에 어린 옅은 살기가, 두 사람의 생각이 맞는다는 사실을 확인시켜 주고 있었다.

무거운 침묵이 방을 가득 채웠다.

록산느가 미동도 없이 라야를 노려보는 사이, 대공의 손이 살며시 허리춤의 검을 더듬었다.

"크하하하! 재미있군요. 정말 저와 정면승부를 할 수 있다고 생각하십니까?"

라야는 허리를 꺾으며 웃음을 터뜨렸다.

"마법사와의 계약을 뭘로 보고."

"으윽!"

라야가 무언가 입 속으로 중얼거리자 대공은 무릎을 꺾으며 바닥으로 쓰러졌다.

"크흐흐흡……."

"귀찮게 힘 빼지 말자, 이겁니다. 저는 빨리 일을 처리하고 낮잠을 자러 가야겠거든요."

그가 신음하는 대공을 내려다보며 빈정거렸다.

"미래가 가까워지는 모양입니다. 계속 예지몽을 꾸는 것이요."

라야가 꿈꾸듯 몽롱한 표정으로 말을 이었다. 무언가에 중독된 듯, 눈동자가 풀려 있었다.

"웃기지 않습니까? 꿈에서 저는 분명히 마탑을 차지하는데, 그 꿈에 두 분이 나오지는 않더군요. 아마 한 사람은 여기서 영혼석이 되고, 나머지 한 명은……."

그는 히죽 웃으며 대공과 록산느를 번갈아 보았다.

"뭐, 저는 정이 많은 사람이니까 나머지 한 분은 원하는 곳으로 모셨겠지요. 황위든, 넓은 영지든."

"이, 이놈……."

"그러니 묻겠습니다. 어떤 분이 영혼을 내놓으시렵니까? 둘 다 거절하면 대공 전하의 것을 가져가겠습니다. 과거에 본인이 약속한 대로요. 그건 직접 내린 결정이니 되돌릴 수 없습니다."

"이…… 악마 같은 놈."

숨을 헐떡이던 대공이 가까스로 고개를 들었다.

끔찍이도 아끼던 딸과 자신 중 한 명의 영혼이라니, 누가 그런 선택을 할 수 있단 말인가. 그는 할 수 없었고, 당연히 록산느도 마찬가지였다.

이 상황은 지나치게 가혹했다. 이대로 선택을 하면 남은 자는 평생 다른 한쪽에 대한 후회를 품고 살 터였다.

"……."

라야에게 욕을 지껄이기 위해 겨우 고개를 든 대공은, 문득 방 안이 너무 고요하다는 사실을 깨달았다. 원래대로라면 자신보다 먼저 험한 욕을 늘어놓고 있어야 할 사람이 조용했다.

"……록산느?"

그는 라야를 노려보던 시선을 돌려 록산느를 바라보았다.

"……."

"왜 아무 말도 하지 않느냐?"

식은땀 한 방울이 그의 이마에 맺혔다. 그의 자랑이었던 보석 같은 자안은, 소름 끼치도록 차갑게 대공을 내려다보고 있었다.

"제가 꼭 말을 해야 하나요?"

싸늘한 목소리가 방 안을 울렸다. 그녀가 천천히 한 손을 들어올렸다.

"누가 죽어야 하는지, 답은 이미 나와 있는데요."

대공의 기쁨이자 사랑, 그가 인생을 바쳐 키워 낸 딸.

"당연히 아버지잖아요."

냉정하게 뻗은 록산느의 손가락은, 조금도 떨리지 않은 채 정확하게 대공의 심장을 가리키고 있었다.

"록산느……?"

대공은 온몸의 피가 싸늘하게 식는 기분이었다.

"너 무슨 말을 하고 있는 게냐?"

"들으셨잖아요, 아버지."

얼음장처럼 차가운 음성이 그의 귀에 꽂혔다.

"빠져나갈 수 없다면, 저와 아버지 둘 중 한 명이 희생해야 하는 거라면."

그녀는 조금의 떨림도 없이 한 자 한 자 또렷하게 말했다.

"그게 제가 될 수는 없는 거 아니겠어요?"

"록산느……."

대공은 멍한 표정으로 딸을 올려다보았다.

자신의 눈과 귀를 믿을 수 없었다. 록산느는 제 입으로 대공의 죽음을 제안하고 있었다. 아니, 한 점의 애정도 느껴지지 않는 그 목소리는 마치 사형을 선고하는 듯 들리기도 했다.

"너무 억울해하지 마세요. 라야와 그런 계약을 한 건 아버지예요."

록산느가 다시 말했다.

화를 참지 않는 다혈질의 그녀는, 아버지와 자신을 향해 이를 드러낸 라야에 대해 분노하고 있지도 않았다.

"너무 안타까워하지도 마세요. 들으셨잖아요? 아버지가 죽으면, 저를 황제로 만들어 준다는 말을."

그녀가 잘라 말했다. 냉정한 시선은 여전히 대공만을 향해 있었다.

"크하하하하핫! 당연한 말씀입니다."

조금 전부터 입술을 꾹 다물고 두 사람을 관찰하던 라야가 마침내 킬킬거리며 웃음을 터뜨렸다.

"영혼석이 있으면 마탑주를 처리하는 주술도 얼마든지 가능하죠. 황제도 덤으로 처리해 드리겠습니다. 그건 약속드리죠."

그는 이런 구경거리는 태어나서 처음 본다는 듯 즐겁게 말했다.

"저…… 저 말을 믿느냐?"

대공이 울컥하는 표정으로 록산느를 바라보았다.

"저 속 시커먼 놈이 마탑주가 되면 나중에는 황실도……."

"아, 그뿐이 아닙니다. 황제가 바뀔 때마다 마탑주가 그 선언을 해야 한다는 귀찮은 약속은 없애기로 하죠. 그럼 페르헨이 신경 쓰이지도 않을 거 아닙니까?"

그의 항변에 라야는 기다렸다는 듯 술술 대답을 내놓았다. 대공은 얼굴을 구겼지만 록산느는 이번에도 개의치 않는 표정이었다.

"보세요, 아버지. 황위를 약속해 주겠대요. 후계도 제 마음대로 할 수 있겠죠."

그녀가 차갑게 말했다.

"……뭐야?"

"그러니 안타까워하지 마세요. 아니, 기뻐하셔야죠. 딸을 위해서."

"……."

"어서 영혼석을 내놓겠다고 하세요."

"록산느! 네가 어떻게 내게……."

대공이 소리쳤다. 충격 때문인지 목소리조차 잘 나오지 않았다.

"내가 너를 어떻게 키웠는데! 내가 너를……."

"아버지께서는 저를, 원하는 것을 위해 수단과 방법을 가리지 않는 사람으로 키우셨어요."

록산느가 당연하다는 듯 대답했다.

"누구에게도 정을 주지 말고, 오직 남들 위에 군림하는 자가 되라고 하셨죠."

"나는 네 아비다!"

"그럼 자랑스러워하세요, 아버지. 아버지께서는 원하는 것을 다 이루셨어요."

그녀는 한 치의 부끄러움도 없는 듯 당당하게 말을 이었다.

"저는 대의를 위해 무엇이든 희생할 수 있는 사람이 되었으니까요. 이제 곧 결실을 보게 될 테고, 모든 것이 다 아버지 덕분입니다."

보일 듯 말 듯한 미소가 록산느의 입가에 걸렸다. 창백해진 대공의 입술이 부르르 떨리기 시작했다. 그는 천천히 손을 위로 뻗어 제 머리칼을 쥐어뜯었다.

"크윽……."

"대공 전하, 시간이 없습니다."

라야가 재촉했다. 그의 시선은 재미있다는 듯 두 사람 사이를 오가고 있었다.

"선택지가 둘이라잖아요, 아버지."

록산느가 말했다. 그녀의 눈매가 점차 매서워지고 있었다.

"설마 저더러 희생하라고 하지는 않으시겠죠."

그녀는 참으로 말도 안 되는 생각이라는 듯 고개를 저었다.

"하아……."

대공은 무너질 듯한 심장을 부여잡았다. 딸을 위해서는 무엇이든 할 수 있을 거라고 생각했던 과거가 머리를 스쳤다.

그는 제국에서 가장 탐욕스러운 자였으나 록산느를 위해서 무언가를 내주는 것이 아깝다고 생각한 적은 없었다. 다만 록산느가 먼저 그의 목숨을 요구할 줄은 꿈에도 생각하지 못했을 뿐.

"승낙하세요, 아버지. 저를 잃고 살 수 있는 것도 아니면서."

"……."

"대답 없으시면 대공의 목숨을 가져가는 걸로 하겠습니다. 어차피 대공 녀님은 영혼을 내놓을 것 같지 않으니까요."

라야는 대공을 더 이상 기다리지 않겠다는 듯 말했다. 록산느는 대공에게 다가서는 그를 말리지 않았다.

"잘 가세요, 아버지. 천국을 가시든 지옥을 가시든, 저를 보며 자랑스러워하실 수 있을 거예요."

뼛속까지 얼게 만드는 록산느의 목소리가 대공의 귀에 꽂혔다.

대공의 입술이 다시 한번 떨렸다. 분노, 후회, 충격 같은 것들이 그의 얼굴을 스쳤지만, 그는 결국 어떤 감정도 입 밖으로 뱉지 못했다.

"……좋다."

그가 결국 힘없이 항복을 선언했다.

록산느의 말이 옳았다. 그는 그녀를 잃고 살 수 없었다.

아무리 원망스러워도, 자신과 록산느의 목숨 중에서는 록산느를 선택할 수밖에 없었다. 처음부터 무의미한 질문이었던 것이다. 록산느는 대답 대신 다시 한번 옅은 미소를 지었고, 라야가 대공을 향해 한쪽 손을 들어 손바닥을 펼쳤다.

"잘 가십시오, 대공 전하."

그가 크큭 웃으며 말했다.

"너무 원망 마세요. 마법사와 내기해서 좋은 결과를 얻는 이는 세상에 거의 없으니까요. 지나치게 건방진 생각이었습니다."

라야의 손바닥이 대공의 심장부를 짚었고, 대공은 눈을 질끈 감았다.

팟-

"으으윽!"

날카로운 한 줄기 빛이 그의 심장을 꿰뚫었고, 대공의 몸은 그 자리에서 말라 가기 시작했다.

스스스슥

단단했던 육신이 뼛가죽만 남을 때까지, 록산느는 눈썹 하나 까딱하지 않은 채 그 모습을 지켜보았다.

* * *

"……세상에."

아르노아가 참았던 숨을 뱉었다.

"와, 독해."

록산느 아실리에르는 정말 독했다. 피도 눈물도 없다더니, 아버지가 죽는데 눈 하나 깜짝하지 않았다. 어떤 의미에서는 대공이 원했던 모습 그대로 성장한 것이 맞는 듯했다.

"고마워요, 대마법사, 아니, 전 마탑주라고 해야 하나……."

넋을 놓고 구슬을 들여다보다가 마침내 자신이 어디에 있었는지 기억한 아르노아가 고개를 들고 말했다.

방은 조용했다. 서늘한 듯 장난기 넘치는 목소리는 더 이상 들리지 않았다. 초상화 속 미녀의 눈도 더 이상 반짝이지 않았다. 고개를 숙이자 조금 전까지 은은하게 빛나던 구슬도 거의 빛을 잃어 가고 있었다.

"……정말 마지막이었구나."

아르노아가 말했다.

대마법사 아마릴리스는 영영 사라졌다.

아니, 정확히 말하면 이미 사라졌었지만, 이제는 그 그림자마저 없었다.

"……감사합니다."

아르노아는 허공을 향해 의미 없는 인사를 건네고 천천히 몸을 일으켰다.

수많은 생각들이 그녀의 머리를 채웠다. 벨과 아마릴리스에 대한 이야기, 아마릴리스와 어머니에 대한 이야기, 구슬 속에서 보았던 것, 그리고…….

철컥-

"……아."

아르노아가 생각에 잠긴 채 문을 여는 순간, 환한 빛이 방 안으로 새어 들어온 듯했다. 단순히 바깥이 밝아서가 아니라, 그 앞에 서 있는 남자가 유독 눈부신 것이 원인이었다.

"오래 걸렸네."

"기다렸어? 혼자 알아서 들어가라더니."

아르노아가 천천히 벨을 올려다보며 물었다.

"……보고 싶어서."

벨이 치아를 드러내며 씩 웃었다. 초승달을 닮은 눈이 매력적으로 빛났다.

'보지 말자.'

그녀는 본능적으로 생각했다.

'계속 보면 위험해.'

습관처럼 고개를 돌리려는 순간, 아르노아의 머릿속에는 대마법사 아마릴리스의 또 다른 한 마디가 묵직하게 울렸다.

—*너도 그 애를 좋아하잖아.*

그리고 또 한 마디.

—*내 아들의 사랑.*

아르노아는 홀린 듯, 시선을 다시 벨의 얼굴에 고정한 채 그를 자세히 들여다보았다. 세상 만물을 녹일 것 같은 미소는 여전히 그녀를 향했다. 은회색 눈동자는 그녀 아닌 다른 것을 담지 못하는 듯 그 자리에 고정되어 있었다.

다시 봐도 분명했다. 벨은 그녀를 사랑하고 있었다.

문제는, 아르노아도 그에게서 시선을 떼기 어렵다는 사실이었다.

'……정말 뭐든 다 알았구나.'

아르노아는 인정해야 했다. 그녀는 벨이 좋았다.

십여 년 전에 죽은 마법사가 말해 주기 전까지 그 사실을 자각하지 못했을 뿐.

"……계속 쳐다보면 내가 착각할 텐데. 내가 좋아서 보는 거라고."

벨이 중얼거렸다. 달콤한 목소리가 아르노아의 귓가를 자극했다. 아르노아는 피하지 않고 그의 뺨에 두 손을 가져다 댔다. 짧은 순간 놀란 듯 눈을 동그랗게 뜬 벨은, 곧 다시 미소 지으며 아르노아를 향해 얼굴을 숙였다.

"……계속 착각해도 돼?"

속삭임과 함께 새어 나온 숨결이 어느덧 아르노아의 입술에 닿고 있었다.

"아니."

아르노아는 빙긋 웃으며 말했다.

"착각 아니야."

복잡한 문제들을 잠시 머릿속 한구석으로 치우며, 그리고 눈앞의 이 아름다운 생명체를 만들어 낸 대마법사 아마릴리스에게 감사하며, 아르노아는 살며시 눈을 감았다.

* * *

"……어머니가 그랬단 말이지."

아르노아의 설명을 들은 벨이 짧게 대답했다.

"그 얘기를 하러 여기까지 온 거였군."

"뭐, 그렇지."

아르노아가 고개를 끄덕였다.

"대리석밖에 없는 곳에서 말하면 너무 딱딱할 것 같기도 하고, 바깥이 궁금하기도 하고."

두 사람은 마탑 바깥 숲속의 커다란 느티나무 아래에 앉아 있었다. 따뜻한 공기에 가끔 바람이 부는, 소풍하기 딱 좋은 날씨였다.

"……뭐, 나와 보니 생각한 것과는 좀 다르지만."

깨끗한 내부에, 대부분의 방이 으리으리했던 마탑과 달리 페르헨의 바깥 공간은 사람 손을 거의 타지 않은 것처럼 보였다. 우거진 숲, 거대한 강, 마정석이 있다는 산 외에는 보이는 것이 없었고, 간혹 영지민 몇이 숲 어딘가에서 튀어나오고는 했다.

벨의 설명에 따르면 그들 모두가 숲 어딘가에 저택을 보유하고 있다고 했다. 그저 안 보이게 치워 놓는 거라고.

'그편이 덜 귀찮거든. 내가.'

실제로 새끼 곰이었던 통통한 소년의 가족이 벨에게 감사 표시로 과자 한 바구니를 보내온 것을 제외하면, 누구도 두 사람에게 말을 걸지 않았다.

"하아……."

벨이 작게 한숨을 쉬었다.

"어머니는 아무렇게나 살다 간 줄 알았더니, 이런 쪽으로는 나름대로 준비성이 철저했나 보군."

벨이 작은 소리로 덧붙였다. 크게 놀란 것 같지도, 감동한 것 같지도 않았지만 입가에는 보일 듯 말 듯 한 미소가 걸려 있었다.

"끝이야? 울지도 않아?"

"글쎄, 워낙 오래전에 죽어 버린 사람이라. 그때는 슬펐던 것 같은데 지금은 딱히."

그러면서 벨은 아르노아에게 쿠키 하나를 건넸다.

"감탄하지도 않고?"

"말했잖아. 살아 있을 때는 꽤 엄청난 일들을 했었다니까. 하지만 고맙긴 하군."

"뭐가?"

"어머니가 날 내버려 뒀으면 너를 사랑할 일이 없었을 테니까."

잔잔했던 미소는 순간적으로 그의 얼굴 전체에 번졌다.

"……틀린 말은 아니네."

아르노아가 말했다. 그러고는 손을 들어 그 틈에 고개를 숙여 입을 맞추려는 벨을 저지했다.

"이제 그만 좀 해."

"왜? 벌써? 10분 동안 안 했는데."

"다른 얘기는 안 들었어?"

아르노아는 황당한 표정으로 그를 바라보았다.

"반란이랑, 아버지의 죽음을 선택한 딸 이야기에는 감흥이 없는 거야?"

"응."

벨이 뻔뻔하게 대답했다.

"아, 물론 그 녀석들도 죽여 버려야지. 하지만 당장 급한 건······."

그는 다시 한 번 아르노아를 향해 고개를 숙여 그녀의 뺨에 입을 맞추었다. 이번에는 그녀도 벨을 내버려 두었다.

"당장 급한 건, 아나킨이랑 연락하는 거."

아르노아가 말했다. 벨은 아쉬운 듯 고개를 들더니 수긍의 표시로 주머니에서 무언가를 꺼냈다. 고양이의 눈을 닮은 보석이 햇빛을 받아 영롱하게 반짝였다.

"그나저나 다 끝나면 다시 찾아와야 해. 다시는 빌려주지 마."

벨이 투덜거리며 말했다.

"알았으니까 어서."

아르노아가 독촉하자 그는 못 이기는 척 목걸이를 목에 걸었다. 벨의 목에 보석이 닿은 순간, 색이 짙은 보석 중앙에 세로로 그어진 줄이 번쩍하고 빛났고, 벨은 무언가에 집중하는 듯 눈을 감았다.

조용한 가운데 몇 초가 흘렀다.

"······이런."

"왜? 닿지 않아? 아나킨이 바쁜가?"

"아니."

벨이 눈썹을 찌푸리며 손가락으로 허공에 무언가를 그렸다.

"그 반대야."

흐릿한 형체가 허공에 그려지더니, 장발의 남자 얼굴이 반투명한 형태로 나타났다. 아르노아는 그것이 바로 벨이 보고 있는 모습임을 알 수 있었다. 목걸이의 다른 한쪽을 걸고 있는 사람의 눈을 통해서 볼 수 있는 광경.

아르노아가 눈썹을 치켜올렸다.

"저건 아나킨 자신……."

"거울이야. 전에 너도 그렇게 연락한 적이 있었지. 그때는 바로 반응했었는데."

"이번에는?"

벨은 대답 대신 허공을 다시 한번 가리켰다. 거울을 들여다보는 아나킨은 조금 화가 난 표정으로 열심히 입을 움직이고 있었다.

"아, 소리."

벨이 손가락을 한 번 튕기자, 쩌렁쩌렁한 음성이 숲을 울렸다.

"야!"

아나킨이었다. 언제나 냉정하고 또 우아하던 그의 목소리가 페르헨의 숲을 쩌렁쩌렁 울렸다.

"이제야 보는 거냐? 이거 하루 종일 걸고 있었다고! 내가 이것밖에 할 일이 없는 줄 알아?"

아나킨은 무언가 보이는 듯, 벨과 아르노아가 있는 방향을 향해 외쳤다.

"아……. 괜히 쌍방으로 통하게 바꿔 놨군."

벨이 귀를 틀어막으며 툴툴거렸다.

"아나킨? 보여?"

아르노아가 신기하다는 듯 묻자 아나킨은 화를 가라앉히듯 심호흡을 했다.

"당연합니다. 대체 어디서 뭘 하고……."

그는 말을 하다 말고 눈썹을 찌푸렸다.

"두 사람 왜 가까이 붙어 있는 겁니까?"

"시끄러워. 요점만 말해."

벨이 아나킨을 무시하며 툭 내뱉었다.아나킨은 할 말이 많은 듯했지만, 다시 한번 심호흡을 하며 본론을 꺼냈다.

"대공 쪽이 이상합니다. 공들여 심어 놓은 간자의 말에 따르면 목소리조차도 들리지 않는다고 합니다."

그가 무척 중요한 정보라는 듯 다급하게 말을 꺼냈다.

"몸이 아프다는 핑계로 한 나절 동안 보이지도 않고……."

"죽었어."

예의상 그의 말을 끝까지 들어 주려던 아르노아와 달리, 벨은 냉정하게 아나킨의 말을 끊었다.

"……뭐?"

"죽었다고. 수하의 손에. 계속해."

아나킨은 새로운 정보를 흡수하는 것이 쉽지 않은 듯 눈을 깜빡였다. 그로서는 드문 일이었다.

"어, 그러니까…… 대공녀와 그 마법사는 둘 다 어딘가로 사라졌는데 왜 그런 건지 아직 알아보는 중……."

"둘이 한편이래."

"응? 아버지를 죽인 자와 대공녀가?"

벨은 또 다시 냉정하게 그의 말을 끊었다. 믿을 수 없다는 표정으로 고개를 돌리는 아나킨에게, 아르노아는 작게 고개를 끄덕여 주었다.

"사실이야. 내가 봤어."

그녀는 마탑 안에서 있었던 일에 대해 빠르게 설명했다.

아나스티아 황후, 대마법사 아마릴리스의 조각, 그리고 대공에게 무슨 일이 생겼는지에 대해서도.

"……그랬군요."

아나킨은 모든 이야기를 듣고 긴 한숨을 내쉬었다. 벨에 비해선은 조금 더 큰 반응이었다.

"어쩐지."

"뭐가?"

"제 이론이 틀릴 수 없다고 생각했죠. 마탑주에 대한 부분 말입니다."

그는 못마땅한 표정으로 벨을 보며 말했다.

벨은 자신의 이야기에 별 관심이 없다는 듯 아르노아의 머리칼 몇 가닥을 손가락에 감으며 건성으로 듣고 있었다. 아나킨이 눈살을 찌푸렸다.

"대마법사 아마릴리스의 의도까지 읽을 방법은 없었으니, 어쩔 수 없었던 모양입니다. 저놈에게 감정이라는 것이 있었다니."

그는 입을 다물려다 말고 덧붙였다.

"물론……"

그의 시선이 찌릿, 하고 벨을 향했다.

"그렇다고 저 자식이 썩 마음에 드는 건 아닙니다만…… 그리고 폐하 곁에 두면 위험할 것 같지만……"

"헛소리 집어치우고 다시 본론이나 말하지 그래."

벨은 빙긋 웃으며 아나킨에게 말했다.

"그래서, 뭐 어떻게 할 건데?"

"일단 만나면 너부터 한 대 때리고."

"네 힘으로 잘도."

"그 전에…… 영혼석을 만들고 있다면 좀 문제인데."

아나킨이 중얼거렸다. 벨도 그 부분에 대해서는 이견이 없는 듯 입술을 꾹 다물었다.

"영혼석을 만들어?"

"예, 폐하. 원래 영혼석을 만드는 데 하루 정도 필요하죠. 지금 대공녀와 함께 어디 박혀서 그걸 기다리고 있을 거고, 아마 곧 끝날 겁니다."

아르노아가 고개를 갸웃하며 묻자 아나킨이 대답했다.

"황족의 영혼석과 흑마법의 결합이라면 상당히 위험한 결과물이 나올 수 있습니다."

"……"

"마탑주도 정면으로 받아치기 어려울 정도로요."

그가 빠르게 말했다. 짧은 순간, 벨과 아르노아를 둘러싼 공기가 무겁게 가라앉았다.

"그는 황성에 앉아서 벨을 영체로 만들 궁리를 하고 있을 겁니다. 그 다음에는 바로 페르헨으로 오거나, 아니면 소환하거나 하겠죠. 영체인 상태로 만나면……."

아나킨은 머리를 복잡하게 굴리며 라야의 수를 읽어 냈다.

"한 마디로, 목숨을 보장하기는 어렵습니다."

아나킨과 아르노아의 얼굴이 흐려졌다. 벨은 이미 알고 있던 사실인 듯 표정 변화가 없었다.

"……대비할 방법이 없는 거야?"

아르노아의 물음에, 그는 잠시 대답이 생각나지 않는 듯 입을 다물었다.

"걱정할 거 없어."

벨이 작게 웃으며 아르노아에게 말했다.

"쉽게 쳐 내지 못하지만, 쉽게 당하지도 않아. 눈 하나 정도 날린다고 생각하면 방법은……."

"눈은 안 돼."

아르노아가 이마를 찌푸리며 단호하게 말했다.

"벨은 눈이 예쁘단 말이야."

태양 아래에서 더 신비롭게 반짝이는 은회색 눈 한쪽이 없어진다니, 절대로 안 될 말이었다. 조금의 걱정이 어렸던 아나킨의 눈동자가 다시 찌릿, 하며 벨을 향했다.

"농담할 때가 아닙니다."

아나킨이 불만스럽게 투덜거렸다.

"아직은 작업이 덜 끝난 모양이지만, 황족의 영혼이 전부 수정 안으로 들어가면……."

"잠깐."

아르노아가 고개를 휙 들며 아나킨에게 말했다.

문득 한 가지 생각이 떠올랐다.

들으면 황당하다고 할지 모를, 단순하고 일차원적인 대책.

아르노아는 고개를 갸웃 하면서도 생각을 이어 갔다. 아나킨을 통해 들어 보면, 마법이라는 것은 원래 가끔 일차원적이었다.

"그 작업이라는 게…… '황족의 영혼'을 수정에 넣는 거야?"

"예. 뼛가죽만 남긴 채 영혼을 손으로 빨아들이고, 그 영혼을 수정에 넣어야 작업이 끝납니다. 엄밀히 말하면 그 전까지 대공은 죽었다고 보기 애매하죠."

아나킨은 불쾌하다는 듯 고개를 절레절레 저었다.

"……지금은, 그 '황족의 영혼'이 아티팩트 형태가 되기 전인 거고?"

"예."

"아직은 사망한 게 아니란 말이지……."

그녀가 다시 한번 되뇌었다. 터무니없을 것 같았던 그 방법이, 머릿속에서 한층 선명해졌다.

"그렇죠. 의식도 없고 영혼을 되돌릴 수도 없지만…… 설마 되살리고 싶으신 겁니까?"

아나킨이 의아한 표정으로 물었다.

"아니."

아르노아는 고개를 저었다.

그녀의 입가에 작은 미소가 떠오르고 있었다.

"그냥……. 가는 길에 영혼을 좀 가볍게 해 주면 어떨까 싶어서."

아르노아의 설명이 끝나는 데에는 1분의 시간밖에 걸리지 않았다. 그러나 그녀의 말을 들은 아나킨은 한참 동안 멍한 표정으로 그녀를 바라보았다.

"어……."

"왜? 말이 안 돼?"

"아뇨."

아나킨이 대답했다.

"너무 신박해서, 아예 들어 본 적이 없는 말이라…… 그렇게 간단하게……."

옆에 앉은 벨도 어느새 그녀의 머리칼을 놓고 눈을 크게 뜬 채였다.

"마찬가지다."

그가 말했다.

"그런 쪽으로는 생각을 해 보지 못했군."

"해 볼 가치는 있는 거지?"

아르노아의 말에, 두 사람은 동시에 고개를 끄덕였다. 아르노아는 다시 한번 미소 짓고는 아나킨을 똑바로 바라보았다.

"성공해서 우리 모두 멀쩡하다는 전제하에……."

"예, 폐하."

"일이 끝나면, 두 사람이 영지로 돌아갈 틈을 줘서는 안 돼."

"걱정 마십시오."

아나킨이 피식 웃었다.

"정말 성공하면 그다음은 쉬울지도 모르죠."

"쉬워?"

"아까 이야기를 들으면서, 저도 대처 방법을 생각했으니까요. 원래는 벨을 희생시켜서 제국을 구할까 했지만."

"건방진 선택이군."

"폐하께서 말씀하신 방법이 가능하다면, 작은 희생으로도 라야라는 마법사를 제압할 수 있을지 모릅니다."

아나킨은 섬뜩하게 자신을 노려보는 벨의 시선을 무시하고 말을 이었다.

"다만 누구 하나가 급히 설산에 다녀와야 하긴 하는데……."

그가 벨을 힐끗 보았으나 벨은 단호하게 고개를 저었다.

"날 아르노아의 옆에서 떼 놓을 생각 말아라. 물론 그런 곳까지 데리고 갈 생각도 없고. 게다가 설산은 추워."

"입을 닥쳐 주면 좋겠군. 너 말고 네 너구리를 보낼 거다."

"아."

강하게 항변하려던 벨이 금세 수긍했다.

"루카라면. 얼마든지 굴릴 수 있다."

아나킨의 말을 끝까지 들은 후, 세 사람은 그 자리에 없는 루카를 조금 희생시켜 황실을 구하는 방향으로 의견을 모았다.

"그럼, 이제 할게."

생각이 모두 정리된 아르노아가 다시 입을 열었다. 아나킨을 보는 그녀의 시선이 한층 진지했다.

"보좌관, 토씨 하나 틀리지 않고 받아 적어야 해."

"물론입니다."

아나킨도 진지하게 고개를 끄덕였다. 반투명의 형체는 어느새 보좌관 전용 책상에 앉아 있었다.

"그리고 마탑주."

아르노아가 벨을 보며 싱긋 웃었다.

"관례에 따라, 마지막 선언을 부탁할게."

"물론."

벨이 등 뒤의 나무에 몸을 기대며 대답했다.

"페르헨의 영주로서, 내 몫은 하도록 하지."

"그럼."

아르노아는 깊이 숨을 들이마시고 천천히 입을 열었다.

"황명을 내린다."

그녀의 목소리가 평소보다 낮고 힘 있게 울렸다.

곧이어, 보좌관 아나킨 윌로의 깃펜 끝에서는 선대 황제들이 차마 내리지 못했던 황명 하나가 적혀 내려갔다.

* * *

"아직인가?"

록산느가 짜증스러운 목소리로 물었다.

"성격이 급하시군요. 거의 완성입니다."

라야는 은빛이 감도는 수정에서 눈을 떼지 않은 채 대답했다.

두 사람이 있는 곳은 빛 한 줄기 들지 않는 어두운 지하였다. 유일한 빛은 라야가 가져온 촛대, 그리고 그가 든 수정에 감도는 은빛이었다.

이곳은 원래 처치 곤란한 황실의 죄인을 가두던 감옥이었다.

아실리에르 대공은 이 장소가 비밀스러우면서도 황실 곳곳과 연결이 잘되어 있다는 이유로, 언제부턴가 제 필요에 따라 사용하기 시작했다.

젊은 나이에 황위를 잇느라 아버지로부터 인수인계를 제대로 못 받았던 루시아노는 그 장소를 몰랐기에, 그곳은 고스란히 아실리에르 일가의 비밀 장소로 남았다.

"내가 급한 건 사실이지만 네놈이 느린 것 또한 사실 아니냐."

"아버님이 돌아가실 때만 해도 얌전히 저와 협력할 것 같더니, 이제는 태도가 바뀌신 겁니까?"

"얌……전?"

록산느의 한쪽 입꼬리가 미세하게 비틀렸다.

"아시다시피 대공녀님은 저와 협력하실 수밖에 없습니다. 제게 대항하던 부친께서 어떤 최후를…… 악!"

슥 하는 소리와 함께 록산느의 검이 허공을 갈랐다. 검은 오러를 두른

예리한 검날은 어둠 속에서 정확하게 라야의 팔 한쪽을 찾아 긴 상처를 남겼다.

"으으윽……. 이게 무슨 짓입니까."

"주제를 알라는 뜻이지."

록산느가 싸늘하게 대구하고는 검을 다시 집어넣었다. 라야는 피가 뚝뚝 떨어지는 한쪽 팔을 부여잡고 숨을 몰아쉬었다.

"네 능력은 알겠지만, 난 아버지가 아니야."

"……."

"네게 잔재주 몇 개, 그리고 독을 만들고 쓰는 것 외에는 별 대단한 능력이 없다는 것도 알고 있다. 격투는 네 강점이 아니야. 그러니 너야말로 얌전해지는 게 좋을 거다."

그녀는 라야의 모든 것을 파악한 양 오만한 표정으로, 비틀거리며 탁자에 기댄 그를 내려다보았다.

"아버지를 쉽게 죽인 건 너와의 계약에 따라 걸려 있었던 마법이 영향을 미친 것일 테고. 나는 그런 미련한 약속 같은 것에 관심 없다."

"하아……."

라야는 그녀의 말을 부정하지 못하고 거칠게 숨을 몰아쉬었다.

"그렇다고 네놈이 나를 독살할 수 있는 것도 아니지. 난 네가 만드는 독에는 면역되었으니까. 그러니 입 다물고 전처럼 복종해."

"그건…… 그건 제 손으로 만든 면역약 덕분에……."

"죽을 것 같은 몰골로 찾아와 나와 아버지 곁에 오래 붙어 있기 위해 네가 직접 바쳐 올린 것이다. 그게 없었다면 넌 진작 죽었어."

"아버지가 제 손에 당할 때에는 화도 안 내시더니, 쌓인 게 많았나 보군요."

"아버지는 살 만큼 살다가 나의 영예를 위해 모든 것을 바치신 거지."

록산느가 작은 비웃음을 흘리며 목을 쓰다듬었다. 아실리에르 대공이 마지막 순간까지 걸고 있었던, 알 굵은 다이아 목걸이가 그녀의 손에 들어왔다.

"굳이 막을 이유가 없는, 숭고한 죽음이었다. 그것도 네 그 영혼석이 만들어지고, 그걸로 마탑주와 황제를 다 처리했을 때의 이야기지만."

그녀는 친부의 영혼을 흡수하고 있는 수정을 보며 눈을 빛냈다.

"……부친의 죽음을 못 막은 게 아니라 안 막았다, 이거군요."

반쯤 탁자 위로 쓰러졌던 라야가 겨우 호흡을 고르고 일어섰다. 놀랍게도 그의 입가에는 흥미롭다는 듯한 미소가 걸려 있었다.

"대공녀께서는 정말 끝없이 저를 감탄하게 만듭니다. 그렇게 헌신적인 아버지를 이용할 생각이라……."

"아버지의 죽음은 이용 가치가 높지. 특히 황실에서 일어난 사건이라면."

록산느가 돌로 된 차가운 벽에 비스듬히 기대어 서며 말했다.

"……황제에게 덮어씌우겠다고요?"

라야는 피가 뚝뚝 흐르는 팔을 천으로 동여매며 말했다.

"짧은 시간에 그 생각까지 하셨습니까?"

"네가 서두르지 않으면 그것도 다……."

눈을 부릅뜨던 록산느가 순간 말을 멈추었다. 조금 전까지 희미했던 수정의 빛이 짙어졌다.

"……성공인가?"

"그렇군요. 완성입니다."

라야가 천천히 수정을 손에 쥐며 말했다. 그의 입꼬리가 주체할 수 없을 정도로 찢어져 올라갔다.

"큭큭……. 크하하하."

라야가 갑자기 웃음을 터뜨렸다. 자신을 미친놈 보듯 쳐다보는 록산느의 시선도, 덜 닦인 팔뚝의 피도, 그에게는 중요하지 않았다.

꿈에서 보았던 장면이었다.

황족의 영혼석을 손에 넣고, 황제와 마탑주를 고통스럽게 죽인 뒤, 마탑을 차지하고…….

"못생겨 보이는군. 그만 웃거라."

그다음에는, 저 오만한 여자도 죽일 것이다.

"다음은 뭐지?"

"대공녀님."

라야가 히죽 웃으며 말했다. 그의 목소리는 작은 희열로 떨리고 있었다.

"혹시 새하얀 표범의 가죽이 가지고 싶지 않으십니까?"

"황제의 방에서 마탑주를 소환한다?"

"뭐…… 짐승 새끼를 마탑주라고 할 수 있다면 말이죠."

라야가 손 안에서 대공의 영혼석을 굴리며 속삭이듯 대답했다.

"그러고 보니 두베르테 후작은 표범이 된 마탑주의 모습을 봤었다더군. 무척 사나워 보인다고…….'"

"사나워 보여야 접근을 못 하기 때문입니다. 그 상태로는 마법을 사용할 수 없으니까요. 물론 주변에 저와 같은 마법사가 없으면 인간화하는 것도 순식간이지만 말입니다."

록산느는 그의 자랑이 거슬리는 표정이었으나 굳이 반박은 하지 않았다.

"침실에서 사라진 사람들이니 포털은 침실에 있을 겁니다. 다른 가능성은 없습니다. 다만……."

라야는 말을 이으며 황제의 방으로 이어지는 복도를 슥 하고 둘러보았다. 특별히 경계가 삼엄한 날은 아니었지만, 침실에 거주하는 시녀 한 명이 소리라도 지르면 사방에서 기사들이 튀어나올 터였다.

"침실까지는 대공녀께서 안내하시지요. 나머지는 제가 알아서 하겠습니다."

"황제의 코앞에서 시녀를 죽이라는 것이냐?"

록산느가 낮게 되물었다.

"예."

라야가 건조하게 대답했다.

"저곳에서 나올 때, 대공녀님께서는 황제가 되어 있을 테니까요."

그의 말이 끝남과 동시에 저벅, 하는 발소리가 복도에 울렸다. 록산느는 망설이지 않고 아르노아의 방을 향해 발을 내디뎠다. 라야는 여유로운 걸음으로 그 뒤를 따랐다.

방 앞을 지키던 병사는 급한 업무가 있다는 그녀의 말에 쉽게 경계를 풀었다. 황족의 신분을 내세운 그녀는 몸수색도 없이 황제와 시녀들의 방으로 들어섰다.

문제는 황제 직속 시녀, 페넬로페 리퀼이었다.

"대공녀님? 이 밤에 무슨 일……."

"비켜."

평소 같으면 머리를 더 굴렸을 테지만, 이날만큼은 록산느도 거침없이 숨겼던 단검을 뺐다. 검을 가지고 황제의 방에 들어선 이상, 일은 빨리 처리해야 했다.

"……역모로군요."

"마음대로 불러."

록산느는 부정하지 않은 채 얼음 같은 시선으로 페넬로페를 쏘아보았다. 난리라도 피울 줄 알았던 페넬로페는 의외로 침 한 번 삼키고 조용히 물러섰다. 침실에 황제가 없다는 것은 사실인 듯했다.

"현명하군. 몇 분은 더 살려 두도록 하지."

하얗게 질린 페넬로페를 작은 방에 가두어 둔 채, 두 사람은 방 가장 안쪽에 따로 떨어져 있는 황제의 침실 앞에 섰다. 록산느는 잠시 멈추어 선 채 고개를 갸웃했다.

이상할 정도로 운이 좋았다. 지나치게 순조로운 것 아닌가 싶을 정도였다.

"쓸데없는 걱정 마십시오."

그녀의 표정을 읽은 듯, 라야가 말했다. 그는 또다시 꿈꾸는 듯한 얼굴로 히죽 웃고 있었다.

"딱…… 제가 꿈꾸었던 그대로이니까요."

"그놈의 예지몽 타령은 끝도 없군."

라야는 록산느의 말을 듣지 못한 듯, 먼저 아르노아의 침실로 들어섰다. 예상처럼 비어 있었다.

그의 심장이 세차게 뛰었다.

전날 밤 꾸었던, 유독 선명했던 예지몽이 다시 한번 눈앞에 그려졌다.

최근 꾸는 꿈들은 정신을 쏙 빼놓을 정도로 달콤했었다. 아마도 고지가 눈앞이라는 증거일 터였다.

대마법사 아마릴리스 이후로 없었던 예지 능력자가 바로 라야였다.

벨카리아나스가 죽으면 강한 마력을 가진 마법사들은 페르헨에 없게 될 터, 라야를 반대할 수 있는 자도 없었다.

그는 다시 한번 영혼석을 꽉 쥐었다.

기어이 얻어 낸 보석의 빛은 생각보다 조금 희미한 듯했지만, 그건 아마 영혼의 주인이 좀 늙었기 때문일 터였다.

"나와라."

라야는 방 한가운데에서 마력의 흐름을 가늠하다가 침실 한쪽 벽을 향해 손바닥을 펼쳤다.

웅─

단단했던 벽면에 소용돌이가 생기는가 싶더니, 사람 세 명이 들어갈 만큼 큰, 새까만 구멍 같은 것이 나타났다.

"……이게 포털인가?"

"그렇습니다. 건너편이 페르헨이죠."

드물게 놀란 표정의 록산느에게 라야가 설명했다.

"들어가 보시렵니까?"

그가 한눈에 보아도 음산한 기운이 흐르는 포털을 가리키며 물었다. 팔의 따끔한 통증에 대해 앙금이 남은 것인지, 일부러 겁을 주려는 듯한 그의 얼굴은 평소보다 일그러져 있었다.

"그것조차 내가 해야 한다면 네놈은 그야말로 쓸모가 없구나."

"······소환하도록 하죠."

돌아온 냉정한 대답에, 그는 입을 꾹 다물고 포털을 향해 손을 뻗어 마법진을 그리기 시작했다. 아예 표범이 이 여자를 죽이기를 기다렸다가 해치울까 하는 생각이 그의 머리를 파고들었다.

으르릉-

멀리서 맹수의 울음소리가 들려왔다.

"저기 있군요. 소환 마법에 놀란 모양입니다."

록산느의 눈이 조금 커졌고, 라야의 미소는 짙어졌다.

"······몸부림치고 있군요. 변신을 위해, 소환을 뿌리치기 위해. 하지만 안 될 겁니다."

라야는 입 속으로 무언가를 더 중얼거렸다. 영혼석의 빛이 순간 밝아지더니 포털 속, 상당히 가까운 곳에서 우렁찬 포효가 들려왔다.

크아아앙-

어둠 속에서 거대한 짐승의 희끗희끗한 털이 보였다. 숨이 멎을 듯 아름다운, 신성한 흰 표범은 당장 뛰쳐나와 두 사람을 잡아먹을 듯한 기세로 울부짖고 있었다.

"크하하하하! 드디어!"

벅찬 웃음을 뱉어 낸 라야가 다시 한번 무언가 중얼거렸다.

라야와 포털 속의 짐승은 보이지 않는 줄다리기를 벌였다. 라야의 온몸이 땀으로 젖을 때쯤, 새하얀 표범이 포털 속에서 쿵 하고 쓰러졌다.

황록색 눈동자가 번쩍 빛났다. 감격에 겨운 얼굴로, 라야는 마지막 일격을 위해 포털 속으로 몸을 던졌다.

"잠깐……."

한참 동안 그의 싸움을 지켜보던 록산느가 입을 열었다. 분명 끝난 것 같은데, 설명할 수 없는 불안감이 그녀를 자극했다.

모든 과정이 지나치게 쉬웠다.

"잠깐 기다려……!"

그러나 라야는 이미 포털 속에 두 발을 디딘 후였다. 그는 세상을 다 얻은 듯한 얼굴로 아름다운 흰 표범을 내려다봤다. 깊은 은회색 눈은 무력하게 그를 올려다보았다.

그 모습이 십수 년 전 라야에게 치명상을 안겨 주었던 대마법사 아마릴리스와 겹쳐 보였다.

"저는 평생을 기다렸습니다. 더 이상의 기다림은……."

거친 발길질로 맹수에게 최후의 일격을 가하려던 라야가 순간 동작을 멈추었다.

"……어?"

의아한 표정이 얼굴을 스치는가 싶더니, 자신만만했던 눈이 툭 불거졌다.

"어어?"

그의 몸은 마치 허공에 고정된 듯 얼어붙어 움직여지지 않았다.

우둑- 드득-

무언가 부러지고 꺾이는 듯한 무시무시한 소리와 함께, 라야의 몸은 기괴한 방향으로 뒤틀렸다. 곧이어 소름 끼치는 비명이 침실을 울렸다.

"으아아아아아아악!"

"뭐야! 대체 왜 그러는 거지?"

록산느는 습관처럼 검을 뽑아 포털을 향해 겨누었다. 힘 겨루기 끝에 라야의 진을 빼 놓았던 표범은 여전히 쓰러진 채 눈만 끔뻑였다.

록산느의 미간에 주름이 잡혔다.

마탑주가 아니었다.

아름답기는 했지만, 그 눈빛은 아무것도 모르는 짐승의 그것이었다. 표범은 그저 표범이었다.

"안에…… 누구냐?"

록산느의 질문과 동시에, 포털은 크게 진동하더니 라야의 몸을 다시 밖으로 뱉어 냈다.

"크으으윽! 커헉!"

팔다리가 꺾인 채 피를 흘리는 라야가 록산느의 발치에 쓰러졌다.

"아나킨의 아티팩트가 효과가 있었네."

그와 동시에 포털 안에서 맑은 목소리가 울렸다.

"진짜 반죽음이 됐잖아."

록산느는 번쩍 고개를 들어 목소리가 들려오는 곳을 바라보았다.

수백, 수천 명을 살육하면서도 평온을 유지하던 자안이 거세게 흔들렸다. 그녀의 눈은, 포털 끝에 보이는 두 개의 형체에 고정되었다.

"누구냐고 물……."

"누구긴."

두 형체 중 작은 쪽이 대답했다. 검을 쥔 록산느의 팔도 떨리기 시작했다.

"방 주인이지."

말이 끝남과 함께, 록산느가 증오하는 한 여자의 얼굴이 포털 밖으로 고개를 내밀었다.

"……황제."

조금 전의 난리와 아무 상관도 없다는 듯, 아르노아는 땀 한 방울 흘리지 않은 여유로운 얼굴이었다. 반짝이는 은발은 제 자리에서 가지런하게 찰랑대고 있었다.

"검 들고 있어도 소용없어. 이제는 참을 이유가 하나도 안 남았거든."

두 사람의 시선이 허공에서 부딪쳤다. 세상 만물을 내려다보기만 했던 록산느의 눈동자에 작은 두려움이 서렸다.

"어, 어떻게⋯⋯."

아르노아는 검을 겨눈 채 굳어 있는 그녀를 향해 살짝 웃어 보였다. 어딘지 모르게 서늘함이 느껴지는 미소였다.

"난 경고했어. 검 안 내려놓으면 조금 있다가 네 동료처럼 될 거야."

그녀는 겨우 숨을 쉬고 있는 라야를 가리키며 재차 경고했지만 록산느는 석상처럼 움직이지 않았다.

"당장 손가락부터 잘라 줄까? 아직도 검을 들고 있군."

뒤에서 다가온 벨이 불쑥 말했다.

그의 정체를 확인한 록산느의 눈이 더욱 커졌다. 길을 잃은 듯한 그녀의 시선은 기절한 표범과 벨의 사이를 바쁘게 오갔다.

"사지를 찢든, 목을 베든, 내 반역자는 내가 알아서 한다니까. 설산에서 납치해 온 불쌍한 녀석이나 어떻게 해 줘."

아르노아가 대답했다.

두 사람의 대화에, 록산느는 태어나서 처음으로 등골이 오싹해지는 경험을 했다.

"어떻게⋯⋯. 큽."

잠깐의 침묵을 깨고, 바닥에 얼굴을 처박은 라야가 말했다. 뒤틀린 몸은 뼈가 으스러져 제대로 움직이지 못했지만 그의 입에서는 이해할 수 있을 법한 소리가 흘러나왔다.

"마, 말도 안 돼⋯⋯. 황족의 영혼석은⋯⋯ 아무리 마탑주여도 황족의 영혼석은⋯⋯."

그는 발악이라도 하듯 손에 쥔 수정을 손톱으로 긁어 댔다. 희미한 은빛은 거의 꺼져 가고 있었다.

"맞아. 아무리 마탑주라도 황족의 영혼석을 가지고 솜씨 좋게 건 주술을 피하기는 어렵다며."

아르노아는 어깨를 으쓱하며 한숨을 쉬었다. 라야는 더욱 억울해진 표정으로 그녀를 올려다보았다.

"문제는, 황족의 지위라는 게 좀 위태롭다는 거지."

"……뭐?"

라야와 록산느가 동시에 물었다. 아르노아는 록산느를 무시하고 라야를 보면서 말을 이었다.

"난 황제잖아. 대공의 지위는 내 마음대로 박탈할 수 있어."

"……."

"그 전 황제들이 그러지 못한 건 배후가 무서워서였지. 함부로 그런 짓을 했다가 반역의 빌미를 줄 수도 있으니까."

아르노아는 한심하다는 표정으로 설명했다.

"하지만 세력을 잃은 채, 딸과 수하로부터 버림받은 대공의 직위를 빼앗는 건 너무 쉬운 걸 어떡해."

"지, 직위를…… 빼앗아?"

경련하던 라야의 눈이 미친 사람처럼 뒤집혔다. 그게 가능하냐는 듯한 표정이었다.

"생각해 봐. 황실의 피를 이은 사람은 세상에 많아. 하지만 '황족'으로 인정할지는 결국 황제가 결정하는 거 아니겠어? 대공은 영혼석이 만들어지기 직전에 방계 황족의 지위를 상실했어."

아르노아는 혀를 쯧쯧 차며 고개를 저었다.

라야는 말을 잃은 채 숨만 몰아쉬었다. 여전히 믿을 수 없다는 듯한 얼굴이었다.

"허억……. 마, 마력도 없는 자가…… 위대한 나를 상대로…… 그런……."

"그러게, 누가 꼼수 같은 거에 의존하래? 위대한 마법사는 그런 짓 안해."

아르노아는 라야가 목숨줄이라도 되는 듯 꼭 붙잡은 수정을 발로 톡 쳐 내며 말했다.

미약한 빛조차도 꺼져 버린 투명한 돌은 데굴 하고 카펫 위를 굴렀다.

"대마법사 아마릴리스가 무덤 뒤에서 널 비웃고 있을걸."

Chapter 12
청혼

"거, 거짓말이야!"

라야가 울컥하는 목소리로 외쳤다.

"나는……. 커헉, 나는 봤어…… 미래를 봤단 말이야."

"미래?"

"예지 능력이…… 내 예지력이 그렇게 말해 주었는데…….'

아르노아는 고개를 끄덕이며 벨을 마주 보았다.

"네 말이 맞았네."

"물론."

포털 바로 앞에 서 있던 벨은 천천히 라야의 앞까지 다가가며 말했다.

"……마탑주."

바닥에 엎드려 간신히 상체만 일으킨 라야가 입술을 떨며 벨을 불렀다. 벨은 옅은 경멸 외에는 아무런 감정도 없는 시선으로 라야를 내려다 보았다.

"네놈이……. 결국 네놈이……. 으악!"

그가 뭐라고 욕설을 내뱉으려던 순간, 벨은 이미 뒤틀린 그의 팔을 한쪽 발로 눌렀다.

"크으으으으읍!"

"타고난 마력이 별거 없으면 그냥 연구나 꾸준히 하면 되었을 것을."

싸늘한 목소리가 숨만 헐떡이는 라야의 귓가를 때렸다.

"그랬다면 어머니가 제자로라도 받았을지 모르는데."

"다, 닥쳐! 나는…… 대마법사 아마릴리스 이후로…… 유일하게 예지 능력을 가진……."

"아니, 머리가 나빠서 안 되겠군."

벨은 고개를 설레설레 저으며 라야를 밟고 선 발에 한 번 더 힘을 주었다. 라야는 다시 한번 비명을 질렀다.

"네 말대로 예지 능력은 아주 귀해. 어머니는 내게 온갖 마력을 넘겨주면서도 예지 능력만은 주지 않았다. 어머니 이후로 그 능력을 가진 마법사는 없었어."

벨이 라야가 한심하다는 듯 설명했다.

"하, 하지만 나는 소년 시절 이후로……."

"페르헨에서 도망친 이후에 예지 능력이 생겼다고 하고 싶은 모양인데, 그거 아니야."

"……뭐?"

"어디서 난 용기로 계속 미련한 짓을 해 왔나 나도 궁금했는데, 넌 나름 대로 근거가 있었나 보더군."

벨이 아르노아를 힐끗 보며 말을 이었다.

"짐작만 했던 걸 누구 덕분에 알게 됐지."

"커헉!"

숨을 쉬는 데 집중하느라 대답을 하지 못하는 라야를 보며 아르노아는 작게 한숨을 쉬었다.

"라…… 이름은 잊어버렸지만 당신, 그 예지 능력은 아마릴리스를 만나고 나서부터 생긴 거지?"

그녀가 대화에 끼어들며 물었다. 라야는 커진 눈을 굴리며 그녀를 마주 보았다.

"아마릴리스가 죽기 전까지 썼던 연구실에서 책 몇 권을 찾았거든. 마지막에 무슨 연구를 했었는지 알 수 있었지."

마지막 가는 길인데, 설명이라도 자세하게 해 주자는 생각이었다.

"예언, 예언, 또 예언. 난 그게 그냥 나랑 벨이 궁금해서 그런 건 줄 알았는데 다른 이유가 또 있더라고."

그녀는 페르헨을 떠나기 전, 마지막으로 들어갔던 아마릴리스의 방에서 찾은 흔적을 떠올리며 말을 이었다.

"그녀는, 다른 이에게 거짓 예언을 보여 주는 방법을 연구하던 거였어."

"뭐…… 뭐라고?"

간신히 헐떡이던 라야의 숨소리가 순간 멎었다. 충격으로 불거진 눈이 아르노아를 향해 떨리고 있었다.

"처음에는 사소한 장면, 그러니까 다음 날 뭘 먹는지에 대한 환영으로 시작했겠지."

연구실 한구석에는 환술에 대한 책이 있었다.

"예언인지 긴가민가하다가도 믿었을 거야. 그건 다 아마릴리스가 미리 보았던 장면으로 만들어진 환영이라서 결국 현실이 됐을 거거든. 그러고 나서는 긴 예지몽을 꿨지?"

그 아래에는 예지몽에 대한 두꺼운 책도 있었다. 저자는 아마릴리스 자신이었으니, 그녀에게 무슨 도움이 됐는진 모르겠지만.

"점차 더 큰 사건에 대한 예지몽이 찾아오고, 그게 또 맞으니까 스스로 예지 능력이 있다고 생각하게 된 거지. 그것도 다 아마릴리스의 안배였는데."

그 옆에는 암호로 된 아마릴리스의 공책이 있었다. 벨이 순식간에 해독한 그 공책에는, 페르헨의 배신자를 위해 준비해 둔 예지몽이 차례차례 적혀 있었다.

어찌 보면 참 소름 끼치는 여자였다. 자신의 사후에도 적을 괴롭힐 수단을 마련해 두었던 거니까.

"그러다가 마지막에는 사실과 전혀 다른 꿈을 준 거야."

"……."

"황제의 침실에 숨어들어서 나와 벨을 사로잡는 꿈, 벨을 죽이고 마탑을 차지하는 꿈, 세상이 네 발 아래에 있는 허황된 꿈. 그렇게 안배해 두면 당하는 사람은 점점 가짜 예지몽에 중독된다고……."

아르노아는 피와 멍으로 얼룩진 라야의 얼굴을 힐끗 보고 고개를 끄덕였다.

"멍하고 바보 같은 표정이, 중독 맞나 보네."

몇 초간의 정적이 흘렀다.

고르지 못한 라야의 숨소리 말고는 아무런 소리도 들리지 않았다.

"으…… 으아아아악!"

갑자기 터져 나온 긴 절규가 방을 울렸다. 라야는 힘이 빠진 발을 버둥거리며 울부짖었다.

"안 돼……. 말도 안 돼……. 내가, 내가 본 미래가……."

"환상이겠지. 넌 어머니 손에 놀아난 거다."

벨이 낮게 내뱉었다.

"텅 빈 인생을 허황된 꿈으로나마 채워 줬으니 오히려 감사해야 하지 않아? 대가가 없지는 않겠지만……."

"대, 대가?"

벨은 대답 대신 허공에 손가락을 튕겼다. 그와 동시에 포털이 다시 한번 진동하더니 갈색 머리에 귀여운 눈매를 가진 청년이 고개를 쏙 내밀었다.

"와, 너무해. 제가 겨우 잡아온 녀석을 기절시킨 거예요? 이걸 어떻게 다시 데려가지?"

루카가 표범을 보며 안쓰러운 표정을 지었다.

"좋은 미끼였다, 루카. 진짜 사냥감은 여기 있지."

벨은 다리를 뻗어 라야의 몸을 루카가 있는 방향으로 툭 굴렸다.

"라이아게나스 루아레이든 델루스 바에난 카사로미아."

벨이 긴 이름을 다 부르자 라야는 몸을 뻣뻣하게 굳혔다. 이름이 불리는 순간 보이지 않는 주술이 발동하기라도 한 듯, 라야는 입만 뻐끔거릴 뿐 더 저항하지 못했다.

"와, 저자가 바로……."

루카의 얼굴이 복잡 미묘해 보였다. 오랫동안 고향에 독을 풀었던 자를 직접 보는 경험은 그에게도 나름대로 큰 감흥을 남기는 듯했다.

"……데려가서 어떻게 할까요?"

"네가 생각할 수 있는 가장 고통스러운 방법으로 징벌해라. 마무리는 내가 돌아가서 하지."

따스하게만 보였던 루카의 눈이 싸늘하게 번뜩였다. 인간이 아닌 먹잇감을 보는 동물의 표정이었다.

"실망시켜 드리지 않겠습니다, 벨카리아나스 님."

루카는 곧 아이처럼 해맑게 웃으며 대답했다.

"자기가 살아 숨 쉬고 있다는 사실을 원망하게 될 겁니다."

짧은 순간 그와 마주친 라야의 눈동자가 공포로 얼어붙었다. 그는 한쪽 손으로는 쓰러진 표범의 꼬리를, 다른 손으로는 라야의 발 한쪽을 잡은 채 그들을 질질 끌며 포털 뒤편으로 사라졌다.

"그럼, 페르헨의 일은 끝이야?"

라야의 비명이 멀어질 때쯤, 아르노아가 방 한가운데로 시선을 돌리며 말했다.

"황성의 일을 처리해 볼까?"

그녀의 시선 끝에 있는 것은, 여전히 검을 내려놓지 않은 록산느였다. 아르노아는 가까이 있는 설렁줄을 당겼다.

"들어와, 아나킨."

쿵 하는 소리와 함께 복도로 연결된 문이 열리고, 스무 명쯤 되는 기사들이 침실까지 우르르 쏟아져 들어왔다. 가장 앞에는 험상궂은 기사들과 무척 대조되는 미모를 가진 남자가 있었다.

"아슬아슬했군요, 폐하. 몇 분만 더 있었으면 그냥 쳐들어왔을 겁니다."

예상치 못한 대답이었던 듯, 록산느의 얼굴이 조금 일그러졌다. 아나킨이 킥 하고 작은 웃음을 흘렸다.

"결국 반역입니까? 대공녀……."

그는 뭔가 말하려다 말고 고개를 한 번 저었다.

"아니, 지위를 잃었던가요? 반역자 록산느 아실리에르 님."

"……함정이었군."

록산느가 이를 으득 갈았다. 충격으로 얼어붙었던 눈에 다시 분노가 보였다.

"비열한 작자들이…… 일부러 방을 비워 뒀던 건가?"

"황제 앞에 검을 들이대고 있는 주제에 말이 많네."

아르노아가 말했다.

"검을 잡는 법은 배웠지만 버리는 법은 배운 적이 없다더니."

"……닥쳐."

"반역자라도 물러설 때는 알아야……."

"반역자라니."

록산느가 광기 어린 안광을 번뜩이며 말했다.

"……내 아버지를 죽인 건 당신이야."

순간 검을 잡은 그녀의 손에 힘이 들어갔다.

"뭐?"

아르노아는 어이가 없다는 말투로 되물었다.

이건 또 무슨 헛소리야?

"아버지가 암살당했다. 범인은 당신이야!"

록산느는 다짜고짜 거칠게 내뱉으며 허공을 향해 위협적으로 검을 휘둘렀다. 억지스러운 주장이었지만 수준 높은 검술을 덧붙이니 꽤 그럴 듯해 보였다.

아르노아는 눈썹을 치켜올렸다.

최악의 발악치고는 나름대로 똑똑하다고 해야 하나. 아니면 그냥 기사들을 부려 먹는 습관이 뼛속까지 박힌 걸까.

이렇게까지 몰린 와중에도, 록산느는 기사들이 자신의 뜻을 따를 거라 믿는 듯했다.

"나는 권력에 취해 친족을 암살한 폭군에게 검을 들었다! 명예로운 기사들이라면 나의 뜻을 이해할 것 아닌가!"

머릿속으로 무슨 계획을 세웠든, 기울대로 기울어 버린 대세를 뒤집기에는 부족했지만.

아르노아는 계속해서 지껄이는 록산느를 무시하고 기사들에게 눈짓했다.

"꿇려라."

"예!"

기사들은 1초도 낭비하지 않고 록산느에게 달려들었다. 그들은 애초에 록산느의 말을 듣고 있지 않았다. 불과 얼마 전까지 해도 자신을 우상처럼 숭배했던 자들의 변심을 바라보며, 록산느는 더욱 거세게 검을 휘둘렀다.

"비, 비켜라! 빌어먹을…… 거지 같은 것들이 누구 몸에 손을 대는 거야?"

챙-

난폭하게 오러를 뿜어내던 검은 한꺼번에 달려드는 수십 명의 기사들을 당해 내지 못하고 땅에 떨어졌다.

스무 명의 기사 중 여덟 명이 피를 흘렸지만 결국 무릎 꿇은 건 그녀였다.

"……남을 올려다보는 게 그렇게 힘들어?"

아르노아는 그녀에게 한 걸음 다가서서 물었다.

록산느는 한 번도 무릎이 땅에 닿아 본 적 없는 사람처럼 역겨운 표정을 짓고 있었다.

* * *

황궁에서 가장 큰 홀은 소식을 듣고 새벽같이 달려온 귀족들로 꽤 북적거렸다.

"반역자를 처단하신다고? 폐하께서?"

"즉위하신 지 얼마나 됐다고…… 간도 크구먼."

"바로 죽이지 않고 모두가 보는 앞에서 단죄하시는 이유가 있나? 심지어는 마탑주까지 부르셨군."

"고위 귀족이 검을 들고 침실에 뛰어들었다던데…… 누가 그런 무식한 짓을 합니까?"

사람들은 저마다 단편적인 소식만을 듣고 온 참이었다. 그렇기에 기사들에게 팔을 붙잡혀 끌려 나오는 록산느의 모습은 그들에게 적지 않은 충격을 주었다.

"……내 눈이 잘못된 건가?"

처음 그녀를 본 두베르테 후작이 멍청하게 두 눈을 껌뻑였고, 리어든 백작도 잠이 덜 깬 표정으로 눈을 문질렀다. 그 중간에서, 리켈 공작과 헤르만 백작만은 올 것이 왔다는 듯 조용히 황제를 바라보고 있었다.

"다시 꿇려라······ 좀 수고스럽겠지만."

아르노아의 명령에 록산느를 붙잡았던 기사들은 심호흡을 하고 팔에 힘을 주었다.

"놔! 더러운 개자식들아!"

록산느는 기다렸다는 듯 발길질을 해 댔다. 다만 그 효과는 평소보다 훨씬 미미했다. 정강이를 차인 기사들은 더욱 거칠게 그녀를 붙잡아 눌렀다. 몇몇은 머리를 잡고 누르거나 뒤에서 그녀의 오금을 발로 차 억지로 무릎을 꿇게 하기도 했다.

"개새끼들······."

이윽고 아르노아를 올려다보는 록산느의 눈에는 오직 분노만이 가득했다.

아르노아는 그녀를 무시하고 입을 열었다.

"원래 그 자리에서 죽일까 했다가, 본인이 하도 헛소리를 해 대서 증인이 돼 줄 사람들을 좀 불렀네."

"헛소리는 당신이 하고 있어!"

록산느가 버럭 소리쳤다.

"아버지가······ 아버지가 황제에게 살해당했다."

그녀는 두베르테 후작을 비롯한 과거의 지지자들을 보며 입을 열었다. 헉 하는 소리가 여기저기서 흘러나왔다. 아르노아가 깊은 한숨 외의 반응을 보이지 않자 사람들은 대공의 죽음이 사실임을 깨달았다.

"제국의 영웅이었다. 황제는 그런 사람을······."

"나도 참 네 아비를 싫어했었는데 말이야."

아르노아가 록산느의 말을 끊었다.

"애써 키운 딸이 살아 보겠다고 죽은 아비를 팔고 있는 걸 보면 조금 안쓰럽기도 하고."

"개소리! 거짓말이야!"

"반역이 실패한 걸 지금까지 모르지는 않을 테고, 감정에 호소해서 사면이라도 얻어 낼 참인가?"

아르노아는 귀족들을 슥 둘러보았다. 충격이 덜 가신 와중에, 소수의 귀족 몇 명은 나서서 록산느를 위해 몇 마디 해야 할지를 고민하는 듯했다. 대부분은 아실리에르 대공과 친분이 있던 자들이었다. 반역도 큰일이었지만, 대공이 죽었다는 말에 더 놀란 그들은 안타깝다는 표정으로 록산느를 바라보고 있었다.

"……이 황궁 내에서 아버지를 암살할 수 있는 사람은 황제뿐이야. 그 사실을 부정할 사람은 없겠지."

그녀의 말에 대공의 지인이었던 귀족들의 눈이 흔들렸다. 두베르테 후작은 눈물까지 글썽이려 했다. 아르노아는 싸늘한 시선으로 그들을 한 명한 명 바라보았다.

"아, 이런 식으로 의심을 불러일으켜 내 지위를 불안하게 하는 게 목적이었나 보군."

그녀가 말했다.

"의심을 잠재우기 위해서라도 너를 살려 두는 은혜를 베풀어야 하니까?"

록산느는 정곡을 찔린 듯 마른침을 꿀꺽 삼켰다. 그럼에도 눈빛은 흉흉하게 번뜩였다.

"……아니라는 증거가 있으면 대 보시죠."

그녀가 한층 작아진 목소리로 말했다.

"황제가 아닌 다른 이가, 감히 내 아버지를 어떻게 노린단 말입니까."

고개를 빳빳하게 들고 덧붙였다.

"시체는 방 안에 있고, 누가 억지로 문을 연 흔적도 없는데 그럼 황제의 하수인일 수밖에 없는 거 아니냔 말입니다."

곧 기사 한 명이 머리를 바닥 가까이로 눌러 버렸지만, 록산느의 목소리는 여전히 귀족들의 귀에 들어갈 정도로 울리고 있었다.

"억지가 심하군. 심증밖에 없으면서 나더러 증거를 대라니."

아르노아가 한쪽 손으로 관자놀이를 짚으며 말했다. 록산느는 기회를 잡았다는 듯 다시 언성을 높였다.

"다른 이가 했다는 증거가 없다면……."

"있어."

"꾸며 낸 정황 따위 말고, 정말 모든 이가 알 수 있는 물증이……."

"있다고. 물증."

아르노아는 한쪽 손에 턱을 괴며 심드렁하게 말했다.

당연히 없을 거라 생각하고 준비한 말을 늘어놓던 록산느의 얼굴이 굳었다.

"이참에 보여 주지. 아실리에르 대공이 어떤 적을 두었었는지."

아르노아는 황좌 뒤에서 조용히 대기하던 아나킨에게 손짓했다.

"아나킨, 그것 좀 가져다줘."

"예, 폐하."

아나킨은 망설임 없이 꿇어앉은 록산느에게 다가가, 그녀와 얼굴을 마주 볼 수 있도록 상체를 숙이고 손을 뻗었다.

"무, 무슨 짓을 하는 거냐? 지저분한 손 저리 치워."

"이건 지저분한 손이 아니라 섬섬옥수라 불립니다."

아나킨이 여유롭게 받아쳤다.

"닿고 싶어 하는 사람들이 홀 안에만 수십 명이고, 당신이 엎드려 울고 빌어도 당신 몸에 닿게 할 생각은 없습니다."

그는 태연하게 말을 하며 그녀의 목덜미로 손을 가져갔다.

"하지만 이건 원래 제 것이니 가져가겠습니다."

그는 록산느의 목에 매달린 채 반짝이던 무언가를 휙 잡아챘다.

대공의 죽음 직후 그의 목에서 벗겨 냈던, 꽤나 값나가는 유품 정도로 생각했던 다이아몬드 목걸이가 탁 하는 소리와 함께 끊어져 나갔다.

"……네 것?"

"쉿. 이제 발언권 없는 당신은 입을 다물고 있으면 됩니다."

아나킨은 영문을 모른 채 눈이 커진 록산느를 무시하고, 공손하게 아르노아를 향해 목걸이를 건넸다.

"가져왔습니다, 폐하."

그가 말했다.

"제가 가진 아티팩트 중에서도 가장 귀한 것이니, 끝나면 돌려주시기 바랍니다."

"보좌관 재산 빼앗을 정도로 파렴치한 황제는 아니야, 나."

아르노아는 번쩍이는 보석을 록산느와 자신의 사이에 툭 던졌다. 그러고는 황좌 가까이에 서 있던 벨을 향해 고개를 돌렸다.

"벨, 시작해."

벨은 말없이 손을 뻗어 목걸이를 향해 휘둘렀다.

위잉-

바닥에 놓인 목걸이가 한 번 진동하더니 홀 중앙을 향해 새하얀 빛을 내뿜었다.

"연구도 별로 안 된 기술을 잘도 쓰는군. 앨키브의 순간적인 거대화라니……."

감탄 섞인 목소리로 중얼거리는 아나킨을 무시한 채, 벨은 다시 한번 손을 휘둘렀다.

보석은 우웅 하는 소리와 함께 덩치를 불리기 시작했다. 어린아이 주먹만 하던 그것은 순식간에 사람 키만큼 커졌고, 수백 개의 단면 너머로 사람의 형체 같은 것이 보이기 시작했다.

"……뭐야."

록산느의 입에서 혼란스러운 한 마디가 새어 나왔다.

"앨키브라는 아티팩트야. 과거를 담았다가 보여 주는 역할을 하지."

아르노아가 설명했다.

"그, 그건 헤르만 백작이 아버지에게 선물한⋯⋯."

록산느가 휙 하고 고개를 돌려 귀족들 틈에 서 있던 헤르만 백작을 바라보았다. 당황한 록산느와 달리, 헤르만 백작은 머쓱한 표정으로 어깨를 으쓱하더니 거대해진 다이아몬드에 시선을 집중했다.

"저, 저 늙은 것이 설마 아버지를 배신하고⋯⋯."

"이제 알았나 보네. 불쌍한 대공⋯⋯ 아니, 네 아비를 위해, 보좌관이 백작을 통해 선물 하나 전달했었지."

아르노아가 픽 웃으며 말했다.

"그렇게 애지중지 하면서 주야장천 걸고 다닐 줄은 몰랐지만 말이야. 덕분에 네가 달라던 증거는 넘치게 확보했어."

거대해진 다이아 속, 흐릿했던 형상은 어느새 꽤나 선명해져 있었다.

"⋯⋯!"

"모두 잘 봐."

아르노아가 목소리에 힘을 주어 말했다. 홀에 있던 모두가 귀를 쫑긋 세웠다.

"대공을 누가 죽였는지 말이야."

록산느의 얼굴이 새파랗게 질렸다.

수백 개의 단면을 통해 비춰지는 형체는 총 세 명.

그중 한 명이 아실리에르 대공, 한 명은 라야, 그리고 나머지 한 명은 록산느 자신이었다.

"언제인지는 기억하고 있지?"

아르노아가 말했다. 앨키브가 보여 주는 것은 황궁 안 대공의 처소였다.

새파래진 얼굴로 바닥에 주저앉아 무언가 애원하는 듯한 대공, 즐거운 듯 중얼거리는 라야, 그리고 그 옆에서 싸늘하게 친부를 내려다보는 록산느.

"아, 소리."

벨이 무언가 기억난 듯 손가락을 튕겼다.

'선택지가 둘뿐이라잖아요, 아버지.'

홀 안에 있는 모든 이의 귀에, 얼음장처럼 차가운 목소리가 들려왔다.

'설마 저더러 희생하라는 건 아니겠죠?'

록산느의 목소리는 한 자 한 자 또렷하게 울렸다. 충격에 빠진 대공의 표정과 대조되게 냉정했다.

'승낙하세요, 아버지. 저를 잃고 살 수 있는 것도 아니면서.'

앨키브 속의 그녀가 말했다.

'천국을 가시든 지옥을 가시든, 저를 보며 자랑스러워하실 수 있을 거예요.'

수하의 손에 영혼을 빼앗기는 아버지를 보며, 그녀가 미세하게 미소 지었다.

홀은 찬물이라도 뿌린 듯 고요했다.

앨키브가 다시 줄어들고, 아나킨이 목걸이를 다시 품속에 넣고, 벨이 뻗었던 손을 회수하고 나서도, 누구도 섣불리 입을 열지 못했다.

"······그랬구먼."

이윽고 정적을 깬 목소리의 주인은 헤르만 백작이었다.

"대공이 유일하게 인간적으로 보일 때가 딸 자랑할 때였는데……. 인생은 참 재미있다고 해야 하나."

그녀는 어이가 없다는 듯 웃으며 록산느를 바라보았다.

"딱 하나만은 자신 있게 말할 수 있겠군요. 난 자식들을 꽤 잘 키웠어. 특히 대공에 비하면 말이오."

낮게 웃는 그녀를 필두로, 귀족들이 조금씩 웅성거리기 시작했다.

"대공 전하께서…… 마지막에는 저렇게……."

"그래도 딸을 위해서는 희생하는 사람이었는데."

끝까지 대공과 친분을 유지했던 이들의 얼굴은 충격으로 굳어 있었다. 하나둘씩, 그들은 다시 시선을 록산느에게 돌렸다. 다만 조금 전까지 있었던 연민, 의리, 책임감 같은 것은 이제 완전히 사라지고 없었다.

그저 완벽하게 몰락한 이를 향한 싸늘함, 그리고 약간의 경멸뿐이었다.

두베르테 후작조차도 혀를 쯧쯧 차며 고개를 저었다.

"이 사람의 죄명을 다 읊자면 날이 샐 것 같으니 중요한 것만 남기고 생략하기로 하지."

아르노아가 분산되었던 시선을 다시 자신에게 모았다.

"반역자, 록산느 아실리에르."

그녀의 말에 이의를 제기하는 자는 없었다. 조금 전 앨키브에서, 황제를 처리하겠다는 라야의 말에 만족스럽게 웃던 록산느의 모습은 모두의 뇌리에 박혀 움직이지 않았다.

"……닥쳐!"

아, 이의를 제기하는 사람이 한 명은 있었다.

"가장 우월한 내가, 조물주의 선택을 받은 내가 황제가 된다는 것이 대체 뭐가 문제지?"

록산느는 자신을 누르던 손을 뿌리치려 거칠게 고개를 흔들며 소리 질렀다.

"······우월해?"

"그래!"

어이없어하는 아르노아에게, 그녀는 마음속에 있던 생각을 아낌없이 쏟아냈다.

"검술, 학문, 무엇하나 네가 나보다 뛰어난 게 있느냐 말이다! 우월한 자가 열등한 자를 발밑에 두는 것은 진리야!"

거의 쉬어 버린 듯한 목소리는, 차오르는 록산느의 분노를 날것 그대로 보여 주고 있었다.

"그 자리는 원래 내 거란 말이야!"

그녀가 고래고래 소리쳤다.

"변방에서 왕비나 하다가 굴러온 이혼녀 따위에게 내줄 수 없는 것이 당연하단 말이다!"

"······그랬군."

불호령을 내리는 대신 그녀의 말을 끝까지 들은 아르노아가 고개를 끄덕였다. 황당해하는 표정은 여전했지만 갑작스럽게 당한 모욕에 신경 쓰는 것은 아니었다. 아니, 오히려 고민이 해결되기라도 한 듯, 깨달음을 얻은 미소를 띠고 있었다.

"할 말 끝났나? 이제 네 처분을 논해야 해서 말이지."

"안 끝났어! 죽어서도 당신을 저주할 거야! 갈아 마셔도 시원찮을······ 악귀가 되어서라도 복수할 거라고!"

"······."

"······그러니 어서 죽여라."

마침내 제풀에 지친 록산느가 말했다. 소리를 지르면서 생사에 달관하기라도 한 듯, 그녀는 조금 전보다 의연한 얼굴이었다.

"안 무서운가 봐?"

"죽음 따위를 두려워할 거였다면 검을 잡지도 않았어."

그 말에는 나름의 진심이 담겨 있었다. 다혈질이라 화는 절대 못 참는다더니, 죽을 위기에서도 그것만큼은 사실인 모양이었다.

"당장 날 고문하고 죽여라. 당신은 내 아버지를 죽였다는 악명은 피해도 나를 죽였다는 악명은 못 피할 테니."

마지막 말을 들은 아르노아는 순간 참지 못하고 작게 웃음을 뱉었다.

"악명이라니. 죄인을 숙청하는 게 왜 악명이야? 넌 아직도 스스로를 무슨 용사라고 생각하는 모양이군. 그러니 목이 계속 뻣뻣한 것일 테고."

아르노아는 천천히 황좌에서 몸을 일으켰다.

"하지만 고마워. 덕분에 널 어떻게 할지 생각났어."

그녀는 우아한 걸음으로 록산느의 앞까지 다가가서 그녀를 내려다보았다.

"고문은 체질에 좀 안 맞고, 성벽에 산 채로 걸어 두자니 경치가 별로고, 그냥 죽이자니 너무 쉬워서 좀 고민됐거든."

아르노아는 천천히 고개를 숙여, 한때 그녀의 모든 것을 위협했던 적을 바라보았다.

가질 만한 건 다 가지고 태어났으면서, 딱 한 사람 아래에 있는 것을 못 견디고 불구덩이에 뛰어든 여자.

"……죽이지 않는다고?"

록산느가 믿을 수 없다는 듯 되물었다.

그녀의 눈에 꺼졌던 희망이 다시 타오르고 있었다.

결국 자신을 처단할 자는 세상에 없었던 것인가, 황제도 결국 세간의 눈치를 봐야 하는 것이 아닐까 하는 생각이 록산느의 머리를 가득 채웠다. 그 생각이 허황되었다는 사실이 밝혀지는 데에는 몇 초 걸리지 않았다.

"록산느 아실리에르, 난 너를 북서쪽으로 보낼 거야."

"……북서쪽?"

"그래. 한때 아실리에르 영지였던 북부와는 아주 멀리 떨어진 곳이니 희망 같은 건 접어 두고. 북서쪽 끝, 경계를 말하는 거야."

록산느의 얼굴이 다시 굳었다.

"경계라면……."

그녀의 시선이 조금씩 흔들리기 시작했다.

"북서쪽 끝에는 다른 나라가 없는데, 왜 경계라고 불리는지는 알고 있지?"

아르노아는 친절하게 말을 이었다. 록산느가 모를 리 없는 사실이었지만 그냥 한 번 더 묻고 싶었다.

"……고통의 땅."

"바로 그거야."

록산느가 마지못해 한 대답이 옳았다.

고통의 땅, 그러니까 북서쪽 경계 근방은 대륙의 끝에 가까운, 세상에서 가장 황폐한 곳이었다.

제국의 경계와 대륙의 끝 사이에는 인간의 발길이 닿은 적 없는 공간이 있었는데, 그곳은 셀 수 없이 많은 마물의 서식지였다. '경계'는 곧 마물의 서식지와 제국의 영토를 구분하는 선이었다.

다만 마물들은 인간이 지도에 그려 놓은 경계를 인식하지 못했다. 즉, 그들은 자주 경계를 침범해 눈에 띄는 생명체를 닥치는 대로 공격했다.

마물들은 포악하고 잔인했다. 외양은 구역질을, 울음소리는 두통을, 체취는 지독한 복통을 일으키는 괴물들은, 가까이하는 것 자체가 고문이었다.

따라서 그곳은 주민이 없는 땅이었다. 마물을 떠나서도 끔찍한 환경이었으니까.

옷감도, 음식도, 심지어는 물도 없이, 낮에는 지독하게 내리쬐는 햇볕 아래에서, 밤에는 징그러운 벌레들과 붙은 채 살고 싶어 하는 이는 세상에 없었다.

다만 경계에 서서 마물의 침략을 막는, 황실에서 파견한 자들이 주둔하고 있을 뿐이었다. 아니, 정확히는 마물의 장난감이 되었다가 천천히 죽어 나가는 자들이 있다고 해야 할까.

물론 그들도 자의로 고통의 땅에 머무르는 것은 아니었다. 지휘관 한 명을 제외하면, 병사들은 모두 제국의 죄인들이었으니까.

용서받을 수 없는, 마물을 상대하며 갈증과 허기에 몸부림치면서 죽느니만 못한 노역을 하는, 제국에서 가장 천한 자들.

"지금 폐하께서…… 북서쪽 경계라고 하셨소?"

귀족 중 누군가가 숨을 죽이고 옆 사람에게 물었다.

"그…… 죄인 중에서도 중죄인만 가는 곳 아니오? 그 독한 죄수들이 날마다 차오르는 구역질을 못 이기고 자살한다던데."

옆에 있던 이도 놀란 듯 되물었다. 술렁이는 귀족들의 앞에서 의연하게 상황을 지켜보던 헤르만 백작조차도 혀를 내둘렀다.

"황족의 명예는 지켜 주실 줄 알았더니…… 버림받은 자들 사이로 보내시다니."

"내 이럴 줄 알았지. 누님을 닮아 잔인한 구석이 있는 분이오."

리켈 공작도 긴장한 표정으로 절레절레 고개를 저었다.

"남은 수십 년 동안 마물 뒤처리나 하면서 살도록 해. 참, 고통의 땅에서 근무하는 자들에게도 승진의 기회는 있는데, 넌 예외야."

아르노아가 갑자기 생각난 듯 덧붙였다.

"너는 천한 자들 중에서도 가장 천한 자가 될 거야. 살아 숨 쉬는 동안, 이 제국의 모든 이들이 너를 내려다보겠지."

록산느와 대조되는 아르노아의 벽안이 맑게 반짝였다.

"……."

"하긴, 그 성질머리에 수십 년 버틸 리가 없으니 아무래도 상관없으려나."

록산느는 놀라울 정도로 조용했다.

자신에 대한 황제의 처분을 이해하지 못하는 듯, 그녀는 멍하게 허공을 바라보았다.

"……안 돼."

이윽고 작은 소리가 그녀의 입을 빠져나왔다.

"뭐라고 했지?"

"차, 차라리 죽여."

간신히 고개를 들어 아르노아를 올려다보는 록산느의 얼굴은, 홀에 있는 어떤 사람도 본 적 없는 표정을 하고 있었다.

공포에 질린 표정.

"그, 그런 자들과 함께할 수 없어!"

그녀가 목소리를 떨며 말했다.

"나는 황족이다! 타, 타고난 자야!"

"너는 제국의 죄인이자 천민, 그리고 노예야."

아르노아는 천천히 록산느의 머리 위로 손을 뻗어 검지를 그녀의 정수리에 댔다.

"그러니 이 자세에 익숙해지도록."

그녀는 검지에 힘을 꾹 주었다.

영원히 버틸 것 같았던 록산느의 목은, 충격으로 힘을 잃은 듯 어느 순간 천천히 구부러졌다. 아르노아는 거기서 멈추지 않았다. 그녀는 한쪽 무릎을 접고 앉아 손에 계속 힘을 주었다.

록산느의 이마가 바닥에 닿을 때까지.

"넌 다시는 내 얼굴을 보지 못할 거야. 다른 이들도 마찬가지다."

그녀가 붉은색의 머리칼을 내려다보며 말했다.

"황성에서 나갈 때까지, 네 눈에 보이는 것은 궁의 바닥뿐이야."

"……."

"함부로 황좌를 눈에 담았던 죄라고 생각해."

                              * * *

"그래서."

벨이 찻잔을 달칵 내려놓으며 입을 열었다.

"저 에우칼리아 나무가 죽음의 땅에서 온 거야?"

그는 유리온실 한구석에 새로 생긴 작은 나무를 가리켰다.

"맞아. 마물의 피를 맞고 자란 거라 무기 만드는 데 쓸 수 있대."

아르노아가 과자를 우물거리며 대답했다.

두 사람의 시선이 닿은 곳에 있는 그 나무는, 넝쿨이 이리저리 뻗은 거 외에는 그다지 특별한 게 없어 보이는 작은 식물이었다.

죽음의 땅은 페르헨을 제외한 제국의 다른 영지들과 마찬가지로 세금을 내야 했는데, 작물도 없고 돈도 없기에 가끔 식물이나 죽은 마물 가죽 따위를 보내 세금을 대신하고는 했었다.

그중 팔 할이 쓸모없는 것들이라 에우칼리아 나무도 마찬가지인 줄 알았었다.

"······정원사가 실수로 잘랐다가 큰일 당할 뻔했지 뭐. 독은 다 추출해서 검 제조용으로 쓰고 있어."

에우칼리아 나무 넝쿨을 잘랐을 때 나오는 즙은, 접촉하는 모든 것을 파괴한다. 정원사도 루데스 박사가 빨리 손을 쓰지 않았다면 팔 한쪽을 잃었을 것이다.

"쓸모 있는 세금을 낸 걸 보면 책임자가 그 여자를 잘 굴리고 있나 보군."

"맞아. 일단 첫 달 안에 죽지 않았으니까."

아르노아는 에우칼리아 나무와 함께 온 책임자의 편지를 떠올렸다.

새로 온 노예는 검술 실력이 뛰어나지만 예의가 없다는 것, 하지만 구속구를 채우고 머리를 숙일 때까지 굶겼더니 아주 조금 나아졌다는 것.

그 사이 그 노예로부터 거친 욕설을 듣고 화가 난 선임 죄수가 그녀를 마물의 서식지 깊숙이 보냈다는 것, 그녀는 중상을 입었지만 살아서 돌아왔으므로 다음번에는 더 위험한 곳으로 보내 보겠다는 것.

"……꽤 고생하고 있대. 거긴 책임자를 볼 때마다 엎드려서 인사해야 한다나 봐."

"마물 서식지에 자원해서 갈 판이겠군."

벨은 크게 감탄하지는 않은 듯 무심하게 말했다.

"페르헨은 어때? 계속 안 가 봐도 괜찮아?"

"정리가 좀 덜 돼서. 그리고 가끔은 가고 있어."

벨이 말했다.

"독 정화는 거의 끝났어. 지저분해서 문제지."

평온한 표정이, 딱히 정리가 안 돼도 상관없다는 듯했다.

아르노아는 고개를 끄덕였다.

한 달 전쯤 그녀는 마탑에 갔다가 우연히 창밖을 내다봤다. 숲을 이루는 나무 여기저기에 널린 뱀 껍질 같은 것이 무엇인지 물어보자, 벨은 대수롭지 않게 대답했었다.

'말했잖아. 라이아게나스를 찢어 죽일 거라고.'

그러니까, 벨은 자신이 한 말을 그대로 지킨 것이었다.

'루카가 이미 할 만큼 해 놨더군. 내가 한 건 마지막에 다루기 편하도록 녀석을 영체로 만들어 놓은 것뿐이야.'

뱀 껍질처럼 보였던 그것들은 사실 뱀의 살점들이었다. 물론 실제로는 라이아게나스의 조각들인 셈이었고.

페르헨의 주민들은 라야에게 맺힌 것이 많았다.

그래서 한동안 그의 흔적을 그대로 놔두었던 벨은, 아르노아가 조금 찝찝한 표정을 짓자 그제야 그것들을 치우기 시작했다.

"루카는…… 마력이 강한 거야?"

아르노아는 사람 좋게 웃던 젊은 마법사를 떠올리며 물었다. 그 웃는 얼굴로 아무렇지 않게 잔인한 형벌을 내렸다니, 사실은 아무도 몰랐던 능력 같은 건가 하는 마음이 들었다.

"아니, 그냥 평범하게 내 명령을 들은 거야."

벨은 대체 어디서 그런 생각을 한 거냐는 듯 대답했다.

아르노아는 그제야 마법사들이 전반적으로 이기적이고 잔인하다는 아나킨의 말을 떠올렸다.

"물론 능력이 좋기는 하지만…… 타고난 마력으로는 최고라고 보기 어렵지."

그가 무언가 회상하는 듯한 표정으로 말했다.

"마력이 강한 사람들의 마력은 네가 흡수해서?"

"맞아."

아르노아의 질문에 그가 고개를 끄덕였다.

"힘을 잃은 자들은 약간의 훈련을 거치고 페르헨에서 떠나보냈었는데…… 지금까지는 잘되지 않았지."

"백이면 백, 싸움 하다가 감옥에 갇혔다며."

한때 아나킨이 지적했던 것과 같이, 마법사들은 전반적으로 사회성이 떨어졌다. 마력으로 하던 일들을 몸을 써서 해야 하는 상황이 오자마자 문제가 터진 것은 아니었다. 마력을 잃고 페르헨을 떠난 자들은 주로 머리가 나쁘지는 않았으니까.

다만 옆에 있는 무능한 이들을 참아 주지 못하는 성정 덕분에, 페르헨 바깥으로 나온 그들은 남녀 가리지 않고 동료와 싸움박질을 하다가 어딘가에 구금되는 끝을 맞이했다.

"석방해서 페르헨으로 돌려보내라는 공문을 보냈으니 조금만 기다려."

아르노아가 작게 한숨을 쉬며 말했다. 그녀는 일단 그들에게 다시 기회를 줄 생각이었다.

"마력을 되돌릴 방법을 찾을 때까지는 어떻게든 사고를 치지 않게……."

"그거, 찾긴 찾았어."

벨이 말했다.

"응?"

"마력 되돌리는 방법 말이야."

벨이 품속에서 유리병 하나를 꺼냈다. 텅 빈 것처럼 보였던 병 안을 자세히 들여다보니 모래 알갱이 같은 반짝이는 것이 눈에 띄었다.

"그건……."

"대공…… 아니, 대공이었던 그자의 영혼 티끌 같은 거야."

"티끌?"

아마릴리스는 그림자니 조각이니 하는 멋있는 이름이 붙었는데, 누구는 티끌이라니.

하지만 병 속의 알갱이는 정말로 티끌처럼 작았다. 게다가 반짝이지도 않고 먼지처럼 가만히 있었다.

"라이아게나스가 죽기 직전에 혹시 몰라서 육체를 다시 확인했거든. 손으로 흡수했던 아실리에르의 영혼 중 이 티끌 같은 부분이 영혼석으로 모이지 않고 남아 있더군."

"그게 가능해?"

"알갱이 한 톨 안 남기고 깨끗하게 영혼석에 담아내는 게 더 어려워."

"그럼…… 그의 영혼이…… 거기 아직 있다는 말이야?"

아르노아는 라야의 시체를 처음 봤을 때처럼 찝찝한 표정을 지었다.

왜 다들 깔끔하게 죽지 못해서 안달인지.

"사실상 아니라고 봐야 해."

벨이 고개를 저었다.

"이건 말 그대로 먼지나 마찬가지야. 생명이라기에는 너무 하찮은 부분이라. 다만……."

그가 병을 바라보던 눈을 들어 다시 아르노아를 보았다.

"작은 영혼석 하나를 따로 만들 수는 있지."

"따로?"

라야가 사용했던, 아니 사용한 거라고 혼자 믿었던 영혼석은 이미 깨지고 없었다. 황족의 영혼석이 아니었으니 기분만 찝찝하고 별 쓸모도 없었던 것이다.

그렇다면 굳이 그 먼지 같은 알갱이로 새로 영혼석을 만든다는 것은⋯⋯.

"그래서 한 가지 부탁할 게 있어."

벨은 그녀의 의문을 이해한다는 듯 말을 이었다.

"그자를 잠깐만 대공으로 복직시켜 줘. 황족의 영혼석을 만들면 페르헨을 떠났던 녀석들이 다시 마력을 회복할 수 있거든."

그는 아르노아가 전에 제안했던 것과 똑같은 수를 쓰려는 듯했다. 아니, 반대라고 해야 하나.

"그런 꼼수는 몇 번이고 통하는 거야?"

"누가 부리느냐에 따라 다르지."

벨은 아르모아를 향해 싱긋 웃어 보였다. 표정을 해석해 보면 남들은 못 하지만 난 할 수 있다, 이 말이었다.

"⋯⋯넌 참 꾸준하구나. 좋아."

아르노아는 어이없다는 듯 말하면서도 벨의 부탁을 승낙했다. 마탑주가 '부탁'을 한다는 것 자체가 흔한 상황이 아니었으니까.

"대신 조건이 있어."

"조건?"

"마력이 회복된 자들은 앞으로 10년 동안 황실 소속으로 근무해야 해."

아르노아는 꽤 오랫동안 생각했던 이야기를 했다.

"⋯⋯근무?"

"사자 노릇 조금 하는 걸로 세금을 퉁 치는 건 이제 안 돼. 영지로서 엄청난 기여를 할 수 있는데 언제까지 날로 먹으려고?"

그녀가 말했다.

역사적으로 마법사는 폐쇄된 환경에서 자기들끼리만 마법을 써먹으며 살았지만, 제국에 도움이 된다면 바꿔야 하지 않겠는가.

"뭐…… 감옥에서 썩는 것보다는 낫다고 하겠군."

벨은 몇 초도 고민하지 않고 대답했다.

"좋아. 원하는 대로 부려 먹어."

"부려 먹다니, 대우 잘 해 줄 거야."

"친절한 주인이군."

"주인이 아니라 고용주…… 됐다. 그냥 약속만 지켜."

"물론. 난 한 번 뱉은 말은 지켜."

벨이 말했다. 유독 빤한 시선으로 아르노아를 바라보면서.

"……다른 할 이야기가 있어?"

"한 번 뱉은 말은 지키고, 한 번 마음에 담은 사람은 내보내지 않지."

그의 눈빛은 조금 전보다 훨씬 달콤하게 바뀌어 있었다.

"……당연하잖아."

아르노아는 달라진 분위기에 휩쓸리지 않으려 애쓰며 대답했다.

"영주가 그런 걸 바꾸면 어떡해."

"그렇게 말해 줘서 다행이야."

벨은 치아를 드러내며 씩 웃었다. 그러더니 손을 로브 속 주머니로 가져가 무언가를 꺼냈다.

"영주가 한 번 뱉은 말을 못 바꾼다면, 황제도 마찬가지라고 봐야겠지?"

"그게 무슨……."

"한 번 대답을 들으면 마음을 놓을 수 있겠군."

아르노아의 눈이 커졌다. 주변 사물의 움직임이 느려지는 기분이었다.

벨의 손에 들린 것은 손가락에 낄 수 있을 만큼 작았고, 또 눈부시게 반짝였다.

"아르노아 살리에드 카이시온."

벨이 천천히 그녀의 이름을 불렀다.

"내가 영원히 그대 곁에 있도록 허락해 줘."

아르노아는 길지 않은 인생을 살면서 많은 일을 겪었다고 생각했다. 사랑하는 사람을 잃어 보고, 혈육에게 핍박을 받아 보고, 목숨도 맡길 친우를 만들어 보고, 결혼에, 이혼도 해 보고.

하지만 이건 처음 하는 경험이었다.

그녀를 사랑하는 남자가, 영원한 결속을 약속해 달라며 반지를 건네는 것.

"……진심이야?"

"당연하지."

벨은 멍해진 그녀를 독촉하지 않고 부드럽게 웃었다.

"물론 중요한 결정이니 당장 대답하라고는 하지 않을 거야."

그가 말했다.

"다만, 반지는 이미 만들었으니 가졌으면 해. 언젠가 필요할지 모르거든."

황제인 그녀에게, 보석 반지가 언젠가 필요할지 모른다니. 황실의 재산을 전부 탕진하지 않는 이상 그럴 일이 왜 생긴다는 건지 이해할 수 없었다.

아르노아는 그제야 반지를 건네받아 그 위에 박힌 보석을 들여다보았다. 투명하지만 푸르스름한 빛이 도는 보석은 다이아몬드였으나, 그 안에는 작은 은색의 무언가가 깜빡이고 있었다.

"소환 반지야. 이건 나도 딱 하나밖에 못 만들어."

"소환 반지?"

"마법사를 소환할 수 있는 반지."

벨이 또박또박 설명했다.

"전설에서 들어 본 적 없어? 램프를 문지르면 마법사가 나타나 소원을 들어준다든가…… 그런 거야."

아르노아는 홀린 듯 반지를 바라보았다. 아니, 반지를 들고 있는 아름다운 남자에게 홀린 것 같기도 했다.

"……."

그럼에도 쉽게 대답이 나오지 않았다. 마음은 재촉하는데, 결혼을 생각할 틈이 없었던 머릿속은 복잡했다. 벨은 알고 있다는 듯 천천히 의자에서 몸을 일으켰다.

"말했다시피, 당장 대답해 주지 않아도 괜찮아."

그가 아르노아 가까이로 몸을 기울이며 말했다.

"한 달이 걸리든, 1년이 걸리든, 10년이 걸리든 상관없어. 난 아무 데도 안 가니까."

그의 얼굴은 어느새 무척 가까워져 있었다. 손은 이미 아르노아의 양쪽 뺨을 감싼 채였고.

벨은 부드럽게 그녀의 입술에 제 입을 맞추었다. 녹아내릴 것 같은 황홀함 대신 깊은 아쉬움을 남기는 짧은 키스였다.

"주문을 외우면 언제든 갈게."

낮게 속삭이는 벨의 입술이 아르노아의 귀에 스쳤다. 그녀는 저도 모르게 마른침을 삼켰다.

"……난 주문을 모르는데."

아르노아가 겨우 뱉어 낸 대답은 그것이었다. 벨은 장난스러운 미소를 띤 채 눈썹을 치켜올렸다. 알려 주면 정말 부를 거냐고 묻는 듯한 표정이었다.

"걱정 마."

그는 다시 한번 아르노아의 귓가에 속삭였다.

"승낙하고 싶어지면, 주문은 자연히 알게 될 거야."

* * *

아르노아는 반쯤 넋이 나간 표정으로 온실을 빠져나와 정원으로 향했다. 벨 앞에서 멍한 모습으로 지나치게 오래 있고 싶지 않았기에 혼자 나온 것이 다행이었다.

그만큼 아르노아는 평소와 같은 집중력을 발휘하지 못했다. 정원 분수 앞의 남자를 못 보고 지나칠 정도로.

"……폐하?"

청혼이라니.

"폐하."

마탑주가 황제에게 청혼했다. 결혼할 수 있는 거 맞나?

"폐하!"

아니, 그게 중요한가? 청혼을 하는 그의 얼굴이 얼마나 눈부셨던가. 봐도 봐도 안 질리는 신비로운 눈빛 하며, 만져 보면 부드러운 머리칼 하며, 곧은 콧날은 꼭 전설 속에나 나오는…….

"아르노아 살리에드 카이시온!"

거슬리는 남자의 목소리가 빽 소리를 질렀다. 그제야 꼬리를 물던 생각에서 벗어난 아르노아는 소리가 들린 방향으로 고개를 휙 돌렸다.

"……뭐지?"

잠시 동안 허공을 헤매던 눈은, 조금 전 지나친 분수대 옆 잔디에 앉아 있는 누군가를 발견했다.

"……디르한 국왕, 아직도 황궁에 머무르고 있었나?"

아르노아의 미간이 찌푸려졌다.

"이게 대체 뭐 하자는 거지?"

눈앞의 모습은 무척 많은 의미에서 황당했다.

기름을 발라 넘긴 머리칼, 잔뜩 긴장한 표정. 혼자서 벅찬 것 같은 숨소리며, 들뜬 것처럼 보이기에 더 느끼한 바이나스의 얼굴…… 물론 바이나스의 얼굴은 모든 순간에 거슬리긴 했다.

가장 당황스러운 것은 그의 자세였다.

앉은 것도 아니고, 선 것도 아니고, 그는 서임 받는 기사처럼 한쪽 무릎을 꿇은 채 아르노아에게 반짝이는 무언가를 내밀고 있었다.

이상하다, 비슷한 걸 방금 본 것 같은데.

그런데 이번에는 왜 기분이 나쁜 것 같지?

"……내가 뭘 떨어뜨렸나? 주워 주려는 건가?"

그녀가 물었다.

"나의 아르노아."

"한 번 더 내 이름을 부르면 그 입에 독약을 부어 주겠어."

"위대하신 제국의 태양이시여."

바이나스는 재빨리 호칭을 바꾸며 말했다.

"부디 이 반지를 받고 다시 이 바이나스의 부인이 되어 주십시오."

그는 희망이 담긴 초롱초롱한 눈으로 아르노아를 올려다보며 말했다.

"이 말을 하지 않으면 절대로 돌아갈 수 없을 것 같았습니다. 매일 분수 앞에서 기다렸죠."

"비무 후에 록산느 아실리에르에게 얻어맞아 생긴 상처를 치료하느라 귀국이 늦었다고만 들었는데."

"사, 사내가 무슨! 헛소문입니다. 그날은 그…… 전략적인 실패로서……."

"그날 밤새도록 성벽에 매달렸다고 벤트 남작이 그러더군. 안타깝게도."

"안타까우셨다니, 그럼 역시 폐하도 저를……."

"구경을 못 가서 안타깝다는 의미지."

아르노아가 냉정하게 고개를 저었다. 조금 전 구름을 걷는 듯 멍했던 정신은 이미 차가워진 지 오래였다. 그녀는 싸늘하게 바이나스를 내려다보았다.

"흠! 아무튼 그, 이 반지를 받아 주십시오."

바이나스는 애처롭게 팔을 뻗어 들고 있던 반지를 아르노아 가까이로 내밀었다.

"디르한 대대로 전해져 내려오는 가보입니다. 약혼 예물로 드리고 싶었었는데……."

그는 아쉬운 과거의 기억이 떠오른 듯 슬픈 표정을 지었다.

"밀어내고 밀어내셔도 저는 압니다. 폐하께서는 그날 예물을 받지 못한 것을 많이 아쉬워하셨다는 것을요."

"하아……."

"한 번만 기회를 주십시오. 모든 과오를 씻고 폐하의 사랑에 보답하며 살겠습니다. 디르한의 모든 것을 폐하께 바치겠습니다."

아르노아는 조금 전 벨이 했었던 것과 비슷한 말을 하는 전남편을 신기하다는 듯한 눈빛으로 바라보았다.

어쩜 이렇게 다를까.

벨에게서 예상치 못한 질문을 듣고 멍해졌을 때는 청혼을 받았다는 사실 그 자체 때문에 그랬다고 생각했다. 하지만 아니었다. 얼빠진 바이나스의 표정을 보는 아르노아의 정신은 멀쩡하다 못해 냉정했다.

"……이것 봐, 국왕."

아르노아가 막 뭐라고 하려던 순간, 정원을 지나던 시종 하나가 그녀를 발견하고 급히 다가왔다.

"폐하, 잠시 드릴 말씀이 있습니다."

"……잠깐만, 지금 나 청혼하는 거 보이지 않나?"

"좋아. 하나도 안 바쁘니 하도록 해."

"예, 폐하."

시종은 바이나스를 가볍게 무시하고 아르노아의 귀에 빠르게 무언가를 속삭이더니 두꺼운 종이 한 장을 그녀에게 바쳤다.

"……물러가."

"예, 폐하."

다시 둘만 남은 정원에서, 아르노아는 바이나스를 향해 한심하다는 표정으로 혀를 찼다.

"이 인간은 정말……."

"저, 폐하? 지금 막 제 청을 승낙하시려던 참이었는데."

그가 재촉하듯 말했다. 아르노아는 그의 앞으로 한 걸음 다가섰다.

"국왕, 지금 디르한을 떠난 지 몇 달은 족히 지났겠지?"

"예. 몇 달 전에 폐하께서 부르신다는 말을 듣고 만사 제치고 달려왔지요."

"만사를 제친 게 문제였어. 국왕이라는 사람이 말이야."

"예?"

"당신이 없는 사이에 대신들이 조카를 앞세워 반란을 일으켰다는군."

바이나스는 이해가 안 간다는 듯 두 눈을 끔뻑거렸다.

"막는 자들이 없으니 당연히 성공했고, 지금 새로운 국왕으로 인정해 달라는 서신을 받은 참이지."

아르노아는 시종이 건넨 종이를 바이나스의 눈앞에 보여 주었다.

"난 반역자를 좋아하지 않지만 이 청은 그냥 승낙해 주려 해. 무능한 국왕 밑의 백성들이 좀 불쌍해서."

바이나스의 얼굴이 순식간에 창백해졌다. 그는 몇 번이나 눈으로 서신의 내용을 확인하더니, 울 것 같은 표정으로 그녀를 바라보았다.

"내게 바친다던 그 나라는 이제 당신, 아니 네놈 것이 아니야."

아르노아는 자신도 모르는 사이에 국왕 자리에서 쫓겨난 바이나스를 향한 호칭을 바꾸었다.

"국빈이 아닌 건 당연하고."

"폐하……."

"하지만 성의를 보아 이건 받도록 할게. 팔아서 국고에 넣지 뭐."

아르노아는 바이나스의 손에서 반지를 탁 채갔다.

그가 처음에 했던 말이 맞았다. 이건 원래 그녀가 받아야 했던 예물이었다. 전당포에 맡기든, 금을 녹여 버리든, 다 그녀의 마음이라는 뜻이었다.

"폐하, 저는 그럼 전 재산이……."

"레온, 테오!"

아르노아는 손뼉을 쳐 정원 가까이에 있던 병사 두 명을 불렀다.

"이자는 이제 내가 초대한 제국의 손님이 아니야."

"잠깐만! 폐하!"

"거지야, 거지. 아무것도 가진 게 없어서 말이지."

"폐하아아아아!"

"그러니 어서 끌어내."

그녀의 짧은 명령으로 상황은 영원히 종결되었다.

모든 것을 잃은 바이나스 디르한은 곧바로 황궁에서 쫓겨났다. 그로부터 3개월 뒤, 디르한에서도 황성에서도 멀리 떨어진 어느 뒷골목에서 그가 목격되었다는 소식이 들려왔으나 누구도 관심을 갖지 않았다.

* * *

"폐하."

생각에 잠긴 채 서재의 창밖을 바라보던 아르노아는 자신을 부르는 목소리에 고개를 돌렸다.

"돌아왔구나, 페넬로페."

그녀는 환하게 웃는 사촌을 보며 말했다.

"헤르만 후작의 파티는 어땠니?"

"후작님다웠죠."

페넬로페가 피식 웃으며 대답했다.

"후작으로 승격된 기념 파티는 핑계고, 실제로는 사업 모임이었어요. 오늘 후작저에서 귀족들 사이에 체결된 큼직한 계약만 세 건일걸요."

"보고 배우렴."

"세 건 중 한 건은 제가 아버지를 대리해서 체결한 곡물 유통 계약이에요."

페넬로페가 뿌듯한 표정으로 눈을 빛냈다.

"첫째 오라버니가 전부터 부탁을 해서……."

그녀는 황성의 사교계에서 물 만난 고기 같았다.

데뷔탕트부터 워낙 주목을 받았다고는 하지만 정말 달라진 건 헤르만 후작과 가까워진 이후부터였다.

페넬로페를 통하면 사교계의 중심에서 물러날 일 없이 계속 영향력을 행사할 수 있겠다고 판단한 후작은 그녀에게 자신이 아는 모든 것을 전수해 주었다.

두 사람은 성격이 꽤 잘 맞는 편이었다. 몇 가지 사업에도 함께 손을 뻗을 정도로.

"그리고 이거. 베사니엘 후작 부인이 폐하께 전해 달래요."

페넬로페가 정교하게 세공된 보석 상자 하나를 아르노아에게 건넸다. 상자 안에는 오묘한 색으로 영롱하게 빛나는 진주가 들어 있었다.

"비에델 지역에서만 나는 암녹색 진주예요. 제일 좋은 것을 폐하께 드리고 싶었다고 해요."

빛깔도 신비로웠지만 진주는 흠 하나 없는, 보기 드문 상등품이었다. 아르노아는 작게 웃으며 상자를 닫았다.

"이게 다음 유행인가 보구나."

"그럴 거예요."

페넬로페가 고개를 끄덕이며 말했다.

"오늘 후작 부인의 귀걸이에 같은 보석이 달려 있었으니까요. 잠깐 들렀던 로라 델레스도 비슷한 걸 하고 있었어요."

"너와 후작의 뜻으로?"

"뜻이라기보다 제안……이랄까요."

비올레타 베사니엘 후작 부인과 황성 최고의 몸값을 자랑하는 배우 로라 델레스. 비에델 출신의 두 여자는 제국에서 가장 사랑받는 여인들이라 해도 과언이 아니었다.

그들이 하는 모든 것은 유행이 되었다. 이를 재빨리 파악한 페넬로페와 헤르만 후작은 그들과 협력하여 사업적 성공을 거두기도 했다. 리켈 공작가 역시 마찬가지였다. 덕분에 한때 대륙 중앙의 정치나 상업에서 밀려났던 리켈 공작가는 다시 귀족들의 중심이 되어 가고 있었다.

"너와 헤르만 후작 생각이 그렇다면 틀림없을 테지. 아나킨에게는 주었니?"

"여자에게 선물 잘못 받았다가 큰일을 겪은 적이 몇 번 있다고 거절하긴 했지만…… 억지로 줬어요."

페넬로페가 조금 불만스러운 표정으로 말했다.

데뷔탕트 때 아나킨과 춤을 추는 것으로 얼마나 큰 주목을 받았는지 기억한 그녀는 틈만 나면 그를 써먹으려 했다. 안타깝게도 보석 보는 눈이 까다로운 아나킨은 취향에 안 맞는 것은 칼같이 거절했지만.

"시종이 주머니 속에 몰래 넣어 두고 도망까지 쳤으니 이젠 다시 거절할 수가……."

"폐하. 저 들어왔습니다."

페넬로페의 말이 채 끝나기도 전에 서재 문이 열렸다. 문밖에는 햇빛처럼 찬란하고 아름다운 남자 한 명이 서 있었다.

"보고드릴 것도 있고, 리켈 영애께 돌려드릴 것도 좀 있어서요."

"아니, 어떻게 벌써……."

"가져가십시오. 전 진주를 썩 좋아하지 않습니다. 모름지기 보석은 좀 투명해야죠."

"앞으로는 다들 진주를 찾을 거라니까요."

"제게 의미가 없습니다. 전 유행하는 장신구 없이도 찬란하니까요."

페넬로페는 한숨을 푹 쉬더니 그가 내민 상자를 돌려받았다.

"물러가겠습니다, 폐하."

"편히 쉬렴."

아르노아는 나가면서 다시 아나킨의 로브 뒤쪽 주머니에 상자를 떨어뜨리는 페넬로페에게 인사했다.

"나한테 보고할 게 있어?"

"그럴 생각이었는데…… 지금 보니 반대인 것 같습니다."

아나킨은 왠지 평소보다 복잡해 보이는 얼굴이었다.

"반대?"

"……무엇입니까? 손에서 만지작거리는 그것."

눈썰미로는 헤르만 후작조차 못 따라간다는 그는, 책상 아래에 있어 보이지도 않을 아르노아의 왼손을 가리켰다.

"이거……."

"푸른 다이아몬드 반지로군요. 안에는 뭐가 반짝거리는 것이, 주술을 걸어 놓은 것 같은데."

무슨 사람 시력이 저렇게 좋아?

경악한 아르노아의 얼굴을 보지 못한 듯, 아나킨은 빠르게 반지를 살피며 중얼거렸다.

"치유 마법은 보석보다 목각에 걸고, 공격 마법의 빛은 색이 좀 다르고……. 소환이나 통신?"

"으응?"

"맞군요. 하지만 통신은 이미 묘안석이 있으니…… 하지만 소환은 오직 한 사람에게만……."

아나킨의 얼굴이 순간 동상처럼 얼어붙었다.

"……폐하, 설마 그 녀석에게 청혼을 받으셨습니까? 그거 청혼 반지 아닙니까?"

서재에는 몇 초 동안 침묵이 흘렀다. 아르노아는 충격과 감탄이 섞인 얼굴로 그를 바라보았다.

저 눈치는 대체 어디서 온 걸까?

충격을 받은 것은 그녀뿐이 아니었다. 한참 동안 굳었던 아나킨은 깊은 숨을 한 번 들이마시더니 아르노아의 맞은편 의자에 쓰러지듯 앉았다.

"난 두 사람이 연인인 것도 겨우 적응했는데……."

"아나킨."

"이렇게 빠르게……. 후우, 따지자면 내 소개로……."

"아나킨."

입을 틀어막고 심호흡을 하는 그에게 아르노아가 말했다.

"설마…… 이미 승낙하셨습니까?"

"아직."

"아직?"

아나킨은 문득 의아한 표정으로 자세를 고쳐 앉았다.

"그럼…… 싫으신 겁니까?"

"아니."

아르노아가 단호하게 고개를 저었다.

그녀와 벨은 서로 사랑했다. 두 사람의 감정은 매일 깊어졌다.

매 순간이 설렜다. 청혼을 받는 동안에도 아르노아는 벨에게 더 반하고 있었다. 이 점은 돌아오는 길에 바이나스를 만나면서 더 확실해지지 않았나.

다만 당장 결혼 승낙을 하기에는 생각할 것이 너무 많을 뿐이었다.

"……폐하, 잠깐만 친구였던 시절처럼 얘기해도 되겠습니까?"

아나킨이 한층 차분하진 목소리로 물었다. 아르노아가 황제가 된 후로 처음 하는 요청이었다.

"해도 돼. 그리고 넌 지금도 친구야."

"노아."

그가 오랜만에 아르노아의 별명을 불렀다.

"혹시…… 벨과 결혼은 안 하고 정부로만 두려고 했어?"

"그런 거 아니야."

꽤 진지한 표정으로 묻는 아나킨에게 아르노아는 고개를 저었다.

아무도 모르게 이리저리 왔다 갔다 하는 인간이니 정부 노릇에 적합하다고 볼 수도 있었지만, 아르노아는 그런 귀찮게 누군가와 밀회를 할 생각은 없었다.

"다행이군."

아나킨이 한숨을 내쉬었다.

"그랬다면 벨은 네 남편 후보들을 죽이려 했을지 몰라. 하필 제일 가까이 있는 건 나고."

"……본론으로 돌아가면 안 될까?"

"노아, 그럼 결혼이 두려운 거야?"

"……."

아르노아는 부정하지 않은 채 입술을 깨물었다.

아주 조금은 사실이었다.

"첫 번째 결혼생활이 재미가 없었어?"

"뭐……. 날마다 암살 시도에 시달리는 게 재미없긴 했지."

그녀가 대답했다.

결혼 생활이라기도 민망한 첫 번째 결혼은 그야말로 끔찍했었다. 참고 또 참아서 겨우 벗어나지 않았던가. 그래서인지, 아르노아는 결혼에 대한 환상이 없었다. 곧바로 승낙하지 않은 것은 그 탓이었다.

"황실에 사람이 없으니 때가 되면 후계가 필요하긴 하겠지만…… 그건 좀 나중 일이라고 생각했지."

"노아, 넌 생각이 너무 많아."

아나킨이 그녀의 말을 자르다시피 하며 말했다.

"응?"

"직감을 따르는 벨과는 정 반대야. 아마릴리스도 그렇게 말했었다며."

아르노아는 눈을 크게 뜨고 그를 바라보았다. 그는 살짝 미소 지으며 말을 이었다.

"하고 싶으면 하고, 말고 싶으면 말아. 이런 건 그냥 마음 가는 대로 해."

"……네 연애처럼?"

"바로 그거야."

아나킨이 어깨를 으쓱했다.

"내가…… 벨과 결혼했으면 좋겠어?"

"난 노아 네가 행복하기를 바라. 친구로서 바라는 건 그것뿐이야."

황금빛 눈동자가 따스하게 웃었다. 어린 시절을 떠올리게 하는 미소였다.

"그러니 마음 가는 대로 해. 차 버리고 다른 애인을 구하든, 정부로 데리고 살든, 결혼해서 평생 살든. 황제의 종신대사라고 귀족들이 참견하면 내가 도와줄게."

"든든한 조언이군."

아르노아가 말했다. 이성으로 무장한 아나킨으로부터 나왔다는 것이 신기할 정도로 시원시원한 대답이 묘하게 그녀를 안심시켰다.

"걱정되지 않아? 정치적으로 복잡하게 얽힐까 봐?"

"그건 걱정 안 하셔도 됩니다, 폐하."

아나킨이 고개를 저었다. 어느새 그는 따뜻한 친우의 미소를 접고 냉철한 보좌관으로 돌아와 있었다.

"결혼하시게 되면 혼전 계약서를 써 드리지요. 혼인하는 순간부터 벨의 재산은 전부 폐하의 것이 된다는 내용에, 이혼 시 벨은 아무것도 받을 수 없고……."

그는 자신 있다는 표정으로 벨에게 매우 불합리한 계약서 내용을 줄줄 읊기 시작했다.

왠지 그녀의 첫 번째 결혼 서약과 내용이 겹치는 듯한 느낌은 기분 탓일 터였다.

* * *

"아브라카다브라."

조용했다.

"나타나라, 얍?"

늦은 밤이라 침실 창 밖에서 곤충 우는 소리가 들려왔다. 그만큼 방 안에서는 아무런 일도 벌어지지 않았다.

"……이젠 모르겠는데."

아르노아는 손에 든 반지를 내려다보며 중얼거렸다.

여전히 빨려 들어갈 듯 예쁜 보석이었지만 효능은 의심스러웠다.

'주문은 자연히 알게 될 거야.'

……라고 했으니, 당연히 동화책 따위에 나왔던 내용에 기초해 찍어 맞추면 되는 쉬운 거라고 생각했는데.

아르노아는 평소에 벨이 마법을 쓰던 모습을 떠올려 보려 애썼지만 큰 의미가 없었다.

벨의 마법이라는 것은 대부분 입속으로 무언가 중얼거리거나 손가락을 튕기는 것, 아니면 그냥 어디 한 곳을 뚫어져라 쳐다보는 게 다였기 때문이었다.

"하아……."

톡-

그녀가 포기하려던 찰나, 바깥에서 무언가가 유리창을 두드리는 소리가 들려왔다. 왠지 익숙한 느낌에 아르노아는 창문을 열었다.

"냥."

"흰둥이?"

눈처럼 새하얀 몸에 독특한 검은 무늬를 가진 고양이가 그 자리에 있었다. 아르노아는 활짝 웃으며 녀석을 안아 들었다.

"기다렸잖아."

사실이었다. 의도했던 방법으로 온 것도, 예상했던 모습으로 온 것도 아니었지만 그녀는 흰둥이를 보는 순간 본능적으로 마음이 따뜻해졌다.

누가 뭐래도 귀여운 게 최고라니까.

"냐아아앙."

고양이는 애정결핍이라도 있는 것처럼 그녀를 파고들었다. 보드랍고 따뜻한 털의 감촉이 너무 좋아서, 아르노아도 녀석을 더욱 꽉 껴안았다. 어쩐지 벨은 사람일 때보다 고양이일 때 더 치명적인 것 같다는 생각이 들었다.

펑.

그제야, 그녀가 저녁부터 기다렸던 소리가 들려왔다. 팔 안에 있던 보드라운 것은 크고 단단한 남자가 되어있었다.

"보고 싶었어."

낮은 목소리가 귓가에 바짝 속삭였다.

"나도. 아주 많이."

"······고양이 말하는 거지?"

"맞아."

벨은 뭔가 불만스럽다는 듯, 아르노아를 더욱 꽉 껴안았다. 한 손으로는 허리를, 다른 한 손으로는 등을 감은 그의 손에서 영원히 떨어지지 않겠다는 의지가 느껴졌다.

"질투하게 하지 마."

"둘 다 너잖아. 다른 고양이를 예뻐하는 것도 아닌데."

"내가 고양이일 때는 고양이만, 사람일 때는 사람만 좋아하면 좋겠군."

그는 당당하게 요구했다.

"······정상적인 구애와 거리가 좀 있는 것 같은데."

아르노아는 벨과 살짝 거리를 벌리며 그의 머리를 쓰다듬으려 했다.

"맞아. 정상 아니야."

벨은 그렇게 내버려 두지 않겠다는 듯 그녀의 손을 막고 손등에 입을 맞추었다.

"그나저나······ 오늘은 푸른 다이아로 소환할 일 없을 것 같아서 그냥 왔는데, 승낙하려고 반지를 들고 있던 거야?"

그가 손등에 입을 댄 채 눈만 들어 올리며 물었다. 눈꼬리가 보기 좋을 정도로 올라가며 묘한 분위기를 자아냈다. 벨은 역시 달빛이 잘 어울린다는 생각이 아르노아의 머리를 스쳤다.

"······농담이야."

그녀가 잠시 대답을 하지 않자, 벨은 그제야 그녀를 놓아주며 빙긋 웃었다.

"농담?"

"말했잖아."

그는 습관이라도 된 듯 아르노아의 침대에 걸터앉았다. 폭신한 이불의 감촉이 새삼 마음에 드는 듯했다.

"난 조금도 급하지 않아. 오늘은 그냥 보고 싶어서 왔어."

은회색 눈은, 이번에는 매력적인 모양으로 휘었다. 아르노아는 자신도 모르게 그를 따라 웃었다. 단련이 될 만도 한데, 그의 얼굴 때문에 잠깐씩 멍해지는 것은 어쩔 수 없었다.

"거절을 각오하고 한 청혼이었어, 아르노아."

뷀이 말했다. 그는 아르노아의 정적을 일종의 망설임으로 받아들이고 있었다. 망설임의 원인은 당연히 부담일 것이라고 생각했고.

"네…… 첫 결혼생활이 어땠는지 잘 알아."

이는 당연한 이야기였다. 뷀은 아르노아의 인생이 바닥을 친 순간 등장한 사람이었으니까.

"그러니 부담 갖지 마. 그냥…… 흔한 구혼자 중 한 명이라고 생각해 주면 좋겠군."

"흔한 구혼자?"

아르노아가 헛웃음을 지었다.

어디가 흔한데?

대륙의 역사에 비슷한 사람이 한 명이나 있었을까 싶은 자가 할 말인가?

"그래. 계속 옆에서 얼쩡거릴 흔한 구혼자야. 물론 정말 구혼자들이 흔해질 일이 있을지는 모르겠지만……."

0.1초쯤 되는 시간 동안 그의 눈빛이 서늘하게 빛났다. 아나킨이 예견한 것처럼, 얌전한 정부는 절대 못 될 사람의 눈빛이었다. 물론 다음 순간 눈을 들어 아르노아와 시선을 마주한 그는 다시 무해하게 웃고 있었지만.

"언젠가 선택을 한다면, 내가 그 선택지에 있고 싶을 뿐이야. 그러니 깊이 생각하지 않아도 돼. 그게 다야."

뷀은 그녀를 안심시키려는 듯 부드럽게 말을 맺었다.

"……끝났어?"

아르노아가 물었다.

설명할 수 없는 기분이 그녀의 머릿속을 채웠다.

누가 이 남자더러 이기적이라고 했던가.

그는 아르노아 자신조차 빨리 깨닫지 못했던 두려움을 먼저 읽고 배려하고 있었다. 심지어 그는 첫 번째 결혼에 대한 이야기를 꺼냄으로써 스스로를 바이나스 따위와 같은 선상에 두는 것을 꺼리지도 않았다.

그것은 위대한 감정임이 분명했다. 아마도 영원히 변하지 않을.

"벨. 결정했어."

아르노아가 천천히 입을 열었다.

"결정?"

"……좋아."

휘어진 채 웃던 눈이 동그래졌다. 여유롭던 벨의 얼굴에 강한 충격이 번졌다.

"뭐…… 뭐라고?"

"좋다고. 평생 곁에 있게 해 주겠다고."

아르노아가 말했다.

사실 몇 시간 전부터 정해진 답이었다.

그놈의 주문을 못 찾았을 뿐.

"우리 둘의 끝을 알 수는 없겠지만…… 그래도 가 보고 싶어졌거든."

그녀의 미소가 짙어졌다.

단순하게 생각하자고 마음먹은 순간, 그녀는 결정을 내릴 수 있었다.

벨은 그녀를 행복하게 했다. 어두웠던 디르한의 왕궁에서 지내던 그녀의 괴로움을 봤고, 그녀의 손을 잡고 그곳에서 함께 나왔다. 무엇보다 벨은 그녀를 설레게 했다. 마주 보는 순간순간이 벅찰 정도로.

그거면 충분했다. 다른 계산은 필요하지 않았다.

"……승낙하는 거야?"

벨은 여전히 귀를 의심하며 물었다. 그는 천천히 눈을 감았다가 다시 떴다. 자신이 보고 듣는 상황이 현실이라고 믿기 어려웠지만 아르노아는 여전히 그 자리에 있었다.

"나와…… 결혼해 준다고?"

아르노아는 고개를 끄덕였다. 배 속부터 울컥 올라온 벅찬 감정이 벨을 휘감았다. 심장은 터질 것만 같았고, 이성은 사라진 것 같았다.

그녀가 승낙했다. 아르노아 살리에드 카이시온이 벨의 곁에 있어 주겠다고 약속했다.

"그래, 승낙이야."

아르노아가 다시 말했다.

"벨, 너와 결혼하고 싶어."

그녀의 마지막 말이 끝나는 순간, 손에 쥐고 있던 반지에서 푸르스름한 빛이 번쩍였다.

펑.

"……벨?"

아르노아는 혼란스러운 듯 눈을 깜빡였다. 조금 전 몇 걸음 떨어진 침대에 앉아 있던 벨은 순식간에 코앞에 다가와 있었다.

"……그게 주문이야."

그가 말했다.

"나와 결혼하겠다고 말하는 것. 네가 그 말을 할 때 곁에 있고 싶었거든."

"아……."

아르노아는 허탈하게 웃었다.

"난 경고했어. 승낙했으니 이제 무를 수 없어."

벨은 빠르게 속삭였다. 조금 전까지와는 완전히 다른, 인내심이 바닥 난 사람 같은 모습이었다. 상체를 반쯤 숙인 그의 얼굴은 위험할 정도로 가까워져 있었다. 아르노아의 심장 박동이 빨라졌다.

"아르노아, 너는 영원히 내게서 못 벗어나."

"애초에 벗어날 생각 없…….."

아르노아가 대답하려 했으나, 그녀의 말은 곧 벨의 입술에 막혀 버렸다.

그는 다급하게, 그러나 또 부드럽게 입을 맞추어 왔다. 두 팔은 아르노아의 작은 움직임도 허락하지 않으려는 듯 그녀의 전신에 단단히 감아 들었다. 그의 손은 그녀의 팔, 어깨, 목덜미, 허리를 차례로 스치며 아르노아의 감각을 모조리 깨웠다.

아르노아의 호흡이 견디기 어려울 만큼 거칠어질 무렵, 벨은 천천히 그녀를 놓아주었다.

"……사랑해, 아르노아."

그는 여전히 아쉬움이 남은 듯 말했다.

"평생. 영원히. 너만."

아르노아는 빙긋 웃으며 그를 올려다보았다. 벨과 함께하는 인생은 앞으로도 행복할 거라는 확신이 들었다. 조금 전의 입맞춤이 그랬던 것처럼, 달콤하고 황홀한 순간들로 채워질 터였다.

대마법사 아마릴리스가 오래전 보았던 미래를, 그녀는 천천히 만나 볼 생각이었다.

사랑하는 사람의 곁에서.

* * *

"와, 많이도 해 먹었네."

아르노아가 혀를 내두르며 말했다.

"3년 전부터라도 마음 고쳐먹었으면 작위 환수 정도만 했을지도 모르는데……. 이건 뭐 어째야 돼?"

작은 글씨가 **빽빽**하게 적힌 서류를 보던 그녀의 눈이 다시 홀에 꿇어앉은 중년 남자를 향했다.

"두베르테 후작, 뭐라고 변명이라도 해 볼 건가?"

"자, 잘못했습니다. 폐하."

두베르테 후작이 오들오들 떨며 대답했다.

"횡령에 탈세는 일상이고, 이제 황실을 상대로 사기까지 치려고 해?"

그녀가 헛웃음을 지으며 절레절레 고개를 흔들었다.

두베르테 후작은 제 영지의 에메랄드 광산 하나를 황실에 팔려다 덜미를 잡힌 참이었다. 말이 에메랄드 광산이지, 캐 보면 그냥 흙밖에 없다는 사실이 드러난 까닭이었다.

영지의 굵직한 재산을 다 처분하려는 듯한 후작의 움직임이 수상해 조사하다 보니 드러난 사실이었다. 추가적인 조사를 해 보니 수도 없이 많은 죄목이 고구마 줄기처럼 따라온 것은 말할 것도 없었다. 제국에서는 제 미래가 없다고 판단한 그는 재산을 다 정리한 후 다른 대륙으로 망명하려던 참이었다.

"그게…… 영지 형편이 너무 어려워져서……."

"영주의 착취가 심해졌으니 가난할 수밖에."

"그건 제 형편도 어려워져서……."

"아실리에르 대공 가문에서 떨어지던 콩고물이 없어지니까 그걸 채우겠다고 영지민을 더 착취했다? 그게 부족해지니까 사기를 치고?"

두베르테 후작은 고개를 떨군 채 더 말하지 못했다.

"작위와 영지는 환수. 두베르테 후작은…… 죽음의 땅으로 가든가 사형당하든가 알아서 골라."

"폐, 폐하! 한 번만 기회를 주십시오! 다른 선택지를 딱 하나만……."

"여기서 읍소하지 말고 감옥에 가서 근위병에게 얘기해. 앞으로 볼 일은 없겠군."

아르노아가 손짓하자 병사 몇 명이 울부짖는 후작의 팔을 잡아 끌어 냈다.

"안건이 모두 끝났으니 오늘은 모두 돌아가도록."

그녀가 모여 있는 귀족들에게 짧게 명령했다. 이곳저곳에서 초췌해진 얼굴들이 안도의 한숨을 쉬었다.

"휴, 겨우 끝났군."

"몇 시간 동안 서류를 본 건지."

하루 종일 회의를 하는 걸로 부족해, 황제는 밤까지 그들을 붙잡아 두었다.

"폐하께서도 참. 몇 달 치 일을 하루에 처리하시다니……."

"그 많은 증거를 다 보셨을 줄은 몰랐소."

"저도 안 될 줄 알았습니다. 후작이 재판을 끌어 달라고 여기저기 뇌물을 뿌려 놔서……. 내년까지 끌다가 흐지부지되려나 했는데."

"자작은 지위를 이제 받아서 몰랐구먼."

젊은 자작 하나가 저린 다리를 두드리며 투덜거리자 옆자리의 귀족이 그의 등을 두드려 주었다.

"원래 저런 분이오. 짧고 굵게 일하니 일이 빨리빨리 끝나서 좋긴 한데……."

그가 말끝을 흐리자 그 옆자리의 또 다른 귀족이 픽 웃으며 대신 문장을 끝내 주었다.

"정작 중요한 일은 3년을 미루고 계시지."

"중요한 일이요?"

젊은 자작이 고개를 갸웃 하더니 뭔가 깨달은 표정을 지었다.

"아, 결혼 말씀이십니까?"

"그것 말고 뭐가 더 있겠소? 약혼 기간만 3년이라니, 실제로는 두 분 사이가 썩 좋지 않다는 소문이 괜히 도는 게 아니라니까."

"그런 것 치고는 연회 때마다 두 분은 꼭 붙어 계시던데요. 마탑주는 마탑보다 황궁에 더 오래 머물던데……."

자작이 믿기 어렵다는 듯 말끝을 흐렸다.

"그게 다 정치적이라는 거지. 두 분 약혼 이후로 황실에서 일하는 마법사들이 생겼다는 게 얼마나 큰일인지……. 치안에도, 상업에도 도움이 되는데 파혼을 하면 다 페르헨으로 돌아가 버릴 거 아니오."

"으음……. 그래도 눈에서 꿀이 떨어지시던데. 그냥 결혼식만 미루는 거 아닐까요?"

"내 눈은 못 속인다니까. 당장은 만나다가 더 잘난 사람이 나타나면 바로 헤어지실걸."

"그럼 영원히 안 헤어지시는 거 아닙니까? 마탑주보다 더 잘난 사람이 어딨어요? 혹시 백작님 아들을 슬쩍 밀어 보려고 그러신 거라면……."

"아니 이 사람! 오래 만나다 보면 헤어질 수도 있는 거 아닌가."

귀족들은 황제와 그 약혼자에 대해 저마다 한 마디씩 보태며 황궁 복도를 지났다.

"또 그 이야기를 해?"

"예, 폐하."

아르노아의 제2 보좌관, 루시엘라가 대답했다.

"이미 헤어졌다 아니다를 놓고 토론하다가 나중에는 아르덴 백작의 아들이 벨카리아나스 님만큼 잘생겼는지를 놓고 토론하더군요."

"그냥 제 아버지 닮았던데……."

아르노아는 이해하기 어렵다는 듯 고개를 갸웃거렸다.

"약혼 기간으로 말 나오는 건 하루 이틀이 아니니 너무 걱정 안 하셔도 됩니다."

아나킨이 말했다.

"맞습니다, 폐하. 사실 약혼 기간이 긴 건 나쁘지 않아요."

루시엘라가 거들었다.

"결혼을 좀 다시 생각해 볼 수도 있고…… 벨카리아나스 님은 아름답지만 집착이 좀 심해서."

그녀의 눈길이 아르노아의 손에 낀 반지로 향했다.

"약혼반지에 소환 주술을 걸어 놓고 안 부르면 삐지는 것만 봐도……."

"아, 참. 소환."

아르노아가 문득 생각난 듯 입을 열었다.

"루시엘라에게 뭐 물어보려고 했는데…… 이 반지 혹시 고장 나기도 하는 거야?"

루시엘라는 무슨 말을 하고 있냐는 듯 눈썹을 치켜 올렸다. 실력 있는 마법사인 그녀는 한때 마력을 다 잃고 페르헨을 떠나 술집 종업원으로 일했던 경력이 있었다.

직설적인 말투 때문에 하루에도 수십 번 손님들과 시비가 붙었던 경험이 있기에, 그녀는 자기 기준에 바보 같은 질문을 받으면 '왜 헛소리를 하느냐'고 묻는 대신 입을 다무는 연습을 하고 있었다.

바로 지금처럼.

"……."

"고장 난 건 아니구나."

루시엘라의 침묵에서, 아르노아는 대답을 유추해 냈다. 벨이 거는 주술은 잘못되지 않는다는 것.

"전에도 말씀드렸다시피 그 반지의 소환 마법은 갈수록 강한 주문이 필요합니다. 그렇게 설계돼 있어요. 결혼 전까지는 점점 주문의 강도를 높여야 합니다."

아르노아가 한숨을 푹 쉬었다. 주문의 강도라는 게 별 것은 아니었다. 그저 좀 유치할 뿐.

처음에는 '청혼을 받아들일게' 정도면 소환이 되던 벨은, 언제부턴가 '결혼하자'라고 강하게 말해야 나타났고, 또 어떤 날은 '결혼하고 싶어'라고 할 때까지 안 나타나기도 했다.

"두베르테 후작 뒤처리를 좀 맡기려고 했는데……."

"저희가 비켜 드리죠."

아나킨은 난감한 표정을 한 그녀를 남겨두고 루시엘라와 함께 방을 나갔다. 아르노아는 다시 한번 한숨을 쉬더니 손가락에 끼워진 푸른 다이아몬드를 내려다보았다.

"……결혼."

그녀가 말했다. 당연히 아무 일도 일어나지 않았다.

"결혼하자, 벨."

여전히 방은 조용했다. 아르노아는 마지막으로 심호흡을 하더니, 아무에게도 들리지 않을 것 같은 목소리로 속삭였다.

"……남편, 보고 싶어."

펑.

그녀의 말이 끝나기도 전에, 눈앞에는 조각상처럼 완벽한 남자가 아르노아를 내려다보며 빙긋 웃고 있었다.

"나도 보고 싶었어, 부인."

깔끔하게 넘긴 머리칼이며, 단정한 차림이며, 그는 마치 준비라도 하고 있었던 듯 말끔해 보였다.

"……평소랑 달라 보이는데."

벨은 미소를 띤 채 푸른색의 장미 한 송이를 아르노아에게 건넸다.

"중요한 날이라서."

"중요한 날……?"

"약혼한 지 3년째 되는 날이야."

벨은 아르노아에게 가볍게 입을 맞추었다.

"딱 3년 동안 약혼자로 있겠다고 했었지. 기억나?"

"아."

아르노아는 피식 웃으며 고개를 들었다.

"그랬던 것 같기도 하고."

그녀는 3년 전 두 사람이 약혼하던 날을 떠올렸다.

먼저 결혼을 청했던 벨은, 막상 아르노아가 승낙하자 '황제의 약혼자'라는 말이 썩 마음에 든다며 잠시 그대로 지내자고 했다.

물론 그는 자주 찾아왔다. 아니, 아르노아에게 자신을 자주 소환하라고 졸랐다.

"……그냥 소환 주문을 더 듣고 싶어서 그런 거 아니야?"

"그것도 있고, 다른 것도 있고."

벨은 원하는 대로 됐다는 듯 만족스러운 표정을 지었다. 아르노아는 '다른 것'이 뭔지 굳이 묻지 않았다. 이미 알고 있기 때문이었다.

그는 그녀를 기다려 준 것이었다. 첫 번째 결혼의 기억을 완전히 떨쳐 버리도록. 자신과의 결혼을 온전히 원할 수 있도록.

"이제 더 안 기다려."

그는 한층 나직한 목소리로 아르노아의 귓가에 속삭였다.

"남편이라고 불러 줬으니 진짜 남편이 되어야겠군."

아르노아는 자신을 끌어당기는 벨의 가슴에 기대며 반쯤 눈을 감았다. 편안했다. 집에 온 것처럼.

"……승낙인 거지?"

벨은 마지막으로 확인하겠다는 듯 조심스럽게 물었다.

"당연하지."

아르노아가 말했다. 벨은 치아를 드러내며 씩 웃더니 두 팔로 그녀를 감쌌다.

아르노아는 다시 한번 입을 맞춰 오는 벨에게 속삭였다.

"3년 전부터 그랬다니까."

피곤한 정신 때문인지, 벨에게서 풍기는 달콤한 향 때문인지, 다른 이유가 있었는지는 알 수 없었다. 다만 황홀해지는 감각 너머로, 아르노아는 순간 과거에 아마릴리스가 보았다는 두 사람의 미래가 보이는 듯했다.

호화롭고, 평온하고, 환희와 사랑으로 가득 찬 삶이었다.

〈완결〉

외전

[접근 금지

한 발 더 내디디면 그대의 영혼은 마탑주의 겟

기묘한 팻말 뒤편 숲 속에서, 기사 한 명이 일행을 향해 휙 돌아섰다.
그의 눈동자에 서늘한 살기가 어렸다.

"뭐냐, 넌? 왜 막아서는 거야?"

"여기까지입니다."

"여기까지라니? 황실의 보검인가 뭔가를 회수해야 한다."

"훗, 순진하시군요, 리켈 공작님."

기사는 자신이 호위하던 짙은 금발의 여자를 보며 코웃음 쳤다.

"무장도 하지 않고 이 외진 곳까지 저를 따라오다니."

여자가 눈썹을 치켜올렸다. 기사는 회심의 미소를 지으며 느물거렸다.

"할 줄 아는 것도 없으면서 그 나이에 아버지가 물려준 공작위를 차지하고 앉았으니 조심성이 없는 것도 이해합니다. 물론 제 정체는 짐작도 못 할······."

"실수잖아."

"예?"

"나 죽이겠다고 여기까지 왔다 이거지? 아까 여관에서는 뭐 했어? 바로 옆집에 독주 파는 노인도 있던데."

여자는 조금도 충격받지 않았다는 표정으로 말을 받았다. 옅은 하늘색 눈동자는 조금도 흔들리지 않은 채 기사를 바라보고 있었다. 기사의 이마에 송골송골 식은땀이 맺혔다.

"태, 태연한 척하지 마십시오! 같이 온 호위 기사들이 하나둘씩 사라진 게 우연이라고 생각하시겠지만······."

"네가 죽였다고? 걱정 마. 걔네도 다른 원로가 보낸 암살자였어. 난 또 자기들끼리 못 알아보고 서로 죽였나 했더니 수고를 해 주는 놈이 따로 있었군."

기사의 이마에 맺힌 식은땀이 똑 하고 떨어졌다. 그는 현실을 부정하듯 고개를 저었지만 여자는 말을 계속했다.

"넌 누가 보냈니? 또 바르데스야? 아니, 레비니구나? 부패한 가문 원로 몇 처단했다고 이렇게 원시적으로 앙갚음할 일이야?"

"아, 아니······."

"나를 죽이고 내 동생을 허수아비로 세우면 원로들 세상이라도 올 것 같대? 황제 동생의 유품을 찾으러 온다고 하니 좋아 죽으려던 때부터 짐 작은 했지만 뿌리까지 썩어 가지고······."

"허억······."

기사의 얼굴이 창백하게 변했다. 그녀는 그의 진짜 주인이 누군지는 물론, 주인의 의도와 목표까지 완벽하게 읽어 내고 있었다. 주인은 분명히 그녀가 사교계에서 웃는 것 빼고 아무것도 못 하는 애송이라고 했는데.

"흠! 다 소용없습니다."

그는 멍해진 정신을 붙잡고 검에 손을 가져갔다.

"이 앞은 마탑주의 영토. 소리쳐도 와 주는 사람은 없고, 도망쳐 봤자 제 손바닥 안입니다."

"글쎄."

여자는 시큰둥한 표정으로 팔짱을 꼈다. 그녀의 시선이 기사 뒤를 슬쩍 훑었다. 무언가 기다리는 것처럼.

"유언이나 남기십시오, 공작 각하!"

기사는 기세 좋게 검을 뽑았다. 시커먼 오러가 검날에 서리는 순간이었다.

쿠웅-

기사의 등 뒤에서 커다란 소리가 들려왔다.

쿵, 쿠웅-

강한 진동과 함께, 멀리서 나무 몇 그루가 쓰러졌다. 기사는 검을 휘두르려다 말고 움찔 놀라며 등 뒤를 돌아보았다.

"히, 히이이익?"

짜증 섞인 표정으로 그를 내려다보고 있는 것은 용이었다.

온몸이 비늘로 덮인 검은 용이, 날개를 크게 펼치고 발톱을 세운 채 그를 향해 입을 열고 있었다.

"마…… 마탑주?"

기사의 얼굴이 공포로 창백하게 질렸다.

마탑주가 용으로 변신해 사람을 잡아먹는다는 이야기는 그저 소문인 줄 알았건만.

눈앞에 보이는 괴물은 분명히 전설 속의 용이 맞았다. 심지어 그 용은 누가 자신의 영지를 침범한 것이 상당히 불쾌하다는 듯한 표정이었고, 어디서 긁혔는지 한쪽 어깨에 작은 상처가 있었다.

다친 용은 기분이 안 좋은 용이다. 그리고 기분이 안 좋은 용은 이것저 것 죽이고 본다는 게 전해져 내려오는 속설이었다.

화륵―

용이 입을 열자 새파란 불꽃이 뿜어져 나왔다. 불꽃은 기사의 오른발 바로 옆에 있던 바위를 순식간에 태워 버렸다.

"흐아아아아악!"

도망칠 기회가 없다는 사실을 직감한 듯, 그는 공포로 정신을 반쯤 잃은 사람처럼 검을 높이 들었다.

짙어진 검은 오러가 용을 향해 넘실거렸고, 용이 기가 막힌다는 듯 미간을 찌푸렸다. 하지만 기사의 검이 미처 용의 몸에 닿기 전, 기사는 그 자리에 얼어붙은 듯 멈추어 섰다.

"커헉!"

그가 갑작스럽게 기침을 토했다. 온몸이 경련하면서 선명한 붉은 색의 액체가 그의 입가를 타고 흘렀다.

"쿨룩! 커허허헉!"

기사가 중심을 잃고 쓰러지는 데에는 몇 초 걸리지 않았다. 그는 결국 한 양동이쯤 되는 피를 토하고 그 자리에서 숨이 멎었다.

"……."

"……."

혼자 떠들고 비명을 지르던 기사가 숨을 거두자, 허공에는 어색한 정적이 맴돌았다.

"……나 때문이야."

용이 황당하다는 듯 고개를 갸웃거리자 금발의 여자가 먼저 입을 열 었다.

"아까 여관에서 몰래 산 독주를 먹였거든. 혹시 실수가 아니면 어쩌나 싶었는데 다행이지 뭐야."

용은 그제야 천천히 고개를 돌렸다.

새까만 눈동자가 그녀를 꿰뚫을 것처럼 바라보았다. 살기인지 호기심인지 알 수 없는 빤한 시선이 샅샅이 그녀를 훑었다.

여자는 본능적으로 알 수 있었다. 눈앞의 생명체는 발톱 하나만 까딱해도 그녀를 죽일 수 있다는 사실을. 다만 그렇게 할까 말까를 여유롭게 고민하는 중인 듯했다. 태어나서 처음 느껴 보는 압도적인 기운이었다.

그녀는 긴장하는 대신 빙긋 웃었다. 그리고는 입을 열었다.

"나는 리켈 가문의 가주, 아나스티아다."

아나스티아는 용의 귀까지 확실하게 전달되도록 또렷한 목소리로 말했다.

"그대를 만나러 왔어."

원래도 컸던 용의 눈이 조금 더 커졌다. 입은 화염을 내뿜을까 말까 고민하는 듯 살짝 벌어져 있었다.

"이야기는 좀 들어 주지 않겠어? 귀찮게 구는 녀석은 죽여 줬잖아. 어차피 난 검도 없고 도망도 못 가는데."

용은 한참 동안 무언가 생각하더니 작은 한숨을 쉬었다.

"……."

그리고 입 속으로 무언가 작게 중얼거렸다.

펑.

흰 연기가 숲을 뒤덮는가 싶더니, 용의 모습이 사라졌다. 녀석이 있던 자리에는 아나스티아보다도 조금 작은 실루엣 하나만 남아 있었다.

"오래 살았더니 별의별 꼴을 다 보는군."

새까만 머리칼에 새까만 눈동자, 그리고 대조되는 흰 피부를 가진 여자가 낮게 말했다.

"허락도 없이 페르헨에 발을 들인 사람들은 왜 나를 보고도 하나같이 이렇게 뻔뻔하지?"

그녀가 반쯤 혼잣말처럼 말을 이었다.

"지난번에는 황제의 동생이라는 놈이 멋대로 쳐들어오더니……."

흑요석처럼 까만 눈동자가 다시 아나스티아를 향했다. 죽일까 말까 하던 고민은 아직 덜 끝난 듯 보였다.

"원하는 게 뭐야?"

"멋대로 쳐들어왔다가 네 손에 죽은 오르테아 황자의 보검."

"……뭐?"

검은 머리의 여자, 아니 대마법사 아마릴리스가 눈썹을 찌푸렸다.

"황자의 유품. 난 그걸 황제에게 갖다줘야 하거든."

"허, 황제라는 인간은 약은 거야 멍청한 거야?"

아마릴리스가 황당하다는 듯 고개를 저었다.

"군대를 보내기는 아까우니까 귀족 한 명만 대표로 죽으러 온 건지……."

"아니, 내가 자원해서 온 거야."

아나스티아가 아마릴리스의 말을 끊었다.

"황제가 나한테 뭘 좀 빚지면 가문 안에서 원로들을 휘두르기 편해져."

아마릴리스가 눈을 가늘게 뜨자 그녀가 설명을 덧붙였다.

"아버지가 갑자기 돌아가시는 바람에 가문의 기반이 좀 약해진 것도 있고, 이래저래 공을 세워야 하는 상황이라."

"아…… 자원해서 내 손의 물건을 빼앗으려 한다?"

아마릴리스는 믿기 어렵다는 듯 아나스티아의 말을 되뇌었다.

"남부의 공작은 미쳤군."

"그래?"

"황제가 복수하려 한다면 이해라도 갔을 텐데 말이야."

"빼앗는 게 아니라, 부탁하러 온 거야."

아나스티아가 단호하게 말했다.

"그리고 오르테아 황자를 죽인 건 고맙게 생각해."

"고마워?"

"정치에서 밀리고 변방으로 쫓겨난, 허울뿐인 공작위 하나 남은 황족의 구혼이 좀 귀찮아지던 참이라."

"아…… 그러고 보니 그자는 죽기 전에 무슨 여자를 위해 내 보물을 훔쳐 가겠다고 헛소리를 했었지."

아마릴리스가 무언가를 떠올리며 말했다. 말 많은 황자의 마지막 말을 들어주는 것이 유쾌하지는 않았기에 기억도 정확하지 않았다.

"목숨까지 버리려고 하기에 절절한 연인인 줄 알았더니?"

"리켈 가문의 가주와 결혼하고 다시 중앙으로의 진출을 노리겠다는 마음이야 절절했겠지. 연인 아니야. 그리고 좀 변태 같았어."

아나스티아는 어이없다는 듯 헛웃음을 지었다. 차가운 눈 속에 애정 같은 것은 조금도 보이지 않았다.

"다 상관없다."

아마릴리스는 그다지 중요치 않다는 듯 고개를 저었다.

"그의 영혼은 이미 거뒀고, 보검은 돌려줄 생각 없어. 난 그 기분 나쁜 놈에 대한 분이 덜 풀려서."

"상처 말하는 거지?"

아나스티아가 아마릴리스의 한쪽 팔을 가리켰다.

"오르테아가 황제의 창고에서 저주의 돌을 가져갔다며."

로브 자락 아래로 얼핏 드러난 팔에는 누가 지져 놓은 듯한 붉은 자국이 있었다.

아마릴리스의 표정이 싸늘해졌다. 눈앞의 여자는 역시 거슬렸다.

"……남부의 패자는 말을 조심해야겠군."

아마릴리스가 차갑게 내뱉었다.

오르테아 황자는 사람이 할 수 있는 가장 미련한 방식으로 아마릴리스에게 접근했었다. 황자이니 대충 쫓아내기만 하려던 그녀에게 무턱대고 저주의 돌부터 들이대는 바람에 그녀도 반사적으로 화염을 쏘아 보내지 않았던가.

그는 갑옷을 입은 채 몇 마디 패기 넘치는 말을 퍼붓다가 그 자리에서 녹아 버렸고, 아마릴리스의 팔에도 보기 싫은 상처가 남았다.

"도와줄게."

"뭐?"

"그냥 와서 검을 달라고 할 리가 없잖아. 뭐라도 해 줄 건 있어야지."

아나스티아는 자신이 그렇게 예의 없어 보이냐는 듯 고개를 저었다.

"고쳐 줄게, 그 상처. 저주의 돌을 상쇄하는 축복의 돌은 리켈 가문 거 거든."

그녀는 태연한 표정으로 주머니 속에서 벨벳으로 싼 흰색 돌을 꺼냈다.

"필요 없어. 이깟 상처는 마법으로……."

"마력으로 됐으면 네 팔이 여전히 그 모양일 리가 없겠지. 역대 최강의 마탑주라며."

"……조금 불편한 것뿐이야."

아나스티아는 예상치 못한 대화의 방향에 당황한 듯한 아마릴리스에게 천천히 다가갔다. 아마릴리스의 얼굴이 굳었다. 그녀에게 자의로 이렇게 가까이 접근하는 사람은 살면서 거의 만난 적이 없었다.

그녀는 곁눈으로 아나스티아의 표정을 살폈다. 아나스티아의 태도는 대책 없이 무례한 오르테아 황자와는 달랐다. 상황의 위험성은 알고 있으면서도 자신의 행동에 확신이 있는 표정이었다.

"난 그거 끔찍하게 고통스럽다고 들었는데."

그녀는 조심스럽게 손을 뻗어 아마릴리스의 팔에 흰색 돌을 가져다 댔다. 아마릴리스는 협조하지도, 그렇다고 뿌리치지도 않으며 그녀를 바라보았다.

"……!"

차가운 돌이 상처에 닿는 순간 아마릴리스가 미간을 강하게 찌푸렸다.

"아파도 참아 봐. 오르테아 황자 때문에 팔에 자국이 남으면 아깝잖아."

아나스티아의 말에, 뒤늦게 팔을 빼려던 아마릴리스가 움직임을 멈추었다. 돌이 닿았던 자리에 하얀빛이 감돌았다. 붉은 상처는 순식간에 옅어졌다.

"……저주가 강했나 봐. 한 번에는 안 되네."

아나스티아가 어깨를 으쓱했다. 아마릴리스의 새까만 눈이 커졌다. 그녀는 믿기 어렵다는 표정으로 팔을 내려다보았다. 몇 달 동안 수면을 방해했던 불쾌한 감각이 한층 가벼워져 있었다.

"너…… 바보야?"

그녀가 조용히 내뱉었다.

"아니."

"보검이 어디 있는지 알려 주지도 않았는데 치료부터 하면 어쩌자는 거야? 그냥 죽이고 돌을 빼앗을 수 있다는 생각은 안 해?"

"응."

아나스티아가 무심하게 고개를 끄덕였다.

"마탑주는 귀찮은 걸 세상에서 제일 싫어한다며."

"그게 무슨 상관이지?"

"가뜩이나 황자를 죽였으니 황제가 아주 가만히 있을 수는 없잖아."

"……."

"계속 여기 앉아서 손님 받고 싶은 게 아니라면 보검은 돌려줘야 해. 난 그걸 그냥 나한테 주기를 바라는 것뿐이야."

"이해가 안 되는군. 상식적으로 거래라면 팔을 나중에 치료하는 것이……."

"거래가 아니라 호의야."

아나스티아가 그녀의 말을 고쳐 주었다.

"치료를 해서 나를 좋아하게 만들어야 보검을 주든 말든 할 거 아니야?"

"……좋아하게?"

아마릴리스는 처음 듣는 단어인 것처럼 천천히 아나스티아의 말을 따라 했다.

이 여자는 대체 제 매력이 어느 정도라고 생각하는 건가.

아마릴리스는 생명 있는 것들을 '좋아하지' 않았다.

간혹 아주 유별나게 잘생긴 남자를 보면 소유욕이 들 때가 있었으나 이는 동굴 속에 쌓인 반짝이는 보물을 보는 것과 다르지 않은 마음이었다. 잠시 가까이 두고 보는 것이 즐거울 뿐, 교감을 원하는 것과는 거리가 멀었다.

그나마 친분이 있다고 할 수 있는 사람은 오랜 제자인 아스칼라우스 정도 겠지만, 그와의 관계마저도 그다지 애정 넘친다고는 할 수 없었다.

"사람은 단순해. 자기한테 잘해 주는 사람을 좋아하게 돼 있어."

아나스티아는 물러설 생각이 없다는 듯 말했다.

"동생의 보검을 가져다주면 황제가 내게 호의를 갖게 되는 것도 마찬가 지야."

"마탑주의 경우는 달라. 그렇게 되는 게 아니야."

"어쨌거나 치료는 해 줄 거야."

"그러니까 왜?"

이해가 가지 않았다. 그날 처음 만났고 앞으로도 볼 일 없는 사람이, 명확 한 대가도 없이 무언가를 베푼다는 것이.

"보는 내가 더 아프니까 그렇지. 너 참 쓸데없이 복잡하구나?"

아나스티아는 자신이 더 답답하다는 듯 대답했다.

"그냥 치료하는 돌이 나한테 있으니까 해 주겠다는 거잖아. 갑자기 영지로 쳐들어온 변태 같은 녀석에게 다쳤다고 생각하니 안타깝기도 하고."

"안…… 안타까워? 내가?"

"용일 때는 잘 안 보였는데 지금 보니까 엄청 아프게 생겼잖아? 팔이 하얘서 더 그런가? 게다가 저주의 돌은 마력이 깃든 몸에 더 강하게 작용한대."

그녀는 아마릴리스의 충격을 인식하지 못한 듯 말했다.

아마릴리스의 눈동자가 혼란스럽게 움직였다.

처음에는 순진하게 기사를 따라 위험한 숲까지 온 귀족인 줄 알았더니 기사를 죽이지 않나. 그래서 귀족 사회에서 구를 대로 구른 능구렁이인 줄 알았더니, 이상한 데서 호의를 베풀지 않나.

세상만사를 귀찮은 일과 덜 귀찮은 일 정도로 나누며, 대가가 없으면 아무것도 내주지 않는 아마릴리스로서는 이해가 잘 가지 않는 사고방식이었다.

"……열흘은 더 해야겠는데?"

아나스티아가 눈을 가늘게 뜨고 흰 구슬을 보며 말했다. 하루치 힘은 다 썼다는 듯, 구슬의 빛은 흐려져 있었다.

"너 주변에 이거 해 줄 만한 다른 사람……."

"없어."

아마릴리스가 딱 잘라 말했다.

평소에 감정이 잘 드러나지 않는 얼굴에는 어느덧 강한 호기심이 어려 있었다. 그녀의 시선은 조금 전과 마찬가지로 아나스티아를 향한 채 움직이지 않았다.

신기한 사람이었다. 어찌 보면 생각을 알 수 없는 것 같기도 하고, 어찌 보면 생각이 지나치게 투명했다.

아마릴리스는 신기한 것이 눈에 들어오면 쉽게 시선을 떼지 않았다. 그녀의 머릿속에 한 가지 생각이 떠올랐다.

"없어?"

"저주의 돌이 마력과 강하게 반응하는 것과 반대로, 축복의 돌은 마력을 가진 자가 쓰기 까다롭지."

아나스티아는 눈을 천천히 깜빡이며 그녀의 말을 들었다.

"페르헨에 있는 자들의 손으로는 지금처럼 상처를 빨리 낫게 할 수 없어."

"그럼……."

"가자."

아마릴리스가 아나스티아의 팔을 휙 낚아챘다.

"어디에?"

"마탑."

상대의 동의를 구할 생각 같은 것은 그녀의 뇌리를 스치지 않았다. 페르헨에서 마탑주의 결정은 절대적이었다.

"열흘 동안 치료를 더 하도록 해."

당황해서 벙찐 아나스티아를 보며 아마릴리스가 말했다.

"그다음에는?"

아나스티아가 작은 희망을 품은 눈으로 말했다. 물론 다음 순간 그 희망은 아마릴리스에 의해 픽 꺼져버렸다.

"몰라."

그녀가 말했다. 아마릴리스는 그다지 계획적인 사람이 아니었다.

"몰라? 내가 용건을 말했으면 너도……."

"납치당하는 주제에 말이 많군."

그녀는 아나스티아의 팔을 잡은 채 스스로의 몸을 절반 정도 변신시키는 주문을 외웠다.

파득-

등에 검은 날개가 돋아나자, 아나스티아의 얼굴에는 비로소 조금의 두려움이 서린 듯했다.

"······납치? 그런 것도 해?"

"시끄러워."

아마릴리스는 그대로 날개를 펼쳐 몇 번 힘을 주었다.

"잠깐! 이거 잠깐 놔······."

함께 허공으로 떠오른 아나스티아가 뭐라고 항변하는 것이 보였지만 바람 소리 때문에 아마릴리스의 귀에는 들리지 않았다.

아마릴리스의 입가에 작은 미소가 떠올랐다.

관찰하는 재미가 있는 자를 납치하는 것은 무척 오랜만이었다.

* * *

"······돌려보내십시오."

마탑주의 오랜 제자, 아스칼라우스가 한숨을 내쉬었다.

"싫어."

"영혼석으로 만들어 버리지요. 황족은 아니지만 타고난 기운이 독특하니 뭐라도 만들 수 있을 겁니다. 안 되면 죽이고요."

얼마 전 새로 들인 제자인 루테오스도 차갑게 말했다.

"안 된다니까."

"팔을 치료할 비마법사는 제가 알아보겠습니다. 원하신다면 잘생긴 남 자를 데려오도록······."

"됐어, 아스칼라우스."

아마릴리스는 고집스러운 표정으로 벨벳 쿠션 위에 놓인 수정 구슬을 들여다보았다.

구슬 속에는 이따금 흐린 형체들이 생겼다가 사그라드는 것 외에 아무 것도 보여 주지 않고 있었지만 그녀는 두 사람과의 대화를 차단하기 위해 더욱 시선을 고정했다.

"할 일 없으면 시킨 일이나 해. 오르테아의 영혼석은 잘 숙성시키고 있어?"

아스칼라우스는 제 머리칼을 쥐어뜯었다.

"리켈 공작을 그냥 둬서 뭐 하시게요? 연구?"

"안 돼?"

"그놈의 탐구심은 마법 연구할 때만 쓰시라니까요."

"새로운 걸 봤는데 관찰을 안 해? 그리고 마법은 마법대로 연구하고 있잖아."

아마릴리스는 귀찮다는 듯 두 사람을 떨쳐 내고 자리에서 일어났다.

"마탑주님, 귀족이나 황족이나 페르헨에 관심이 지나치게 많습니다. 모르십니까?"

루테오스가 그녀 뒤에서 말했다. 아스칼라우스에 비해 건방진 말투가 아마릴리스의 미간을 찌푸리게 했다.

"뭐라고 했지?"

"귀찮은 일을 만들지 마십시오. 마탑주로서의 역할 아닙니까."

피잉-!

붉은 섬광이 허공을 뚫고 날아가 루테오스의 머리칼을 스쳤다. 짙은 갈색 머리칼 한 줌이 순식간에 잘려 나갔다.

"제자가 됐으면 제자 노릇이나 잘해. 마탑주에 미련 못 버린 티 내지 말고."

아마릴리스가 싸늘하게 말했다.

"난 마탑에서 쓸모없는 걸 찾으면 치워 버리는 습관이 있거든. 네 비루한 능력을 잔소리로 덮을 생각 말아."

"……죄송합니다."

아마릴리스는 입술을 꾹 다문 루테오스를 돌아보지 않은 채 발걸음을 옮겼다.

방에서 나온 그녀는 허공에 문을 만들어 냈다.

철컥-

문을 열고 들어선 순간, 눈에 보인 것은 반갑게 웃는 금발의 여자였다.

"이제 왔네?"

"머무르는 데 불편한 건……."

"많아."

아나스티아가 입을 열었다.

"방에 꽃 같은 거 놔 줘. 입이 심심할 때 먹을 과자도. 기왕이면 꽃 모양으로. 옷은 여러 벌이긴 한데 왜 다 똑같은 모양이야?"

그녀는 기다렸다는 듯 당당하게 요구 사항을 늘어놓았다. 납치된 사람과 어울리지 않는 태도였다.

아마릴리스는 눈앞의 여자를 천천히 관찰했다.

하늘을 날 때 처음으로 두려움을 보였던 그녀는 다시 근심 걱정 없는 상태로 돌아간 듯 천진해 보였다.

"뭘 믿고 그렇게 요구사항이 많아?"

"보검을 받으려면 친해져야 하고, 친해지려면 서로 호의를 주고받아야 하니까?"

"……난 생명 있는 걸 좋아하지 않는다고 했어."

아마릴리스가 대답했다.

다만 말도 안 되는 잡다한 요구를 며칠째 들어주고 있어서인지, 그녀의 손은 이미 탁자 위에 쿠키 접시를 만들어 내고 있었다.

아나스티아는 냉큼 하나를 집어 들어 입에 넣었다.

"알아, 마력의 성질이 그렇다고 설명해 줬잖아. 많을수록 이기적이라서 제대로 애정을 주고받을 수 없다, 이거지?"

"알면 헛수고라는 것도……."

"하지만 예외는 항상 있는걸."

아나스티아는 그다지 신경 쓰이지 않는다는 듯 방긋 웃었다. 아마릴리스는 눈썹을 치켜 올렸다.

"예외?"

"난 워낙 호감을 잘 사거든."

아나스티아가 말했다. 하늘색 호수 같은 눈이 반짝 빛났다. 아마릴리스의 입가에서 작은 비웃음이 새 나왔다.

"호위 기사에게도 죽을 뻔한 주제에."

"필요했으면 내 편으로 돌릴 수도 있었어. 전 호위는 그렇게 했는걸."

그녀가 말했다. 아나스티아는 마치 절대로 주눅 들지 않는 사람 같았다.

"내가 네 호위처럼 만만해 보여?"

아마릴리스는 쿠키에 이어 허공에 꽃병을 만들어 내며 물었다. 수선화가 좋다고 했었던가? 그녀의 손끝이 움직임과 동시에 꽃병 안에는 샛노란 꽃이 생겨났다.

"파헤쳐 보면 사람 머릿속은 비슷한 구석이 있다는 거지."

아나스티아는 수선화 한 송이를 꺼내 향기를 맡았다.

"네가 준 것들을 내가 좋아하면 너도 뿌듯하잖아. 그러니까 너도 내가 뭘 좋아하는지 기억하려고 하는 거고."

그녀가 수선화를 흔들어 보이며 말했다.

"호의를 주고받는다는 건 그런 거야."

아마릴리스가 눈썹을 찌푸렸다. 뒤늦게 수선화를 다른 것으로 바꿀까 했지만 때는 이미 늦어 있었다.

"리켈 공작……."

"티아라고 불러."

아나스티아가 말했다. 남의 말을 자르는 건 그녀의 습관인 듯했다.

"황성에서는 친구들끼리는 별명을 부르는 게 유행이라서."

"……친구라."

아마릴리스는 이마를 짚으며 한숨을 내쉬었지만 아나스티아는 개의치 않고 그녀 옆으로 다가왔다.

"팔 줘."

그녀는 명령에 가까운 요구를 하며 축복의 돌을 꺼냈다.

익숙해진 하얀 빛이 반짝였다. 조금밖에 남지 않았던 팔의 통증이 또다시 옅어졌다.

"몸은 건강한가 봐. 그것도 마법인가?"

"신체 강화 마법 같은 건 없어."

"만들 수도 있지."

아마릴리스는 신체를 영구적으로 강하게 하는 마법이 왜 어려운지 설명할까 하다가 고개를 저었다.

"끝났으니 가 보겠어."

"또 봐, 릴리."

아나스티아가 축복의 돌을 거두며 말하자 아마릴리스는 다시 한번 눈썹을 찌푸렸다.

"뭐라고 불렀지?"

"릴리. 이건 네 별명."

"난 별명이 이미 많아."

그녀는 남들이 자신을 부르는 이름을 하나하나 떠올려 보았다.

대마법사, 위대한 마탑주, 마녀 아마릴리스, 마왕 아마릴리스…….

"수식어가 많은 거겠지. 별명은 원래 있던 이름을 귀엽게 줄이는 게 목적이야."

"……."

아마릴리스는 뭔가 더 반박을 하려다가 몸을 돌렸다. 대화를 하면 할수록 말려들게 하는 것이, 황성 사교계에서 말솜씨로 이름을 좀 날리긴한 모양이었다. 더 얽히지 않는 것이 답이었다.

"자주 와, 릴리."

그녀의 등 뒤에서 아나스티아가 말했다.

"난 너랑 노는 게 재미있거든."

철컥-

그녀는 대답 대신 복도로 나와 문을 닫았다. 그리고 익숙지 않은 대화에 피곤해진 머리를 쉬고자 눈을 감았다.

별명이니, 친구니. 다 저 이상한 귀족 여자의 궤변이었다.

"결국 친구가 되신 겁니까, 마탑주님?"

저음의 목소리가 그녀의 안정을 다시 흔들었다.

눈을 뜨자 몇 걸음 떨어진 곳에서 걱정스러운 표정으로 그녀를 보는 아스칼라우스가 있었다.

"너까지 헛소리를 하는 거냐?"

"헛소리가 아닙니다. 안 사귀어 보셔서 모르시겠지만 리켈 공작과 마탑주님은 친구 비슷한 관계가 맞습니다."

그가 단호하게 말했다. 표정에는 약간의 우려가 섞여 있었다.

"······걱정스럽습니다."

"걱정? 너도 루테오스처럼 리켈 공작가가 찾아올 것을 걱정하는 거야?"

"그런 것이 아니라······."

아스칼라우스는 적절한 말을 찾지 못한 듯 말을 더듬었다.

"······수정 구슬이 제대로 작동하기 시작했습니다."

"뭐?"

"오르테아 황자의 영혼석 덕분에 모든 것이 선명합니다."

그가 대답했다. 아마릴리스는 그게 대체 무슨 상관이냐는 표정으로 그를 바라보았다.

"저는 마탑주님께서 흘리신 마력만큼밖에 못 보지만······ 우려스럽더 군요."

그는 날카로운 아마릴리스의 시선을 피하며 다시 말을 흐렸다.

"할 말이 있으면 똑바로 말해. 난 네가 내는 수수께끼를 풀고 있을 만큼 한가하지 않아."

그녀가 싸늘하게 말했다. 잠시 생각에 잠겼던 그는 긴장한 듯 마른침을 삼키고 서둘러 다시 입을 열었다.

"리켈 공작은 젊은 나이에 죽을 겁니다."

"……뭐라고?"

"그녀는 오래 살지 못합니다."

그는 결심한 듯 담담하게 말을 이었다.

"앞으로 10년이나 더 살지 모르겠더군요. 구슬에 비쳤으니 분명합니다."

아마릴리스는 숨 쉬는 것도 잊고 그 자리에 굳었다.

"일찍 죽는다고……."

예상치 못한 상실감이 밀려왔다. 죽음이 특별히 낯설어서가 아니었다. 그녀는 수많은 사람들이 죽는 모습을 보았고, 그중 몇은 직접 죽이기도 했었으니까.

다만 그녀가 관찰한 아나스티아의 모습은 죽음과 너무나도 거리가 멀었다.

찬란한 금발, 생기 가득한 얼굴, 환한 미소며 무한한 자신감. 그것들이 세상에서 금방 사라질 거라는 사실이 잘 믿기지 않았다.

"……연구실로 가겠다. 내 눈으로 확인할 거야."

"마탑주님, 저는 분명히 보았……."

"예지 능력이 없으면 입 다물어."

그녀가 차갑게 말했다.

"네가 본 것이 틀렸을 수도 있잖아."

굳어 있는 아마릴리스의 입매를 보며, 아스칼라우스는 깊은 한숨을 내쉬었다.

＊ ＊ ＊

"웬일이야?"

아나스티아가 눈을 동그랗게 떴다.

그녀의 방은 셀 수 없이 많은 꽃으로 알록달록하게 장식되어 있었다.

"다 내가 좋아하는 꽃이기는 한데…… 아까부터 탁자에 있는 거대한 케이크는 또 뭐고?"

"좋아한다며."

아마릴리스가 퉁명스럽게 내뱉었다.

"맞아! 나 초콜릿 케이크를 정말 좋아해!"

놀란 눈으로 방 안을 살피던 아나스티아는 금세 활짝 웃으며 탁자 앞에 앉았다.

"고마워, 릴리."

그녀가 말했다.

"아까부터 말이 없어서 무슨 안 좋은 일이라도 생긴 줄 알았지 뭐야. 케이크를 가져다준 루테오스라는 사람도 표정이 밝지는 않아서…….."

아나스티아는 케이크를 이모저모 살피며 재잘거렸다. 아마릴리스는 표정을 평소처럼 유지하려 애쓰며 입을 열었다.

"넌 하루하루가 참 즐거운가 보군."

"당연한 거 아니야?"

아나스티아는 케이크를 한입 가득 물고 대답했다.

"사는 건 원래 즐거운 거야."

"……그럼 죽음이 두렵겠군."

아마릴리스가 조용히 중얼거렸다. 그녀의 새까만 눈동자는 또다시 아나스티아를 빤히 응시하고 있었다.

"음……. 별로긴 하지."

아나스티아는 어깨를 으쓱하며 대답했다.

"맛있는 거 먹을 수도 없고, 너랑 놀 수도 없고, 황궁이나 다른 곳에서 하는 파티에 참석도 못 하고."

"죽음이 닥치는 걸 안다면…… 피할 방법을 찾을 거야?"

"그렇겠지?"

아마릴리스는 한동안 입을 다물었다가 다시 말을 이었다.

"예를 들어, 여기서 나가면 몇 년 내로 죽을 거라고 하면…… 넌 마탑에 계속 있을래?"

"……응?"

아나스티아는 그제야 포크를 내려놓고 아마릴리스를 물끄러미 바라보았다.

"글쎄……. 죽는 것보다는 그게 낫지 않을까?"

왜 그런 질문을 하는지 이해할 수 없다는 표정을 하면서도, 그녀는 나름대로 성의 있는 답을 하려 애쓰는 듯했다.

"그래?"

"응. 하지만 아쉬울 것 같아."

"뭐가?"

"난 권력이나 명예, 부귀 같은 것도 좋아하니까. 여기 계속 있으면 그런 건 누리기 어렵잖아."

그녀가 어깨를 으쓱하며 말했다.

"그런데 왜 그런 걸 물어?"

어느새 다시 집어 든 포크로 케이크를 자르기 시작한 아나스티아가 물었다.

"……아무것도 아니야."

아마릴리스가 대답했다. 반쯤은 혼잣말이었다.

"그냥, 궁금해서 물어본 것뿐이야."

그래, 아무것도 아니었다.

수정 구슬에서 본 장면은 아스칼라우스의 말처럼 생생했지만, 미래는 원래 변덕을 부리기도 한다.

그녀는 어떻게든 운명을 바꿀 방법을 찾아낼 터였다.

그녀는 마탑주였다. 불가능한 일은 없었다.

아마릴리스는 평정심을 되찾으며 아나스티아의 맞은편에 앉았다. 그리고 문제를 해결할 몇 가지 방법을 머릿속으로 떠올리기 시작했다. 우연히도, 바로 그 시간에 또 다른 이는 아나스티아의 죽음을 앞당길 계획을 짜고 있었다.

* * *

어두운 밤, 아나스티아의 방에는 길고 긴 정적이 흘렀다. 루테오스는 비릿한 미소를 흘리며 죽은 듯 잠든 그녀를 내려다보았다.

여러모로 운이 좋았던 며칠이었다. 케이크를 직접 전달할 기회가 있었던 것도, 그녀의 방에 숨어들어 오는 동안 아스칼라우스를 만나지 않은 것도, 아마릴리스가 뭔가에 몰두해 연구실에 틀어박혔다는 것도.

처음에는 거슬렸던 그녀는 볼수록 흥미로운 영혼을 가지고 있었다.

루테오스는 모든 마법 분야에서 아스칼라우스에게 밀렸지만, 유일하게 한 가지 잘하는 것은 쓸 만한 아티팩트의 재료를 찾아내는 것이었다.

그는 주의가 깊었다. 흔한 돌멩이에서 마력을 읽어 내고 무기로 개발하기도 했고, 아무도 먹지 않는 과일을 이용한 투명 약물을 발명하기도 했다.

그는 아나스티아에게서 눈을 떼지 않은 채 씨익 웃었다. 아니, 정확하게는 아나스티아의 육체 너머의 무언가를 보고 있었다.

황족도 마법사도 아닌 인간의 영혼.

그 안에 든 것은 고작 흔한 생명력 정도이기에 대부분의 마법사들은 이를 아티팩트의 재료로 취급하지 않았다. 일반적인 경우라면 루테오스도 마찬가지였을 것이다.

다만, 아주 가끔 그의 눈에는 다른 이들과 조금 다른 영혼이 보였다.

유독 반짝이는 생명력, 유독 선명한 존재감. 이런 영혼으로 영혼석을 만들어 마력을 넣으면, 남부럽지 않은 작품이 완성될 때가 있었다.

'활용도로 따지면 상급 중에서도 최상급이군.'

리켈 가문의 공작이라고는 하나, 어차피 암살자에 의해 노려지던 여자다. 즉, 돌려보내지 않아도 공작령에서는 어련히 죽은 것으로 처리해 줄 거라는 의미였다.

루테오스는 꿀꺽 침을 삼켰다.

아스칼라우스는 영지 밖 팻말 덕분에 오르테아 황자의 몸에서 제대로 된 영혼석이 추출됐다고 했다. 아나스티아도 페르헨의 침입자이니 영혼을 내놓은 거나 마찬가지였다.

그는 아나스티아의 영혼을 가지고 검을 만들 생각이었다.

강한 생명력은 강한 파괴력으로 변할 것이다. 게다가…….

'마탑주는 이 여자에게 약하지.'

그녀의 영혼석을 담은 검이라면, 아마릴리스를 상대로 특히 강한 힘을 발휘할 터.

그 검은, 어쩌면 불멸의 존재처럼 느껴졌던 그녀의 심장까지 찌를 수 있을지 몰랐다. 루테오스가 감히 입 밖에 낸 적 없었던 꿈이었다.

"고마워, 리켈 공작."

그가 말했다.

"특별히 고통 없이 끝내 주도록 하지."

루테오스는 손을 뻗어 아마릴리스의 목을 움켜쥐었다. 입 속으로 무언가 중얼거리자 그녀의 전신이 은빛으로 반짝였다. 루테오스가 입맛을 다시며 그녀의 영혼을 손으로 빨아들이려던 순간, 그녀의 몸을 감싼 은빛이 한 번 더 강하게 반짝였다.

팟-

"뭐, 뭐야?"

루테오스는 당황한 표정으로 눈을 깜빡였다.

조금 전까지 그 자리에 있었던 아나스티아가 사라지고 없었다.

마치 누군가가 그녀를 어딘가로 치워 버린 것처럼.

'누가……'

루테오스의 등골을 타고 한 줄기 식은땀이 흘렀다.

휙- 푹.

고요한 어둠 속에서, 그의 등 뒤로 무언가가 날아와 꽂혔다.

"으윽!"

찌릿한 고통이 심장을 관통했다. 누군가 숨통을 움켜쥔 듯, 호흡하기가 어려웠다.

"커헉?"

루테오스는 천천히 고개를 숙여 그의 심장부를 내려다보았다. 은빛의 단단한 무언가가 가슴을 꿰뚫고 비죽 튀어나와 있었다.

"……창?"

온몸이 떨렸다. 창끝으로 그의 몸에서 나온 것이 분명한 붉은 액체가 주륵 흘렀다. 루테오스는 눈을 부릅뜨고 뒤로 돌아섰다.

휘익- 퍽.

기다란 창 두 개가 더 날아와 그의 몸에 꽂혔다.

"어억!"

다리에 힘이 풀린 그는 한쪽 무릎을 꿇고 주저앉아 숨을 헐떡였다.

"어리석구나, 루테오스."

싸늘한 목소리가 공기를 가로질렀다. 익숙한 음성은 마치 얼음장처럼 차갑게 그의 귀를 때렸다.

"내가 데리고 있는 자의 몸에 손을 대다니 말이야. 나의 마탑, 나의 페르헨 안에서."

"마, 마탑주님……."

그는 변명을 위해 입을 열었지만 고통 때문인지 목소리가 잘 나오지 않았다.

"변명할 거 없다."

아마릴리스가 어둠 속에서 모습을 드러냈다. 애정도, 증오도, 실망도 없는 건조한 표정이 루테오스의 몸에 소름이 돋게 했다.

"어차피, 난 널 오래 살려 두지 않을 생각이었거든. 생각이 뻔히 들여다보이는 배신자는 살 가치가 없어."

"허, 허어억……."

루테오스는 숨을 몰아쉬었다. 도망치고 싶었지만 몸에 박힌 세 개의 창은 움직임을 불가능하게 만들었다.

"얌전히 사라져."

화륵―

아마릴리스의 손끝에서 날아온 새빨간 화염이 그의 명치를 때렸다. 루테오스의 육체는 비명 한번 제대로 지르지 못하고 회색 가루로 변했다. 그녀는 천천히 잿더미 앞으로 다가가 손으로 그 사이를 헤집었다.

"……마력이 남아 있긴 합니까?"

어느새 다가온 아스칼라우스가 조심스럽게 물었다. 그 또한 동료의 죽음에 무심해 보이는 표정이었다.

"빨리 죽이면 마력을 흡수할 수 없다고 제가……."

"된다니까 그러네."

아마릴리스는 잿더미 속에서 작고 푸르스름한 불꽃 같은 것을 찾아내 손에 쥐며 아스칼라우스의 말을 잘랐다.

"이게 다군. 역시 비루했다니까."

불꽃은 그녀의 손바닥 안으로 흡수되듯 사라졌다. 그녀는 손을 탈탈 털고 몸을 일으켰다.

"아나스티아는 어느 방으로 보내졌지?"

아스칼라우스는 얌전히 허공에서 지도 하나를 만들어 냈다.

"갑자기 이동을 시키신 건 마탑주님이면서…… 잠시만 기다리십시오."

투덜거리면서도 착실하게 지도를 살피던 그의 눈이 어느 한 곳에서 얼어붙었다.

"……!"

그의 시선이 멎은 곳을 바라본 아마릴리스의 얼굴도 굳었다.

"하필……."

그녀가 입술을 짓씹으며 내뱉었다.

연구실이었다. 아나스티아가 이동한 곳은.

평소였다면 문제될 거 없었으나 그날은 달랐다. 연구실에는 그녀가 절대로 봐서는 안 되는 물건이 있었다.

"넌 돌아가라, 아스칼라우스."

짧은 명령을 남긴 채 아마릴리스는 허공으로 손을 뻗어 그 자리에 없던 문을 만들어 냈다.

"따라오지 마."

철컥 소리가 들리고 문이 열렸다. 아마릴리스는 문 너머의 연구실 안으로 뛰듯이 들어갔다.

"아나스티아!"

"……."

한동안 아무 소리도 들리지 않았다. 그러나 아마릴리스는 곧 연구실 깊숙한 곳에서 붉게 반짝이는 빛을 발견했다.

수정 구슬이었다.

아마릴리스는 낮은 목소리로 주문을 외워 방 안을 밝혔다. 곧 구슬 앞에 무릎을 접고 앉아 있는 금발의 여자가 눈에 들어왔다.

"아나스티아."

그녀는 부르는 소리를 듣지 못한 듯, 하염없이 구슬 안의 무언가만 들여다 보았다. 두 눈은 미동조차 하지 않고 그 안의 형체에 고정되어 있었다. 마치 홀린 사람 같았다.

"……릴리."

석상처럼 굳어 있던 그녀가 들릴 듯 말 듯한 목소리로 아마릴리스를 불렀다.

"눈 떼."

아마릴리스가 단호하게 말했다.

"뭘 봤는지 모르겠지만 눈을 떼. 그건…… 완벽하게 정해진 미래는 아니야."

그녀는 제 죽음을 보고 충격을 받았을 아나스티아에게 다가가 몸을 돌렸다.

"원한다면 바꿀 수……."

아마릴리스는 무심코 말을 멈추었다.

겨우 구슬에서 떨어뜨린 아나스티아의 눈 속에 고인 것은 공포심이나 충격이 아니었다. 호수를, 맑은 하늘을 닮은 눈은 천천히 떨리고 있었다. 벅찬 미소를 담은 채.

"아이를 봤어."

"뭐?"

"은발에 짙은 벽안을 한 예쁜 아이. 황족이지만 나를 닮은 여자아이를 봤어."

"……."

아나스티아의 목소리에 찬 감격이 느껴졌다.

"스쳐 가듯 봤지만 황좌에 앉아 있었어. 원래 그 자리의 주인인 것처럼. 화려하고, 당당하고, 그리고 행복해 보였어."

"……그게 다야?"

아마릴리스는 행복에 겨운 듯한 아나스티아의 얼굴을 보고 멍하게 물었다.

"……거기까지만 본 거야?"

"아니."

아나스티아가 고개를 저었다.

"내 죽음도 봤어."

그녀가 어깨를 으쓱하며 대답했다.

"나 아이를 낳으면서 얻은 병으로 죽게 되는 거지?"

아마릴리스의 눈이 커졌다. 입에 담은 것은 분명히 비극인데, 아나스티아는 여전히 삶의 목적이라도 찾은 사람처럼 밝았다.

왜?

아마릴리스의 머릿속은 짙은 의문으로 가득했다.

죽음이 싫다며?

무한한 생명력으로, 꺾을 수 없을 것 같은 자신감으로 가득 찬 아나스티아였다. 그런 그녀가 자신의 죽음을 보았다. 그런데도 아나스티아는 믿을 수 없을 만큼 평온해 보였다.

아니, 평온하다고 하기는 어려웠다. 넋을 잃은 듯 멍한 얼굴은 여전히 그대로였으니까.

"……릴리."

잠시 조용하던 아나스티아가 다시 입을 열었다.

"난 황성으로 돌아가야 해."

"……."

"돌려보내 줘."

"죽게 될 거야."

아마릴리스가 말했다.

"사람은 언젠가 죽어."

"네 운명을 틀 기회는 페르헨에 머무르는 것뿐이야."

"틀기 싫어. 난 아이를 낳아야겠어."

아나스티아는 고집스럽게 말했다.

"……아이는 나중에 낳을 수도 있어."

아마릴리스가 반박했다.

"페르헨 근처를 헤매는 여행자들 중에는 간혹 잘생긴……."

"난 '저 애'를 낳고 싶어. 저 애가 내 아이야. 나와 황실의 아이."

그녀는 다시 한번 수정 구슬을 가리켰다.

"내 딸……. 황좌의 주인이 될 내 혈육."

조금 전까지 보였던 모습은 다시 흐릿한 실루엣으로 변한 채였지만, 아나스티아는 그 실루엣조차도 완벽하다는 듯 바라보고 있었다.

"이해가 안 가는군."

아마릴리스가 작게 중얼거렸다.

그녀는 혼란스러웠다. 태어나서 이렇게 이해할 수 없는 상황은 처음이었다.

죽음을 받아들이는 아나스티아의 모습에, 그녀는 스스로 놀랄 만큼 묵직한 상실감을 느꼈다. 두 사람이 친구라는 아스칼라우스의 말을 조금은 인정해야 할 정도로.

하지만 그녀가 받은 충격은 단순히 애도 때문이 아니었다.

사람은 언젠가 죽고, 대부분의 사람들은 아마릴리스보다 약하기에 더 일찍 죽었으니까. 죽음 자체는 그녀가 극복할 수 없는 아쉬움은 아니었다.

당황스러운 것은, 아나스티아의 선택이었다.

아직 세상에 있지도 않은 존재, 아마릴리스가 원하면 수정 구슬에 스친 실루엣만으로 끝낼 수도 있는 그 작은 아이를 본 순간, 그녀는 스스로의 운명에 기쁘게 순응하기로 마음먹은 듯했다.

인간의 본성에 반하는 일 아닌가.

"목숨이 소중하지 않아?"

"소중해. 다만……."

아나스티아는 근심 걱정 없다는 듯 방긋 웃어 보였다.

"삶이 소중한 건, 살다 보면 또 다른 소중한 게 생기니까 그런 거잖아?"

"……."

아마릴리스는 말없이 아나스티아를 응시했다.

언젠가 다른 생명체를 위해 죽겠다는 얼굴. 그런 죽음이 더없이 기쁘다는 얼굴을, 아마릴리스는 여전히 이해하지 못했다.

"……돌려보내 줘."

아나스티아가 다시 말했다.

"아이를 만나고 싶어. 그 전에 먼저 황제를…… 그 사람이 아이 아버지인 것 같거든."

아마릴리스는 한참을 멍하게 서 있다가 한숨을 내쉬었다.

그녀는 전능하지 않았다. 한순간에 사람을 죽일 수 있었지만, 기꺼이 죽겠다는 사람의 의사를 바꿀 수는 없었다.

바꿀 수 없는 사실은 받아들여야 했다. 익숙지 않은 무력감이 쓰리더라도, 가슴 한구석이 아주 많이 무거워지더라도.

아마릴리스는 그 사실을 잘 알고 있었다.

"……가져다줄게."

"뭘?"

"보검."

그녀는 말을 마치고 손뼉을 쳤다. 찬란한 보석이 박힌 검 한 자루가 아나스티아의 손에 나타났다.

"……오르테아의 보검?"

"그래."

아마릴리스는 다시 한번 한숨을 내쉬고 고개를 끄덕였다.

"황제를 만나러 간다며."

그녀가 말했다.

"황제는 나름대로 동생을 아꼈다지."

"그게 왜……?"

"보검으로 호의를 사라, 이 말. 그 검은 황제와 너를 연결하는 첫 시발점이 되어 줄 테니까."

아마릴리스가 덧붙여 주었다. 아나스티아는 그제야 이해한 듯 보검을 받아들고는 뭐라고 중얼거렸다.

"……구나."

"뭐?"

아나스티아는 대답 대신 갑자기 보검을 내던지듯 내려놓고 아마릴리스를 껴안았다.

"미쳤어?"

"이거 봐."

그녀가 화들짝 놀라 물러나려는 아마릴리스를 꼭 안고 말했다.

"이제 너도 나를 좋아하잖아. 내 죽음이 안타깝고, 내가 원하는 것을 이루면 좋겠고."

"……."

"말했잖아. 호의는 그렇게 생기는 거라니까."

아마릴리스는 마땅한 대답이 떠오르지 않았다. 조금 전 떠올렸던 진리가 다시 한번 머리를 스쳤다.

바꿀 수 없는 사실은 받아들여야 한다.

아나스티아의 말은 틀리지 않았다. 이 또한 바꿀 수 없는 사실이었다.

"······그렇구나."

아마릴리스가 중얼거렸다.

"그럴 수도 있겠어."

위대한 마탑주가 새로운 깨달음을 얻었다는 사실을 인정한, 무척 드문 순간이었다.

"네 말이 옳은 것 같아, 티아."

* * *

"정말 괜찮으십니까?"

아스칼라우스는 걱정스러운 표정으로 아마릴리스를 바라보았다. 그녀는 마탑의 지붕 위에서 석상처럼 굳은 채 한곳을 응시하고 있었다.

"공작은 진작 떠났습니다."

"알아. 나도 눈 있어."

"정말 보고 싶으면, 황성에 가면······."

"황자를 죽이고 잘도 입성할 수 있겠군."

"그쪽이 먼저 잘못한 건데요, 뭐. 태어나서 처음 사귄 친구한테 찾아가는 것 정도는 할 수도 있을 텐데요."

"······."

아마릴리스는 그의 위로가 잘 안 들린다는 듯 멍한 표정이었다.

"아스칼라우스."

그녀가 문득 제자의 이름을 불렀다.

"예?"

"넌 다른 이를 위해서 죽는다는 걸 이해할 수 있어?"

"음······."

그는 신중히 생각에 잠겼다가 입을 열었다.

"예."

"어떻게?"

"둘 중 하나겠죠. 자기 삶이 무료하거나, 아니면 상대방이 많이 소중하거나."

"너도 할 수 있고?"

"뭐…… 저도 마력이 많다 보니 이타심이 대단히 많지는 않습니다만."

그가 생각을 계속하듯 턱을 쓸며 대답했다.

"아주 불가능할 것 같지는 않습니다. 일단 저는 마탑주님께서 생각하시는 것보다 이미 훨씬 더 오래 살아서 말이죠. 삶보다 다른 이를 위하는 게 더 재미있겠다고 느껴지면 그럴지도요."

"내 주변에는 이상한 사람들밖에 없군."

"마탑주님은 이해하기 어려우실 겁니다. 넘치는 마력과 상충되는 감정이니까요."

"……."

그녀는 다시 눈을 감고 생각에 잠겼다.

"아스칼라우스."

"또 왜요?"

"……아이 하나 만들어 볼까?"

"예에?"

그는 못 들을 말을 들었다는 듯 소스라치며 펄쩍 뛰었다.

"서, 설마 지금 저를 유혹……."

"너랑 말고. 더 잘생긴 남자랑."

그녀가 딱 잘라 말했다. 아스칼라우스는 작게 한숨을 내쉬면서도 당혹스러움이 가시지 않은 표정이었다.

"그건 또 무슨 뚱딴지같은……."

"좀…… 무료해서."

그녀가 눈을 한 번 깜빡였다. 새까만 눈은 작은 흥미로 빛나고 있었다. 아스칼라우스는 이마를 짚었다.

"아이는 그렇게 쉽게 갖는 게 아닙니다. 키우는 건 또 얼마나 어려운……."

"알아. 내가 해 본 것 중에서는 제일 어려운 일이 되겠지."

아마릴리스가 말했다.

"하지만 결과물이 대단할 거라고 생각하지 않아? 많은 걸 해 볼 수 있을 것 같은걸."

"그건 뭐…… 마탑주님이 만드신 것들은 항상 대단했죠."

그가 부정하지 않고 대답했다. 그리고는 황당하다는 듯 덧붙였다.

"그게 다입니까? 아티팩트를 만드는 건 심심하니까 인간을 만들어 보시겠다고요? 그게 흥미로워서?"

"……."

그녀는 대답하지 않았다. 아스칼라우스의 말은 틀리지 않았지만, 그렇다고 완벽하게 맞는 말도 아니었다. 수정 구슬을 마주했던 아나스티아의 모습은 그녀의 뇌리에 깊이 각인되어 있었다. 그녀의 눈에 비쳤던 벅찬 감격, 기쁨, 무한한 애정도.

그녀는 여전히 그 감정을 온전하게 이해하지 못했다. 다만, 아나스티아를 감격하게 했던 그 순간에 어떤 식으로든 가까이 가고 싶다는 막연한 생각이 들었다.

아마릴리스는 그 벅찬 감정을 겪어 보고 싶었다. 동시에, 수정 구슬에 비쳤던 그 미래를 건드려 보고 싶었다.

직접 할 수 없다면, 다른 방법을 통해서라도.

이유는 알 수 없었다. 순간적으로 느꼈던 무력감을 상쇄하기 위한 것인지, 정말로 아나스티아를 친구로서 아끼게 되어서인지.

"마탑주님…… 혹시 수정 구슬에서 무언가 보셨습니까? 간혹 여러 갈래의 미래가 보인다면서요."

아스칼라우스가 조심스럽게 물었다.

"맞아."

그녀가 피식 웃었다.

정확했다. 아직 선명하지는 않지만 그녀는 미래 중 한 갈래에서 흥미로운 무언가를 스치듯 보았다. 아주 조금이지만 그녀를 닮은 청년이, 은발에 벽안을 가진 여자와 만나는 모습을.

그 갈래에서 아마릴리스의 모습은 흐릿했다. 선택하면 현실이 될, 어쩌면 조금 위험할 수도 있는 미래였다. 아마릴리스는 그 점이 묘하게 마음에 들었다. 그만큼 그녀의 일상은 무료했던 모양이었다.

"……말려도 안 들으시겠군요."

아스칼라우스가 혀를 쯧쯧 찼다. 아마릴리스는 어깨를 으쓱해 보였다.

어쩌면 다 의미 없는 선택일지도 몰랐다. 어쩌면, 수정 구슬에서 본 흐릿한 모습은 착각이었고, 그녀는 누군가를 위해 목숨을 포기하는 선택 따위를 영원히 이해하지 못하고, 이 모든 것이 그저 아스칼라우스의 말처럼 아티팩트를 만들 듯 인간을 하나 만들고 끝날지도 모를 일이었다.

"재미있잖아."

그럼에도 그녀는 빙긋 미소 지었다.

"뭐 어때."

아마릴리스는 눈을 감고 따스한 바람을 즐겼다.

미래가 어떤 방향으로 향하든, 당분간 그녀의 삶은 전보다 흥미로울 것이라는 점만은 확실했다.

그것으로 충분했다. 후회하지 않을 것 같았다.

* * *

휙-!

록산느의 검이 허공을 갈랐고, 끅 하는 소리와 함께 괴수 한 마리가 땅으로 쓰러졌다. 피와 오물을 전신에 뒤집어쓴 그녀는 죽은 괴수가 풍기는 악취를 막고자 손으로 코와 입을 가렸다.

"시간을 벌었으니 어서 뒤에 있는 놈들을…… 응?"

그녀는 말을 하다 말고 주변을 살폈다. 지나치게 조용한 것이 거슬렸다.

"썩을 것들이……."

록산느가 중얼거렸다. 한 조가 되어 괴수를 처치해야 할, 조금 전까지 그녀 뒤에 서 있던 사람들이 보이지 않았다.

"또 배신이냐! 빌어먹을 개자식들이!"

그녀는 저 멀리 달아나는 검은 그림자들을 보며 욕설을 지껄였지만 아무 소용없었다. 그림자 중 한 명이 욕설을 들은 듯했지만, 그는 고개를 돌려 혀를 쏙 내밀고는 산의 입구 쪽으로 계속해서 도망칠 뿐이었다.

"으릉."

20미터쯤 떨어진 곳에서 으르렁거리는 소리가 들려왔다. 조금 전 죽인 놈의 새끼들인 듯했다.

록산느는 아랫입술을 꽉 깨물었다. 죽음의 땅에 온 지 6개월이 지난 지금, 그녀의 하루하루는 불만스러운 것투성이였다.

'조직력이라고는 괴수만도 못한 것들…….'

죽음의 땅에서 함께 강제 노역을 하는 자들은 '병사'라고 불렸다. 그러나 실질적으로 그들은 죄인들이었다. 이들은 준엄한 군법을 배운 적도 없고, 전우와의 사이에 지켜야 할 예의, 조직력의 중요성 같은 것에 대해 아무 관심이 없었다.

즉, 그들 중 상당수는 괴수를 만나면 일단 도망칠 계획부터 세웠다.

물론 다 함께 도망치면 큰 벌을 받을 터였다. 따라서 그들은 얼마 전까지는 목숨이 아까워도 일단 괴수와 맞설 시도 정도는 했었다. 병사들에게 최소한의 지휘는 해 주어야 하는 책임자조차도 그들의 안전을 신경 쓰지 않았으니, 고생은 너무나 당연한 일이었다.

록산느가 오기 전까지.

혼자서 괴수 몇 마리를 상대하는 신입이 들어왔다는 사실을 들은 병사들은 저마다 그녀가 자신의 조로 편입되기를 바랐다.

실력자를 존경해서가 아니라, 이용해 먹기 좋아서.

이윽고 그녀를 차지한 조원들은 망설이지 않고 기회를 살렸다. 그러니까, 매번 마물 사냥을 나갈 때마다 그녀를 선두에 세우고 나머지는 냅다 도망을 치기로 작당한 것이다.

"멍청이들!"

록산느는 할 수 없이 다시 한번 검을 휘둘렀다. 그나마 검이라도 멀쩡해서 다행이었다. 지난달에는 부러진 검을 들고 똑같은 짓을 해야 했었다.

"끼에엑!"

한참의 혈투 끝에, 보기만 해도 역겨운 괴수 무리가 털썩털썩 쓰러졌다.

"……젠장."

록산느가 한 손으로 머리를 부여잡았다.

체취는 입으로 숨을 쉬면 어찌어찌 견딜 수 있었고, 모습도 이제는 어느 정도 적응이 되었지만 그 울음소리만큼은 소름 끼쳤다.

그녀는 아직 목숨이 붙은 채 그르렁대는 놈들의 숨통을 끊고, 하루 동안 놀지 않았다는 증거를 남기기 위해 녀석들의 귀를 잘랐다. 그러고는 빠르게 산의 입구 쪽으로 발을 돌렸다.

얼간이 같은 조원들은 아마 거기서 그녀를 기다리고 있을 터였다. 어차피 한 조이니 자른 귀는 당연히 나누어 가져야 할 테고.

록산느의 입에서 짜증 섞인 한숨이 새어 나왔다.

그들이 막사로 돌아온 것은 초저녁이었다.

"이봐, 너무 그러지 말라고."

루텐이 친근한 척 록산느의 어깨를 툭툭 두드렸다. 그는 절도를 수십 차례 저지른 중죄인으로, 조원 중 가장 짜증 나는 녀석이었다.

"오늘은 실적이 좋으니 어쩌면 고기 한 점은 먹을 수 있을지도······."

"손대지 마."

그녀는 흠칫하며 그의 손을 뿌리쳤다. 비천한 자들, 멍청한 자들과 한 조로 묶인 것도 믿기 어려운 상황이었다. 그들과 직접 접촉하는 것은 죽기보다 싫었다.

"거참 까칠하네."

반대편에서 걷던 또 다른 조원, 상습 사기범 올레나가 끼어들었다.

"다 같은 처지에, 뭘 혼자 잘난 것처럼 굴어?"

올레나는 심술을 부리듯 록산느의 얼굴로 손을 뻗었다. 오랫동안 씻지 않은 손이 그녀의 뺨에 닿는 순간 록산느는 참지 않고 소리를 질렀다.

"천한 손 저리 치워! 얼굴 썩을 것 같으니까!"

고개를 돌리며 올레나를 뿌리친 그녀는 다음 순간 제 말을 후회했다. '죽음의 땅'을 총괄하는 책임자가 하필 가까이 있었던 것이다.

"신입, 또 너로군."

마흔이 조금 넘어 보이는 그의 이름은 게일 발투스, 발투스 경이었다. 록산느는 반사적으로 얼굴을 찌푸렸다.

발투스 경은 틈만 나면 퍼질러 잠이나 자는, 기사라는 말이 무색할 정도로 배가 튀어나온 데다 할 줄 아는 것이라고는 황성 관계자들에게 아첨하는 것뿐인 자였다.

그는 록산느와 비슷한 시기에 죽음의 땅으로 발령받았다. 그 이후로 병사들의 삶은 한층 피폐해졌다. 책임자가 해야 할 최소한의 임무도 하지 않았기 때문이었다. 예를 들면 마물 사냥을 지휘해 준다든가.

록산느는 대부분의 사람들을 싫어했지만, 그중에서도 게일 발투스는 유독 혐오했다.

"또 서쪽 막사로 가고 싶은 게야?"

그가 작은 눈을 부라리며 물었다.

"……아닙니다."

그녀는 순순히 고개를 숙이며 대답했다.

여러 번의 학습 끝에, 그녀는 '서쪽 막사'가 죽음의 땅에서 가장 끔찍한 곳이라는 사실을 깨우쳤다. 그곳은 처소 중에서도 가장 좁고, 가장 지저분하고, 가장 추운 데다 마물들과도 가장 가까웠다.

가장 싫은 것은, 그 막사의 인구 밀도가 너무나도 높다는 사실이었다. 창의력이 없고 게으른 발투스는 잘못을 저지른 자들을 일괄적으로 서쪽 막사에 밀어 넣고 며칠 동안 가두어 두었다.

막사 안에 있는 모든 순간, 록산느는 다른 사람들, 심지어는 다른 이들보다 유독 덜 씻는 사람들과 팔다리가 닿은 채로 있어야 했다. 그것은 기나긴 악몽이었다.

"좋아, 오늘은 특별히 봐주도록 하지."

발투스경이 말했다.

"황성에서 아주 노오오오옾으신 분이 오셨거든."

그가 과장된 손짓을 하자, 록산느의 옆에 있던 다른 병사들이 눈을 반짝였다.

황성에서 높으신 분이 오시는 날.

게다가 마침 경계 안쪽으로 들어온 마물은 일단 다 잡은 상태였다.

그 말은, 운이 좋은 병사들은 황성에서 온 귀족의 시중을 든다는 핑계로 몸을 쉴 수 있다는 의미였다.

"특별히 신입, 너를 보겠다고 하셨다. 예의 바르게 굴면 3일 휴가를 주지."

록산느도 다른 조원들을 따라 눈을 빛냈다. 휴식을 누리는 자들은 상대적으로 깨끗한 막사를 혼자 쓸 수 있다는 소문이 있었다. 올레나가 얼굴에 묻힌 오물을 닦아 내며, 그녀는 그 3일의 휴가가 얼마나 절박하게 필요한지 스스로에게 상기시켰다.

높으신 분이네 뭐네 해도, 록산느와 안면이 있을 정도로 중요한 인물이 이 오지에 왔을 가능성은 적었다. 얼굴도 모르는 자에게 잠시 예의를 갖추는 것, 그 정도는 록산느도 할 수 있었다.

……라고, 그녀는 잠시 착각했다.

"……생각보다 멀쩡해 보이는군."

데미안 리켈 소공작이 차갑게 내뱉었다.

"아이고오, 소공작께서 이 먼 곳까지 걸음 하시다니요. 황송해서 몸둘 바를 모르겠사옵니다!"

발투스 경은 호들갑스럽게 발을 동동거렸다.

"어서 제대로 인사하지 못해?"

그는 경고도 없이 록산느의 머리를 잡아 눌렀다.

"씨……."

록산느는 욕이 튀어나오는 입을 가까스로 막았다.

휴가, 휴가가 필요하다.

발투스 경은 머리를 누르다가 다시 마음을 바꾼 듯, 그녀에게 무릎부터 꿇고 제대로 예를 갖추라고 명령했다. 록산느는 억지로 명령을 따랐다. 뼈아픈 배움 끝에 그녀는 죽음의 땅에 갇힌 병사들의 인사법을 배운 상태였다.

"이마가 바닥에 닿았군. 좋아. 인사는 제대로 한다고 보고하겠다."

데미안이 말했다. 록산느는 그와 발투스 경, 그리고 그날 쓰러뜨린 마물 중 어떤 놈이 가장 혐오스러운지 머릿속으로 순위를 매기며 살짝 고개를 들었다.

"어떤가? 이자는 좀 쓸 만한가?"

데미안이 묻자 발투스 경은 기다렸다는 듯 고개를 절레절레 저었다.

"쓸 만하기는요!"

"아닌가?"

"아주 게을러 빠졌습니다."

"그래? 전 책임자는 이자가 남들이 못 잡는 괴물을 잡았다고 하던데."

"아, 그건 제가 막 인수인계를 받고 있을 때의 이야기로군요."

발투스경이 손을 비비며 실실 웃었다.

"다 제가 이놈들을 효율적으로 부려 먹은 덕분 아니겠습니까?"

록산느가 미간을 찌푸렸다. 윗사람에게 잘 보이겠다고 거짓말을 일삼는 것은 발투스의 못돼먹은 습관 중 하나였다.

"사실 병사들이 한 건 아무것도 없습죠. 그저 날마다 놀고먹습니다. 하 하하하! 책임자만 고생이랄까요."

그녀는 아랫입술을 피가 나도록 짓씹었다.

참아야 한다. 참아야만 한다.

"그래……?"

데미안이 미심쩍다는 듯 말을 흐렸다. 그러나 그는 굳이 록산느에게 사실을 확인하지는 않았다.

"나는 황제 폐하의 명을 받고 왔다. 이곳의 죄인들도 하는 일은 있으니 영양이 너무 부족하지 않은지 확인하라고 하셨지."

그가 다시 말했다.

"오오오오, 황제 폐하께서! 역시 영명하십니다!"

발투스 경은 또 한 번 호들갑스럽게 박수를 쳤다.

"신입, 너도 감사하다고 해, 어서!"

"……."

"안 해?"

그는 이를 꽉 깨물며 데미안에게 안 보이는 각도에서 록산느의 정강이를 걷어찼다.

"으…….폐하의 은혜에 감사드립니다."

그녀는 형식적인 몇 글자를 가까스로 뱉어 냈다.

황제에게 감사라니. 황제에게!

살면서 이렇게 꺼내기 어려운 말은 없었다. 그러나 그녀는 참았다. 휴가를 위해 못 할 짓은 없으니.

"그리고 실적이 좋은 자들에게는 특별히 휴가를 주라고도 하셨지. 열흘 정도 혼자 요양하도록 말이야. 새 옷도 내리겠다고 하셨다."

록산느의 눈이 커졌다.

그녀의 심장이 두근거리기 시작했다.

혼자 요양이라니, 그보다 달콤한 것이 세상에 있었던가.

그녀는 머릿속에 떠돌던 온갖 욕설을 다시 한번 눌러 참았다. 어두운 삶 속에도 작은 희망이 비치는 것 같았다. 쌓여 가던 분노가 녹는 것이 느껴졌다.

"그래서, 가장 실적이 좋은 자는? 혹시 이곳에 있나?"

"그, 그건……."

"접니다! 저요!"

록산느가 떨리는 목소리로 뭔가 대답하려던 순간, 발투스 경의 높은 목소리가 막사 안을 울렸다.

"……자네는 책임자잖아?"

데미안이 눈썹을 들어 올렸다. 록산느도 경악한 표정으로 그를 바라보았다.

"제가 워낙 부지런해서 말입니다. 말씀드렸잖습니까? 이놈들은 놀고먹고, 진짜 공은 제가 세운다니까요."

그는 허둥지둥 막사 한쪽에 있던 자루를 끌고 와 데미안 앞에서 내용물을 쏟아 냈다.

록산느의 자색 눈동자가 잘게 떨렸다.

"짐승의 귀?"

"제가 잡은 마물입니다! 아주 용맹하게, 볼품없는 병사들을 이끌고……
물론 그들이 한 일은 별로 없었습니다."

그는 신나게 열변을 토했다.

황제가 내린 옷이 뭔지는 몰라도 일단 탐이 났기 때문이었다.

"마물이 나타났는데! 제가 딱! 병사들을 막아서면서 얍! 근데 옆에 있던
자들은 어느새 다 도망쳤지 뭡니까."

"내가 언제……."

"뭐라고, 신입? 너도 꽁지 빠져라 튀었잖아."

그는 스스로의 털털한 모습을 보여 주듯, 록산느의 어깨에 손을 툭 얹
었다.

"난 도망친 적이 없……."

"하하하하, 괜찮아, 괜찮아. 난 이래 봬도 관대해서……."

"닥쳐!"

뭐라고 더 말하려던 발투스 경의 눈이 커졌다.

"닥치라고 이 썩을 놈아!"

빠악-

그는 미처 자신의 허구 섞인 자랑을 끝마치지 못했다. 묵직한 소리와
함께 록산느의 주먹이 날아와 그의 얼굴을 강타했기 때문이었다.

"개 같은 자식! 더러운 자식! 입을 찢어 버려야 정신 차릴 자식! 대륙의
쓰레기!"

"아아아아악!"

록산느를 붙잡았던 이성은 어느 순간 끊어졌다. 그녀는 반년 가까이 쌓
였던 모든 감정을 발투스 경의 몸에 시원하게 풀어냈다.

"거지 같은 놈! 비천한 놈!"

"흐으읙! 컥!"

몇 분 동안의 구타가 이어진 후, 록산느의 발길질이 발투스 가문의 대를 거의 끊어 버릴 무렵이 되어서야, 데미안이 다시 입을 열었다.

"누가 좀 말리게."

평소처럼 게으르게 그들을 지켜보던 병사들은 그제야 한둘씩 나서서 록산느를 붙잡았다.

타인의 손에 팔을 붙잡히고 나서야 그녀는 번쩍 정신이 든 것처럼 움직임을 멈추었다.

"……좋아, 잘 보았다."

데미안이 조용히 말했다.

"일단 발투스 경은 저리 치워. 공을 세운 건 아닌가 보군."

스스로의 행동을 깨닫고 망연자실해지려던 록산느가 고개를 들었다.

"나는 공정한 사람이다. 황제 폐하를 섬기니 당연한 일이지."

숨을 몰아쉬던 그녀가 움직임을 완전히 멈추었다.

그녀는 본능적으로 데미안의 말에 귀를 기울였다. 아주 작은 희망이 다시 보이는 것만 같았다.

실적이 좋은 사람은 누가 뭐래도 그녀였다.

책임자를 떡이 되도록 패긴 했지만, 어쨌든 황제는 실적 좋은 이에게 휴가를 주라고 하지 않았던가.

"오기 전, 난 이미 보고를 들었지. 실적이 가장 좋은 것은 새로 온 죄인, 록산느 아실리에르라고 하더군."

"……."

그녀는 아주 오랜만에 기쁨이라는 감정이 기억날 것 같았다.

공정한 데미안 리켈은 명령을 들을 것이다.

어쩌면, 어쩌면 이 망할 인생에도 좋은 날이…….

"안타깝게도, 록산느 아실리에르는 방금 책임자를 폭행하여 제 실적을 깎아 먹었다."

"뭐야?"

그녀가 참지 못하고 빽 소리쳤다. 순간적으로 다리가 후들거렸다.

"그리고 방금 내게 반말했군. 실적은 이제 없는 거나 마찬가지다."

"마, 말도 안 되는…… 언제는 반말에 신경이나 썼다고……."

"휴식은 그다음으로 좋은 실적을 낸 자에게 주지. 루텐이었나?"

막사 한구석에서 누군가가 환희에 찬 소리를 질렀다. 록산느의 얼굴이 분노로 붉어졌다.

"그리고 너."

데미안은 잊을 뻔했다는 듯 그녀를 내려다보았다. 차가운 눈동자는 여전히 공명정대해 보였다.

록산느의 의지와 상관없이, 그녀 안에서 또 다른 기대감이 차오르려 했다. 미안하면 다른 보상이라도 주지 않을까. 부패한 상관을 폭로한 셈이니 혹시 좋게 보지 않을까.

한때 비웃음과 오만이 가득한 시선으로 데미안을 내려다보았던 그녀는, 저도 모르게 간절한 시선으로 그와 눈을 마주쳤다.

"서쪽 막사에서 이틀."

"뭐?"

"소공작에게 반말한 벌이다."

"빌어먹…… 읍."

록산느는 다시 욕을 뱉는 입을 억지로 막았다. 데미안은 다시 한번 눈썹을 들어 올렸다.

"뭐 할 말이 있나? 혹시 이틀이 부족한가?"

"읍……."

그녀는 억지로 고개를 저으며 자리에 주저앉았다.

"……없습니다."

썩을, 빌어먹을, 망할.

록산느는 한 마디 한 마디를 속으로만 삼키며 심호흡을 했다. 참아야 했다. 그저 참아야 했다. 그게 죽기보다 어려울지라도.

"그래. 쥐꼬리만큼은 현명해졌군."

"……."

20여 년 동안 살면서 알지 못했던 진리를, 그녀는 반역에 실패하고 나서야 확실히 깨닫게 되었다.

세상에는, 그녀의 뜻대로 안 되는 일도 있는 법이었다.

* * *

"뭘까?"

벨은 생각에 잠긴 채 중얼거렸다. 시선은 창밖을 향하고 있었으나 생각에 잠긴 은회색 눈은 딱히 뭘 보고 있지는 않았다.

"대체 뭘까?"

"생각이 많아 보이십니다. 벨카리아나스 님."

"그래. 생각이 많군."

"그렇게 중요한 일이라면 역시……."

루카가 고개를 갸웃거렸다. 몇 분 전 벨의 방에 들어섰지만 제대로 눈 한번 마주치지 못한 그였다.

"점심 메뉴를 고민하시는 모양이군요."

그가 해맑게 웃었다.

"새로 온 황궁 요리사와 원래 있던 요리사로 파벌이 갈렸다면서요. 좋은 요리를 먹으려면 둘 중에서……."

"쓸데없는 소리 할 거면 나가."

벨이 루카를 향해 딱딱하게 말했다. 루카는 그제야 자신을 보는 벨을 향해 혀를 쏙 내밀었다.

"점심 메뉴가 아니라면, 황제 폐하의 문제로군요."

"……."

벨은 아무런 대답도 하지 않았다. 긍정이었다.

결혼한 지 6개월, 눈만 마주쳐도 웃음이 터져야 할 신혼이었다. 실제로 두 사람은 만나면 즐거웠다. 문제는, 아르노아가 너무 바빠지는 바람에 두 사람이 눈을 마주칠 일이 생각보다 적다는 사실이었다.

두 사람이 결혼할 무렵, 속국에 해당하는 두 나라가 서로 전쟁을 일으킨 것이 문제였다.

외교와 국방이 모두 문제가 되는 아슬아슬한 상황에서, 황제는 친히 왕국의 경계까지 찾아가 둘 사이를 중재했다. 하지만 이제 그 문제는 다 끝났다고 했는데.

벨은 근심이 더 짙어진 듯 고개를 저었다.

아르노아의 시간을 차지하기 위해서 그가 귀찮음을 무릅쓰고 양국의 휴전을 돕지 않았던가. 아르노아가 왕국의 국경에서 화해의 장을 마련한 사이, 양쪽에서 전쟁을 부추기던 두 국왕의 장자들을 페르헨의 어느 동굴 속에 가두어 버린 것이 바로 그였다.

풀려났을 때, 두 국왕은 이미 술에 잔뜩 취한 채 어깨동무를 하고 고래고래 노래를 부르고 있었다. 형님이니, 동생이니 하면서.

"끝났으면 뭐가 문제인 건데요?"

루카가 순한 눈을 동그랗게 뜨며 물었다.

"두 분이서 전처럼 꿀 떨어지게 지내면 되는 거 아닙니까?"

"생각 같지 않다."

벨은 루카에게 그날 아침 있었던 일을 말해 주었다.

'중요한 할 말이 있어.'

오랜만에 함께 아침 식사를 하는 자리에서 아르노아는 그렇게 말했다. 그녀답지 않게 긴장한 표정으로.

'진작 얘기했다면 좋았을 텐데…… 너무 멀리 있었지 뭐야.'

그녀는 무척 미안한 듯한 얼굴이었다. 보기 드문 모습에 벨은 불안해졌다.

'당신에게 누군가를 소개하고 싶어. 오늘 밤에.'

'누구지? 귀족들이라면 난 다……'

'아니, 귀족이 아니야. 지난번에 코린 왕국 국경에 갔을 때 만났어. 나한테 너무 사랑스럽고 소중한……'

그녀가 말을 마치려던 순간 대화는 끝나 버렸다.

얄미운 아나킨 윌로 놈이 다이닝 룸으로 슥 들어와 중요한 회의가 있다며 아르노아를 데려갔기 때문에.

남겨진 벨은 그때부터 멍하게 그녀와의 대화를 곱씹기 시작한 것이다.

사랑스럽고 소중한?

그런 수식어가 어울릴 만한 사람이 남편 말고 누가 있을 수 있단 말인가.

"흐음, 아침에 급히 나가시는 모습은 봤습니다."

루카가 눈을 가늘게 뜨며 말했다.

"벨카리아나스 님께 저녁에 보자고 하셨었죠? 그때는 환하게 웃으시는 것 같았는데."

"그게 문제다."

벨이 한숨을 쉬며 말했다.

"누구라고 말은 안 했지만…… 내게 소개할 그자를 입에 담는 순간 그녀는 환하게 웃었어. 그러지 않았다면 난 그저 뒤늦게 찾은 혈육쯤 된다고 생각했을 거다."

"그랬던 것 같기도 하군요."

"……설레기라도 하는 것 같은 표정이었다."

그의 눈동자가 작게 떨렸다. 전에 없이 불안한 모습이었다.

다만, 루카는 그런 것을 세심하게 눈치챌 정도의 신사가 아니었다.

"아하! 어쩐지!"

그가 좋알거렸다.

"다이닝 룸에서 나서시는 폐하의 얼굴은 마치⋯⋯."

그는 천천히 기억을 되짚으며 말을 이었다.

"마치⋯⋯ 벨카리아나스 님을 보던 그 얼굴 같았죠. 특히 약혼하실 무렵, 뭘 해도 새롭고 설레는 풋풋한 사랑이 연상됐다고나 할까요."

벨이 주먹을 꽉 쥐었다. 루카의 쓸데없는 솔직함이 가슴을 난도질하는 듯했다.

"설마⋯⋯ 다른 남자를 마음에 품으신 걸까요?"

루카는 그제야 깨달은 듯 입을 쩍 벌렸다.

"입 닥쳐."

"허⋯⋯ 벨카리아나스 님을 잊게 만들 정도의 남자라니."

그는 진심 어린 감탄을 연신 뱉어 냈다. 일그러진 벨의 표정을 보지 못한 채.

"역시 아나킨 윌로? 아니, 새로 소개한다고 하셨다면⋯⋯."

"그만하란 말이다!"

눈치 없이 떠들던 루카는 그가 매섭게 노려보자 입을 다물었다.

"나가 볼 거다. 따라오지 마."

답답한 마음을 견딜 수 없던 벨은 자리를 박차고 일어섰다.

산책은 별로 도움이 되지 않았다.

애써 다른 생각을 하려던 순간 얄미운 놈이 눈앞에 나타나 버린 까닭이었다.

"⋯⋯아나킨."

"부군께서 여긴 어쩐 일로⋯⋯."

선이 고운 백금발의 남자는 부담스러울 정도로 깊이 고개를 숙였다.

"그렇게 부르지 말라고 몇 번을 말했지?"

"서른 번인가? 난 이제 아무렇지 않은데."

아나킨은 언제 존댓말을 썼냐는 듯 몸을 휙 일으키며 그의 말을 받았다.

"불편하다고 했다. 어디 좀 가려고만 하면 따라붙는 시종들 치우는 데도 오래 걸렸는데."

"불편한 건 알지. 하지만 나랑은 상관없잖아."

아나킨은 담담한 표정으로 그에게 대꾸했다. 황제의 부군에 대한 진지한 경외심 따위는 조금도 없었다.

"뭐가 문제야? 표정이 왜 그래?"

"……."

벨은 한참 동안 기억을 더듬었다.

이놈에게 털어놨다가 해결된 고민이 있었던가?

"결혼식 때 고장 났던 포털, 내가 고치는 법 알려 줬잖아."

아나킨은 그의 생각을 읽은 듯 말했다.

그래, 도움이 되기는 했다. 매번 생색을 내서 그렇지.

"……말해 주지."

벨이 입을 열었다. 지금의 그는 생색 따위를 신경 쓸 처지가 아니었다. 지금 이 순간에도 아르노아가 어떤 남자를 반짝이는 눈빛으로 보고 있을지 몰랐다.

"……아, 알아 버렸군."

이야기를 다 들은 아나킨이 한숨을 쉬었다. 벨은 눈을 부릅뜨고 그를 바라보았다.

"아니 뭐, 어찌 보면 잘된 건가. 진작 말했으면 좋았겠지만……."

"똑바로 말해."

"황제 폐하께서 새로운 누군가를 마음에 담으셨다."

"……뭐?"

벨이 순간 중심을 잃고 휘청였다.

정말로 믿었던 건 아니었는데. 내심 아나킨이 부인해 주기를 바라고 있었는데.

"다, 다시 말해……."

"벨, 너도 알잖아. 카이시온의 핏줄은 원래 한 사람으로 만족하지 않아."

아나킨이 어깨를 으쓱하며 대답했다.

"루시아노는 밤마다 여자를 바꿨어. 선선대도 아나스티아 황후를 보기 전까지는 오는 여자를 막지 않았고. 아실리에르도 아마 여자가 꽤 있었을걸."

"하지만 아르노아는 다르다!"

"나도 그런 줄 알았지. 내 얼굴을 보고도 반하기는커녕 예쁘다며 부러워만 했었으니까."

그는 지금도 믿지 않는다는 듯 한숨을 쉬었다. 벨은 부아가 치미는 기분이었다.

"쓸데없는 소리 말고 대답이나 해."

그는 멱살을 움켜쥐고 싶은 마음을 누르며 으르렁거렸다.

"대답할 게 뭐가 있어? 폐하께서는 새로운 그를 만나 행복해하신다. 바쁜 업무로 지쳐 있던 때에 한 줄기 휴식과도 같다고 하셨지."

"어떤 자야?"

"생긴 건 너와 조금 닮았다. 하지만 더 호감 가는 얼굴이지."

아나킨은 계속해서 벨의 가슴에 비수를 박았다.

"나더러…… 나더러 이해하란 말이지?"

"이해하거나, 떠나거나. 난 이해하라고 조언하고 싶군."

아나킨은 냉정하게 대답했다.

"폐하께서 필요로 하는 이를 치워 버릴 수는 없는 노릇 아니겠어? 그렇게 하면 상처받으실 텐데."

그는 어쩔 수 없다는 듯 벨의 어깨를 툭툭 쳤다.

"황제의 남편은 원래 어려운 거라니까."

아나킨은 끝까지 잔인한 소리를 지껄이더니 혼자서 멀리 걸어가 버렸다. 태어나서 처음 받는 거대한 충격에 확장된 벨의 동공을 무시하면서.

밤이었다.

"……이해해야 한다고."

벨은 하루 종일 수십, 수백 번 되뇌던 말을 중얼거렸다.

아나킨의 말은 싫어도 곱씹어야 했다.

'폐하께서 필요로 하는 이를 치워 버릴 수는 없는 노릇 아니겠어? 그렇게 하면 상처받으실 텐데.'

그의 말은 틀리지 않았다. 위대한 마탑주인 그가 할 수 없는 유일한 행동은 아르노아를 다치게 하는 것이었다.

철컥-

방문이 열리는 소리가 그날따라 무겁게 느껴졌다. 벨은 억지로 발걸음을 옮겼다.

"오셨나요?"

막 취침 준비를 하려던 페넬로페가 반갑게 인사했다.

"……혹시 오늘 누군가 왔었나?"

"저도 막 돌아왔는데……. 아, 헤르만 후작님이 침실에서 폐하를 뵙고 나가셨어요."

벨은 다시 한번 주먹을 꽉 쥐었다.

헤르만 후작이 누구던가? 자식이며 조카들로 하여금 권력자들을 유혹하게 해 가문의 인맥을 유지하는 사람 아니던가.

그는 날카로운 눈으로 침실의 닫힌 문을 바라보았다.

알현실을 두고 굳이 침실에서 아르노아와 나눌 대화가 무엇이란 말인가.

아르노아 외에도 다른 사람을 만나러 온 것은 아닌가. 매력이 철철 넘치는 방계 청년이라든가.

벨의 머리는 쉬지 않고 움직였다.

아르노아는 사랑스러운 그자를 그날 밤 소개하겠다고 했다. 그렇다면 결론은 하나가 아닌가.

'그자가 저 안에……'

벨은 왜 그러냐는 듯 고개를 갸웃거리는 페넬로페를 두고 침실로 들어섰다. 철컥, 또 하나의 문이 무겁게 열렸고, 벨의 눈앞에는 침실 한 면을 차지한 침대가 보였다.

"……!"

그의 시선을 사로잡은 것은 안에 무엇이 있는지 알 수 없도록 드리워진 흰색 천, 즉, 평소에는 항상 걷혀 있던 휘장이었다.

설마 저 안에 그자가……?

슬픈 생각이 머리를 스쳤다.

'이해해야 한다.'

그는 치밀어 오르는 뜨거운 감정을 무시한 채, 다시 아나킨의 조언을 주문처럼 되뇌었다.

'이해하지 않으면……'

"벨!"

다정한 목소리가 그를 불렀다. 벨은 소리가 들린 쪽으로 고개를 돌렸다.

"아르노아."

"기다리고 있었어."

창가에 서 있던 아르노아가 그를 향해 활짝 웃었다.

벨은 새삼 그녀를 빤히 바라보았다.

처음 만난 순간보다 조금 더 길어진 은발, 더 깊어진 듯한 벽안, 그를 보는 순간 보기 좋게 휘어지는 입술.

은은하게 들어오는 달빛 아래에서, 그녀는 유독 사랑스럽게 빛났다. 애써 가라앉힌 벨의 심장이 주체할 수 없이 빠르게 뛰기 시작했다.

이해는 개뿔, 그는 아르노아를 지독하게 사랑했다. 숨 쉬는 모든 순간 그녀를 갈망했고, 그녀가 절대적으로 그의 것이기를 바랐다.

"벨? 왜 거기 가만히 서 있어?"

벨은 더 망설이지 않고 성큼성큼 아르노아에게 다가갔다. 그리고 모든 감정을 쏟아 낼 것처럼 그녀에게 입을 맞추었다.

"……벨, 괜찮아?"

짧게만 느껴진 몇 분이 흐르고 두 사람의 입술이 떨어지자, 얼떨결에 그를 받아 준 아르노아가 물었다.

"무슨 일 있어?"

"난 이해 못 해."

벨이 다짜고짜 선언했다.

"그렇다고 떠나지도 않을 거야."

"떠나……?"

"아무리 좋은 사람이라도 당신 곁에 있을 수 있는 사람은 나야."

그의 목소리는 어느새 간절해졌다.

"……."

"부탁이야, 아르노아."

벨이 아르노아와 눈을 맞추며 말했다. 살면서 애원이란 것을 해 본 것은 처음이었지만 다 상관없었다.

"내게 당신의 마음을 돌릴 기회를 줘. 다시 나만 사랑해 줘. 평생 곁에 있게 해 준다고 다시 말해 줘."

그는 끝없이 속삭였다. 말을 끝내면 아르노아가 고개를 저을 것만 같았다.

"부탁이니……."

"좋아."

"내게 질렸다면…… 뭐?"

"좋다고. 평생 있어도 돼."

아르노아는 조금도 고민이 되지 않는다는 듯 흔쾌하게 대답했다.

"결혼했으니 당연한 거 아니야?"

긴 정적이 흘렀다. 아르노아는 여전히 맑게 웃으며 그의 대답을 기다렸다.

"하…… 그렇지."

벨은 입가에 번지는 미소를 주체하지 못했다.

"당연한 거였어."

의도한 건 아니지만 짧고 강한 미남계가 먹힌 것이 분명했다. 역시 아르노아가 물리적으로 가까이 있을 때 공략하는 것이 최고였다. 그 말은, 휘장 뒤에 있는 저놈은 졌다는 것…….

"이제 내 소중한 친구도 만날래?"

"뭐……?"

아르노아의 말은 그의 심장을 또 다시 무너뜨리기에 충분했다. 벨은 미처 항의도 하지 못한 채 아르노아가 휘장을 걷는 모습을 바라보고만 있었다.

"나오렴."

끔찍한, 조금은 흉폭한 상상이 그의 머리를 지배했다. 그와 아르노아의 침대에 누운 그자를 보고 아무 짓도 하지 않을 자신은 없었다.

촤르륵-

하얀 천이 걷혔다. 벨은 인내를 포기한 듯, 매서운 얼굴로 휘장 뒤의 실루엣을 찾았다.

마법은 반칙이니, 그자에게 결투를 청하리라.

아니면 아르노아가 보지 않는 곳에서 그자를 협박하리라. 아무도 찾을 수 없는 곳으로 떠나라고.

아니, 그냥 마법을 써서 보내 버리자. 그가 언제부터 정정당당했었나?

"냥."

"검둥이!"

검고 뽀송뽀송한 무언가가 아르노아의 품으로 뛰어들었다.

"냥?"

벨은 멍해진 얼굴로 녀석의 정체를 살폈다.

"고…… 고양이?"

검은 털 뭉치는 고양이였다. 그것도 아주 작은.

녀석은 반갑다는 듯 아르노아의 품에 머리를 비볐다.

"인사해. 코린 왕국에서 데려온 고양이야. 엄마를 잃었대."

아르노아는 애정을 가득 담은 시선으로 검둥이를 바라보며 말했다. 귀여워서 어쩔 줄 모르겠다는 눈빛은, 고양이 상태의 벨을 보는 표정과도 비슷했다.

"귀엽지? 다들 귀엽다고 했어. 헤르만 후작은 여기까지 와서 밥을 주고 갔지 뭐야."

"하아……."

긴 한숨이 벨의 입을 빠져나왔다.

바보같은 루카, 그리고 처음부터 다 알고 있었을 아나킨, 하필 그를 헷갈리게 한, 왠지 얄미운 헤르만 후작.

그리고 처음부터 끝까지 멍청했던 자신.

"냥."

녀석은 새로 만난 인간에게 큰 관심을 보이며 앞발을 쭉 뻗어 벨의 손을 툭툭 건드렸다. 그러면서도 머리는 아르노아의 품을 파고들고 있었다.

"……떨어져라."

그는 들릴 듯 말 듯 중얼거리며 검둥이를 살짝 잡아당겼다.

물론 그는 한시름 덜었다. 아니, 뒤집혔던 세상이 정상인 것을 확인했다.

그럼에도 불구하고, 녀석이 아르노아의 품에 편안히 안긴 모습이 썩 마음에 들지는 않았다.

"왜 그래?"

"……우리 침대에서는 안 돼."

"여긴 침대 옆인데."

"그것도 안 돼."

벨이 투덜거렸다.

고양이 주제에 그녀가 눕는 침대를 제 침대처럼 썼다고 생각하니 불만스러웠다. 심지어 고양이는 정말로 귀여운 생김새를 하고 있었다. 큰 눈과 포동포동한 볼 살만 보면, 영채로 변한 벨 자신보다 더.

"침대에서는, 우리 둘만."

그가 아르노아의 허리를 감으며 은근하게 속삭였다.

"아……."

아르노아가 미처 깨닫지 못했다는 듯 말했다. 벨은 다시 한번 스스로 깨우친 진리를 확인했다.

아르노아는 가까운 거리에서 공략해야 했다.

고양이를 안은 손에 힘이 빠진 것이 보였다.

"넌 저쪽으로 가."

벨에 허공에 손짓하자, 침실 문이 작게 열리고 그 바깥에 앙증맞은 상자 하나가 생겨났다.

"냐아."

검둥이는 뒤도 돌아보지 않고 아르노아의 품을 벗어나 상자로 뛰어들었다. 그 순간 열렸던 문이 다시 닫혔다.

"……."

"……."

방 안에는 다시 한번 정적이 흘렀다.

다만 아까와는 다른 분위기였다. 조금 전의 속삭임 때문인지, 공기 중에는 설명하기 어려운 긴장감이 흘렀으니까.

"약속이야. 침대에서는 우리 둘만이야."

벨은 작게 웃으며 아르노아를 다시 끌어당겼다.

"그래, 그러든가."

그녀는 반대할 생각이 없다는 듯 살짝 웃었다.

두 사람은 누가 먼저랄 것도 없이 또 한 번 서로 입을 맞추었다. 익숙하면서도 설렜다. 몸은 뜨거워졌고, 심장은 다시 미친 듯이 뛰었다. 벨은 만족스럽게 웃었다.

밤은 길었고, 이제 그들을 방해할 사람은 없었다.

두 얼굴의 황녀
류주연 지음

"저는 왕자와 결혼 안 할래요. 아버지 곁에서 평생 살고 싶어요."

유약하고 아둔하기로 소문난 황녀, 아폴로니아.
시녀들에게 약혼자를 빼앗기고 거듭 파혼당해도 화조차 내지 못한다.

그럼에도 황녀가 거슬렸던 황제의 여동생 페트라 리페르는
그녀를 제거하기 위해 암살자를 보내고.

언제나처럼 임무를 전달받고 궁에 침입했던 유리엘 비체는
자신을 기다리던 황녀의 덫에 걸린다.

"알다시피 너는 돌아가면 죽어. 아마도 무척 고통스럽게.
나는 너에게 다른 선택지를 줄 수 있어."

제로노블(Zero Novel)은 판타지를 사랑하는 여성들을 위한 신감각 로맨틱 판타지 시리즈입니다.

그림자 없는 밤

김미유 지음

깊은 숲에 들어가면 그림자에게 잡아먹힌다.
숲의 그림자는 사람이 보지 않을 때 움직인다.
깊은 숲에는 사람을 흉내 내는 그림자가 있다.
숲의 그림자는 말을 한다.

사냥 대회에서 적국의 습격을 받고 실종됐던 하얀밤 기사단의 '로젤린'
절벽 아래에 큰 부상을 입은 채 의식을 잃은 그녀를 간신히 찾아냈지만,
며칠 뒤 깨어난 로젤린은 간단한 언어조차 구사하기 힘든 중증의 기억상실 상태였다.

잠옷을 입은 채 맨발로 집 안을 배회하지를 않나, 여기저기 반말을 하고 다니지를 않나.
심지어는 바닥에 떨어진 음식을 주워 먹기까지!

아무리 봐도 어딘가 이상한 그녀. 정말 로젤린이 맞긴 한 걸까?

제로노블(Zero Novel)은 판타지를 사랑하는 여성들을 위한 신감각 로맨틱 판타지 시리즈입니다.

약속 한 번 깼었지

꿀이흐르는 지음

제국의 8황자 에제트.
죽은 줄 알았던 그가 살아서 귀환했다.

때마침 터진 황태자의 자살과 맞물린 그의 귀환으로 인해
황실과 귀족들은 혼란에 휩싸이고 황권은 흔들리기만 하는데.

그와 함께,
아름답기만 한 인형이자, 사라졌던 8황자의 임시 혼약자였던 여자.
그리고 양부의 마리오네트로 알려진 영애, 디아린.

이미 깨진 임시 혼약을 어떻게든 다시 이어 가고자 하는 양부의 욕심에 따라
디아린은 에제트에게로 향한다.

하지만 에제트에게 매달릴 거라 생각했던 디아린의 입에서 나온 말은
모두의 생각과 달랐다.

"혼약을 파기해 드릴게요. 황자 저하."

제로노블(Zero Novel)은 판타지를 사랑하는 여성들을 위한 신감각 로맨틱 판타지 시리즈입니다.